Sommer in Irland, Gisa Stoermer

AF150434

Das Buch:
Caren Ashleigh, eine junge englische Adlige, und der irische Musiker Eric Keane lernen sich in London bei einem Einkaufsbummel kennen. Sie finden sich auf den ersten Blick sympathisch. Aus Sympathie wird schnell Verliebtsein. Als Erics Aufenthalt in der britischen Hauptstadt dem Ende zugeht, bittet er Caren, mit ihm in seine Heimat zu kommen. Kaum in Irland eingetroffen, steht Caren plötzlich und unerwartet Kian gegenüber, dem Mann, der einmal die Liebe ihres Lebens war, und der zu allem Unglück Erics bester Freund ist. Eric und Kian leben mit drei Freunden in einer Wohn- und Arbeitsgemeinschaft zusammen in einem Haus im Westen Irlands. Von einer Sekunde auf die andere gerät Caren in einen Strudel von Emotionen und Ereignissen, die sie pausenlos in Atem halten. Ihr Herz schlägt plötzlich nicht mehr nur für *einen* Mann. Die Ankunft der schönen Engländerin bringt auch den Fünf-Männer-Haushalt ziemlich durcheinander. Die Hormone spielen verrückt. Jeder möchte die Zuneigung der jungen Frau gewinnen. Es kommt, wie es kommen muss. Plötzlich gibt es in dem Haus am Atlantik nicht nur Liebe und Zuneigung, sondern auch Verlangen, Eifersucht und Streit. Als Caren merkt, dass sie der Auslöser für die Missstimmung unter den fünf Freunden ist, zieht sie die Konsequenzen. Sie verlässt Irland mit dem Wissen, dass nicht nur *ihr* Herz gebrochen ist. In der Abgeschiedenheit einer Kleinstadt in Cornwall findet sie nicht nur Ruhe und Frieden, sondern auch die Antworten auf nie gestellte Fragen. Und erst jetzt ist Caren in der Lage, auf ihr Herz zu hören und die für sie richtige Entscheidung zu treffen.

Die Autorin:
Gisa Stoermer lebt als freie Autorin in Niedersachsen. Ihre Leidenschaft gehört dem Schreiben niveauvoller, romantischer Lovestorys. Ihre Romane sind als Taschenbuch und als E-Book erhältlich.

Bisher sind erschienen:
Sommer in Irland
Traumfrau
Herzflimmern

Gisa Stoermer

SOMMER IN IRLAND

Roman

Bibliografische Information der Deutschen Nationalbibliothek:
Die deutsche Nationalbibliothek verzeichnet diese Publikation in der
Deutschen Nationalbibliografie; detaillierte bibliografische Daten
sind im Internet über www.dnb.de abrufbar.

© 2014 Gisa Stoermer
Umschlagfoto © 2014 Theo Kopietz, Köln
Herstellung und Verlag:
BoD – Books on Demand, Norderstedt
ISBN: 978-3-739241043

1. Kapitel

Über dem Westen Irlands lag strahlender Sonnenschein. Die Temperaturen erreichten Werte, wie es sich für einen richtigen Sommer gehörte. Jedermann freute sich über das schöne Wetter, das nun schon beinahe zwei Wochen andauerte, auch wenn Felder und Wege staubtrocken waren und die Blumen in den Gärten die Köpfe hängen ließen. Bevor der nächste Regen kam, und der kam so sicher wie der Sankt Patrick's Day, nutzten die Menschen die warmen Tage und lauen Abende für fröhliche Gartenpartys und Grillfeste mit Nachbarn und Freunden.

Ein silbergrauer Aston Martin fuhr in rasantem Tempo die einsame Küstenstraße entlang. Dabei zog er eine lange Staubfahne hinter sich her. Der Weg war dem Fahrer offensichtlich vertraut, denn er steuerte den Wagen sicher an den landestypischen niedrigen Steinmauern entlang, die rechts und links der engen, kurvigen Straße aufgeschichtet waren, und bremste nur hin und wieder, um einem der zahlreichen Schlaglöcher auszuweichen, die er wohl auch gut kannte. Die Straße war sehr schmal. Einem entgegenkommenden Fahrzeug bot sich kaum eine Ausweichmöglichkeit. Aber die Aussicht, in dieser Einöde auf einen weiteren waghalsigen Fahrer zu treffen, war relativ gering.

Das Motorengeräusch, das die in dieser Gegend üblicherweise herrschende Stille durchbrach, veranlasste eine Herde Schafe, ihre sympathisch einfältigen Gesichter zu heben, um den Störenfried in Augenschein zu nehmen.

Neugierig sahen sie dem Sportwagen nach, bis er um die nächste Kurve verschwand. Dann war das saftige Grün der Weide wieder das Interessanteste, das ihnen der Tag zu bieten hatte.

Das Brummen des Motors hing noch eine Weile in der Luft. Dann hatte der Aston Martin sein Ziel erreicht. Die Straße endete vor einem schmiedeeisernen Tor, das die Durchfahrt durch eine hohe, mit Efeu bewachsene Mauer versperrte, die allem Anschein nach ein größeres Anwesen umgab.

»Geschafft«, sagte Eric zufrieden und lachte die junge Frau auf dem Beifahrersitz glücklich an. »Wir sind da. Hier bin ich zu Hause.«

Übermütig ließ er den Motor einige Male aufheulen. Dabei klopfte er ein wenig ungeduldig mit den Fingerspitzen auf das Lenkrad, als könne er mit dieser Geste das Tor dazu bringen, sich schneller zu öffnen. Die beiden Flügel bewegten sich jedoch ihrem Alter entsprechend sehr gemächlich zur Seite und gaben nach und nach den Blick auf eine mit alten Kastanienbäumen bestandene Allee frei. Sobald ausreichend Platz war, drängte sich der Wagen durch die Öffnung.

Nach wenigen Metern machte der Weg einen Bogen, und zwischen Bäumen und blühenden Rhododendronbüschen kam ein Haus in Sicht. Überall auf der Insel fand man diese prächtigen alten Herrenhäuser, die an die ehemalige Herrschaft des englischen Adels über Irland erinnerten. Viele von ihnen lagen in Ruinen, auf denen im Sommer die Touristen herumkletterten, andere waren liebevoll restauriert worden und befanden sich im Privatbesitz oder hatten einen neuen Verwendungszweck als First-Class-Hotels gefunden. Das Haus, auf das der Sportwagen zusteuerte, war in der Mitte des neunzehnten Jahrhunderts erbaut worden. Das langgestreckte zweistöckige Gebäude machte mit seinen hohen Sprossenfenstern, den Simsen und Erkern sowie den zahlreichen

Schornsteinen auf dem Dach einen einnehmend guten ersten Eindruck auf den Betrachter. Es fügte sich hervorragend ein in das parkähnliche Grundstück mit seinen alten Bäumen, Sträuchern und gepflegten Rasenflächen. Weinlaub bedeckte einen Großteil der grauen Hausfassade. Zu beiden Seiten der breiten Steintreppe rankten rosa und weiße Kletterrosen bis fast unters Dach und verströmten einen lieblichen Duft, der die Gäste in Grantham House willkommen hieß.

Der Aston Martin nahm eine letzte Kurve, umfuhr schnittig eine ovale Blumenrabatte und stoppte schließlich auf dem mit schneeweißem Kies bedeckten Vorplatz des Hauses.

»Da sind wir«, sagte Eric noch einmal. Er nahm die Hand seiner Begleiterin und drückte einen Kuss darauf. »Ich kann es keine Minute länger aushalten, dich meinen Freunden vorzustellen. Seit Stunden freue ich mich auf ihre Gesichter.«

Die junge Frau sah sich das Ziel ihrer Reise interessiert an. Was sie sah, gefiel ihr. Trotz seiner lebhaften Schilderungen hatte sie sich Erics Zuhause nicht so schön vorgestellt. Das Haus, die vielen Rosen und die alten Bäume im Park weckten in ihr angenehme Erinnerungen an den Landsitz ihrer Großeltern, wo sie als Kind einige glückliche, unbeschwerte Ferien verbracht hatte.

»Es ist wunderschön. Es gefällt mir sehr. – Aber wo ist das Meer?«, fragte Caren leicht enttäuscht, während sie nach links und rechts schaute. Die Straße von Galway nach Clifden war zum großen Teil in nordwestlicher Richtung am Atlantik entlang verlaufen. Als sie einige Meilen hinter Claddaghduff in die schmale Straße eingebogen waren, die zum Haus führte, hatte sich die Himmelsrichtung jedoch geändert und das Meer war nicht mehr zu sehen gewesen. Auch jetzt, am Ziel, konnte Caren es nirgendwo sehen.

»Das Meer ist hinter dem Haus«, erklärte ihr Eric lächelnd. »Du kannst es von hier aus nicht sehen. Hab nur noch etwas Geduld, bitte. Lass uns zuerst meine Freunde begrüßen. Danach zeige ich dir alles. Natürlich auch den Atlantik.«

Mit einem Lächeln wandte Caren sich dem Mann an ihrer Seite zu. Erics Begeisterung, seine offen gezeigte Freude darüber, dass sie bei ihm war, vertrieb schnell ihre Bedenken, ob es richtig gewesen war, mit ihm nach Irland zu kommen. Sie hatte sich vor einigen Tagen entschieden, ihn in seine Heimat zu begleiten. Weil sie sich in ihn verliebt hatte. Weil sie ihn besser kennen lernen wollte. Und weil sie fort wollte aus London.

Erst wenige Tage bevor sie Eric kennen gelernt hatte, war Caren nach England zurückgekehrt. Leider waren mit ihrer Rückkehr auch die Erinnerungen wieder da. Sie waren zur Stelle wie alte Bekannte und hatten Caren in Empfang genommen, als die Maschine der British Airways aus Mailand kommend in Heathrow landete und sie nach über drei Jahren Abwesenheit zurück nach London brachte. Obwohl so viel Zeit vergangen war, war die Stadt voll mit Erinnerungen, von denen Caren sich befreit zu haben glaubte. Sie war bereit für einen Neuanfang, für ein neues Leben. Das setzte jedoch voraus, dass sie nie wieder an den Mann dachte, den sie einmal geliebt hatte. In Australien war ihr das nach langer, langer Zeit endlich gelungen, und das hatte ihr den Mut gegeben, nach Europa zurück zu kehren. Aber nicht an diesen Mann zu denken, wenn sie beim Bummel durch London an all den vertrauten Plätzen vorbeikam, wo sie Hand in Hand mit ihm gegangen war, fiel Caren unsagbar schwer. Aber sie wusste, gäbe sie ihren Gefühlen nach, würde die schmerzhafte Vergangenheit wieder von ihr Besitz ergreifen und sie dieses Mal vielleicht für immer in ihren unbarmherzigen Klauen halten.

Erst als Caren Eric kennen lernte, fiel es ihr leichter, die Gedanken an früher zu verdrängen. Mit Eric wurde alles leichter. Caren war froh, dass sie ihren Prinzipien, sich in der Öffentlichkeit niemals von einem Mann ansprechen zu lassen, untreu geworden war, und dass Eric den Mut gehabt hatte, sie bei *Harrods* anzulächeln.

Seit sich herumgesprochen hatte, dass Caren zurück in England war, riss die Flut der Einladungen nicht ab. Die Londoner Gesellschaft hatte ihr anscheinend großmütig den Fehltritt von damals verziehen. Davon zeugten Einladungen zu Tee- und Gartenpartys, zum Lady's Day in Ascot und weiteren wichtigen Ereignissen. Bei vielen dieser Veranstaltungen verlangten Tradition und Etikette, dass die Damen Hüte trugen. Caren trug nicht gerne Hüte. Nachdem ihre Mutter sie an einem Samstagvormittag jedoch sehr energisch darauf hingewiesen hatte, dass es nunmehr höchste Zeit sei, ihre Garderobe zu komplettieren, hatte sie nachgegeben und sich auf den Weg in die City gemacht. Die Jahre, in denen sie nur in Jeans und T-Shirt herumgelaufen war, waren mit der Rückkehr in ihr Elternhaus vorbei.

Bei *Harrods* stand Caren recht lustlos vor der großen Auswahl an Hüten für jede Gelegenheit. Viel lieber würde sie an diesem schönen Tag irgendwo draußen sitzen, Menschen beobachten und dabei ein Eis essen. Aber es half nichts, ohne eine angemessene Anzahl passender Kopfbedeckungen durfte sie nicht nach Hause kommen, das hatte ihre Mutter klar zum Ausdruck gebracht. Caren seufzte tief auf und griff beherzt nach einem sehr extravaganten Modell, das weder zu ihrer Jugend noch zu ihrem Stil, geschweige denn zum Anlass passte, und das sie natürlich nicht kaufen würde. Es sei denn, sie hatte Lust, den Damen der Londoner Gesellschaft erneut Anlass zu Klatsch und Tratsch zu geben. Das zu tun, hatte schon immer einen gewissen Reiz auf sie ausgeübt. Und letztendlich war ihr das auch gründlich gelungen.

Die High Society war nie Carens Welt gewesen, obwohl ihre Familie zu Englands upper class gehörte. Sie lehnte die Gesellschaft ab, weil sie ihr die Eltern nahm, weil in dieser Gesellschaft für Kinder kein Platz war. Stattdessen gab es gut ausgebildete Nannys, die ihren Job taten, aber Elternliebe nicht ersetzen konnten. Caren mochte auch nicht mit dem Nachwuchs der Diplomatenfamilien, mit dem sie in den Kindergarten und später in die Schule ging, spielen. Sie suchte den Kontakt zu den Kindern der Köchin, der Putzfrauen und anderer Bediensteter. In Mexiko, Brasilien und in Südafrika, wo sie ihre Kindheit verbrachte, hatte sie fast nur einheimische Freunde gehabt. Bei ihnen zu Hause fühlte sie sich wesentlich wohler als in den Villen der reichen Weißen. Es wurde nie darüber gesprochen, trotzdem wusste sie, dass Freundschaften außerhalb der diplomatischen Kreise von ihren Eltern nicht erwünscht waren. Dass ihre Tochter sich diesen Wünschen widersetzte, erfuhren Lord und Lady Ashleigh nie. Sie hatten wenig Zeit für ihre Tochter. Sie reisten in der Welt herum und Caren blieb allein zurück, betreut von Kindermädchen und Dienstboten. Es war nicht leicht, die Tochter des englischen Botschafters zu sein. Caren war mit dem Gefühl aufgewachsen, dass die Menschen, die ins Haus kamen, ihren Eltern wichtiger waren als sie, und dass sie eine kaum beachtete Nebensache war. Also suchte sie sich die Zuneigung, die sie brauchte, außerhalb ihrer Familie. Für Caren gab es nichts Schöneres, als bei ihren Freunden zu sein, ihre Speisen zu essen, ihre Spiele zu spielen und ihre Sprache zu lernen. Sie interessierte sich sehr für die Sitten und Gebräuche ihres jeweiligen Gastlandes und bat in Brasilien bei einem nächtlichen Voodoo-Zauber, zu dem die Köchin sie mitgenommen hatte, um einen großen blonden Prinzen, der sie zu seiner Frau machen und ihr die Liebe und Geborgenheit geben würde, die sie so vermisste. Bis zu ihrem zwölften Lebensjahr hatte es keine Beständigkeit in Carens Leben gegeben. Kaum war sie heimisch geworden in einem fremden Land, hatte Freunde gefunden und fühlte sich wohl, musste sie wieder Abschied nehmen, weil ihr Vater eine neue Herausforderung wollte und sich versetzen ließ. Und sie musste wieder von vorne beginnen, ein neues Land und neue Menschen kennen lernen. Ihre Freundschaft zu einem jungen Schwarzen sorgte für einen Skandal in Pretoria. Caren war damals zwölf, John dreizehn Jahre alt, und sie liebten sich sehr. Von ihm bekam sie ihren ersten Kuss. Seine Eltern amüsierte diese Kinderliebe, Carens Eltern waren außer sich und schickten sie sofort nach Europa, in ein Schweizer Elite-Internat. Sechs Jahre später beschloss ihr Vater, seinen Abschied vom diplomatischen Dienst zu nehmen und nach London zurückzukehren. Er war Mitte sechzig und wollte jetzt seine Tochter um sich haben. Caren folgte zwar seinem Wunsch und kam nach Hause. Sie hatte jedoch nie ein sehr inniges Verhältnis zu ihrem Vater gehabt, so sehr sie sich als kleines Mädchen auch darum bemüht hatte. Sie kam vor allem aus zwei Gründen zurück aus Lausanne. Sie hatte in der Schweiz mit Bestnoten ihr Abitur gemacht, die Schulzeit war zu Ende. Und sie hatte es geschafft, an der Royal Academy of Dancing angenommen zu werden. Damit war Carens größter Traum in Erfüllung gegangen, bei Milena Marenkova ihre Ballettausbildung abzuschließen, um dann eine gefeierte Primaballerina zu werden. Das Talent dazu hatte sie, das bestätigte ihr Madame Marenkova immer wieder. Caren lebte sich schnell in London ein. Sie schloss Freundschaften mit den Mädchen aus der Ballettgruppe und mit den Söhnen und Töchtern von Freunden ihrer Eltern. Aber zu Hause fühlte sie sich weder in London noch bei ihren Eltern. Nur wenn sie tanzte, verschwand das Gefühl des Ungeliebtseins, der Verlorenheit, der Ruhelosigkeit. Dann spürte sie die Kraft, die in ihr steckte. Dann fühlte sie sich lebendig. Wenn sie tanzte, gab es keine Traurigkeit und auch keine Einsamkeit mehr, sondern nur noch die Musik, die Bewegung, die Freude am Tanzen, am ganzen Leben, und nur dann war sie glücklich. Und drei Monate nach Carens achtzehntem Geburtstag, nur wenige Tage bevor sie in die Gesellschaft eingeführt werden sollte, erfüllten die brasilianischen Geister ihren Herzenswunsch.

An diesem Punkt kehrten Carens Gedanken schnell zurück in die Gegenwart, zurück zu *Harrods* und ihren Einkäufen. Sie hielt immer noch diesen eleganten, extravaganten Hut in der Hand und war immer noch unschlüssig, was sie damit tun sollte. Kaufen, um zu provozieren, oder zurücklegen? Sie hatte gerade beschlossen, sich jetzt ernsthaft auf ihre Einkäufe zu konzentrieren, da fiel ihr Blick auf einen jungen Mann, der in ihrer Nähe stand und sie ansah. Er war so attraktiv, dass sie gleich noch einmal hinschaute. Und was sie sah, gefiel ihr. Er war kaum größer als sie, dunkelhaarig, mit braunen, verträumten Augen, einem gut geschnittenen Gesicht, gerader Nase und einem weichen Mund.

Als er sah, dass sie ihn bemerkt hatte, lächelte er ihr zu. Er deutete auf den Hut in ihrer Hand und schüttelte den Kopf. Spontan griff Caren nach einem anderen Modell, setzte es auf und blickte ihn fragend an. Wieder schüttelte er den Kopf. Sie zeigte ihm das nächste Modell und bekam die gleiche Reaktion von ihm. Sein Lachen wurde immer breiter und er gefiel ihr immer mehr.

»Sie passten alle nicht zu dir«, sagte der junge Mann kurze Zeit später. Er hatte all seinen Mut zusammengenommen und war näher gekommen. Er sah Caren mit seinen dunklen Augen an und schenkte ihr ein weiteres strahlendes Lächeln.

Der Blick in seine Augen ließ Carens Herz schneller schlagen. »Das habe ich auch gerade entschieden«, lachte sie. Mit einem Dank reichte sie die Hüte an die Verkäuferin zurück.

»Dein Haar ist so schön, du solltest überhaupt keinen Hut tragen. Aber wenn unbedingt, dann muss es etwas sehr Romantisches sein. Etwas, was zu dir passt.«

»Du meinst, romantisch passt zu mir?«

»Absolut. Du siehst aus wie eine Prinzessin, die gerade aus einem Märchenbuch gestiegen ist.«

Der Schmerz kam so plötzlich und unerwartet, dass Caren die Augen schloss und die Lippen aufeinander presste. >Prinzessin<, so hatte er sie genannt. Der Mann, der ihre große Liebe gewesen war.

»Entschuldige«. Zwei dunkle Augen sahen sie erschrocken an. »Ich … Ich wollte nicht …«

»Es ist nichts«, unterbrach Caren ihn sofort. Es gelang ihr sogar zu lächeln. »Alles in Ordnung.«

»Tust du mir einen Gefallen?«, bat er, sichtlich um einen schnellen Themenwechsel bemüht. »Ich möchte ein Seidentuch für meine Mutter kaufen, aber ich kann mich einfach nicht entscheiden. Hilfst du mir bei der Auswahl?«

Bei der nun einsetzenden Diskussion über Farbe, Muster und Beschaffenheit der verschiedenen Tücher verschwanden Carens trübe Gedanken an die Vergangenheit. Sie hatten beide großen Spaß an der Debatte des Für und Wider, lachten viel miteinander und fanden sich gegenseitig immer sympathischer.

»Als Dank für deine außerordentlich fachkundige Beratung lade ich dich zu einem Kaffee ein«, sagte der junge Mann, nachdem er das hübsch verpackte Tuch bezahlt und in Empfang genommen hatte.

»Ich gehe nicht mit fremden Männern Kaffee trinken«, erklärte Caren und machte ein damenhaftes Gesicht.

Er lachte. »Entschuldige. Du hast völlig recht, ich hätte mich längst vorstellen müssen. Ich heiße Eric. Eric Michael Patrick Keane.«

»Das sind sehr hübsche Namen«, sagte sie. »Es freut mich, dich kennen zu lernen, Eric Michael Patrick. Ich bin Caren Ashleigh.«

»Die Freude ist absolut auf meiner Seite, Caren«, behauptete Eric und wieder lachte er sie an. »Darf ich dich jetzt zu einem Kaffee einladen?«

»Ja, das darfst du.«

Beim Abschied bat er um ihre Telefonnummer, bekam sie auch und rief sie noch am gleichen Abend an. Seitdem sahen sie sich täglich. Sie trafen sich zu Spaziergängen, besuchten Museen und Ausstellungen, am Abend gingen sie ins Kino, in die Oper und in Konzerte. Sie fühlten sich wohl miteinander, diskutierten über Gott und die Welt und lachten über die gleichen Dinge. Innerhalb kurzer Zeit hatten beide das Gefühl, sich schon jahrelang zu kennen.

»Ich hasse diesen anderen Mann«, sagte Eric eines Abends auf dem Weg die Themse entlang nach Hause. Sie waren in einem indischen Restaurant gewesen, um den Tag feierlich zu begehen, an dem sie sich vor drei Wochen kennen gelernt hatten.

Caren blieb stehen und sah in sein Gesicht, das jetzt ein wenig finster dreinschaute. Sie wusste sofort, von wem Eric sprach, obwohl sie ihm nie etwas erzählt hatte.

»Er hat dich so sehr verletzt, dass du keinem anderen mehr traust. Ich spüre das, seit wir uns kennen.«

Auch das war etwas, das Caren an Eric gefiel, seine Feinfühligkeit, seine Sensibilität. Es gab sehr viel, was sie an ihm mochte. Sie genoss die Fürsorge und die Aufmerksamkeit, mit der er sie umgab. Sie schätzte seine Intelligenz, seinen wachen Verstand, und sie liebte seinen Humor. Sie mochte sogar den kleinen Bauchansatz, den er ihr sehr verlegen gestand. Der störte ihn mehr als sie. Caren mochte Männer nicht dünn und knochig, sondern eher ‚knuffig‘, wie sie es nannte. Eric lachte sehr über diesen Ausdruck. Was sie jedoch am meisten an ihm schätzte, war seine Zurückhaltung. Nach zwei Wochen wagte er zum ersten Mal, sie in den Arm zu nehmen und an sich zu drücken. Die Tatsache, dass sie es zuließ, hatte ihn damals ermutigt, beim Weitergehen nach ihrer Hand zu greifen. Von diesem Tag an gingen sie Hand in Hand durch die Stadt.

»Du musst auf ihn nicht böse sein«, sagte Caren. »Es ist wahr, ich habe mir geschworen, mich nie wieder zu verlieben. Nie wieder soll mir ein Mann so sehr wehtun.«

»Verdammtes Schwein«, murmelte Eric so leise, dass Caren ihn kaum verstand.

»Aber weißt du, seit drei Wochen geht mir ein dunkelhaariger, gut aussehender junger Mann nicht mehr aus dem Kopf. Und ...«

Einen Moment stand Eric sprachlos da. »Ist das wahr, Caren?! Ist das wirklich wahr?«, brach es dann aus ihm heraus. Seine Augen strahlten sie an. »Ich habe dir bisher nie gesagt, was ich für dich empfinde, weil ich spürte, du willst es nicht hören. Ich hatte Angst, etwas kaputt zu machen. Aber ... Ich liebe dich, Caren.«

Mit einer zärtlichen Geste legte Caren ihre Hände auf seine Wangen und sah in seine Augen. »Ich werde dich nie belügen, Eric«, sagte sie mit weicher Stimme. »Ich hasse Lügen. Ich weiß nicht, was ich für dich empfinde. Ist es Liebe? Ist es Verliebtheit? Ich habe ein wenig Angst, darüber nachzudenken. Ich brauche noch etwas Zeit, Eric. Glaubst du, du kannst mir diese Zeit geben?«

»Aber natürlich kann ich das, Caren. Nimm dir die Zeit, die du brauchst. Ich werde geduldig warten.«

»Oh Eric«, sagte sie darauf nur, schlang die Arme um ihn und küsste ihn. Das erste Mal, seit sie sich kannten, küssten sie sich. Und Caren fühlte dabei, dass sie auf Eric reagierte, wie eine Frau auf einen Mann reagiert, den sie attraktiv und begehrenswert findet.

Auf der Liste der Londoner Sehenswürdigkeiten, die Eric nach Carens Meinung unbedingt sehen musste, stand am nächsten Tag die National Gallery, und in ihr einige Gemälde von Renoir, Cezanne und Turner, die sie besonders liebte, die er nicht kannte, aber gerne sehen wollte. Ihr Ausflug begann gut gelaunt und lachend. Als sie in der Regent Street an den Schaufenstern eines Juweliers vorbeikamen, wollte Eric stehen bleiben und Ringe ansehen. Ohne ein Wort zu sagen zog Caren ihn fort. Und als er in ihr Gesicht sah, bemerkte er, dass sie sehr blass war und die Zähne fest aufeinander biss.

»Was ist los, Caren?«

Erst nach nochmaliger Wiederholung der Frage antwortete sie, unerwartet heftig und voller Emotionen. »Ich kann London nicht ertragen. Ich hasse diese Stadt!«

Eric wusste sofort Bescheid. »Es ist wegen ihm, nicht wahr? – Willst du mir nicht erzählen, was ...« fuhr er fort, da sie nicht antwortete.

»Nein!«

Mit einer heftigen Bewegung wollte sie ihm ihre Hand entziehen, aber Eric ließ nicht los. Sanft drückte er ihre Finger. Seine liebevolle Geste beruhigte sie beinahe sofort.

»Ich will nicht hier sein. Ich möchte fort von hier«, sagte Caren leise. »Weit, weit fort.« Ihre Stimme klang belegt und sehr unglücklich.

Erics Herzschlag setzte einen Moment lang aus. Wenn Caren fort ging, irgendwo hin, vielleicht wieder zurück nach Australien, und er sah sie nie wieder ... Ein unvorstellbarer Gedanke.

»Lass ... Lass uns nach Irland fahren«, schlug er so überhastet vor, dass er beinahe ins Stottern geriet. So mit der Tür ins Haus zu fallen, hatte er zwar nicht geplant. Aber für all die schönen Worte, die er sich in den letzten Tagen zurechtgelegt hatte, um Caren zu bitten, ihn in seine Heimat zu begleiten, war jetzt nicht der richtige Zeitpunkt. »Bitte, komm mit mir nach Irland«, bat er ruhiger.

»Nach Irland?«, fragte Caren verwirrt.

»Ja. Ich muss zurück, meine Ferien sind vorbei. Ich will nicht ohne dich nach Hause. Bitte, komm mit mir.«

»Ich kann nicht ...«, begann Caren, hielt jedoch sofort inne. Sie konnte London nicht ertragen. Und London ohne Eric würde noch unerträglicher sein. Eric musste heim. Wenn sie nicht mit ihm ging, würde er allein fahren. Er hatte keine andere Wahl, er musste nach Hause.

»Ich kann doch nicht so einfach mit dir kommen.«

»Doch, das kannst du. Ich wohne mit vier Freunden zusammen. Die Jungs sind schwer in Ordnung, du wirst sie mögen. Unser Haus liegt einige Meilen nordwestlich von Galway, direkt am Atlantik. Ich bin sicher, es wird dir gefallen.«

»Und deine Freunde? Was werden sie sagen, wenn ich so einfach mit dir komme?«

»Sie werden sich freuen«, behauptete Eric.

Er hatte Caren bisher nicht erzählt, womit er sein Geld verdiente. Nach seiner letzten gescheiterten Beziehung war er vorsichtig geworden. Und als er soweit war, es ihr zu sagen, traute er sich plötzlich nicht mehr. Da kannte er ihre Vorliebe für klassische Musik, für Ballett und Oper, da hatte er sie einige Male heimgebracht und hatte das Haus gesehen, den Stadtteil, die Straße, in der sie wohnte, und Eric wusste, er schwieg besser noch eine Weile. In Irland würde er Caren erzählen, was er machte, und sie konnte dabei gleich seine Freunde kennen lernen.

»Wenn ich mit dir komme, Eric, wirst du nicht erwarten, dass ich ... dass ich sofort in einem Zimmer mit dir schlafe, nicht wahr?«

»Ich habe dir versprochen, zu warten, Caren. Ich werde warten. Egal, wie lange es dauert.«

Caren hatte keine andere Reaktion von ihm erwartet.

»Ich bin so froh, dass es dich gibt, Eric. Ich liebe dich«, sagte sie glücklich. Es war das erste Mal, dass sie es sagte. Und sie meinte es auch so.

Die Entscheidung war getroffen. Wenige Tage später befand sich Caren zusammen mit Eric auf dem Weg nach Irland. Schmerzlich kam die Erinnerung für einen Moment, als sie das Flughafengebäude in Heathrow betrat. Von hier war sie vor Jahren mit einem anderen Mann nach Irland geflogen, nach Dublin, und von dort weiter nach Sligo, einer Stadt an der Atlantikküste, in der auch Eric geboren war. >Was hat das zu bedeuten?<, war Carens erster Gedanke gewesen, als er es ihr erzählte. >Warum treffe ich immer nur irische Männer? Warum sind sie alle in diesem Ort geboren? Als gäbe es keine andere Stadt in Irland!< Das Wissen, dass Sligo eine Kleinstadt war, in der viele Menschen sich kannten, bereitete ihr Unbehagen. Es konnte sein, dass Eric und ... Nicht daran denken! Bloß nicht an ihn denken!

Die Gedanken gingen vorüber, auch die Traurigkeit verschwand. Was blieb, war ein angenehmer Flug, eine problemlose Einreise, Erics Aston Martin, der in einem Parkhaus am Shannon Airport auf sie wartete, und eine sehr vergnügliche Fahrt von knapp drei Stunden, bis sie durch das Tor fuhren und das schöne alte Haus vor ihnen auftauchte.

»Was werden deine Freunde sagen, dass du nicht alleine kommst?«, fragte Caren, während sie beim Aussteigen Erics ausgestreckte Hand ergriff.

»Sie werden völlig aus dem Häuschen sein. Sie werden neidisch und eifersüchtig sein und sich ärgern, dass sie dich nicht vor mir kennen gelernt haben«, entgegnete Eric mit tiefer Zufriedenheit in der Stimme.

»Sie scheinen richtig gute Freunde zu sein.«

»Das sind sie«, bestätigte er lachend.

Durch eine grün-weiß lackierte Doppeltür, deren rechter Flügel einladend weit offen stand, betraten sie das Haus und standen in einer mit schwarz-weißen Fliesen ausgelegten Eingangshalle, die von vier großen Fenstern, durch die das strahlende Sonnenlicht fiel, erhellt wurde. Eine breite Treppe mit einem wundervoll geschnitzten Geländer führte in das obere Stockwerk. Den schweren Tisch aus dunkler Eiche, der rechts an der Wand stand, und den eine große Vase mit einem üppigen Strauß bunter Sommerblumen schmückte, die Wandteppiche und die hübschen Bilder konnte Caren nur flüchtig im Vorbeieilen ansehen, da Eric zielstrebig auf eine Tür mit einer schön gearbeiteten Holzvertäfelung zusteuerte, ohne ihre Hand loszulassen.

»Ich zeige dir gleich das ganze Haus«, versprach er.

Die Tür, vor der Eric stehen blieb, war so dick, dass die Stimmen und das Lachen aus dem Zimmer nur sehr leise nach außen drangen. Eric drückte die Klinke herunter und ließ Caren den Vortritt in den Raum.

Beim Eintreten fiel ihr Blick auf einen übergroßen Spiegel in einem barocken Goldrahmen, der über dem hohen Kamin hing. Zwei Kerzenleuchter und eine antike Uhr schmückten den Sims aus dunklem Marmor. Die Bücherschränke, die rechts und links neben der Tür sowie an der den Fenstern gegenüberliegenden Wand standen, zeugten davon, dass es sich um die Bibliothek handelte. Ein großer Aubusson-Teppich bedeckte den spiegelblank gebohnerten Parkettboden. Eine dezent gemusterte Tapete, die farblich mit den Gardinen der beiden Fenster harmonierte, zwei üppige Farne auf weißen Postamenten sowie geschickt angeordnete Leselampen auf edlen Rosenholztischchen vervollständigten die geschmackvolle Einrichtung. Es war ein heller, gemütlicher Raum, der eine sehr angenehme Atmosphäre ausstrahlte. Vor dem Kamin, in dem an diesem warmen Tag kein Feuer brannte, standen in loser Anordnung fünf Ohrensessel mit jeweils unterschiedlichen Bezügen.

»Hallo, Jungs«, sagte Eric.

Die drei jungen Männer, die lässig in den Sesseln lagen, jeder mit einem Glas in der Hand und die Beine weit von sich gestreckt, waren im ersten Moment sprachlos. Sie schienen zu keiner anderen Reaktion fähig, als das Mädchen anzustarren, das neben Eric stand und sie lächelnd betrachtete.

Schließlich machte einer den Mund auf. Mehr als ein »Hallo« brachte er jedoch nicht heraus.

»Da bist du ja endlich wieder«, sagte der Mann neben ihm.

Und der dritte fügte hinzu: »Wurde Zeit, dass du kommst. Morgen fangen wir mit den Proben an.«

»Ja, ich weiß. Deshalb bin ich ja hier«, sagte Eric. »Jungs, ich möchte euch Caren vorstellen. Sie ...«

Seine Freunde ließen ihn nicht ausreden. Fast gleichzeitig sprangen sie aus ihren Sesseln hoch und kamen näher. Dass sie immer noch ihre Gläser in den Händen hielten, merkten sie erst später.

»Du verdammter Kerl! Deshalb musstest du also unbedingt in London bleiben!« Der große Rotblonde lachte breit. Mit seinen unzähligen Sommersprossen im Gesicht sah er wie ein Lausbub aus, fand Caren.

»Du Egoist! Du hättest uns sagen müssen, dass es dort solche Engel gibt. Dann wären wir auch noch geblieben.« Der Dunkelhaarige neben ihm schüttelte tadelnd den Kopf. Als er vor ihr stand sah Caren, dass er blaue Augen hatte. Sie mochte blaue Augen bei dunkelhaarigen Männern.

»Engel, das ist das richtige Wort«, sagte der Dritte im Bunde. Er war ebenfalls blond, etwas kleiner als die anderen beiden, und seine blauen Augen blitzten vor Übermut. Im linken Ohr trug er einen Brillanten. Männer mit Ohrring konnte Caren überhaupt nicht leiden. »Wo, zum Teufel, hast du diese Wahnsinnsfrau kennen gelernt, du Mistkerl?!«

Erics Begleiterin sah wie ein Engel aus, darin waren sich die jungen Männer einig. Langes, goldblondes gelocktes Haar umrahmte ein makellos schönes Gesicht mit großen, dunkelblauen Augen, hübscher kleiner Nase und einem umwerfenden Kussmund. Ihre Figur konnte einen Mann zum Träumen bringen, und beim Blick auf ihre Beine nicht anerkennend zu pfeifen, fiel schwer. Sie trug ein kurzes, oben eng anliegendes schwarzgeblümtes Sommerkleid, so dass die Freunde sich mit diskreten, aber fachmännischen Blicken davon überzeugen konnten, dass ihre Maße ideal waren. Keiner von ihnen hatte jemals ein so schönes Mädchen gesehen. In ihrem Beruf trafen sie zwar viele attraktiver Mädchen, aber dieses hier war einfach traumhaft schön. Sie trug schwarze Sandaletten mit halbhohen Absätzen und war deshalb genauso groß wie Eric. Er mit seinem dunkelbraunen, fast schwarzen Haar und sie mit ihren blonden Locken sahen sehr gut zusammen aus. Die beiden waren ein verdammt schönes Paar. Der Mann war zu beneiden.

Eric lachte nur zu den Bemerkungen seiner Freunde. Er hatte gewusst, dass sie so reagieren würden. Stolz legte er seinen Arm um Carens Taille, während er ihr seine Freunde vorstellte.

»Eine große Klappe haben sie alle, das hast du ja gehört. Und in Kurzform sind sie einfach nicht zu beschreiben. Am besten lernst du sie selber kennen. Dann wirst du sehen. – Also, das ist Kevin, neben ihm Danny, und neben ihm Rob.«

»Dia dhuit. Conas atu tu.« Caren, die dem Wortwechsel der Freunde lächelnd zugehört hatte, streckte den drei jungen Männern ihre Hand entgegen.

»Nicht nur schön, sie spricht auch noch Gälisch«, sagte Rob bewundernd.

»Hat Eric dir das beigebracht?«, wollte Kevin wissen.

»Das war beinahe schon alles, was ich in Gälisch sagen kann«, bekannte Caren. »Madainn Math, tha mi duilich, Buiochas, damit hört es auch schon auf.«

»Mit ‚Guten Morgen, es tut mir leid, und Danke‘ kommst du schon ganz gut durch Irland.«

»Wenn du immer nur ‚Tha‘ sagen würdest, wäre ich zum Beispiel sehr zufrieden«. Rob grinste sie an und kniff dabei vielsagend ein Auge zu.

»Bist du immer so vorlaut?« Caren schaute von seinem lachenden Gesicht in seine blauen Augen, die sie herausfordernd anblitzten. Sie wusste nicht so recht, was sie von diesem jungen Mann halten sollte. »Immer nur Ja sagen, ist doch viel zu langweilig.«

»Kommt drauf an.«

»Damit ihr Bescheid wisst, Caren ist das Mädchen, das ich heiraten werde«, verkündete Eric in die Runde. »Benehmt euch also entsprechend.«

Seine Freunde wie geplant mit dieser Nachricht zu überraschen, gelang.

»Das gibt's ja nicht!«

»Du machst Witze!«

Während ein Wort das andere gab, hörte Caren undeutlich durch das Gewirr der Bemerkungen und das Lachen der jungen Männer eine Stimme. Sie kam aus einem Sessel, der dem Kamin direkt zugewandt stand, so dass er von ihrem Standort nicht einsehbar war. Es war eine Stimme aus der Vergangenheit. Eine Stimme, die sie nie, niemals wieder hören wollte. In ihrem ganzen Leben nicht!

»Gleich muss ich kotzen«, sagte die Stimme.

Mit großen Augen starrte Caren auf die Rückenlehne des Sessels. Sie war wie gelähmt und nicht mehr in der Lage, sich an dem Gespräch mit den vier jungen Männern zu beteiligen. Sie fühlte, wie ihr das Blut aus dem Kopf wich, wie ihr schwindelig wurde. Die Welt stand plötzlich still. Sie sah und hörte nichts mehr. Nur die laute Stimme in ihrem Kopf, die immer wieder schrie: Nein! Nicht! Bitte, bitte nicht! Dann wurde ihr kalt. So kalt, dass sie zu zittern anfing. >Mir wird schlecht<, dachte sie entsetzt. >Ich werde ohnmächtig. Wenn er es wirklich ist, dann … dann … dann sterbe ich<.

Aus dem Sessel am Kamin erhob sich jetzt die Gestalt, die dort gesessen hatte. Ein junger Mann kam langsam auf Caren zu. Es war ein sehr gut aussehender junger Mann, groß und schlank, mit blondem Haar und schönen blauen Augen. Den schönsten blauen Augen, die Caren je gesehen hatte. Bei seinem Anblick wurde sie leichenblass. Sie zitterte so sehr und fühlte sich so schwach, dass sie sich kaum auf den Beinen halten konnte. Ihre Kraft schien auch nicht auszureichen, die wenigen Schritte bis zu Eric zu gehen, um bei ihm Schutz zu suchen.

Eric ging sofort auf seinen Freund zu und begrüßte ihn mit einem strahlenden Lachen. »Hi, Kian. Du bist ja doch da. Das freut mich. Ich dachte...«

Kian beachtete Eric nicht. Er sah nur Caren, die mit blassem Gesicht dastand und ihn mit weit aufgerissenen Augen anstarrte. Sie freute sich nicht, ihn zu sehen, das war nicht zu übersehen.

»Hallo, Caren«, sagte Kian mit leicht zitternder Stimme.

Caren öffnete den Mund, um seinen Gruß zu erwidern, aber es kam nur ein krächzender Ton heraus.

»Schön, dich zu sehen, Kian«, wiederholte Eric. »Ich möchte dir Caren vorstellen. Sie ist die Frau, die ich heiraten werde«, fügte er stolz hinzu. »So schnell wie möglich.«

Kian holte einige Male tief Luft, um seine Emotionen in den Griff zu bekommen. Er musste jetzt den Starken spielen, und dabei durfte seine Stimme nicht zittern.

»Das ist ganz bestimmt nicht die Frau, die du heiraten wirst«, sagte er. Er sah dabei Caren an und biss die Zähne so fest aufeinander, dass sein Gesicht wie eine Maske wirkte.

»Doch, das ist sie. Da bin ich mir absolut sicher«, sagte Eric arglos. »Ich meine natürlich, wir sind uns sicher, Caren und ich.«

»Du wirst diese Frau nicht heiraten«, wiederholte Kian.

Eric sah auf seinen Freund, der mit abweisendem Gesicht vor ihm stand und eine Umarmung zur Begrüßung erneut brüsk abwehrte.

»Freu dich doch mit mir«, bat er etwas verunsichert durch Kians merkwürdiges Verhalten. »Ich habe die Frau fürs Leben gefunden. Ich werde Steve schon irgendwie beibringen, dass ich Caren heiraten werde.«

»Du wirst Caren nicht heiraten!«

Eric sah seinen Freund aufmunternd an. »Sei nicht so pessimistisch. Du wirst sehen, es …«

Er versuchte erneut, seine Hand auf Kians Arm zu legen. Aber dieser wich mit soviel Abscheu im Gesicht vor ihm zurück, dass es Eric so langsam dämmerte, dass hier etwas nicht stimmte.

»Ich sag es dir jetzt zum letzten Mal: Du wirst Caren nicht heiraten«, unterbrach Kian ihn erneut. Seine Stimme war eisig, und er betonte jedes einzelne Wort.

Verwundert aber zunehmend ärgerlich sah Eric seinen Freund an. Er verstand nicht, warum Kian so gereizt auf seine freudige Nachricht reagierte, und seinen Ton würde er sich auch nicht länger gefallen lassen.

»Was soll das, Kian? Ich werde Caren heiraten! Und du bist der Letzte, der mich daran hindert!«, entgegnete Eric ärgerlich.

»Da irrst du dich aber gewaltig.«

»Was, zum Teufel, soll das, Kian?! Was …«

»Du wirst Caren deshalb nicht heiraten, weil sie bereits verheiratet ist.«

»Ha, ha, sehr komisch. Ich lach mich kaputt.«

»Tu das.« Kian hob geringschätzig die Augenbrauen. »Ich finde es ziemlich merkwürdig, dass sie dir diese Tatsache anscheinend verschwiegen hat.«

Jetzt hatte Eric genug. »Was redest du da, verdammt?! Hör auf, solch einen Scheiß zu reden!«

»Hör zu, verdammt! Caren ist verheiratet! Sie ist …«

»Hör auf damit, Kian! Ich will nichts mehr hören!«, rief Eric aufgebracht.

»Caren ist meine Frau! Hörst du?! Meine Frau!« Kian schleuderte ihm jedes einzelne Wort entgegen.

Schlagartig wurde es still im Raum, die Anwesenden standen wie erstarrt da. Nur der keuchende Atem von Kian und Eric war zu hören.

Eric starrte Kian eine Weile sprachlos an. »Das lügst du! Das ist nicht wahr!«, stieß er dann atemlos hervor. Sein Gesicht war schneeweiß.

Erics Herz klopfte zum Zerspringen. Er hatte das Gefühl, keinen Boden mehr unter den Füßen zu haben. Sein ganzer Körper bebte. Er ballte die Hände zu Fäusten, um die Kontrolle über sich nicht zu verlieren. Trotz des Chaos, das in seinem Kopf herrschte, ahnte er, dass sein Freund nicht log. Er musste nur in dessen Gesicht sehen um zu wissen, dass Kian die Wahrheit sagte. Aber er verdrängte diesen Gedanken sofort.

»Hör auf, solch einen Schwachsinn zu reden! Wie ... wie kann Caren deine Frau sein? Sie kennt dich doch gar nicht. Sie ... Sie ist doch nie ...«.

»Viel scheint sie dir nicht von sich erzählt zu haben«, unterbrach Kian ihn sarkastisch.

Caren sah den hilfesuchenden Blick nicht, den Eric ihr zuwarf. Sie stand nur da und starrte Kian an, unfähig, etwas anderes zu tun, unfähig, auch nur ein Wort zu sagen. Sie fühlte sich wie in einem Traum, wie in einem dieser schrecklichen Albträume, in denen man voller Panik davonlaufen möchte, aber nicht in der Lage ist, auch nur einen Schritt zu tun.

»Caren ist meine Frau«, wiederholte Kian. Seine Stimme war eisig, zitterte jedoch leicht. »Lass die Finger von ihr, Eric! Hast du verstanden?!«

Hilflos stand Eric da und sah auf das Mädchen, das er liebte. Seit Tagen sprach er von nichts anderem als davon, wie schön ihr Zusammenleben sein würde, wie glücklich ihre Zukunft. Caren lachte immer nur dazu, versprach ihm aber, eines Tages seine Frau zu werden. Es konnte nicht sein, was Kian da sagte. Caren konnte nicht verheiratet sein. Und schon gar nicht mit ihm!

»Caren, sag doch was«, bat Eric schließlich in das unerträgliche Schweigen hinein. »Sag, dass du Kian nicht kennst. Du bist doch nie in Irland gewesen, oder? – Sag was, Caren. Bitte, sag, dass er lügt.«

Erics verzweifelte Stimme befreite Caren aus ihrem Albtraum und brachte sie zurück in die Wirklichkeit. Es ging hier nicht allein um ihre Gefühle, sondern vor allem um seine. Er hatte keinen Grund, traurig oder verzweifelt zu sein, denn Kian redete Unsinn.

»Es ist nicht wahr, Eric«. Ihre Stimme zitterte nur leicht, und Caren war froh darüber, dass sie halbwegs fest klang. »Ich bin nicht mehr seine Frau. Das ist lange her. Wir sind längst geschieden.«

»Oh nein, sweetheart, wir sind nicht geschieden.«

»Mein Vater hat sich um die Scheidung gekümmert. Seine Anwälte haben damals ...«

»Sie haben mir viel Geld geboten, wenn ich dich freigebe. Seine Lordschaft war wirklich sehr großzügig, das muss ich sagen. Ich denke aber nicht daran, mich scheiden zu lassen.«

»Wir ... Wir sind nicht geschieden?!« Fassungslos sah Caren Kian an. Sie konnte nicht glauben, was er da sagte.

Ihr ganzes neues Leben, das sie sich so mühsam geschaffen hatte, war darauf aufgebaut, dass sie geschieden war. Alles, was sie an ihre Ehe, an Kian erinnerte, hatte sie damals zurückgelassen: Fotos, Liebesbriefe, ihren Ehering, sogar Paul Francis, den über alles geliebten Teddybär, den Kian ihr nach vier Wochen Ehe geschenkt hatte. Obwohl Pass und Führerschein immer noch auf den Namen Caren Brentwood lauteten, benutzte sie seit der Trennung wieder ihren Mädchennamen. Sie wollte ihre Ehe vergessen, sie wollte Kian vergessen. Sie wollte nie wieder an ihn denken, nie wieder von ihm sprechen und vor allem, ihn nie wieder sehen! Nur so war es ihr gelungen, neu anzufangen. Kian hatte keinen Platz mehr in ihrem Leben. - Dass diese Aussage nicht stimmte, wusste sie seit wenigen Minuten. Ob sie es wahrhaben wollte oder nicht, Kian gehörte immer noch in ihr Leben. Sie war immer noch nicht frei von ihm. Er war immer noch ihr Mann. Dass er sich nach allem, was passiert war, weigerte, sich scheiden zu lassen, war eine Unverschämtheit! Er hatte kein Recht dazu!

»Wir sind nicht geschieden?!«, wiederholte sie ihre Frage, jetzt nicht mehr fassungslos, sondern sehr wütend.

»Nein, wir sind nicht geschieden.«

»Warum nicht?«

»Ich habe es dir damals gesagt. Wenn du mich heiratest, wird es für immer sein. Le gra go deo, weißt du noch?«

»Leider hatten wir völlig unterschiedliche Vorstellungen davon, was Ehe bedeutet«, sagte Caren heftig. »Ich bin damals nicht ohne Grund gegangen. Weißt du noch?«, ahmte sie ihn bissig nach.

Mitten im Raum standen sie sich mit blassen Gesichtern gegenüber und funkelten sich wütend an.

»Ich will die Scheidung! Was du tust, ist unfair! Aber so bist du immer gewesen. - Du kannst mich nicht zwingen...«, begann Caren erneut, weil Kian nichts auf ihre Worte sagte. Was sollte er auch sagen? Er wusste, dass sie die Wahrheit sprach.

»Ich muss dich nicht zwingen«, fiel er ihr ins Wort. »Ich stimme einer Scheidung nicht zu. Und du wirst für immer und ewig meine Frau sein, wie du es einmal versprochen hast.«

»Das ... das glaube ich nicht«, stammelte Caren, obwohl Kians Verhalten keinen Zweifel daran ließ, dass er die Wahrheit sprach. »Ich werde sofort meinen Vater anrufen und ...«

»In diesem Fall kann nicht einmal seine Lordschaft mit all seinem Geld und all seinen Beziehungen etwas ausrichten. Wir wurden nach irischem Recht getraut und das sieht eine Scheidung nicht vor.«

»Es sei denn, beide Partner sind einverstanden«, stellte Rob richtig.

Er machte diese Bemerkung ganz automatisch, ohne nachzudenken. Er war gar nicht in der Lage, klar zu denken. Ebenso fassungslos wie Eric, Kevin und Danny stand Rob da und sah völlig entgeistert auf Kian und die schöne junge Frau, von der er behauptete, sie sei seine Frau. Kian verheiratet! Kian mit all seinen Affären, der Playboy unter ihnen. Der sich nie für ein Mädchen entscheiden konnte. Der seine Freundinnen wechselte, wie andere Leute ihre Hemden. Rob hatte ihm immer unterstellt, seine Rastlosigkeit sei nichts anderes als die Suche nach der einzigen wahren Liebe, nach einer romantischen Märchenbuchliebe. Solch eine Schwärmerei passte zu keinem so gut wie zu Kian. Der tat das zwar immer als Unsinn ab, aber jetzt hatte Rob den Beweis, dass seine Vermutung der Wahrheit entsprach. Irgendwann in der Vergangenheit hatte Kian sich entschieden, weil er diese Liebe gefunden hatte. Anders konnte es nicht sein, er hätte sonst niemals geheiratet. Aber was war geschehen? Warum hatte er diese Liebe wieder verloren? Und warum hatte er nie mit seinen Freunden darüber gesprochen?

Rob war ein sehr spontaner Mensch, dem das Herz oft auf der Zunge lag, der immer sagte, was er dachte oder fühlte. Er scheute sich nicht nachzufragen, wenn ihm etwas nicht klar war oder ihn besonders interessierte. Diese Geschichte hier interessierte ihn ganz besonders. Aber angesichts der angespannten Atmosphäre im Raum schien es wohl besser zu sein, den Mund zu halten. In Kians wütendem Blick, den dieser ihm zuwarf, las er dasselbe. ›Misch dich nicht ein!‹, stand deutlich darin zu lesen.

»Also gibt es doch eine Lösung«, sagte Caren triumphierend. Sie griff nach Erics Hand und drückte sie aufmunternd. »Ich werde mit Vaters Anwälten sprechen. Sie werden etwas finden, womit sie Kian zwingen, sich scheiden zu lassen. Das verspreche ich dir, Eric.«

»Keiner kann mich zwingen«, versicherte Kian mit einem verächtlichen Schnauben. »Du bist meine Frau. Und das bleibst du. Und ich werde weder zusehen noch dulden, dass du Ehebruch begehst.«

»Ich habe nicht den Ehrgeiz, dir auf diesem Gebiet Konkurrenz zu machen«, entgegnete Caren bissig.

»Ich dulde auch kein gemeinsames Zimmer, ist das klar?«, fuhr Kian ungerührt fort. »Wenn du nicht zu mir kommen willst, nimmst du eines der Gästezimmer!«

Am liebsten hätte Caren ihn für diese Worte geohrfeigt. Was fiel ihm ein, so mit ihr zu reden?! Sie hatte genug von ihm. Nicht eine Sekunde länger hielt sie es hier aus. Nicht eine Sekunde länger konnte sie Kians Anblick ertragen. Der Gedanke, dass sie immer noch seine Frau war, schnürte ihr die Kehle zu. Heftige Emotionen tobten in ihrem Inneren und bewirkten, dass sie sich elend und krank fühlte.

»Eric, lass uns bitte in ein Hotel gehen«, bat sie mit gepresster Stimme. »Ich will nicht hier bleiben.«

»Du gehst mit ihm in kein Hotel!«, fuhr Kian sie an, bevor Eric auch nur den Mund auftun konnte. »Tu es und ich zeige dich wegen Ehebruchs an!«

»Pah!« machte Caren verächtlich. »Wo sind wir denn hier? Im Mittelalter?«

»In Irland«, sagte Kian lapidar.

Die betroffenen, besorgten Gesichter der anderen zeigten Caren, dass es vielleicht doch keine leere Drohung war, die Kian da ausgesprochen hatte. Sie kannte das irische Recht nicht. War es möglich, dass es in diesem erzkatholischen Land wirklich ein Gesetz gab, das Ehebruch bestrafte?

»Hör auf, Kian«, mischte sich jetzt Kevin mit eindringlicher Stimme ein. »Das ist doch ...«

»Caren gehört mir! Ich dulde nicht, dass sie ...«.

»Ich gehöre dir nicht!«, schrie Caren ihn unbeherrscht an. »Ich gehöre niemandem! Dass unsere Ehe kaputtgegangen ist, ist ganz allein deine Schuld. Lass mich zufrieden! Verschwinde aus meinem Leben! Lass mich mit Eric ...«

»Nie! Niemals! Solange ich lebe nicht!«, schrie Kian ebenso unbeherrscht zurück.

Genauso fassungslos wie seine drei Freunde hörte Eric dem Streit zwischen Caren und Kian zu. Er konnte nicht glauben, was er in den letzten Minuten erfahren hatte. Er wollte es nicht glauben. Das Mädchen, das er liebte, und sein bester Freund waren verheiratet. Das musste sie ihm erklären. Das alles konnte doch nur ein Irrtum sein.

»Ich bin völlig durcheinander«, gestand er Caren, während er nach ihrer Hand tastete. Er bemühte sich um ein Lächeln, das jedoch kläglich misslang. »Lass uns einen Spaziergang machen, bitte. Ich brauche frische Luft.«

»Vergiss nicht, meine Frau nach eurem trauten Spaziergang ins Gästezimmer zu bringen und nicht irrtümlich in dein Apartment«, sagte Kian, wobei er ironisch das Wort ‚irrtümlich‘ betonte.

An der Tür drehte Eric sich um und sah seinem Freund ins Gesicht. Dass dieses Gesicht schneeweiß war und wie in tausend Stücke zerschlagen aussah, bemerkte er wohl.

»Du bist ein Scheißkerl«, sagte er trotzdem, zog Caren aus dem Zimmer und gab der Tür einen kräftigen Tritt, so dass sie mit einem lauten Knall hinter ihm ins Schloss fiel.

2. Kapitel

Mit vorgetäuschter Ruhe und Gelassenheit erschien Caren am nächsten Abend zum Dinner, ihrer ersten offiziellen Mahlzeit in diesem fremden Haus. Das Frühstück am Morgen hatte Eric ihr ans Bett gebracht und zum Lunch war sie mit ihm ins nahe gelegene Claddaghduff gefahren. Kian war sie glücklicherweise nicht wieder begegnet. Carens Herz klopfte zum Zerspringen bei dem Gedanken, ihn gleich beim Essen wieder zu sehen. Mit ihm an einem Tisch zu sitzen und vielleicht sogar ein Gespräch mit ihm führen zu müssen, bereitete ihr größtes Unbehagen. Alles in ihr sträubte sich gegen diese Vorstellung. Bei dem Gedanken an das gestrige Wiedersehen mit ihm krampfte sich auch heute noch ihr Magen zusammen.

Caren konnte nicht glauben, dass das Schicksal so grausam sein konnte. Sie war nach Irland gekommen, um hier den Frieden zu finden, den sie in London vergeblich gesucht hatte. Die ganze Stadt hatte sie traurig gemacht. Alles dort hatte sie an die Vergangenheit, an ihre Zeit mit Kian erinnert.

Bei dem Juwelier, an dessen Schaufenster Eric vor einigen Tagen ahnungslos stehen geblieben war, hatten Kian und sie damals Ringe angesehen. Eng umschlungen waren sie durch Londons Straßen gegangen. Im Hyde-Park hatten sie träumend im Gras gelegen, den Kopf voll mit Plänen für die Zukunft. Trafalgar Square, zu Füßen Lord Nelsons, war ihr Treffpunkt gewesen. Dort kam ihr Kian lachend entgegen, nahm sie in seine Arme und küsste sie zärtlich. Bei seinem Anblick hatte Caren jedes Mal weiche

Knie bekommen. In seinen Armen war sie so glücklich gewesen, wie noch nie zuvor in ihrem Leben. Seit dem Tag, an dem Kian in ihr Leben gekommen war, kannte sie die Bedeutung des Wortes LIEBE. Und sie hatte ihm geglaubt, als er versprach, sie würde niemals ohne ihn sein.

Jede Straße, jeder Platz in London barg Erinnerungen an ihre Liebe. Konnte es sein, dass sie nach all den Jahren der Trennung immer noch so empfand? War es normal, dass die Gedanken an Kian sie immer noch traurig machten? Würde es immer so bleiben? Würde es nie vorbei sein? Auf diese Fragen konnte nur die Zukunft eine Antwort geben. Caren hatte nicht damit gerechnet, dass London sie so traurig machen würde. Sie war sicher gewesen, die Vergangenheit überwunden zu haben. Sonst wäre sie noch nicht heimgekommen. Aber schon wenige Tage nach ihrer Rückkehr hatte sie festgestellt, dass sie nicht in London bleiben konnte. Sie konnte nicht bleiben, weil sie Kian dort fast körperlich spürte. Auch deshalb war sie mit Eric nach Irland gegangen. Und traf hier Kian!

Carens erste Reaktion auf das unverhoffte Wiedersehen mit ihm am gestrigen Tag war Panik gewesen. Zum Glück war es ihr gelungen, auf Kians Gegenwart sehr kühl und beherrscht zu reagieren. Aber innerlich herrschte ein Gefühlschaos in ihr, wie sie es nie zuvor erlebt hatte. Sie wollte dieses Chaos nicht, sie wollte die Realität nicht akzeptieren. Sie wollte, dass sich diese ganze unerträgliche Situation als böser Traum herausstellte. Wenn sie aufwachte, wäre Kian weit, weit fort und Eric und sie wieder allein, und alles wäre wieder gut.

»Warum hast du mir nicht gesagt, dass du verheiratet bist?«, hatte Eric sie gestern bei ihrem Spaziergang gefragt. Seine Stimme war rau und heiser vor Kummer gewesen und Caren hatte es fast das Herz zerrissen, ihn so traurig zu sehen.

»Eric, es tut mir leid. Ich dachte, ich bin nicht mehr verheiratet. Ich bin damals nach Australien gegangen und habe es meinem Vater überlassen, sich um die Scheidung zu kümmern.«

»Warum hat er dir denn nicht gesagt, dass es keine Scheidung gab?«

»Mein Vater hasst nichts mehr, als an meine Ehe erinnert zu werden. Dieses Thema ist noch heute absolut tabu bei uns zu Hause. Deshalb habe ich ihn nie gefragt. Ich gebe zu, ich habe damals den bequemen Weg gewählt und habe ihn machen lassen. Mir ist aber nie der Gedanke gekommen, seine Anwälte könnten gescheitert sein.«

»Du hättest mir sagen müssen, dass du verheiratet warst ... bist ...«

»Hätte das etwas an unserer Beziehung geändert?«

»Ich weiß es nicht.«

»Hättest du mich nicht mehr sehen wollen?«

»Ich weiß es nicht.«

»Was wäre anders zwischen uns?«

»Ich weiß es nicht.«

»Eric, hör auf mit diesem ‚Ich weiß es nicht‘!«

»Entschuldige, Caren, ich … ich rede Unsinn. - Ich bin vollkommen durcheinander. Du bist die Frau meines Freundes. Das ... Ich ...«

»Ich habe Kian nicht einfach so verlassen, das kannst du mir glauben. Ich wollte nicht ohne Grund die Scheidung von ihm.«

»Er war der Mann, der dir so wehgetan hat, nicht wahr?«

»Ja.«

»Mein Gott, und ich bringe dich hierher! Es tut mir leid, Caren. Es tut mir so leid.«

»Eric, hör auf! Du kannst doch nichts dafür! Es ist doch nicht deine Schuld. Es ist wohl einfach nur Schicksal.«

Eric war genauso verzweifelt gewesen wie sie. Das hatte Caren an der Art gemerkt, wie er sie in seine Arme nahm und fest an sich drückte. Ihre Ankunft in seiner

Heimat hatten sie sich beide wesentlich glücklicher vorgestellt.

»Was soll nun werden?«

»Ich weiß es nicht. Ich kann nicht hier bleiben. Ich kann nicht in London sein. Ich weiß nicht, wohin ich soll. Wo ist mein Platz im Leben?« Beinahe wäre Caren in Tränen ausgebrochen.

»Dein Platz ist bei mir, Caren.«

»Ist das wahr, Eric? Ist das immer noch so? Obwohl ich ...«

»Das ist so und das wird immer so sein«, hatte Eric sie unterbrochen. Seine Stimme klang plötzlich wieder kraftvoll, das alte Selbstvertrauen war zurück. »Ich möchte, dass du bleibst. Hier, bei mir.«

Eric dachte an all die Mädchengeschichten seines Freundes. Kians längste Beziehung in den letzten drei Jahren hatte sechs Monate gedauert. Seine Freunde hatten sich gewundert, denn normalerweise hielten diese Romanzen höchstens vier Wochen. Hinter der Äußerung: >Ich lasse mich nicht scheiden< steckte Kians Stolz, seine gekränkte Eitelkeit, nichts anderes. Er hatte doch niemals, mit keinem Wort erwähnt, dass er verheiratet war. Würde er Caren noch lieben, hätte er von ihr gesprochen. Er sprach doch laufend von seinen Eroberungen. Caren war eine seiner zahlreichen Affären gewesen, anders konnte es nicht sein, machte Eric sich selber Mut. Wer weiß, aus welchem Grund er Caren geheiratet hatte.

»Wir müssen Kian dazu bringen, sich scheiden zu lassen«, hatte Eric irgendwann gesagt. Seine Stimme war fest und überzeugend gewesen. Seine Verzweiflung war fort und er wusste wieder, was er wollte. Er würde um Caren kämpfen, er würde sie nicht aufgeben.

»Er muss uns zusammen sehen, jeden Tag, von morgens bis abends. Er muss sehen, dass wir uns lieben. Er muss begreifen, dass du mich liebst und nicht mehr ihn. - Wenn du es aushalten kannst, ihn zu sehen, Caren, dann lass uns hier bleiben, hier in diesem Haus. Ich glaube, nein, ich bin sicher, das ist unsere einzige Chance, die Scheidung zu erreichen.«

»Wenn du bei mir bist, kann ich es aushalten.«

»Ich werde immer bei dir sein.«

Sie hatten sich lange geküsst und danach war es beiden für kurze Zeit ein wenig besser gegangen. Der Spaziergang am Strand lenkte ab von unangenehmen Gedanken und schmerzvollen Erinnerungen, der Rundgang eine Weile später durch das Haus ebenso.

Wie versprochen führte Eric Caren durch das ganze Haus, vom Dachboden bis zum Keller, so kam es ihr vor. Sie hielten sich nur kurz in seinem Apartment auf, das auf der Westseite des Hauses lag und aus Wohnraum, Schlafzimmer und Badezimmer bestand und sehr luxuriös eingerichtet war. Die hohen Sprossenfenster der Räume boten einen atemberaubenden Blick auf den Atlantik. Während Eric und Caren den Flur entlang zum Aufgang in die nächste Etage gingen, deutete er auf vier weitere geschlossene Türen und erzählte, wer von seinen Freunden hinter welcher Tür wohnte. Im zweiten Stock lagen links und rechts des breiten Flures fünf geräumige Gästezimmer, die jeweils ein eigenes Bad hatten. Hier oben öffnete Eric jede einzelne Tür und Caren konnte sehen, dass kein Raum dem anderen glich, jeder war individuell eingerichtet und in unterschiedlichen Farben gestaltet worden. Sie verliebte sich sofort in das lindgrüne Zimmer. Obwohl sich ihre Gefühle immer noch in Aufruhr befanden, entzückte sie der Anblick des Raumes mit seinem großen Himmelbett, der Sitzecke mit Sofa, zwei Sesseln und kleinem Tisch, einem Schreibtisch am Fenster mit einem Stuhl davor. Auf dem Tisch stand ein Blumenstrauß, ihre Koffer waren heraufgebracht worden und lagen zum Auspacken bereit auf der Fußbank vor dem Bett, und im Badezimmer sorgten dicke Matten und flauschige Handtücher für Behaglichkeit. Der Haushälterin für diese Fürsorge zu danken, ergab sich anschließend im Erdgeschoss, als Eric ihr Mrs. Duff und ihren Mann vorstellte. Mrs. Duff kümmerte sich um den Haushalt, Mr. Duff, von den jungen Männern liebevoll Duffy genannt, war für die Garage und den Garten zuständig. Ein junges Mädchen aus der Umgebung, das abends heimfuhr, half tagsüber im Haushalt. Das Ehepaar hatte eine Wohnung im Souterrain des Hauses, zu der auch ein eigener kleiner Garten gehörte.

Die Entschlossenheit, mit der Eric gestern Caren und letztlich auch sich selber Mut gemacht hatte, hielt nicht lange an. Er liebte die Frau seines Freundes. Caren war mit Kian verheiratet! Dieser Gedanke entsetzte ihn dermaßen, dass er auch einen Tag später noch wie gelähmt war. Er bemühte sich jedoch nach Kräften, Caren einen schönen zweiten Tag in Irland zu bereiten, nachdem der Ankunftstag solch ein Desaster gewesen war. Wie elend er sich fühlte, ließ er sich nicht anmerken. Eric wollte Caren nicht mit seinem schlechten Gewissen Kian gegenüber belasten. Sie musste nicht wissen, dass die langjährige tiefe Freundschaft zwischen ihnen beiden zerbrochen war. Zerbrochen und nicht mehr zu kitten, wie die Vase, die bei ihrer Auseinandersetzung gestern Abend zu Bruch gegangen war.

Auch Kian kam mit schwerem Herzen zum Dinner und mit Absicht so spät, dass für einen Drink vorher keine Zeit mehr war. Um nichts in der Welt hätte er mit Eric und Caren zusammenstehen und gepflegte Konversation betreiben können. Keiner konnte das von ihm verlangen! Seit ihrer Ankunft gestern fühlte er sich elend, sein ganzer Körper tat weh. Das Wissen, dass Caren mit seinem Freund zusammen war, war unerträglich. Dass sie nun Eric liebte, wie sie ihn einmal geliebt hatte, dass sie Eric ansah, wie sie ihn einmal angesehen hatte, nun mit Eric lachte und nicht mehr mit ihm, war schlimm, entsetzlich und nicht auszuhalten. Auch ihr Anblick war nicht auszuhalten. Sie war so schön, dass es ihm den Atem raubte. Schön war sie damals schon gewesen, aber sie hatte sich verändert. Sie war nicht mehr das süße kleine Engelchen, das sie mit achtzehn gewesen war. Sie war erwachsen geworden und viel selbstbewusster als damals. Das zeigte sich an der Art wie sie sprach, wie sie sich bewegte, wie sie ihr Haar zurückwarf, an ihrer ganzen Gestik und Mimik. Sie war zu einer wunderschönen Frau geworden, die beides in sich vereinte: Sexappeal und Unschuld. Eine Mischung, die einen Mann verrückt machen konnte. Er hatte sie zu dieser Frau gemacht. Und nie, niemals hätte er gedacht, dass er sie einmal verlieren würde. Wie viele Männer hatte sie seit ihrer Trennung gehabt? Eine Frage, die Kian quälte. Er gönnte sie keinem anderen Mann. Keinem! Und Eric schon gar nicht!

Den jungen Männern, die sich im Esszimmer um den schön gedeckten Tisch versammelt hatten, fiel es schwer, ihren Gast nicht anzustarren. Den Blick abzuwenden, war einfach unmöglich. Die junge Frau sah so atemberaubend aus, dass es ihnen die Sprache verschlug. Keiner von ihnen war bisher durch große Zurückhaltung aufgefallen, Danny ausgenommen. Jetzt aber waren sie froh, dass Kevin das Tischgespräch in Gang brachte. Sein Mund stand selten still. Und er konnte, was seinen Freunden heute Abend anscheinend nicht möglich war: Caren ansehen und dabei sprechen. Er hielt sich auch nicht lange mit Höflichkeitsfloskeln auf, sondern stellte gleich die Frage, die alle am meisten interessierte: »Wo habt ihr euch kennen gelernt, Eric und du?«

»Bei Harrods...«, begann Caren.

»Zwischen Hüten und Seidentüchern«, ergänzte Eric lächelnd.

»Bei Harrods?!« Rob konnte es nicht glauben. »Aber wir waren doch alle dort.«

»Ich bin an unserem letzten Samstag in London noch einmal hin, weil ich ein Geschenk für meine Mutter brauchte. Erinnert euch, ich habe gefragt, ob jemand mitkommen möchte.«

»Das hast du getan«, gab Rob zu. »Verdammter Mist, dass ich nicht mitgegangen bin.«

»Zu spät.« Eric lachte etwas verkrampft und vermied es, Kian anzusehen.

»Wie hat Eric es geschafft, dich anzusprechen?«, wollte Rob wissen.

»Was ist dir an ihm zuerst aufgefallen?«, fiel Kevin ein. »Vielleicht kann man was abkupfern«.

»Sag jetzt bloß nicht, es waren seine braunen Augen«, drohte Rob.

»Das habe ich sagen wollen«, behauptete Caren und sah in Robs blaue Augen. »Nein, es war sein Lachen. Sofort als er mich angelächelt hat, habe ich mich in ihn verliebt. Ich konnte nicht anders.«

Jetzt hob Kian den Kopf und sah auf Eric und Caren. Sie saßen nebeneinander auf der anderen Seite des Tisches, Caren eingerahmt von Eric und Kevin, ihm gegenüber, genau in seinem Blickfeld. Es kostete ihn fast übermenschliche Anstrengung, nicht ständig in ihre Richtung zu schauen. Er konnte es nicht ertragen, die beiden zu sehen.

Er hatte es auch gestern nicht ausgehalten. Caren wieder zu sehen, als Erics Freundin, hatte Kian fast umgebracht. Es hatte ihn zu unvorbereitet, zu unerwartet getroffen, und seine Fassungslosigkeit hatte ihn völlig hilflos gemacht. Er hatte diesen schrecklichen Schmerz in sich gespürt und nicht gewusst, wie er sich dagegen schützen konnte. Das erklärte vielleicht sein unverschämtes Benehmen am gestrigen Nachmittag. In den letzten Jahren hatte er sich das Wiedersehen mit Caren immer wieder ausgemalt. Er würde auf sie zulaufen, sie in seine Arme nehmen und sie um Verzeihung bitten. Natürlich würde sie noch ein wenig böse mit ihm sein und ihm nicht sofort verzeihen, dafür hatte er ihr zu wehgetan. Aber sie liebte ihn immer noch, und wenn er ihr sagte, dass auch er nie aufgehört hatte, sie zu lieben, wäre alles wieder gut. Und gestern war Caren dann tatsächlich gekommen. Kian konnte nicht sagen, warum, aber er hatte sofort gewusst, dass sie es war. Als die Tür aufging, als seine Freunde zur Tür schauten und plötzlich völlig verklärt aussahen, hatte er tief in seinem Inneren gespürt, dass Caren da war. Als er ihre Stimme hinter sich hörte, hatte sein Herz wie wahnsinnig geklopft, seine Hände waren feucht geworden, sein Mund ganz trocken. Er war nicht in der Lage gewesen, sofort aufzuspringen und ihr entgegen zu gehen, wie Rob, Danny und Kevin es getan hatten. Dann lief jedoch alles schief und nichts war so, wie Kian es sich erträumt hatte. Denn als Eric sagte: Das ist das Mädchen, das ich heiraten werde, hatte Caren, seine Caren, ihm nicht widersprochen. Sie hatte nicht gesagt: Ich kann dich nicht heiraten, Eric. Ich bin verheiratet. Mit Kian. Den ich liebe und den ich immer lieben werde. Kian hatte gewartet, dass sie es sagen würde. Aber sie tat es nicht. Und als ihm klar wurde, was das bedeutete, war ihm schlecht geworden. So schlecht, wie er es beim schlimmsten Rausch noch nicht erlebt hatte. Caren hatte auch nicht auf Kevins Frage gesagt: Kian, mein Mann, hat mir Gälisch beigebracht. Sie erwähnte ihn mit keinem Wort. Sie tat so, als gäbe es ihn gar nicht. Als hätte es ihn nie gegeben. – Er hatte ihr jedoch gezeigt, dass es ihn gab. Oh ja! Er hatte seinen Eispanzer angelegt, war aufgestanden und zu ihr gegangen, um sie zu begrüßen. Seine coole Reaktion auf Carens Mitteilung, dass sie ihn nicht mehr liebe, sondern die Scheidung wolle, um Eric heiraten zu können, machte Kian auch heute noch stolz. Sein Eispanzer hatte ihn geschützt und keine Gefühle nach außen gelassen. Aber wie lange würde das Eis noch halten? Kian fühlte, dass der Panzer Risse bekam. Und jeden einzelnen Riss spürte er wie einen Faustschlag in den Magen.

»Erics Lachen, natürlich! Das scheinen alle Mädchen zu lieben«. Rob seufzte dramatisch tief auf. »Da kommt man nicht gegen an. Und es ist seine ruhige Art, die dir gefällt, stimmt's?«

»Ja, sehr sogar«, bestätigte Caren. »Ich mag keine Draufgänger.«

Kian wurde noch blasser als er ohnehin schon war. Diese Liebeserklärung traf ihn genau dort, wo sie ihn treffen sollte: Mitten ins Herz. Er war genau das Gegenteil, das wollte Caren ihm mit ihren Worten zu verstehen geben. Und deshalb liebte sie Eric und nicht mehr ihn.

»Eric singt die meisten unserer Schmusesongs. Wenn er singt, hört das Kreischen der Mädchen auf, dann sind sie ganz still und zünden Wunderkerzen oder Feuerzeuge an«, erzählte Kevin.

»Bist du in London in einem unserer Konzerte gewesen?«, wollte Danny wissen.

»Nein. Ich muss gestehen, dass ich euch überhaupt nicht kannte. Eric hat mir erst hier in Irland von euch erzählt. Erst da habe ich erfahren, dass ich mit einem bekannten Popstar befreundet bin.«

»Gibt es das tatsächlich, ein Mädchen, das uns nicht kennt?«, wunderte sich Rob.

»Es tut mir leid. Ich weiß gar nicht, wie ich mich aus dieser schrecklich peinlichen Situation herausreden kann. Aber schließlich bin ich jetzt dabei, diesen Zustand zu ändern.«

»Falls das eine Entschuldigung sein sollte, ist sie angenommen«, lachte Rob.

»Das ist sehr nett von dir«, bedankte sich Caren.

»Wir haben uns zu Beginn unserer Karriere geschworen, mit beiden Beinen auf dem Boden zu bleiben. Typisch irisch, also. Soweit es geht, leben wir danach«, sagte Eric.

»Die Musikbranche ist reine Show, nichts ist echt«, sagte Rob »Da ist es gut, wenn du Menschen um dich hast, die dich schnellstens wieder erden, wenn du vor lauter Erfolg und Beifallklatschen abheben willst. Deine Familie zum Beispiel, oder gute Freunde.«

»Menschen, die dich vorher nicht beachtet haben, sind plötzlich deine Freunde. Die schönsten Mädchen reißen sich um dich. Aber du merkst schnell, sie meinen gar nicht dich, sondern den Star. Das ist ganz schön frustrierend«, seufzte Kevin.

»Ist aber doch sehr bequem für einen Quicky oder einen One-Night-Stand«, grinste Rob. »Du musst nicht erst lange rumbaggern, sondern kannst gleich zur Sache gehen.«

»An deinem Selbstbewusstsein kann niemand kratzen, das wissen wir alle.« Kevin zog eine Grimasse und warf Rob einen unwilligen Blick zu.

Der grinste ihn freundlich an. »Das Leben ist reine Ansichtssache, mein Lieber. Ich fühle mich niemals benutzt, also werde ich nicht benutzt. Das ist doch ganz einfach.«

»Und du bist wirklich die ganze Zeit durch London gelaufen, ohne dass sich Horden von Mädchen kreischend auf dich gestürzt haben?«, wandte sich Kevin an Eric. »Hattest du eine Tarnkappe auf oder was hast du sonst getan, dass dich niemand erkannt hat?«

»Wer sieht mich an, wenn Caren an meiner Seite ist?«

»Eric trug immer eine Baseballkappe und eine Sonnenbrille. Ich wunderte mich sehr darüber, denn es schien selten die Sonne«, erzählte Caren lächelnd.

»Du hast nie etwas über meinen Aufzug gesagt.«

»Ich lasse jedem seine Besonderheiten.«

»Davon hat Eric eine ganze Menge«, stichelte Rob.

»Verrate bitte nicht all meine Schwachstellen. Ich versuche immer noch, einen guten Eindruck zu machen«, bat Eric mit gespieltem Entsetzen.

»Bemühe dich nicht! Das ist völlig zwecklos!«, entgegnete sein Freund kameradschaftlich.

»Wieso kennst du uns nicht?« Kevin konnte es immer noch nicht fassen. »Seit Jahren stehen wir in den Charts ganz oben. Jedes irische und jedes englische Mädchen kennt uns. Vom Rest der Welt ganz zu schweigen.«

Caren lachte ihn an. »Ich war drei Jahre lang in Australien. Gilt das als Ausrede?«

»Ja, das lasse ich gelten. Die Aussies haben wir noch nicht erobert. Das machen wir in diesem ... nein, Anfang nächsten Jahres. - Wenn du Lust hast, zeige ich dir nach dem Dinner unser Tonstudio. Da kannst du dir dann auch einige unserer Lieder anhören.«

»Bilde dir bloß nicht ein, dass du mit Caren irgendwo allein hingehst«, stellte Rob klar.

»Wir kommen mit«, ergänzte Danny.

»Das würde mich sehr freuen«, behauptete Caren und schenkte allen dreien ein strahlendes Lächeln.

Dank Kevin und Rob legte sich Carens anfängliche Nervosität schnell, und solange sie Kian nicht ansah, fühlte sie sich wohl im Kreis der Freunde. Die muntere Art, mit der die beiden das Tischgespräch führten, sorgte für eine lockere, heitere Stimmung. Sogar Danny, der zu Anfang sehr zurückhaltend gewesen war und kaum ein Wort sagte, wurde zugänglicher. Nur Kian, dessen angestammter Platz zwischen Rob und Danny war, ihr also genau gegenüber saß, und der sein Essen kaum anrührte, weil er einen solch dicken Kloß im Hals hatte, dass er kaum schlucken konnte, wurde von Caren weder angesehen noch angesprochen.

»Wer macht was in eurer Band?«, fragte Caren beim Dessert.

»Ich sitze am Schlagzeug«, antwortete Kevin. »Danny ist unser Keyboarder, der Rest – last but not least – die Gitarren.«

»Eric hat mir erzählt, ihr kommt alle aus Sligo.«

»Das ist richtig. Wir sind aber erst auf dem College Freunde geworden. Vorher kannten wir uns gar nicht oder nur vom Sehen, da wir in unterschiedlichen Stadtteilen wohnten und auch dort zur Schule gegangen sind.«

»Ich wollte schon mit sechzehn runter vom College«, erzählte Rob. »Ab nach Dublin und ein Star werden. Aber mein alter Herr hat es verboten. Das habe ich ihm lange nicht verziehen und ihm vorgehalten, er sei schuld, als es dann mit der Karriere nicht klappte.«

»Ihr habt damals nicht zusammen gespielt? Hattet ihr keine gemeinsame Band?«, fragte Caren erstaunt.

»Klar hatten wir eine Band! Die ganzen Jahre unserer Collegezeit. Wir waren ‚The Nice Guys‘. Kurz TNG.«

»Was für ein schöner Name«, sagte Caren und versuchte, ein Lachen zu unterdrücken. »War die Assoziation mit TNT beabsichtigt?«

»Aber sicher! Unsere Musik damals war hochexplosiv«, lachte Kevin.

»Der Name war eher ein Joke«, fiel Eric ein. »Entstanden aus Sympathie für eine alte Dame, die in der Nähe des Jugendheims wohnte, in dem wir probten. Sie war sehr nett. Wir mochten sie und sie mochte uns. Immer, wenn wir fünf die Straße entlang an ihrem Haus vorbeikamen, sagte sie: ›Ach, da kommen die netten Burschen‹. So ist der Name entstanden.«

»Verstehe ich es richtig, ihr hattet eine gemeinsame Band, aber nach der Schulzeit versuchte jeder, seine eigene Karriere zu machen? Wäre es nicht einfacher gewesen, ihr ...«

Caren brach ab. Bruchstücke eines Gespräches vor vielen Jahren kamen ihr in den Sinn. ›Wir hatten eine Band. Eric, Kevin, Danny ... Dann kamen Mädchengeschichten, Eifersüchteleien, das übliche‹. Kian hatte es ihr einmal erzählt. Und heute traf sie seine Freunde von damals.

»Erzähle einem jungen Mann von gerade mal sechzehn oder siebzehn, was sinnvoll ist«, hörte sie Eric sagen als sie in die Gegenwart zurückkehrte.

»Er wird dir nicht glauben«, ergänzte Kevin. »Was habe ich auf die Burschen eingeredet. Wir fingen nämlich an, die ersten kleinen Erfolge auch außerhalb von Sligo zu haben. Aber sie wollten nicht hören.«

»Seien wir doch ehrlich. Es lag ganz allein daran, dass wir die Mädchen entdeckten. Dass wir feststellten, wie leicht sie zu haben sind, kaum dass du mit einer Gitarre in der Hand auf der Bühne stehst und singst«, sagte Rob. »Die Musik war zwar weiterhin sehr wichtig für uns, aber die Mädchen nahmen immer mehr Raum ein.«

»Plötzlich gab es die ersten Streitereien und Eifersüchteleien bei uns«, erzählte Danny. »Das war das Ende unserer Band und wir haben uns getrennt.«

»Geschadet hat uns das aber nicht, würde ich sagen.« Kevin sah seine Freunde an, die zustimmend nickten. »Diese Misserfolge als Solist, wenn keiner deine Musik, geschweige denn deine Stimme hören will und du nicht weißt, wie du deine nächste Mahlzeit oder dein Zimmer bezahlen sollst. All das war eine verdammt harte Schule, machte einen aber erwachsen. Plötzlich wusstest du, was Freundschaft bedeutet. Da hast du erkannt, wie wichtig gute Freunde sind.«

»Aber keiner von uns wollte seinen Misserfolg als erster zugeben«, erinnerte sich Rob. »Dazu waren wir viel zu stolz. Wir schlugen uns also irgendwie durchs Leben. Dann kam Kian aus England zurück und die große Versöhnung begann.«

>Als wir uns trennten, ist Kian nach Irland zurückgegangen<, dachte Caren. >Und damit kam der Erfolg. Für ihn war unsere Trennung positiv …<

»Eric war auch gerade in Sligo, und eines Abends im Pub beim ungefähr vierten Pint Guinness machte Kian den Vorschlag, wir fangen neu an. Wir waren gleich Feuer und Flamme und riefen Kevin und Rob an«, erzählte Danny. »Und …«

»Wir kamen sofort«, fiel Rob ein. »Und das ist auch schon die ganze Story. Wir nannten unsere Band TOGETHER, weil wir wussten, wir, diese fünf hier, gehören zusammen, und wir würden Erfolg haben.«

»Den hatten wir aber nicht sofort«, gab Kevin zu. »Einige Tiefschläge gab es natürlich. Aber dann ging es blitzschnell an die Spitze. Und da sind wir nun seit drei Jahren.«

»Unser erster Hit, wisst ihr noch? Kian hat ihn geschrieben. Über Nacht waren wir Nummer Eins in Irland und England, dann auf dem Kontinent und in ganz Europa. Später kam dann Asien dazu.« Danny warf Kian einen beinahe zärtlichen Blick zu, den dieser zwar bemerkte, der ihn aber nicht aufmuntern konnte.

»Kian singt einige unserer Schmusesongs. Er hat sie selber geschrieben, den Text und auch die Musik dazu«, erzählte Danny weiter. »Er spielt Gitarre und …«

»Ich texte und komponiere auch leidenschaftlich gerne«, fiel Rob Danny ins Wort.

Caren war ihm dankbar für dieses schlechte Benehmen. Es interessierte sie nämlich nicht, was Kian tat oder nicht tat. Dass er Lieder schrieb, wusste sie. Er hatte auch einmal eines für sie geschrieben. Damals, vor hunderttausend Jahren. Ein wunderschönes Liebeslied. Sie war ungeheuer stolz darauf gewesen. Auf das Lied. Aber vor allem auf ihn.

»Die lead singer bei uns sind Eric, Danny und Kian. Kevin und ich bilden den vocal back-up«, fuhr Rob fort.

»Es ist schade, dass du keiner der lead singer bist. Du hast eine sehr angenehme Stimme.«

Robs Stimme klang ein wenig heiser und kratzig. Caren mochte es, wie er sprach. Sie war sehr empfänglich für Stimmen. Sie hatte auch Kians Stimme einmal sehr geliebt.

»Findest du?« Der junge Mann beugte sich vor und sah Caren über den Tisch hinweg sehr eindringlich an. Um seinen Mund spielte ein kleines Lächeln.

»Ja, absolut. Ich mag deine Stimme.«

»Das hat mir noch kein Mädchen gesagt«, log Rob.

»Dann hatten sie alle keine Ahnung.«

»Das Gefühl hatte ich auch immer.«

»Robs Reibeisenstimme kommt von dem vielen Malt, den er trinkt«, stichelte Kevin.

Er hatte längst vergessen, dass er gestern Abend derjenige gewesen war, der nach der Auseinandersetzung zwischen Kian und Eric die Meinung vertreten hatte, es sei wohl besser, wenn Caren das Haus verließe. Danny hatte ihm sofort zugestimmt, während Rob vorschlug, man solle abwarten. Das war vor vierundzwanzig Stunden gewesen. Jetzt fühlte Kevin eine leichte Eifersucht, weil es Rob gelungen war, Carens ganze Aufmerksamkeit auf sich zu lenken. Bei ihrer Ankunft gestern Nachmittag hatte seine vorlaute Art sie ziemlich irritiert, das war nicht zu übersehen gewesen. Davon war seit dem Drink vor dem Dinner nichts mehr zu spüren. Ekelhaft, wie Rob sich da an Caren herangeschmissen und niemandem mehr eine Chance gelassen hatte, mit ihr ins Gespräch zu kommen. Ein kleiner Dämpfer in seine Richtung konnte da nicht schaden. Kevin hatte einmal gelesen, dass viele Engländerinnen über die Trinkgewohnheiten irischer Männer die Nase rümpften. Ob das wirklich so war, wusste er nicht. Aber Caren sah so aus, als würde sie übermäßigen Alkoholgenuss nicht mögen.

»Was ist Malt?«, wollte sie wissen.

»Du weißt nicht, was Malt ist?« Rob sah sie fassungslos an.

»Sonst würde sie nicht fragen«, erklärte ihm Kevin unwirsch. Mit Zufriedenheit in der Stimme wandte er sich an Caren. Jetzt hatte er ihre Beachtung. Und die würde er so schnell nicht wieder hergeben.

»Malt ist ein ganz besonderer Whiskey. Ähnlich wie in Schottland wird er hier bei uns in Irland auf eine spezielle Art mit gemälzter Gerste angesetzt, dreifach destilliert und jahrelang in alten Eichenfässern gelagert. Dadurch erhält er seinen unverwechselbaren Geschmack. Und, das kannst du mir glauben, er ist viel besser als Scotch, wenn du ...«

»Du warst – äh – bist mit einem Iren verheiratet«, platzte Rob dazwischen. »Er muss doch Gallonen von Malt getrunken haben!«

»Kian trinkt nicht«, sagte Caren gedankenlos.

Sie merkte zu spät, was geschehen war. Als sie seinen Namen aussprach, sah sie ihn an. Es geschah ganz automatisch, sie wollte es nicht, konnte es aber nicht verhindern. Als sie sein Lächeln sah, wurde ihr bewusst, dass dieses harmlose Gespräch in eine Richtung gelaufen war, die sie absolut nicht beabsichtigt hatte, die sie auch nicht wollte. Und den Blick aus seinen blauen Augen wollte sie schon gar nicht.

Zum Glück brachen die jungen Männer jetzt in ein lautstarkes Gelächter aus und zerstörten damit die unbehagliche Situation, in die Caren sich gedankenlos selber gebracht hatte.

»Kian trinkt nicht!«

»Er trinkt nicht!«

»Das wäre eine Schlagzeile für den Sligo Weekender.«

»Er müsste auswandern, wenn das bekannt wird.«

»Weit weg, wo ihn niemand kennt. Wo niemand das Kainsmal auf seiner Stirn sieht: Ich bin Ire, aber ich trinke nicht.«

»Ein Paddy, der nicht trinkt! Das ist ein Witz! - Alle Iren trinken, honey.«

Im allgemeinen Tumult ging das Kosewort von Rob an Caren fast unter. Kian hatte es natürlich gehört. Er warf Rob einen finsteren Blick zu, den dieser jedoch nicht bemerkte.

Die jungen Männer lachten aus vollem Halse und konnten sich kaum mehr beruhigen. Sie dachten an ihr letztes Saufgelage nach einem ihrer Konzerte in einem Club in London. Das war so schlimm gewesen, dass es wohl lange nicht in Vergessenheit geraten würde. Es hatte ihnen die Titelseite der englischen ‚Sun' mit einigen unschönen Fotos eingebracht und von ihrem Manager eine Riesenstandpauke. Aber wer hörte schon auf Steve? Und die englischen Medien waren ihnen heute auch ziemlich egal.

»Whiskey ist übrigens Gälisch und bedeutet ‚Wasser des Lebens'«, dozierte Kevin, während er sich die Lachtränen aus dem Gesicht wischte.

»Er könnte keinen zutreffenderen Namen haben. Und je älter er ist, desto besser ist er. Bei den Frauen ist das genauso«, behauptete Rob.

»Woher willst du das wissen?«

»Erfahrung.«

»Das erzählst du mir aber noch genauer«, verlangte Kevin. »Vor allem die Details möchte ich hören.«

»Wenn du magst, probierst du nachher einen Schluck Whiskey«, schlug Eric vor. Er erreichte damit den geplanten Themenwechsel, fort von Robs und Kevins Geschichten über ihre diversen Eroberungen.

»Gerne«, sagte Caren. Sie schenkte ihm ein liebevolles Lächeln bevor sie sich wieder an Rob wandte. »Jetzt sag mir doch bitte, warum du kein lead singer bist.«

Über den Tisch hinweg tauchte Rob tief ein in Carens dunkelblaue Augen, die ihn interessiert ansahen. Himmel, war das ein Mädchen! Noch nie hatte es ein weibliches Wesen geschafft, dass er so hin und weg war. Caren war es gelungen, vom ersten Augenblick an. Schade, dass er sie nicht vor Eric kennen gelernt hatte. Am liebsten noch vor Kian.

Rob kam nur mit Mühe in die Gegenwart zurück. Er musste sich erst kräftig räuspern, bevor er Carens Frage beantworten konnte. »Das war zu Beginn unserer Karriere die Entscheidung unseres Produzenten«, erzählte er. »Er sagte uns, wo es lang geht und was gemacht wird. Und wir gehorchten.«

»Wir könnten diese Entscheidung heute rückgängig machen und noch mehr Mitspracherecht fordern«, fiel Kevin ein. »Ich habe aber kein Problem mit der jetzigen Situation.«

»Seit wann?«, fragte Rob mit einem leisen, provokanten Lachen.

»Ich sagte, ich habe kein Problem damit«. Kevins Stimme klang leicht gereizt.

»Das habe ich gehört. Ich wollte nur wissen, seit wann du ...«

»Das Problem, mit dem wir uns im Moment beschäftigen, ist die Frage, ob wir weg sollen von den Balladen und mehr Uptempo-Songs aufnehmen«, wechselte Eric hastig das Thema, um einem Streit zwischen Kevin und Rob die Grundlage zu entziehen. »Die Fans lieben zwar unsere Schmusesongs. Aber wir würden gerne mal etwas anderes machen.«

»Bei unseren Tourneen toben sich vor allem Rob und Kian als Rocksänger aus. Und die Fans geraten jedes Mal außer Rand und Band«, sagte Danny.

»Rockmusik passt nicht zu dem Stil, den unser Produzent uns verpasst hat und der uns eine Menge Kohle bringt«, erklärte Kevin. »Bei den Tourneen sind wir aber jetzt nach drei Jahren Erfolg ziemlich frei in unseren Entscheidungen. Die Fans mögen unsere Rockmusik. Also gibt es bei jedem Gig eine Rockeinlage«.

»Es macht Spaß, wenn die Fans mitgehen, wenn sie anfangen, unsere Lieder mitzusingen«, schwärmte Rob. »Wenn ich auf der Bühne stehe und meine Gitarre in der Hand habe, bin ich glücklich. Und beim Spielen habe ich Zeit für einen Flirt mit den Mädchen«, fügte er grinsend hinzu.

»Sie lieben dich dafür«, sagte Danny.

»Das stimmt«, bestätigte Rob ganz unbescheiden.

»Wir sind in der glücklichen Lage, für jeden Geschmack etwas dabei zu haben«, lachte Kevin. »Den einen finden die Mädels süß, den anderen sexy. Einer ist ...«

»Ich bin der, den sie sexy finden.« Rob zwinkerte Caren zu. »Was sagst du dazu?«

»Das kann ich voll und ganz verstehen«, antwortete sie ernsthaft.

»Slainte, Carry!« Rob hob ihr lachend sein Glas entgegen.

»Slainte, Robby!«

Kian fiel nicht in das allgemeine Gelächter ein. Im Gegenteil, er hatte genug. Er konnte weder Robs Balzgebaren, noch Erics demonstrativ zur Schau gestellte Besitzansprüche eine Sekunde länger ertragen. Und Carens Eiseskälte machte ihn krank. Er warf seine Serviette auf den Tisch, stand auf und verließ mit schnellen Schritten den Raum.

Er stürmte die Treppe hinauf und nahm dabei zwei Stufen auf einmal. Er erreichte sein Apartment und knallte die Tür hinter sich zu. Vor Erregung heftig atmend lief Kian in seinem Wohnraum eine Weile unruhig hin und her. Schließlich stellte er sich ans Fenster, sah hinaus in den klaren Abendhimmel und begann die Sterne zu zählen. Das lenkte ihn jedoch auch nicht ab von seinen finsteren Gedanken. Er ging zum Bücherregal, griff nach irgendeinem Buch, blätterte es flüchtig durch und legte es gleich wieder beiseite. Unschlüssig stand er eine Weile da. Und plötzlich wusste er, was er tun musste: Sich bloß nicht hier verkriechen, sondern hinunter gehen ins Tonstudio zu den anderen. Obwohl das Dinner unerträglich für ihn gewesen war und die verliebten Blicke, die Eric und Caren getauscht hatten, ihn fast um den Verstand gebracht hatten, musste er hinunter. Er musste die beiden sehen, er musste wissen, was sie taten.

Als Kian das Studio betrat, war die Besichtigungstour fast beendet. Danny und Eric hatten Caren die gesamte Aufnahmetechnik erklärt, Kevin hatte ihr sein Schlagzeug vorgeführt und Rob ihr alle Preise, Auszeichnungen, Platin- und goldenen Schallplatten gezeigt, die überall an den Wänden hingen. Jeder der jungen Männer wollte Caren etwas zeigen, jeder wollte ihr etwas sagen. Irgendwie erinnerten sie Kian an eine Meute junger Hunde, die sich um einen Leckerbissen balgten. Wenn ihm nicht so elend zumute gewesen wäre, hätte er sich über den Eifer seiner Freunde nach Herzenslust amüsiert.

»Unsere Aufnahmen werden teils in einem Studio in Dublin gemacht, teils in England«, erzählte Kevin gerade. »Die Videoclips zu unseren Songs drehen wir in der ganzen Welt.«

»Unseren letzten Dreh hatten wir in Schweden«, fiel Rob ein. »Das war fun, vor allem wegen der Mädchen.«

»Das interessiert Caren nicht«, behauptete Kevin und warf ihm einen leicht gereizten Blick zu. »Dieses Studio hier ist nur für unsere Vorproben sozusagen. Hier üben wir, schreiben unsere Songs, probieren neue Arrangements aus, singen aus vollem Hals ...«

»Oft machen wir einfach nur Blödsinn«, ergänzte Eric.

»Ich bin sehr beeindruckt«, sagte Caren.

»Das war beabsichtigt.«

»Jetzt möchte ich aber etwas von euch hören.«

»Etwas rockiges oder etwas sanftes?«, fragte Kevin.

›Bitte, bitte, lieber Gott, lass sie ‚etwas sanftes' sagen‹, betete Kian.

»Etwas sanftes«, sagte Caren und Kian schickte einen Dank zum Himmel.

Danny suchte die DVDs durch und las murmelnd die Etiketten. Schnell hatte er gefunden, was er suchte. Zufrieden nickend bediente er den Recorder. Die anderen machten es sich in den dick gepolsterten weißen Ledersesseln, die vor dem Mischpult standen, bequem.

Der erste Clip zeigte die jungen Männer jeweils zu zweit in unterschiedlichen Räumen einer alten, halb-verfallenen Villa, nur Eric saß allein auf einer Treppe und sang ein wunderschönes, zärtliches Lied, das vom Schmerz des Verlassenwordenseins erzählte, von Fehlern, die gemacht wurden, und von ewiger Liebe. Die Kamera schwenkte immer wieder durchs Haus zu den anderen Sängern. In Großaufnahme blieb sie eine Weile bei Rob. Der saß auf dem Fußboden und hielt einen Brief in der Hand. Er schaute auf das Blatt während er sang und zog plötzlich aus der Tasche seiner Jeans ein Haar-schneidegerät. Und dann, Caren wollte ihren Augen nicht trauen, fuhr er sich damit über sein Haar. Er rasierte sich den Kopf!

»Rob!«, sagte sie entsetzt. »Was machst du da mit deinem Haar?«

Er lachte. »Ich fand das damals eine gute Idee und wollte es unbedingt in diesem Clip realisieren. Ich lese den Liebesbrief, denke an sie und bin so deprimiert, dass ich mir den Kopf rasiere. – Ich habe mal gehört, manche Mädchen schneiden sich das Haar ab, wenn eine Liebe zu Ende ist. Hoffentlich hast du das damals nicht ...«

Rob, der sich erfolgreich bemüht hatte, den Platz rechts neben Caren zu bekommen, sah mit Erschrecken, wie sie die Lippen aufeinander presste und kurz die Au-gen schloss. Um Himmels willen, was redete er da?

»Shit«, fluchte er leise. Er ärgerte sich sehr über seine dumme Bemerkung. »Du glaubst nicht, wie viele Mädels mir danach geschrieben haben, ich solle das nie wieder tun«, erzählte er hastig weiter.

»Dem kann ich mich nur anschließen«, sagte Caren lä-chelnd. »Tu das nie wieder.«

Er erwiderte das Lächeln. Froh, dass sie über seine un-bedachte Äußerung so einfach hinwegging. »Möchtest du das wirklich?«

»Ja.«

»Dann werde ich es nie wieder tun, honey«, versprach er.

Einige Sessel weiter ballte Kian stumm seine Fäuste und biss die Zähne fest aufeinander.

Die ersten Bilder des nächsten Clips zeigten Kian in einem großen, sehr kalt wirkenden Raum an einem Klavier sitzend, um das seine Freunde herumstanden. Mit einer Stimme, die unglaublich gefühlvoll war, begann er zu singen. >In your arms, my angel<.

Bei den ersten Takten sahen die jungen Männer Caren an, begierig, ihr Lob zu hören. Denn dieses Lied war ihr Durchbruch gewesen. Ihr erster Hit, der wochenlang Nummer Eins in sämtlichen Charts gewesen war. Sie hatten seitdem noch unzählige Nummer Eins-Hits gehabt. Aber dieses Lied war etwas ganz Besonderes für sie und würde es immer sein.

Eric griff nach Carens Hand, die auf seinem Arm lag, und führte sie an seine Lippen. Auch er wartete ungeduldig darauf, was sie sagen würde. Nicht unbedingt zu diesem Clip, sondern zu dem vorherigen, in dem er gesungen hatte.

»Das ... das ist mein Lied«, stammelte Caren fassungslos. »Das ...« Sie brach ab. Mit Tränen in den Augen sprang sie auf, tastete im Halbdunkel nach der Tür und lief hinaus.

Eric reagierte schnell. »Warte, Caren!«, rief er und eilte hinter ihr her.

Rob, Kevin und Danny schauten etwas verdattert auf die Tür, die zum zweiten Mal innerhalb kürzester Zeit zufiel, und hefteten dann ihre Blicke abwartend auf Kian. Sie warteten auf eine Erklärung.

»Das Lied habe ich ... habe ich einmal für Caren geschrieben. Da waren wir gerade ein paar Tage verheiratet«, sagte Kian nach einer Weile. Seine Stimme war sehr leise. Sie klang, als würde auch er gleich anfangen zu weinen.

»Oh, ich verstehe«, sagte Kevin.

»Ich verstehe jetzt das F.C., mit dem du all deine Lieder signierst«, sagte Rob. »Für Caren, nicht wahr? Du hast all deine Lieder für sie geschrieben.«

Kian nickte nur. Blass und unglücklich saß er da und schaute auf den Sessel, in dem gerade noch Caren gesessen hatte.

»Warum hast du uns eigentlich nie erzählt, dass du verheiratet bist«, stellte Kevin die Frage, die sie alle interessierte.

Kian sprang so heftig aus seinem Sessel hoch, dass seine Freunde zusammenzuckten.

»Weil ich mich wie ein Schwein benommen habe! Weil ich ein verdammtes Arschloch gewesen bin!«, stieß er hervor. »Das ist nichts, worauf ich stolz bin, das könnt ihr mir glauben!« Dann war er an der Tür, riss sie auf und warf sie krachend hinter sich ins Schloss.

»Wenn dieses plötzliche Aufspringen und aus dem Zimmer laufen in diesem Haus Mode wird, dann wird es hier bald ganz schön einsam sein«, sagte Rob mit einem Blick auf die zugeschlagene Tür.

Aber weder er noch Kevin oder Danny lachten über diese Bemerkung. Sie sahen sich nur schweigend an.

Dann sprach Kevin das aus, was wohl jeder von ihnen dachte: »Jeder von uns ist wichtig. Jede Stimme ist wichtig. Fehlt auch nur einer, sind wir nicht mehr TOGETHER – und das im wahrsten Sinne des Wortes -, weil unser Sound dann ein ganz anderer wäre. Und das wäre das Aus für uns. Fällt einer von uns weg, sind wir erledigt.«

Bei Kevins Worten sahen die jungen Männer wieder zur Tür. Wenn jemand ausbrechen würde, würde es Kian sein, weil er die Liebe zwischen Eric und Caren nicht mit ansehen konnte. Dass er es nicht aushielt, sahen sie ihm an. Caren war gerade mal zwei Tage hier und Kian schon völlig fertig. Was war das für eine unmögliche Situation?

Wie sollten sie sich dabei verhalten? Weiterhin so tun, als sei Caren Erics Freundin, als die sie sie kennen gelernt hatten? Weiterhin hoffen, die angespannte Stimmung zwischen Eric und Kian würde sich beruhigen? Das ging wohl nicht so einfach, wie sie es sich wünschten. Man konnte wohl nur beten.

Ein Gedanke schoss Kevin plötzlich durch den Kopf. Angesichts der ernsten Lage ein sehr banaler Gedanke, wunderte er sich. Er sah auf seine linke Hand, auf den Platinring, den er am Mittelfinger trug. Sie alle trugen einen solchen Ring, je nach Vorliebe am Mittel- oder am Ringfinger der linken oder rechten Hand. Zu Anfang war es noch Silber gewesen, heute leisteten sie sich exklusiven Platin- oder Weißgoldschmuck. Und dann lachte er laut auf und riss seine Freunde damit aus ihren trüben Überlegungen.

»Was ist los? Warum lachst du?«, wollte Rob wissen.

»Dieser verdammte Kerl! Er trägt einen Ehering!« Kevin schüttelte ungläubig den Kopf. »Ich fasse es nicht! Er kommt mit einem Ring am Finger aus England zurück und lässt uns in dem Glauben, das sei der letzte Schrei dort. Wisst ihr noch, wie cool wir es fanden, dass er diesen Ring trug und es ihm sofort nachmachten?«

»Und er hat nichts dazu gesagt, dieser Mistkerl. Er muss sich totgelacht haben über uns.«

»Ich glaube nicht, dass Kian damals große Lust zum Lachen hatte. Erinnert euch, wie verändert er war«, wandte Kevin ein.

»Er hat ziemlich viel getrunken damals. Jetzt ist mir klar, warum«, sagte Rob.

»Wenn es noch mehr Probleme gibt, muss Caren aus dem Haus«, sagte Danny.

»Ich fasse es immer noch nicht, dass Kian verheiratet ist.« Rob schüttelte verwundert den Kopf.

»Unser Playboy! Es muss ihn ganz schön erwischt haben, sonst hätte er nie geheiratet«, bemerkte Kevin.

»Ein Mädchen wie Caren heiratet man«, sagte Rob entschieden.

»Weißt du, was damals passiert ist, Danny? Warum sie sich getrennt haben?«, wollte Kevin wissen.

»Nein, leider nicht. Kian will nicht darüber sprechen.«

»Warum hat man uns zu Hause nie etwas erzählt? Weder von der Heirat noch von der Trennung?«, überlegte Rob.

»Wer hätte uns etwas erzählen sollen?«, fragte Kevin.

»Unsere Eltern zum Beispiel.«

»Kian und Caren haben 1997 geheiratet«, antwortete Kevin. »Da waren wir zerstritten, in alle Himmelsrichtungen verstreut und unsere Eltern kannten sich kaum. Die haben sich doch erst bei unserem ersten Konzert richtig kennen gelernt.«

»Du hast recht. Das hatte ich vergessen«, gestand Rob.

Nach einem langen Zögern sprach Danny das aus, was er seit gestern immer stärker empfand: »Ich finde, Eric sollte mit Caren Schluss machen.«

»Warum sollte er das tun?«, fragte Rob. »Caren will die Scheidung von Kian. Das hat sie ihm doch laut und deutlich gesagt.«

»Aber er will sich nicht scheiden lassen«, erinnerte Kevin.

»Ich frage mich, was das soll. Sie leben seit Jahren getrennt. Außerdem will sie ihn nicht mehr«, stellte Rob klar.

»Sag mal, auf wessen Seite stehst du eigentlich?!«, wollte Danny aufgebracht wissen.

»Was ist denn das für eine unsachliche Frage? Ich gebrauche meinen Verstand. Das solltest du hin und wieder auch mal tun.«

»Hört auf zu streiten«, unterbrach Kevin seine beiden Freunde. »Es geht hier nicht darum, auf wessen Seite wir sind. Ich sehe nichts, was wir tun können. Aber auch gar nichts.«

»Es muss etwas geben!«, forderte Danny. »So kann es doch nicht weitergehen. Kian ist doch jetzt schon fix und fertig!«

»Wenn dir etwas einfällt, lass es mich wissen«, entgegnete Rob lakonisch.

»Deine Überheblichkeit ist genau das, was Kian jetzt braucht«, entgegnete Danny ärgerlich.

»Wer ist hier überheblich?!«, fuhr Rob hoch.

»Hört auf«, bat Kevin. »Es fehlt noch, dass wir auch noch anfangen, uns zu streiten. - Solange wir nicht wissen, was zwischen Kian und Caren passiert ist, können wir uns nicht einmischen.«

»Wo du recht hast, hast du recht«, stimmte Rob zu. »Wir sollten auch Eric nicht vergessen. Der Mann ist wirklich nicht zu beneiden. Er wusste nicht, dass Caren verheiratet ist. Und das ausgerechnet mit Kian.«

»Und Caren wusste nicht, dass sie immer noch mit ihm verheiratet ist«, sagte Kevin.

»Wie kann man nicht wissen, ob man verheiratet ist?«, wunderte sich Rob.

»Das habe ich auch nicht so richtig verstanden. Ihr Vater wollte sich um die Scheidung kümmern? Ob das beim englischen Adel so üblich ist?«, überlegte Kevin.

»Keine Ahnung. Gefreut hat sie sich jedenfalls nicht, Kian zu sehen.«

»Das war eine saublöde Situation gestern. Ich wusste nicht, was ich sagen sollte.«

»Ging mir auch so.«

»Eric leidet bestimmt genauso wie Kian. Sie sind beide unsere Freunde. Wir sollten uns nicht einmischen und wir sollten für niemanden Partei ergreifen. Tun wir das, wäre das eine gute Basis für Zank und Streit unter uns. Und das können wir uns einfach nicht leisten. Ich schlage vor, wir warten ab, wie sich das Ganze entwickelt. Wird es unerträglich im Haus, müssen Konsequenzen gezogen werden. Bis dahin halten wir uns raus.«

»Du hast recht, Kevin. Wir halten uns da raus. – Einverstanden, Danny?«

»Ja, einverstanden«, nickte Danny nach einem kleinen Zögern.

3. Kapitel

Das alte Herrenhaus, „Grantham House" genannt nach seinem Erbauer, einem englischen Adligen namens Sir Edward Grantham, erfüllte in jeder Hinsicht die Ansprüche der fünf Freunde. Sie alle waren in geordneten, aber bescheidenen Verhältnissen aufgewachsen. Mit dem Erfolg im Musikgeschäft kam das Geld, und mit dem Geld wuchsen sehr schnell auch ihre Ansprüche. Von einem Tag auf den anderen konnten sie sich alles leisten, Designerkleidung, Sportwagen, kein Wunsch blieb unerfüllt. Auch nicht der Wunsch nach einem eigenen, repräsentativen Zuhause.

Zu Anfang war es in dem großen Haus nicht leicht gewesen, sich unter Kaminzimmer, Bibliothek, Esszimmer, Arbeitszimmer und diversen anderen Räumen zurechtzufinden. Aber die Freunde lebten sich schnell ein und genossen den Luxus, beinahe unbegrenzt Platz zu haben. Um die morgendliche Orientierung zu erleichtern, hatte Kevin irgendwann damit angefangen, den Raum, in dem sie das Frühstück einnahmen, ,Gartenzimmer' zu nennen. Durch die hohe Glastür zwischen den beiden großen Fenstern gelangte man nach draußen auf die Veranda. Von dort führten einige Stufen hinunter in den Garten, der von seiner Größe her fast die Bezeichnung Park verdiente. Im Sommer frühstückten sie oft draußen auf der Veranda, während sie in den kühleren Monaten den Blick durch die Fenster hinaus in den Park genossen, der mit seinen Blumenrabatten, dem gepflegten Rasen und den schönen alten Bäumen eine verschwenderische Pracht entfaltete. Diesen Anblick empfanden die jungen

Männer als sehr anregend und inspirativ. Deshalb hatten sie beim Einrichten des Hauses sofort beschlossen, dieses Zimmer zum Frühstücksraum zu machen.

Als Kian das Gartenzimmer betrat, sah er Caren am Tisch sitzen. Es war früher Morgen, noch nicht einmal halb acht. Normalerweise war er der Erste beim Frühstück. Die anderen schliefen immer noch, wenn er, vom Joggen kommend, geduscht und umgezogen hinunter ging. Ungefähr bei seiner vierten Tasse Tee kamen dann nacheinander Kevin, Danny und Eric, fast immer in genau dieser Reihenfolge. Eine Weile später erschien Rob. Er war immer der Letzte. Bei allem.

Kian konnte sein Glück kaum fassen, dass er mit Caren allein war. Seit ihrer Ankunft versuchte er, sie allein zu treffen. Bisher war ihm das nicht gelungen, denn Eric war stets beharrlich an ihrer Seite. Kian schloss leise die Tür und atmete einige Male tief ein, um sich Mut zu machen.

»Guten Morgen, Caren«, sagte er dann betont munter.

Caren saß mit dem Rücken zur Tür und blickte träumend durch die weit offenstehenden Fenster hinaus in den Garten, während sie ihren Tee trank. Sie war weit fort mit ihren Gedanken gewesen. Deshalb hatte sie wohl die Tür nicht gehört. Sie hatte auch nicht damit gerechnet, dass um diese Uhrzeit jemand zum Frühstück kommen würde. Beim Klang von Kians Stimme zuckte sie zusammen.

»Guten Morgen«, murmelte sie. Sie stellte die Tasse so hastig nieder, dass diese laut klirrend auf die Untertasse aufsetzte. Gleichzeitig schob sie ihren Stuhl zurück und stand eilig auf.

Mit Erschrecken sah Kian, dass sie Anstalten machte, den Raum zu verlassen. Mit wenigen Schritten war er bei ihr.

»Bitte, geh nicht«, bat er mit sanfter Stimme. »Seit Tagen warte ich darauf, dich allein zu treffen. – Ich … Ich möchte dir etwas geben.« Er hielt ihr eine CD entgegen, die er, als sie diese nicht nahm, neben ihren Teller auf den Tisch legte.

»Ich ... Ich habe dir einige meiner Lieder aufgespielt. Lieder, die ich für dich geschrieben habe. Bitte, Caren, höre sie dir an. Dann weißt du, dass ich dich immer geliebt habe. Dass ich dich heute noch ...«

Er war ihr zu nah, viel zu nah. Caren hielt diese Nähe nicht aus. Kians Stimme zu hören, sein Gesicht vor sich zu sehen, die Wärme zu spüren, die sein Körper ausstrahlte, war mehr als sie ertragen konnte. Sie drückte ihre Hände gegen seine Brust und stieß ihn heftig zurück. Während Kian gegen den Tisch taumelte und bemüht war, seine Balance wieder zu erlangen, versuchte sie, an ihm vorbei zur Tür zu kommen. Aber nach wenigen Schritten hielt seine Hand um ihren Oberarm sie zurück.

»Caren, bitte lass uns reden. - Warum hast du gestern geweint? - Ich würde gerne glauben, es lag daran, dass du mich noch liebst. – Wenn es so ist, dann sag es, Caren. Bitte!«

Seine Stimme war weich und zärtlich und seine Worte waren so flehentlich, es brachte Caren fast um. Sie wollte seine Worte nicht. Sie wollte nur fort. Fort von seiner Stimme, die sie zur Verzweiflung brachte, fort von seinen Händen, die sie so fest hielten, dass sie sich nicht von ihnen befreien konnte, so sehr sie es auch versuchte.

»Caren, rede mit mir! - Hör doch um Himmels willen auf damit so zu tun, als sei ich dir völlig fremd! Lass uns miteinander reden, bitte. – Habe ich diese Chance wirklich nicht verdient? – Caren, bitte ...«

Caren hatte das Gefühl, keine Luft mehr zu bekommen und langsam und qualvoll zu ersticken. Obwohl alles in ihr schrie, brachte sie keinen Ton heraus. Kian so nah zu sein, war unerträglich. Ihre Arme schmerzten dort, wo er ihre nackte Haut berührte. Sie wollte nicht, dass er sie anfasste. Sie wollte seine Hände nie wieder auf ihrer Haut spüren!

Die Verzweiflung mobilisierte ungeahnte Kräfte in ihr, so dass Kian jetzt ziemlich fest zupacken musste. Er wollte ihr nicht wehtun. Aber wenn er sie los ließ, würde sie das Zimmer verlassen ohne mit ihm gesprochen, ohne ihn angehört zu haben. Und eine weitere Chance wäre vertan. Wer weiß, wann er die nächste Gelegenheit bekam. Er musste jetzt etwas tun.

Für Caren war das anfängliche Wehren gegen Kian jetzt zum erbitterten Kampf gegen ihn geworden. Ein Kampf, den sie nicht verlieren wollte. Kian gab ebenfalls nicht nach. So bewegten sie sich durch den Raum, fort vom Frühstückstisch auf die Tür zu, die Caren unbedingt erreichen musste. Es war jedoch nicht die Tür, an die sie mit dem Rücken stieß, sondern die Wand neben dem Kamin.

Als er sie dort hatte, wohin er sie haben wollte, presste Kian sie mit seinem Körper fest gegen die Holzpaneele und drückte ihre Hände rechts und links neben ihrem Kopf gegen die Wand. Viele Jahre waren vergangen, seit er Caren das letzte Mal so nahe gewesen war. Nach dieser langen Zeit ihren Körper zu spüren, ihren keuchenden Atem in seinem Gesicht zu fühlen, bewirkte, dass sein Verstand aussetzte und er nicht mehr klar denken konnte. Er fühlte nur noch Caren vor sich, seine Frau, seine große Liebe. Er begehrte sie, wie er sie immer begehrt hatte. Mit ihr zusammen zu sein, war unbeschreiblich schön gewesen. Er war der erste Mann in ihrem Leben gewesen und es hatte ihn damals sehr glücklich gemacht, wie sie, vollkommen unerfahren noch, immer mehr aus sich herausging, wie sie anfing, seinen Körper zu erkunden. Mit wie viel Neugierde zuerst, mit wie viel Spaß und Gier dann später. Sie war eine traumhafte Geliebte gewesen. Caren gehörte *ihm*! Sie war *seine* Frau! Das Wissen, dass

Eric sie jetzt hatte, machte ihn wahnsinnig. Und er würde es niemals akzeptieren.

Kians Nähe war nicht zu ertragen. Das Gefühl, ihm hilflos ausgeliefert zu sein, war kaum auszuhalten. Am liebsten hätte Caren geschrien. Aber sie hatte Angst, dass mit dem Schrei auch die Tränen kommen würden, die in ihren Augen brannten. Sie wollte nicht, dass er sie weinen sah.

Caren warf den Kopf hin und her, so dass es Kian nicht gelang, ihren Mund zu küssen. Schließlich gab er diesen Versuch auf. Sein Mund glitt sanft ihren Hals entlang. Er suchte die Stelle, die auf seine Lippen immer besonders empfindlich reagiert hatte. Und er merkte sofort, dass er sie gefunden hatte. Caren wehrte sich zwar weiterhin gegen ihn. Aber ihr Atem ging plötzlich anders, ihr Körper reagierte anders als vor wenigen Minuten noch. Kian wusste aus Erfahrung, dass er kurz vor dem Ziel war. Wenn es ihm jetzt gelang, Caren zu küssen, richtig zu küssen, hatte er gewonnen. Dann würde ihr Widerstand zusammenbrechen. Dann würde sie mit ihm schlafen wollen, weil auch sie ihn so sehr begehrte, dass sie nicht anders konnte. Und dann würde alles wieder gut sein.

Unbarmherzig kam die Erinnerung an einen Sommertag in London. Kian und sie waren von einem Spaziergang gekommen. Verrückt vor lauter Liebe und gierig nach einander hatten sie es gerade noch die Treppe hinauf in ihre Wohnung geschafft. In der Diele hatte Kian sie, weil sie sich lachend gegen ihn wehrte, mit seinem Körper gegen die Wand gedrückt und ihre Hände neben ihrem Kopf festgehalten, so dass sie ihm ausgeliefert war. Dieses Gefühl war sehr erregend gewesen. Ihre Erregung steigerte sich ins Unermessliche als Kian anfing, ihren Hals zu küssen. Er beherrschte das perfekt. Es machte sie jedes Mal wahnsinnig.

Es machte sie auch jetzt wahnsinnig. Seit der Trennung von Kian hatte Caren mit keinem Mann geschlafen. Sex mit Eric konnte sie sich zwar vorstellen, aber noch war sie nicht bereit dazu. Kians Körper zu spüren hatte sie immer verrückt gemacht, allein der Gedanke daran war später unerträglich gewesen. Genauso unerträglich wie diese Situation jetzt. Sein Mund auf ihrem Hals, seine Zunge, die genau die richtige Stelle traf, seinen Körper zu spüren, der sich fest an ihren presste, sein Knie, das ihre Oberschenkel auseinander zwang, damit er ihr noch näher sein konnte, all das war nicht auszuhalten. Caren konnte auch den Gedanken nicht ertragen, dass Kian jeden der heftigen Schauer spürte, die ihren Körper erzittern ließen. Er hielt sie so fest an sich gepresst, dass ihm nichts verborgen blieb. Ihre Verzweiflung wuchs. Warum kam niemand? Warum half ihr niemand? Als Kians Mund von ihrem Hals zu ihren Wangen und dann zu ihrem Mund kam, presste Caren die Lippen fest aufeinander. Niemals durfte es ihm gelingen, sie zu küssen! Wenn das geschah, würde sie ihm nicht mehr widerstehen können, das wusste sie aus Erfahrung. Leider wusste das auch Kian. Sie würde aber eher sterben, als das zuzulassen. Es durfte nicht passieren! Es durfte niemals soweit kommen!

Was sich in den nächsten Sekunden abspielte, geschah so blitzschnell, dass Caren hinterher nicht mehr nachvollziehen konnte, wie es passieren konnte. Sie wollte auch gar nicht darüber nachdenken. Kian ließ sie so plötzlich und unerwartet los, dass ihre Arme wie kraftlos herunterfielen. Bevor sie reagieren konnte, fasste er mit festem Griff rechts und links in ihr Haar, ballte seine Hände zu Fäusten und zog ihren Kopf zu sich heran. Er tat ihr dabei so weh, dass Caren aufschrie. Sein Gesicht war nur Millimeter von ihrem entfernt. Und sofort als sie den Mund öffnete, um vor Schmerz aufzuschreien, presste er seine Lippen auf ihre und schob seine Zunge in ihren Mund.

Es traf sie wie ein Schlag, wie tausendfache, millionenfache elektrische Schläge. >Ich will nicht! Ich will nicht!< Diese drei Worte wiederholten sich unablässig in Carens Kopf. >Nein! Bitte, nein!< Und dann kamen die Tränen. Während Kian sie völlig entfesselt küsste, schloss sie die Augen und weinte hemmungslos. Sie hatte nicht mehr die Kraft, sich gegen ihn zu wehren. Obwohl er ihr wehtat, spürte sie kaum noch seine Hände in ihrem Haar, die ihren Mund schmerzhaft gegen seinen pressten. Sie versuchte, gegen ihre Tränen anzukämpfen. Aber es war zwecklos. Und schließlich gab sie auch das auf.

»Hallo! Was treibt ihr denn da?«

Kevin blieb abrupt in der Tür stehen und sah überrascht auf die Szene vor sich. Kian und Caren hatten sich anscheinend wieder versöhnt, so sah es auf den ersten Blick aus. Während er noch überlegte, ob er diskret das Zimmer verlassen sollte, um nicht zu stören, bemerkte er Carens Hand, die sich ihm entgegenstreckte. Diese Geste veranlasste ihn, genauer hinzusehen. Dabei stellte er fest, dass es keine liebevolle Umarmung war, in der sich die beiden befanden. Kevin war sofort klar, dass dies alles andere als eine Versöhnung war und dass Caren Hilfe brauchte. Sofort eilte er auf die beiden zu.

»Kian, bist du verrückt geworden?! Lass Caren los! Lass sie sofort los!«

Doch Kian reagierte nicht. Kevin versuchte alles. Er schrie auf seinen Freund ein, er zerrte an seinem Arm, aber es gelang ihm nicht, Kian zur Vernunft zu bringen. Es gelang ihm auch nicht, Caren zu befreien, ohne ihr weh zu tun. Es war nicht zu fassen, dass er es nicht schaffte, ihr zu helfen.

Die Skrupel, die er bei dem Gedanken, Kian einfach niederzuschlagen, empfand, waren ebenfalls nicht zu fassen. Kevin hasste nichts mehr, als rüdes Benehmen einem Mädchen gegenüber. Er hatte zwei jüngere Schwestern, die ihn anbeteten und sehr liebten, und die er über alles liebte. Würde er je erfahren, dass irgendein Mann es wagte, sie so anzufassen, wie Kian es hier mit Caren tat, er würde diesen Typen totschlagen, das stand fest. Aber Kian war sein Freund. Und einen Freund schlägt man nicht. Den versucht man, mit Argumenten zu überzeugen. Wenn das nicht half, musste einem etwas anderes einfallen. Nur schnell musste es gehen. Caren weinen zu sehen, verstärkte sein Gefühl der Hilflosigkeit noch. Ihre Augen waren flehend auf ihn gerichtet, während die Tränen in Strömen ihre Wangen hinunterliefen und dabei auch Kians Gesicht nässten. Er schien es nicht zu bemerken.

Als sich die Tür öffnete und Danny hereinkam, seufzte Kevin erleichtert auf. Jetzt war er nicht mehr allein dieser unerfreulichen Situation ausgesetzt.

»Danny! Gut, dass du kommst.«

Ein Blick auf Kevin, der mit hilfloser Miene neben dem sich küssenden Paar stand, zeigte Danny, dass es sich hier leider nicht um ein Happy End handelte, wie er beim Eintritt in das Zimmer im ersten Augenblick gehofft hatte.

»Hilf mir«, bat Kevin nervös. »Ich schaffe es nicht, diesen verdammten Kerl von Caren weg zu kriegen.«

Weitere Erklärungen waren nicht nötig. Zu zweit gelang es ihnen, Caren zu befreien. Es kostete sie viel Mühe und ihre ganze Kraft, denn Kian reagierte weder auf Dannys beruhigende Worte noch auf Kevins wüste Beschimpfungen. Schließlich war es geschafft, Caren war frei. Ohne Kian eines Blickes zu würdigen, führte Kevin das heftig weinende Mädchen aus dem Zimmer.

Kurze Zeit später sah er durch das Fenster seines Apartments Kian und Danny den Weg entlanggehen, der zum Atlantik hinunterführte. Kian ging so schnell, dass Danny kaum mit ihm Schritt halten konnte. An seinen Gesten konnte Kevin erkennen, dass er heftig auf Kian einredete. Dieser schien gar nicht zuzuhören. Auch den tröstenden Arm um seine Schultern schüttelte er immer wieder ab. Erleichtert sah Kevin, dass Danny wohl endlich merkte, dass Kian allein sein wollte. Denn er blieb jetzt zurück und sah seinem Freund nach, während dieser eilig davonging.

Kevin blieb am Fenster stehen, bis Kian hinter den Rhododendronbüschen verschwunden war, und alles was er fühlte, war ein Gemisch aus Unverständnis und Wut, aber auch grenzenloses Mitleid mit seinem Freund.

4. Kapitel

Über der vielen Arbeit für das neue Album und die anstehende Tournee war es endlich Wochenende geworden. Nach dem Mittagessen machte sich Eric auf den Weg nach Galway, um Caren vom Flughafen abzuholen. Sie war eine Woche zu Fotoshootings in Mailand gewesen. Eric hatte das Gefühl, sie seit Ewigkeiten nicht gesehen zu haben.

Einige Tage vor Carens Abreise nach Italien waren Eric und seine Freunde nach Skandinavien geflogen, um dort Werbung für ihre Tournee durch Schweden, Dänemark und Norwegen zu machen. Keiner von ihnen mochte diese stressigen Promotion-Touren, bei denen sie in unzähligen Fernsehauftritten und Radiointerviews ihr baldiges Kommen ankündigten und auf die immer gleichen Fragen stets die gleichen Antworten gaben. Sie trafen unzählige Fans, schrieben unzählige Autogramme, aber ein Gespräch mit ihnen, das über ein ‚Hallo‘ hinausging, ließ ihr enger Zeitplan leider nicht zu. Es gab kaum eine Pause, nie genug Schlaf, und von den Städten, in denen sie gerade waren, sahen sie nur die Hotelzimmer, in denen sie wohnten.

Wie sehr sie in den vergangenen Jahren zu Profis geworden waren, hatte sich auf dieser Reise gezeigt. Bei den Shows, bei den Interviews und Autogrammstunden war Kian professionell wie immer. Er spielte seine Rolle des stets gutgelaunten, lachenden Herzensbrechers perfekt und ließ sich nicht anmerken, wie es wirklich in ihm aussah. Der Umgang zwischen Eric und ihm war bei flüchtigem Hinschauen wie immer, denn auch Eric spielte seine

Rolle gut. Im Flugzeug, im Bus, im Hotel, bei den Mahlzeiten oder abends bei einem Drink in der Hotelbar war Kian jedoch wieder eiskalt und abweisend und ignorierte Eric völlig.

Eric fühlte sich unwohl und mies in Gegenwart seines Freundes. Er wusste, dass Caren keine Affäre für Kian gewesen war, und dass dieser sie auch heute noch liebte. Aber Eric wischte diesen unangenehmen Gedanken immer sofort beiseite. Caren liebte Kian nicht mehr! Damit beruhigte er sich sofort, wenn diese Gedanken unerträglich wurden, wenn sein schlechtes Gewissen ihm so sehr zu schaffen machte, dass er es kaum mehr aushielt und er nachts nicht schlafen konnte.

>Unsere Liebe ist völlig in Ordnung. Ich habe das Recht, hier zu stehen und auf Caren zu warten<, machte Eric sich Mut und schob die Erinnerung an Kians eiskalten Blick, der ihn immer noch frösteln ließ, weit von sich. Dieser Blick hatte ihn getroffen, als er sich vorhin an der Tür umgewandt hatte, um auf Robs Bemerkung: »Komm nicht ohne sie zurück«, zu antworten. Kian hatte ihn nur ganz kurz angesehen und bei seinem verächtlichen Blick hatte Eric sich wie ein Verbrecher gefühlt.

Natürlich hatte Eric einige Male versucht, mit Kian zu reden, von Mann zu Mann sozusagen. Aber seit ihrer lautstarken, heftigen Auseinandersetzung am ersten Abend behandelte Kian ihn wie Luft und strafte ihn nicht nur mit Missachtung, sondern auch mit Verachtung. Eric war zum Ziel des Hasses seines ehemals besten Freundes geworden. Das letzte, was er wollte, war, diesem Freund weh zu tun. Eric war ein sehr gläubiger Katholik. Und mit dem Bewusstsein zu leben, dass er die Frau eines Anderen begehrte, und dass dieser ‚Andere' sein bester Freund war, war fast unerträglich für ihn. Natürlich hatte ihm der Priester bei der Beichte gesagt, er müsse diese Beziehung sofort beenden. Aber das konnte Eric nicht. Eher würde er Hölle und Fegefeuer erdulden als Caren aufzugeben.

Seit fast vier Jahren lebten Caren und Kian getrennt voneinander. Wenn Irland nicht dieses Scheidungsgesetz hätte (zum Glück gab es seit wenigen Jahren überhaupt eines), wäre sie längst geschieden. Natürlich nicht in den Augen der katholischen Kirche. Für die gab es keine Scheidung. Auch nicht im einundzwanzigsten Jahrhundert. Das bedeutete, dass Caren und er nicht kirchlich heiraten konnten. Ein schmerzlicher Gedanke für Eric, denn eine so richtig romantische Hochzeit, mit allem was dazugehörte, und das schloss für ihn selbstverständlich auch einen festlichen Gottesdienst mit ein, war immer sein Traum gewesen. Seit er Caren kannte, malte Eric sich diesen Tag immer und immer wieder aus. Es war nicht leicht für ihn damit fertig zu werden, dass es eine solche Hochzeit für sie beide nicht geben würde. Wenn es nach der katholischen Kirche ginge, dürfte er Caren gar nicht heiraten. Aber Eric war ein aufgeschlossen denkender junger Mann. Er würde sich von keiner Kirche der Welt seine Liebe verbieten lassen, und kein Priester der Welt konnte ihm sagen, seine Liebe zu Caren sei Sünde. Das war sie nicht! Im Gegenteil, für ihn war sie ein Gottesgeschenk.

Der Preis, den er dafür zahlen musste, war die Freundschaft zu Kian. Ein hoher Preis, denn diese Freundschaft hatte Eric immer als etwas ganz Besonderes, als etwas sehr Kostbares empfunden. Kian sah das genauso. Von ihrem ersten Collegetag an waren sie Freunde, nichts und niemand konnte sie trennen. Sie hatten sogar einen Eid darauf geleistet, dass niemand ihre Freundschaft zerstören könne, und hatten diese Zeremonie sehr ernst und feierlich mit ihrem Blut besiegelt. Einige Jahre später bekam diese Freundschaft jedoch einen tiefen Riss. Dass Kian ihm Andrea ausspannte, seine erste große Liebe, und dass er es heimlich, hinter seinem Rücken tat, konnte Eric ihm lange nicht verzeihen. Damals war es nicht nur zu einem Streit zwischen ihnen beiden, sondern kurze

Zeit später auch zur Auflösung der Band gekommen. Die fünf Freunde hatten genug voneinander und trennten sich, jeder von ihnen ging seine eigenen Wege, und sie verloren sich aus den Augen. Eric ging nach Dublin und begann ein Studium der Wirtschaftswissenschaften. Musik spielte in dieser Zeit keine große Rolle mehr in seinem Leben. Das änderte sich, als er Jahre später in den Semesterferien in Sligo war und dort zufällig in einem Pub Kian und Danny traf. Kian kam sofort auf ihn zu, nahm ihn in den Arm und entschuldigte sich. Und Eric nahm die Entschuldigung an. Es stellte sich heraus, dass ihre Freundschaft trotz allem, was in der Vergangenheit geschehen war, keinen Schaden erlitten hatte. Die tiefe Verbundenheit zwischen ihnen bestand noch immer. Dass sie jetzt zerbrochen war, und zwar endgültig, war bitter und tat weh. Es fiel Eric schwer, sich nichts anmerken zu lassen und niemandem zu zeigen, wie er sich in Wahrheit fühlte.

Es war auch nicht leicht für ihn, bei den Telefonaten mit seinen Eltern so zurückhaltend zu sein, wenn er von Caren sprach. Sein Herz war übervoll von ihr, aber es gab vieles, was er ihnen nicht erzählte. Warum sollte er sie beunruhigen? Er war ihr einziges Kind, sie liebten ihn so sehr. Wenn sie wüssten, mit welchen Sorgen und Problemen er sich im Moment herumschlug, würden sie keine Nacht mehr ruhig schlafen können. Es genügte, dass er nicht schlafen konnte. Er war zwar längst erwachsen, aber für seine Eltern würde er wohl immer der kleine, liebenswerte Eric sein, der sich nicht mit anderen Kindern schlug und ihnen niemals ein Spielzeug wegnahm. Er nahm nur fünfundzwanzig Jahre später seinem besten Freund die Frau weg. – Himmel, welchen Unsinn dachte er denn da?! Er hatte Kian nichts weggenommen, was dieser nicht schon längst verloren hatte.

Was für ein Gefühl, als die automatische Tür aufging und Caren in die Ankunftshalle trat. Mit Stolz sah Eric, dass alle Männer sich nach ihr umdrehten und sie bewundernd ansahen. Ein bisher nie gekanntes Glücksgefühl durchströmte ihn, als sie ihn in der Menge der umherstehenden Menschen suchte. Seine eben noch düsteren Gedanken verflogen sofort. Diese Frau dort gehörte ihm! Er war ein Glückspilz! Eric sah jeden einzelnen neidischen Blick, als er auf Caren zueilte und sie in seine Arme schloss, und er genoss dieses Gefühl.

»Caren! Endlich!«

»Hi Eric.« Caren schlang die Arme um seinen Hals und gab ihm einen Kuss auf den Mund. »Es ist schön, dich zu sehen.«

»Endlich bist du wieder da. Die Tage ohne dich waren endlos.«

»Ich höre, du hast mich vermisst.« Lächelnd sah Caren in Erics Augen, die sie zärtlich anschauten. Es tat gut, ihn zu sehen. Und der feste Griff, mit dem er ihre Hand hielt, gab ihr ein gutes, sicheres Gefühl.

»Ich habe dich sehr vermisst«, erklärte Eric. »Wie war es in Mailand? Ist alles gut gelaufen?«

»Ja, bestens. Es war zwar ziemlich stressig, aber die Arbeit hat Spaß gemacht. Und Mailand ist eine aufregende Stadt. Ich bin immer gerne dort.«

»Seit ich wieder zu Hause bin, habe ich dich jeden Abend angerufen.« Ein leichter Vorwurf klang in Erics Stimme.

»Es tut mir leid, Eric. Ich bin immer erst so spät ins Hotel gekommen, dass ich mich nicht mehr getraut habe, dich anzurufen.«

»Warst du jeden Abend aus?« Die leichte Eifersucht in seiner Stimme war nicht zu überhören.

»Wir haben jeden Tag Aufnahmen gemacht, und das oftmals bis in die Nacht hinein. Vorgestern hat Milani eine Party gegeben. Gestern haben wir noch einige Gespräche über zukünftige Projekte geführt und sind dann zum Essen gegangen. Erst danach war ich wieder ein freier Mensch und konnte das tun, was ich wollte. Dich anrufen, zum Beispiel.«

»Bedeutet das, dass wir nie miteinander sprechen werden, wenn du bei deinen Shootings bist?«, fragte Eric unzufrieden.

»Ich denke, ich werde dich auch nicht anrufen können, wenn du unterwegs bist, oder? Bis du nach einem Konzert umgezogen und abgeschminkt bist, bis du alle Autogrammwünsche erfüllt hast und im Hotel ankommst, ist es früher Morgen und zu spät zum Telefonieren.«

»Wir können vor den Auftritten telefonieren. Dass ich dich nicht erreichen kann, gefällt mir ganz und gar nicht.«

»Wir werden eine Lösung finden, du wirst sehen.«

»Ich möchte, dass du aufhörst zu arbeiten, wenn wir verheiratet sind.«

»Darüber reden wir, wenn es soweit ist«, sagte Caren kurz. Sie hatte keine Lust, dieses Gespräch zu vertiefen. Ihren Job würde sie niemals aufgeben, für keinen Mann der Welt. Das würde sie Eric bei passender Gelegenheit schon klarmachen.

»Ich habe in London das Videoband geholt, habe es aber selber noch nicht gesehen«, wechselte sie das Thema. »Im Studio waren sie alle ganz begeistert. Sie sagen, es ist ganz toll geworden.«

»Ich bin wahnsinnig gespannt, es zu sehen.« Eric ging nur zu gerne auf den Themenwechsel ein. Carens Tonfall ließ keinen Zweifel daran, dass er nahe daran gewesen war, gefährliches Terrain zu betreten. Er wollte um Himmels willen keinen Streit mit ihr. »Wir schauen es heute Abend an, ja?«

Sie ließen Galway hinter sich und fuhren in Erics grünem Triumph-Sportwagen auf der N59 in Richtung Clifden, nach Hause nach Claddaghduff.

>Wie schön es hier ist<, dachte Caren beim Anblick der grünen Wiesen und Felder, die im Sonnenlicht wie Smaragde leuchteten. >Es wäre noch schöner, wenn Kian

nicht da wäre. Das würde alles leichter machen<. Weder in London noch in Mailand hatte sie an ihn gedacht. Es war so hektisch gewesen, dass keine Zeit zum Nachdenken geblieben war. Kaum war sie in Irland, sah sie Kians Gesicht. Überall. Immer wieder. In Großaufnahme sah sie seine blauen Augen vor sich, diese eindrucksvollen, eisblauen Augen. Wie sehr hatte sie die einmal geliebt. Wie sehr hatte sie Kian einmal geliebt.

Sie bekam ihn nicht mehr aus dem Kopf, seit er sie beim Dinner angesehen hatte. Mit einem so eindringlichen Blick, dass ihr beinahe schlecht geworden war. Das war an dem Abend gewesen, bevor er mit seinen Freunden nach Stockholm flog. Caren hatte sich mit Rob unterhalten und ohne es zu wollen bei diesem Gespräch irgendwann zufällig Kian angesehen, der neben Rob saß. Er hatte sie in einer Art und Weise angesehen, dass sie ihren Blick nicht hatte abwenden können. So sehr sie es auch gewollt hatte, es war ihr nicht gelungen. Sein Blick fuhr ihr von den Haarwurzeln bis in die Zehen, als hätte der Blitz eingeschlagen. Sie wollte rufen: Schau mich nicht so an mit diesem Blick, der mich immer schwach und willenlos gemacht hat! Das ist unfair! Aber sie brachte keinen Ton heraus. Alle Gegenstände im Raum verschwammen vor ihren Augen, die Stimmen der jungen Männer hörte sie nur noch wie durch Watte. Erst das entsetzlich laute Geräusch, das ihr Besteck machte, als es ihren Händen entglitt und mit einem Krachen auf den Teller fiel, hatte sie zur Besinnung gebracht. Außer Rob hatte niemand etwas mitbekommen. Er hatte erst sie, dann Kian sehr aufmerksam angesehen, aber keinen Ton gesagt. Eric hatte arglos ihre Hand genommen, die Innenseite geküsst und sie dabei liebevoll angelächelt.

Es hatte keinen Sinn, mit Eric über ihre Ängste zu sprechen. Es würde ihn nur noch mehr beunruhigen. Auf ihren Vorschlag, sie wolle in ein Hotel in Clifden ziehen, hatte er vor einigen Tagen so entsetzt reagiert, dass es ihr auch heute noch leid tat, überhaupt etwas gesagt zu haben.

»Bitte nicht, Caren!«, hatte er sie angefleht. »Ich kann vor der Tournee nicht weg von zu Hause. Wenn du in die Stadt ziehst, bist du so weit fort von mir, wir würden uns kaum sehen. Und das würde ich nicht ertragen. – Bitte, Caren. Bitte, bleib hier!«

Sie handelte gegen ihre Gefühle, das wusste sie. Aber sie versprach, zu bleiben. Seitdem war sie allein mit ihrer Angst, die sie nur bekämpfen konnte mit dem Wissen, dass sie nicht gehen durfte. Denn wenn sie ging, würde Kian sich niemals von ihr scheiden lassen.

»Wenn wir nach Hause kommen, sind auch die Mädchen da. Es ist Wochenende«, sagte Eric und riss Caren damit aus ihren Gedanken.

»Welche Mädchen?«

»Die Freundinnen der Jungs. Sie kommen jeden Freitagnachmittag und bleiben bis Sonntag. Es ist immer ganz nett, wenn das Haus voll ist.«

»Ist es euch nicht manchmal zu einsam, so weit entfernt von allem zu leben?«

»Nein, überhaupt nicht. Weißt du, es ist schön, nach einer endlos langen Promo-Tour mit all der Hektik und Aufregung oder nach den Turbulenzen einer monatelangen Tournee hierher zu kommen, in diese Ruhe. Wir alle empfinden es so. Wenn wir nach Wochen oder Monaten nach Irland zurückkommen, verbringen wir eine Weile in Sligo bei unseren Familien und unseren Freunden. Darauf freuen wir uns immer sehr. Aber irgendwann kommt der Punkt, da können wir es kaum abwarten, hierher zurück zu kommen und mit der Arbeit für ein neues Album oder mit den Vorbereitungen für die nächste Tournee zu beginnen. Unser Haus ist zu einem richtigen Zuhause für jeden von uns geworden. Wir sind froh darüber, dass unsere Wohngemeinschaft so gut funktioniert, bisher jedenfalls. Unsere Zusammenarbeit ist wesentlich einfacher geworden, seit wir alle unter einem Dach wohnen.«

>Zu Hause<, dachte Caren einen Moment sehnsüchtig. >Mein Zuhause war einmal Kian. Seit ich fort bin von ihm, bin ich nur herumgeirrt. – Um Himmels willen, was denke ich denn da?! Das ist doch alles Unsinn!<

»Wie schafft ihr es, dass nie Fans vor dem Tor stehen?« Das war eine Frage, die Caren sehr interessierte und die sie außerdem vom Thema ‚Zuhause' ablenkte. »Könnt ihr wirklich geheim halten, wo ihr wohnt?«

»Bisher ging es ganz gut. In Claddaghduff kennt uns kein Mensch. Ich glaube, auch in Clifden nicht. Dort können wir noch ohne Bodyguards in einen Pub gehen. In Galway oder Dublin ist das unmöglich geworden. Zu Hause in Sligo leider auch.«

»Das ist wohl der Preis, den ihr für eure Popularität zahlen müsst. Tut es dir nicht manchmal leid?«

»Es ist okay so, wie es ist. Wenn es nicht schlimmer wird, ist es auszuhalten. - Wir dulden keine Presse im Haus. Interviews geben wir nur auswärts. Es ist also etwas schwieriger herauszufinden, wo wir wohnen.«

»Reden denn eure Freundinnen nicht darüber?«

»Manche ehemaligen schon. Aber irgendwie haben wir bisher immer Glück gehabt. Wir wohnen ja doch ziemlich abgelegen und sind nicht leicht zu finden. Die seltenen Fälle hält uns Duffy vom Hals.«

»Gibt es viele Ehemalige?«

»Einige schon. Bei fünf gut aussehenden, sympathischen jungen Männern läppert sich das mit der Zeit zusammen.«

»Das glaube ich.« Lächelnd sah Caren in Erics zwinkernde Augen, während er ihre Hand nahm und einen Kuss darauf drückte.

Eine Weile saßen sie schweigend nebeneinander und schauten auf die schöne Landschaft, die an ihnen vorüberglitt. Irland machte an diesem Tag seinem Namen als

‚grüne' Insel alle Ehre. Die Sonne schien auf Wiesen und Felder und ließ die Farben in einer beeindruckenden Palette unterschiedlichster Grüntöne leuchten. Die Straße, die sich vor ihnen in westlicher Richtung zum Atlantik hin schlängelte, schimmerte in einem dunklen Silber. Kein Mensch war zu sehen, kein Fahrzeug begegnete ihnen. Weidende Kühe und Schafe schienen die einzigen Lebewesen zu sein. In der Ferne pflügte ein roter Traktor ein Feld um, begleitet von einem großen Schwarm Möwen.

Nach einer weiteren Kurve kam eine einsame, weibliche Person in Sicht, die in einiger Entfernung die Straße entlang ging, eine Reisetasche in der Hand. Ihre langen dunklen Haare wehten im Wind.

»Ist das eines der Mädchen?« Fragend sah Caren Eric an. »Eine Freundin, meine ich. Keine Ehemalige.«

»Kann ich noch nicht erkennen«, lachte Eric. »Ich halte mal an und frage, ob etwas passiert ist und warum sie hier in der Einsamkeit herumläuft.«

Kurz darauf hielt er den Wagen am Straßenrand neben der jungen Frau an. »Hallo, Claire«, sagte er als er sie erkannte. Und fügte zu Caren gewandt hinzu: »Kians Freundin.«

Neugierig sah Caren auf das Mädchen. Mit ihrem hübschen Gesicht, der guten Figur und dem langen Haar entsprach sie genau Kians Geschmack. Nur dass er jetzt Dunkelhaarige bevorzugte, war neu. Es gab ihr einen Stich.

»Eric! Bin ich froh, dich zu treffen«, rief Claire erfreut. Sie ließ sich von ihm die Tasche abnehmen, kletterte in den Wagen und quetschte sich hinten auf den Notsitz. »Ich bin Claire«, sagte sie dabei und reichte Caren die Hand.

»Hallo. Ich bin Caren.«

»Erics Freundin?«

»Ja.«

»Was, um Himmels willen, machst du hier auf der Straße?«, wollte Eric wissen. Er saß wieder hinter dem Steuer und startete den Motor. »Warum bist du nicht mit den anderen Mädchen gekommen? Ihr kommt doch sonst immer zusammen.«

Das hübsche Gesicht verzog sich jetzt ärgerlich. »Kian hat mich angerufen und gesagt, ich solle nicht kommen. Keine Begründung, gar nichts. Nur, ich soll nicht kommen. Obwohl wir uns letztes Wochenende nicht gesehen haben, weil ihr in Skandinavien wart. – Wart ihr wirklich dort?«

Eric nickte. »Von Freitag an. Wir sind am Mittwoch zurückgekommen.«

»Bei Kian kann man ja nie wissen. – Zuerst war ich wütend auf ihn. Aber dann dachte ich, ich fahre doch. Wenn er mir etwas zu sagen hat, soll er es mir ins Gesicht sagen. Als ich mich so entschieden hatte, waren die Mädchen natürlich schon fort.«

Claire schüttelte sich bei dem Gedanken an die Ereignisse der letzten Stunden. Sie war noch nie von Dublin allein nach Galway geflogen und zu dem einsamen Haus am Atlantik gefahren, und ihre Unsicherheit und Nervosität war entsprechend groß gewesen.

»In Claddaghduff blieb dann plötzlich das Auto stehen«, erzählte sie aufgeregt weiter. »Zum Glück kurz vor der Tankstelle. Der Mechaniker hatte natürlich schon Feierabend. Die Mietwagenfirma am Flughafen war dauernd besetzt, das wohl einzige Taxi hier war unterwegs und Busse fahren in dieser erbärmlichen Gegend anscheinend auch nicht.«

»Ja, wir wohnen ziemlich abgelegen«, gab Eric zu und sparte sich die Bemerkung, dass er diese ‚erbärmliche Gegend‘ liebte. »Wie lange wolltest du laufen, um Himmels willen? Warum hast du Kian nicht angerufen? Warum hast du nicht im Haus angerufen, dass jemand dich abholt?«

»Habe ich ja! Er hat sein Handy nicht eingeschaltet. Und im Haus konnte ich nicht anrufen, weil ich die Nummer nicht habe. Kian hat sie mir nie gegeben«, ereiferte sich Claire. »Weißt du, was los ist, Eric?«

»Nein, ich habe keine Ahnung«, behauptete er.

Kian kam die Treppe heruntergelaufen, als Eric, Caren und Claire das Haus betraten, Eric mit dem Gepäck der beiden Mädchen beladen.

Lange hatte Kian am Fenster eines der Gästezimmer in der zweiten Etage gestanden und ungeduldig auf Carens Ankunft gewartet. Das war etwas unbequem, aber nicht zu ändern gewesen. Die Fenster seines Apartments gingen in die andere Richtung, er sah auf Park und Atlantik, nicht jedoch auf den Vorplatz des Hauses. Deshalb war er mit Drink und Autozeitschrift in das Gästezimmer gegangen und versuchte, ruhig zu bleiben und es sich gemütlich zu machen. Dieses Vorhaben war jedoch nicht so einfach in die Tat umzusetzen. Voller Ungeduld stand er immer wieder aus dem Sessel auf, um aus dem Fenster zu sehen und nach Erics grünem Triumph-Sportwagen Ausschau zu halten. Als endlich das vertraute Röhren zu hören war, welches das Tor passierte und auf das Haus zusteuerte, verließ Kian eilig den Raum und lief die Treppe hinunter, nicht ohne vorher noch einen weiteren prüfenden Blick in den Spiegel zu werfen. Er war zufrieden mit seinem Aussehen. Das schwarze Hemd, das er zu seiner hellen Jeans trug, hatte er mit Bedacht ausgewählt. Caren hatte schwarze Shirts oder Hemden an ihm immer geliebt. Er hoffte, dass sich das nicht geändert hatte.

Caren stand in der Halle, bekleidet mit einem eleganten weißen Hosenanzug, dessen kurze Jacke sehr figurbetont war und den Busenansatz zeigte. Kian sah das alles mit einem Blick: Ihr dezent geschminktes Gesicht, den rosa Lippenstift, der ihrem Mund einen sexy Schimmer gab, die goldenen Ohrstecker, das Strassherz, das sie an einer schwarzen Seidenkordel um den Hals trug. Alles war sehr edel, sehr teuer. Er mochte es, wie sie sich kleidete. Heute könnte er es sich leisten, Caren solche Kleider zu kaufen, solchen Schmuck, solche Schuhe. Sie sah traumhaft schön aus wie sie da stand, vom vollen Sonnenlicht wie von einem Scheinwerfer angestrahlt. Ihr Gesicht schaute zur Treppe, ihre großen dunkelblauen Augen sahen direkt in seine. Es tat weh, sie anzusehen. Es tat weh, Eric neben ihr zu sehen, der plötzlich mit einer besitzergreifenden Geste nach ihrer Hand fasste. Der Zauber verflog sofort. Und erst jetzt sah Kian, dass auch Claire gekommen war.

Erst als sie Erics Hand spürte, die fest nach ihrer griff, kam Caren zu sich. Sie hatte nicht aufhören können, Kian anzusehen. In seine Augen, auf seinen Mund, auf den Ausschnitt seines Hemdes. Sie sah das goldene Kettchen mit dem Kreuzanhänger, das sie ihm einmal geschenkt hatte. Er trug es noch immer. Er trug auch seinen Ehering noch immer. Ihren Ring hatte sie damals auf den Tisch im Wohnzimmer gelegt. Sie brauchte nur die Augen zu schließen, um ihn dort liegen zu sehen. Und ganz klar und deutlich konnte sie die Inschrift lesen, die Kian und sie bei dem Juwelier in Sligo, einen Tag vor ihrer Hochzeit, in ihre Ringe hatten eingravieren lassen: Le gra go deo, Caren + Kian. In Liebe für immer ... Aber nichts im Leben war für immer! Auch ihre Liebe nicht. Das war wohl die schmerzlichste aller Lektionen gewesen, die sie in der Vergangenheit hatte lernen müssen.

Erinnerungen kamen in Sekundenschnelle, wirbelten in ihrem Kopf herum und sorgten für Unruhe und Verwirrung. Auch Kians Augen, die ihren Blick festhielten, sorgten für Verwirrung. Plötzlich hörte die Welt auf sich zu drehen. Caren dachte an nichts mehr, sie fühlte nichts mehr, sie sah nur noch seine blauen Augen vor sich. Erst Erics Finger, die so fest ihre Hand packten, dass es wehtat, brachte sie in die Gegenwart zurück.

Mit ungläubigem Staunen beobachtete Claire die Szene, die sich in der Halle abspielte. Sie konnte nicht fassen, dass Kian sie überhaupt nicht wahrnahm. Sprachlos starrte sie ihn an. Er stand am Fuß der Treppe, sagte kein Wort und sah Erics Freundin an. Und das in einer Art und Weise, wie er *sie* noch nie angesehen hatte. So ging das auf keinen Fall! Das würde sie sich nicht gefallen lassen! Als sie seinen Namen rief, klang ihre Stimme schrill: »Kian!«

Kian brauchte eine Weile um zu realisieren, dass Claire vor ihm stand und ihn wütend anfauchte. Erst jetzt nahm er Kevin und Rob wahr, die sich anscheinend zu Carens Begrüßung in der Halle eingefunden hatten, und die nun sehr interessiert auf Claire und ihn sahen. Sie wollten Zeuge sein, wie er sich aus dieser Situation herauswand, das konnte er sehr deutlich in ihren grinsenden Gesichtern lesen. Manchmal hasste er diese Kerle!

Kian wandte sich zu Claire und fuhr sie heftig an: »Verdammt, was machst du hier?! Ich habe dir gesagt, du sollst nicht kommen!«

»Ich will wissen, was los ist!«, entgegnete sie wütend.

»Nichts ist los!«

»Das sehe ich anders!«

Erregt miteinander diskutierend gingen sie die Treppe hinauf und waren bald darauf den neugierigen Augen und Ohren entschwunden.

Als Caren und Eric am Abend das Kaminzimmer betraten, waren die anderen Hausbewohner bereits anwesend. Eine Versöhnung zwischen Kian und Claire hatte ganz offensichtlich nicht stattgefunden. Die beiden gingen sehr kühl miteinander um und beachteten sich gegenseitig kaum.

Eric übernahm es, Caren die Freundinnen der Jungen vorzustellen. Molly, Kevins Freundin, war eine hübsche Rothaarige mit heller, sommersprossiger Haut und üppigem Busen. Als sie sich vor zwei Jahren in Dublin kennen gelernt hatten, arbeitete Molly als Verkäuferin in einer Boutique. Mit Kevins finanzieller Unterstützung gehörte ihr heute ein eigener Laden. Der lief mittlerweile so gut, dass sie bereits zwei Angestellte hatte. Vor einigen Monaten war es Molly gelungen, ihre Freundin Susan mit Rob zusammenzubringen. Susan war eine zierliche Blondine mit hübschem Gesicht und guter Figur. Eine Frau, nach der sich die Männer umsahen und die bei einer großen Bank als Auslandskorrespondentin arbeitete. Mandy, Dannys Freundin, hätte man für seine Schwester halten können, wie er war auch sie dunkelhaarig und hatte blaue Augen. Mit ihrer Attraktivität ging sie natürlicher um als Susan, und von ihrem Biologiestudium in Galway erfuhr Caren erst eine ganze Weile später.

Die Begeisterung der jungen Frauen, Caren zu sehen, hielt sich anfangs in deutlich fühlbaren Grenzen. Der Gedanke, dass diese Frau hier im Haus mit den fünf jungen Männern zusammenlebte, während sie weit fort in Dublin oder Galway waren, bereitete jeder von ihnen Unbehagen. Die Art und Weise, wie die Jungen um Caren herumschwirrten, wie sie versuchten, sich gegenseitig auszustechen und zu übertrumpfen, war einfach lächerlich. Man brauchte schon eine große Portion Selbstbewusstsein, das mit anzusehen und nicht eifersüchtig zu werden. Und dieses Selbstbewusstsein hatte nicht jede. Das reservierte Verhalten änderte sich jedoch im Laufe des Wochenendes, weil sich schnell herausstellte, dass Caren wirklich Erics Freundin war und kein Interesse an den anderen jungen Männern zeigte, das über Freundschaft hinausging.

Dass Claire sie so offensichtlich und vollkommen ignorierte, war Caren sehr recht. Denn von dem Moment an, als sie erfahren hatte, dass Claire Kians Freundin war, hegte sie eine unerklärliche Abneigung gegen die junge Frau. Sie hatte auch große Probleme damit, nicht ständig darüber nachzudenken, ob diese trotz des Streites bei ihm, in seinem Bett, schlafen würde. Immer wieder schweiften ihre Gedanken zu diesem Thema. Bis es ihr zu viel wurde. >Ich will es gar nicht wissen! Es interessiert mich nicht!<, sagte sie sich wütend.

Sie hob den Kopf von ihrem Teller und sah genau in Mollys Augen. >Um Himmels willen, habe ich gerade Kian angestarrt? Oder Claire?<, dachte Caren entsetzt. >Hat Molly es gesehen? Hat sie meine Gedanken erraten?<

»Entschuldige«, sagte Molly mit einem kleinen verlegenen Lachen. »Du musst mich für unhöflich halten, weil ich dich so anstarre. Aber ich überlege die ganze Zeit, woher ich dich kenne.«

Caren seufzte in Gedanken erleichtert auf, keiner hatte sie bei etwas Verbotenem ertappt. Die Nervosität in ihrer Stimme bemerkte niemand als sie fragte: »Welche Kosmetik benutzt du?«

Mollys Gesicht erhellte sich. »Natürlich! Du bist Caren Ashleigh, nicht wahr? Das Milani-Girl«, rief sie aus. »In der ‚Cosmopolitan' war vor kurzem ein Artikel über dich. Deshalb kamst du mir so bekannt vor. Ich wusste nur nicht, wieso.«

»Was ist das Milani-Girl?«, fragte Kevin. Er war wie seine Freunde dankbar, dass Kian nichts zu ‚Caren Ashleigh' sagte. Der Einwand, dass sie Caren Brentwood sei, hatte ihm auf der Zunge gelegen, sie hatten es alle gesehen. Aber Dannys Hand auf seinem Arm bewirkte, dass er schwieg.

»Ihr kennt sicher Angelo Milani, den italienischen Designer. Wie alle großen Designer macht er nicht nur Mode, sondern auch Parfums und neuerdings auch Kosmetik. Werbung für seine Kosmetikserie macht das sogenannte Milani-Girl. Und das bin ich.«

»Was willst du mit Kosmetik?«, fragte Rob. »Wenn du mit deinem Gesicht für irgendwelche Cremes Werbung machst und die Mädels, die sie kaufen, hoffen, damit auch so auszusehen wie du, dann ist das ziemlich unfair«, fügte er hinzu.

»Robert Michael David Patrick Sean O'Leary, du kannst ja richtig charmant sein«, lobte Caren.

»Bei dir fällt mir das nicht schwer«, gestand Rob und sah ihr über den Tisch hinweg sehr tief in die Augen. »Du hast dir alle meine Namen gemerkt, alle Achtung.«

»Ich kenne niemanden, der fünf Vornamen hat. Das hat mich sehr beeindruckt.«

»Das habe ich beabsichtigt.«

»Oh Robby«, sagte Caren nur darauf und schenkte ihm ein strahlendes Lächeln.

»Du hast gewusst, dass Caren dieses Girl ist, oder?« Nur ungern wandte sich Rob von Carens Gesicht, von ihren strahlenden Augen Eric zu.

Seine Freundin registrierte sein Verhalten mit steigendem Ärger. Kian ging es nicht anders.

»Eine Woche lang hingen überall in London Werbeplakate von Caren«, erzählte Eric. »Das war ein Gefühl, kann ich euch sagen. Das Mädchen, mit dem ich durch die Straßen ging, lachte mir von allen Wänden entgegen.«

»Wie bist du das Milani-Girl geworden?«, wollte Mandy wissen. »Bist du Model?«

»Nein, um als Model zu arbeiten müsste ich größer als meine Einmetersiebzig sein. Obwohl ich für Milani schon Modeaufnahmen gemacht habe. Er wollte es unbedingt. Für diese Fotos habe ich Schuhe mit schrecklich hohen Absätzen tragen müssen, in denen ich kaum laufen konnte. – Ich bin in Australien in einem Eiscafé von einem Scout angesprochen worden. Und das in Alice Springs, also mitten in der Wüste.«

»Scout, so heißen diese Leute, die in aller Welt nach neuen Gesichtern Ausschau halten, oder?«, fragte Danny.

Caren sah ihn an. »Ja, das ist richtig. – Zuerst wollte ich nichts davon wissen, aber dann habe ich mich doch überreden lassen. Ich habe es nicht bereut. Es macht Spaß. Ich mag diese Arbeit.«

»Seit wann machst du das schon?«, fragte Molly interessiert.

»Noch nicht sehr lange. Erst seit ungefähr sechs Monaten. Ich bin also noch ein ziemlicher Neuling.«

Während Caren erzählte, wurde Kians Miene immer grimmiger. Ihre Modelkarriere gefiel ihm überhaupt nicht. Seine Frau vor der Kamera, von allen Kerlen angestarrt und mit den Blicken ausgezogen. Ihr Bild auf allen Plakatwänden, in Zeitschriften und Magazinen, in die Männer starrten, während sie ihre schmutzigen Phantasien auslebten! Er legte sein Besteck auf den Teller, ballte einen Moment die Fäuste und atmete einige Male tief ein, um sich zu beruhigen. Nach einem Schluck Wein verging der Drang, den Mund aufzumachen und loszuschreien.

Denn das war der falsche Weg, das sah Kian mittlerweile ein. Er wusste auch, dass er sich nicht mit Eric auseinandersetzen musste, sondern mit Caren, mit seiner Frau. Und das ging nicht mit Gewalt, wie an dem Morgen im Gartenzimmer, sondern nur mit Liebe. Kian dachte daran, wie Caren ihn angesehen hatte am Abend vor seiner Abreise nach Skandinavien, und wie sie ihn vorhin in der Halle angesehen hatte. Waren ihre Augen nicht beide Male voller Liebe gewesen? Oder bildete er sich das ein, weil er es unbedingt so sehen wollte? Dass Claire gekommen war, hatte leider alles wieder zerstört. Und Eric natürlich. Nachdem der nach Carens Hand gegriffen hatte, war sie wie immer gewesen. Kühl und unpersönlich. Sie hatte ihn auch nicht wieder angesehen. Sie beachtete ihn auch jetzt nicht. Es tat weh zu hören, wie munter sie sich mit seinen Freunden unterhielt, wie herzhaft sie mit ihnen lachte und dabei eiskalt ignorierte, dass auch er mit am Tisch saß.

Als Eric erzählte, dass Caren aus London ein Video mitgebracht hatte, das sie zusammen mit einem weltbekannten Latinosänger zeigte, gerieten die Mädchen fast außer sich.

»Mit ihm hast du einen Videoclip gemacht?«, rief Molly begeistert. »Wie ich dich beneide. Was für ein Mann! Ich bekomme immer Gänsehaut, wenn ich ihn singen höre. Er hat solch eine sexy Stimme«. Nach einem Blick in Kevins finsteres Gesicht fügte sie schnell hinzu: »Entschuldige, Darling.«

»Das muss ich mir noch überlegen«, knurrte Kevin.

»Mit diesem Mann würde ich mich auch gerne filmen lassen«, schwärmte Mandy.

»Ich würde nicht einmal Gage verlangen«, erklärte Susan.

Danny lachte nur dazu, während Rob einige anzügliche Bemerkungen machte, die die Mädchen aber nicht verstanden oder nicht verstehen wollten und die deshalb unkommentiert blieben.

»Wie ist er?«, wollte Susan mit bebender Stimme wissen.

»Ganz nett«, sagte Caren leichthin und hinterließ bei den aufgeregten Mädchen den verständnislosen Eindruck, dass dieser tolle Mann sie anscheinend überhaupt nicht beeindruckt hatte. »Wir hatten viel Spaß im Studio und haben viel gelacht.«

»Komm, Carry, du willst uns doch nicht erzählen, dass der Typ nicht versucht hat, dich anzubaggern«, sagte Rob ungläubig. »Er hat einen Ruf in der Branche.«

»Nein, es war wirklich alles ganz nett und friedlich.« Caren sah Rob an. Sie war dankbar, dass er ihren Blick verstand und nichts weiter sagte.

Auch Kian fiel es schwer, ihr zu glauben. Der Gedanke an Caren mit diesem Mann, mit jedem anderen Mann, war für ihn so unerträglich, dass es ihm endgültig den Appetit verdarb. Sein Besteck machte ein so durchdringend lautes Geräusch, als er es auf den Teller legte, dass Claire neben ihm zusammenzuckte. Kian leerte sein Glas in einem Zug und füllte es sofort nach. Er hatte das Gefühl, nur völlig betrunken diesen Abend überstehen zu können.

»Wie bist du an diese Aufnahmen gekommen?«, fragte Mandy neugierig.

»Sein Management hat bei meiner Agentur angefragt, ob ich Interesse hätte. Er wollte unbedingt mich als Partnerin. Ich kannte ihn nicht ...«

»Also Caren!«, unterbrach Kevin sie entrüstet. »Uns kanntest du nicht. Ihn kennst du nicht. Wo lebst du denn eigentlich?«

»Sie war doch bei den Aussies, Kevin«, erinnerte ihn Rob. »Die kennen anscheinend weder Radio noch Fernseher ...«

»Ganz so schlimm ist es dort nicht«, lachte Caren unbekümmert. »Ich dachte, das könnte ganz lustig sein, also habe ich das Angebot angenommen. Zumal der gesamte Clip in einem Studio in London gedreht wurde. Ich musste nicht einmal für die Strandszenen in die Südsee oder sonst wohin fliegen. Normalerweise hätte ich ja nichts dagegen gehabt. Aber ich hatte gerade Eric kennen gelernt und hätte daher nur ungern für diese Aufnahmen England verlassen.«

»Bei den heutigen Möglichkeiten musst du für irgendwelche Strandszenen nicht mehr ans Meer«, sagte Rob.

»Ich muss ehrlich sagen, ich habe mich über manches gewundert, das bei den Dreharbeiten so passierte. Aber im Studio sagten sie, ich solle mich einfach vom Endergebnis überraschen lassen.«

»Beim späteren Cutten wird ein Filmausschnitt mit einer tollen Strandszene über die Studio-Aufnahme gelegt und fertig ist dein Strandspaziergang«, erklärte Rob. »Alle diese Clips sind gut gemachte Fakes, kaum eines entspricht der Wirklichkeit. In einem unserer Clips stehen wir auf den Klippen von Moher und singen, direkt am Abgrund, da wo es zweihundert Meter in die Tiefe geht.

Alles nur Fake. Ich würde den Teufel tun und mich freiwillig an den Rand dieser Wahnsinnsklippen stellen.«

»Du hast vor irgendetwas Angst?«, fragte Caren augenzwinkernd.

»Nur vor Höhe. Ansonsten bin ich ein echter Held.«

»Das dachte ich mir«, behauptete Caren lachend.

Die anderen quittierten Robs Äußerung mit einem höhnischen »Ha ha ha!«.

»Wie diese Musikclips entstehen und wie wenig Realität darin steckt, hat Eric mir bereits erzählt.«

»So, hat er das? Aber sicher nicht so ausführlich und für jedermann verständlich wie ich, oder?«

»Doch. Aber trotzdem vielen Dank, Robby.«

»Gern geschehen, Carry.«

»Nun spanne uns nicht länger auf die Folter, Caren«, bat Kevin ungeduldig. »Ich möchte den Clip sehen. Ich will den Kerl sehen, auf den ich anscheinend eifersüchtig sein muss. – Rob, quatsch nicht so viel und iss endlich dein Eis. Mach voran. Du bist mal wieder der Letzte.«

»Solange du nicht sagst, ich sei ‚das Letzte‘, lassen mich deine Bemerkungen völlig kalt.«

»Das weiß ich. Beeile dich aber trotzdem. - Was ist, Caren? Warum bist du noch nicht unterwegs, um dieses Video zu holen?«

»Nun hetze mich doch nicht so, Kevin.«

»Wie hältst du es nur sieben Tage in der Woche mit diesen Burschen aus, Caren?«, wollte Molly wissen.

»Das frage ich mich manchmal auch«, lachte Caren. Sie blickte in gespielt beleidigte Männergesichter, als sie sich vom Tisch erhob, kaum dass Rob den letzten Löffel Eis in den Mund geschoben hatte.

Kurze Zeit später waren sie alle im Kaminzimmer versammelt, wo TV und Videorecorder standen. Sie hatten es sich auf Sofas und in Sesseln bequem gemacht, jeder war mit einem Drink versorgt. Kian saß in einem Sessel, Claire, ohne ihn eines Blickes zu würdigen, auf einem

Sofa zusammen mit Susan und Rob. Der hatte zwar versucht, einen Platz neben Caren zu bekommen, aber Susans fester Griff um seinen Arm hatte ihn zum Sofa gezogen. Bis auf eine Stehlampe neben dem TV und einigen Tischleuchten war der Raum dunkel. Es herrschte eine gespannte Stille.

Das Video zeigte den gut aussehenden Latinostar, dessen Stimme und Aussehen Frauenherzen in aller Welt höher schlagen ließ. Nur mit einer Jeans bekleidet, ging er einen einsamen Strand entlang, wobei er mit schmelzender Stimme ein romantisches Liebeslied sang. Als die Kamera Caren einfing wurde klar, warum der Sänger gerade sie für seinen Clip ausgesucht hatte. Sie war die ideale Partnerin, um sein Image als Frauenheld effektvoll in Szene zu setzen. Er überragte sie um einen ganzen Kopf. Seine Haut war braungebrannt, und mit seinem schwarzen Haar und den feurigen, dunklen Augen war er der Inbegriff des Latin Lovers. Caren spielte die ihr zugedachte Rolle perfekt. Mit ihren langen goldblonden Locken und dem Engelsgesicht war sie die Unschuld in Person. Das knöchellange, tief dekolletierte weiße Kleid, das sie trug, unterstrich diesen Eindruck noch. Carens Anblick weckte in einem Mann zwei Empfindungen gleichzeitig: den Wunsch, sie zu beschützen, und den Wunsch, sie zu besitzen. Und er würde sie besitzen. Das war die Aussage des Clips. Die erste Szene war noch harmlos, aber bereits knisternd. Die Steigerung kam, als sich beide in der nächsten Einstellung leidenschaftlich küssten. Und als die darauffolgende Szene in Großaufnahme seine Hand zeigte, die sich auf Carens Busen legte, lag pure Erotik in der Luft.

Kian sah, wie Rob sich vorbeugte und dabei mit der Zunge über seine Lippen fuhr. Die Augen seiner Freunde waren starr auf den Fernseher gerichtet. Kian las ihre Gedanken, er sah die Gier in ihren Augen. Er sah, wie sie Carens Körper taxierten und in ihrer Phantasie mit ihren

Händen darüber fuhren. Er wusste, dass sie sich vorstellten, mit ihr ...

Das laute, hässliche Geräusch, das das Glas machte, als es auf dem Bildschirm zersprang und einen nassen Film darauf zurückließ, durch den das Geschehen im Videoclip nur noch verschwommen zu erkennen war, ließ alle hochschrecken.

»Das glaube ich nicht!«, schrie Kian mit sich überschlagender Stimme. »Das darf doch nicht wahr sein!«

Mit einem Satz war er beim Recorder. Wie er es schaffte, die Kassette herauszureißen, ohne das Gerät abzustellen, würde für immer sein Geheimnis bleiben. Er zerrte an dem Band, bis es sich vor ihm auf dem Boden schlängelte und zerriss es mehrere Male. Außer sich vor Wut schleuderte er die Kassette von sich. Mit lautem Gepolter schlug sie irgendwo in der Dunkelheit auf, wobei sie Glas umwarf, das klirrend zerbrach.

Dann war er bei Caren. Er riss sie am Arm von Erics Seite auf dem Sofa, ohne dass dieser reagieren, geschweige denn es verhindern konnte.

»Dieses Video wird nicht veröffentlicht!«, schrie Kian sie an. »Hörst du? Ich verbiete es! Ich dulde nicht, dass sich meine Frau für diesen schmierigen Typen zur Hure macht!«

Mitten im Raum standen sie sich gegenüber. Kian zitternd vor Wut und mit bleichem Gesicht. Auch Caren war blass, aber ihre Miene zeigte Entschlossenheit. Sie würde sich nie wieder Kians Unverschämtheiten anhören, ohne darauf zu reagieren. Sie würde nie wieder aus dem Zimmer laufen, weil sie ihn oder seine Worte nicht länger ertragen konnte. Sie war schon lange nicht mehr sein kleines, sanftes Engelchen, das so oft, vielleicht zu oft, geschwiegen hatte. Sie war längst erwachsen geworden. Es wurde Zeit, dass Kian das endlich begriff.

»Du hast kein Recht, dich so aufzuführen!«, schrie sie zurück.

»Ich bin dein Mann! Ich habe alle Rechte!«

»Lass dieses Macho-Gehabe! Ich kann es nicht mehr hören. – Und lass mich los! Du tust mir weh!«

»Ich verbiete dir, noch einmal solch einen Schund zu drehen. Ich verbiete dir, dich von einem Mann anfassen zu lassen. Ich ...«

»Du kannst mir nichts verbieten! Was bildest du dir eigentlich ein?!«

»Hör auf, Caren. Ich warne dich. Treib es nicht zu weit!«

»Du mit all deinen Mädchengeschichten wagst es, mir zu verbieten, einen Mann ...«

»Das war etwas anderes«, unterbrach Kian sie wütend. »Das hatte überhaupt nichts zu bedeuten.«

»Dein Fremdgehen hatte nichts zu bedeuten?!«, fuhr Caren ihn an, fassungslos über seine Worte. »Es hat unsere Liebe zerstört! Und du sagst, das hatte nichts zu bedeuten?!«

»Es ist so, Caren«. Kians Stimme veränderte sich plötzlich. Jetzt klang sie nicht mehr wütend, sondern leise und verzweifelt. »Ich fühlte mich so ungenügend, nicht gut genug für dich.«

Auch Caren wurde plötzlich ganz ruhig. Sie konnte Kian sogar ins Gesicht sehen. »Ich weiß. Deshalb habe ich dir deine Affären immer wieder verziehen. Bis ich völlig fertig war und nicht mehr konnte. Es war schlimm zu wissen, dass ich nicht die Frau für dich war, die du dir gewünscht hast und die ich so gerne sein wollte. Ich wusste nicht, was fehlte. Denn darauf hast du mir nie eine Antwort gegeben.«

»Du warst diese Frau, Caren. Du bist die Frau, die ich liebe und die ich immer lieben werde.«

»Das ist nicht wahr! Wäre ich diese Frau, wären wir heute noch zusammen! Also, hör auf mit diesen Lügen! Ich will keine Lügen mehr! Ich habe genug davon gehört. – Ich habe mir geschworen, nie, niemals wieder wegen dir zu weinen«, sagte Caren, während die Tränen aus ihren Augen schossen und über ihr Gesicht liefen. »Und ... Und ... Lass mich los!«

»Caren ...«

»Lass mich los!«

»Caren, bitte ...«

»Kian, lass sie los!«

Kevins scharfer Ton schien Kian zur Besinnung zu bringen. Er ließ, wenn auch nur zögernd, Carens Arme los. Sofort drängte sie sich an ihm vorbei und lief weinend aus dem Zimmer. Eric, der die Szene fassungslos und wie gelähmt beobachtet hatte, stand hastig auf und eilte hinter ihr her.

Eine Weile herrschte Schweigen im Raum. Keiner sagte etwas, keiner machte auch nur die kleinste Bewegung. Irgendwie schienen sie alle in einer Art Schockzustand zu sein.

Dann stellte Rob mit Nachdruck sein Glas auf den Tisch. Das harte Geräusch ließ die Anwesenden zusammenzucken, weil es in der Stille überlaut klang.

»Du bist ein richtiger Arsch, Kian, weißt du das?!« Rob blickte seinem Freund wütend ins Gesicht. »Wenn du in eurer Ehe genauso mit Caren umgegangen bist, wundert es mich nicht, dass sie dich verlassen hat. Im Gegenteil, ich bin froh, dass sie es getan hat! Du hast dieses Mädchen überhaupt nicht verdient!«

Im ersten Moment sah es so aus, als wolle Kian sich auf ihn stürzen, sein Gesicht wutverzerrt, die Hände zu Fäusten geballt. Aber kurz bevor er Rob erreichte, wandte er sich ab und verließ ohne ein Wort den Raum.

Molly, Susan und Mandy sahen sich sprachlos an. Mit Sensationsgier in den Augen und vor Aufregung klopfenden Herzen hatten sie die Szene gerade beobachtet. Sie konnten die Neuigkeiten kaum fassen. Caren war Kians Frau. Und gleichzeitig Erics Freundin. Wie pikant! Und sie lebten unter einem Dach zusammen: Eric und Caren und Kian. Endlich geschah mal etwas in diesem Haus, worüber sie sich noch tagelang unterhalten konnten.

>Rob würde auch gerne eine Rolle in dieser Dreierbeziehung spielen<, dachte Susan wütend. >Wenn er noch einmal in diesem Ton ‚honey‘ zu ihr sagt, haue ich ihm eine runter! - Ich verstehe nicht, was sie alle mit dieser Caren haben. So toll sieht die nun wirklich nicht aus. – Claire ist zu bedauern. Sie tut mir richtig leid.<

Claire, die die ganze Zeit wie erstarrt dagesessen und fassungslos dem Wortwechsel zwischen Caren und Kian zugehört hatte, schlug jetzt die Hände vor das Gesicht und weinte hemmungslos.

Die erstaunten Gesichter der Mädchen, die weinende Claire, war das letzte, was Danny sah, bevor er Kian folgte.

5. Kapitel

Kian hockte mit gekreuzten Beinen auf dem Sofa in seinem Wohnzimmer und sah auf seinen Freund Danny, der ihm gegenüber im Sessel saß.

»Das schlimme ist, Rob hat recht«, sagte er mit Überzeugung. »Ich bin ein Arschloch.«

Danny hatte eine Flasche Whiskey und zwei Gläser mitgebracht, die er jetzt großzügig füllte. Er wusste aus Erfahrung, mit einem Glas in der Hand sprach es sich leichter. Und Kian musste jetzt reden, das stand fest. Bisher war er der Frage >Was ist geschehen?< immer ausgewichen. Seit über drei Jahren wich er den Fragen seiner Freunde aus. Danny hatte bei Kians Rückkehr aus England sofort gemerkt, dass etwas nicht stimmte. Auch Eric war das aufgefallen. Aber nicht einmal mit ihm, der schließlich sein bester Freund war, hatte Kian darüber sprechen wollen, was ihn bedrückte. Er war damals sehr in sich gekehrt gewesen und oftmals völlig abwesend. Und er war längst nicht mehr so selbstbewusst wie vorher.

Danny hatte Kian immer um dieses unglaubliche Selbstbewusstsein beneidet, das ihm völlig fehlte. Er wusste, dass sich das Zusammenleben mit seinen vier selbstsicheren Freunden auf seine Persönlichkeitsentwicklung sehr positiv ausgewirkt hatte, und er war ihnen dankbar für ihre Hilfe. Die vier achteten auch heute noch darauf, dass er zwischen ihnen nicht unterging. Sie sorgten dafür, dass er bei Interviews immer zu Wort kam und bei den Besprechungen mit ihrem Manager oder Produzenten seine Meinung äußerte. Im ersten Jahr ihrer Karriere hatten sie Schwerstarbeit geleistet. Danny hatte so starkes Lampenfieber gehabt, dass er kaum auf die Bühne zu bekommen war. Er brachte es nicht fertig, vor fremden Menschen den Mund aufzumachen und wusste nie, was er mit den Fans reden sollte. Mittlerweile bewegte er sich sehr selbstbewusst im Scheinwerferlicht. Nur zurückhaltend war er geblieben. Es wunderte ihn immer wieder zu hören, dass es gerade diese Schüchternheit war, die die Mädchen an ihm liebten. Danny lernte im Laufe der Jahre, sich so zu akzeptieren, wie er war. Er war kein Draufgänger und würde nie einer sein. Er besaß jedoch eine sehr seltene Gabe. Er besaß die nötige Sensibilität, sich in andere Menschen hinein versetzen zu können. Er merkte sofort, wenn jemand in seinem Umfeld Kummer hatte. So war es ganz natürlich, dass ihm damals sofort aufgefallen war, dass mit Kian etwas nicht stimmte. ‚Doktor Freud' nannten ihn seine Freunde grinsend. Sie machten sich um nichts Sorgen. Dass Kian sich verändert hatte, fanden sie völlig normal. Sie alle hatten sich verändert. Und was die Mädchengeschichten betraf, konnten sie keine Änderung an ihm feststellen. Also musste mit ihm alles in bester Ordnung sein.

Kian sprach mit niemandem über seine Probleme. Er sprach auch nie von seiner Zeit in England. Seit Carens Ankunft wussten seine Freunde zumindest, dass er mit einer Engländerin verheiratet war. Diese Nachricht war wie eine Bombe eingeschlagen. Aber warum hatte seine Ehe nicht gehalten? Warum wehrte Kian sich rigoros gegen eine Scheidung, die Caren so vehement von ihm forderte? Die Antworten auf all diese Fragen wollte Danny jetzt herausfinden.

»Rede keinen Unsinn. Das bist du nicht. Du bist auch nicht der Typ, der ein Mädchen hart anfasst. Rob mag Caren gern, deshalb hat er so reagiert.«

»Caren geht ihn nichts an!«, fuhr Kian hoch. »Er soll aufhören, immer um sie herumzuscharwenzeln! Wenn er sie noch einmal anfasst, kriegt er Prügel! Das habe ich ihm auch gesagt. Er ist also gewarnt.«

»Lass deine Eifersucht, Kian, du hast keinen Grund dazu! Wir sind Freunde, wir nehmen uns doch nicht gegenseitig die Mädchen weg.«

»Und was ist mit Eric?! Er hält sich nicht daran. Warum sollte Rob es tun?«

»Eric wusste nicht, dass Caren deine Frau ist. Er leidet genauso wie du unter dieser Situation, das kannst du mir glauben. Wenn du nicht so vernagelt wärst, würdest du das sehen. – Rob provoziert dich nur. Und du lässt dich provozieren. Eric zum Beispiel stören seine Flirtversuche überhaupt nicht. Er nimmt sie so, wie sie gemeint sind. Nicht ernst. Aber du spielst verrückt und drohst Rob Prügel an. – Wir sind Freunde, Kian, vergiss das nicht. Wir sind immer durch dick und dünn gegangen, wir haben Höhen und Tiefen miteinander durchgestanden. Mach das nicht kaputt.«

Kians finsteres Gesicht entspannte sich bei den eindringlichen Worten seines Freundes. Er nickte. »Du hast recht, Danny. Ich werde mich zusammennehmen. Anscheinend habe ich meine Eifersucht immer noch nicht im Griff. Der Gedanke, dass Caren was mit diesem schmalzigen Typen hatte oder dass sie mit Eric schläft, macht mich fertig.«

Danny sah besorgt, dass Kian sein Glas in einem Zug austrank und es gleich wieder großzügig nachfüllte.

»Sie hatte nichts mit ihm. Der ist niemals ihr Typ, glaub mir. Und mit Eric schläft sie nicht, das weiß ich.«

»Ach ja? Bist du dabei?«

»Nein, er hat es erzählt.«

Ein ungeheuer erleichterter Blick traf ihn, so dass Danny sofort beschloss, es dabei bewenden zu lassen und nicht auszusprechen, was er eigentlich sagen wollte. Warum sollte Caren nicht mit Eric oder einem anderen Mann schlafen? Sie lebte seit Jahren getrennt von Kian.

In dieser Zeit hatte er unzählige Mädchen gehabt. Caren war so attraktiv, sie musste Tausende Verehrer haben. Kian konnte nicht im Ernst erwarten, dass sie keine Männer kannte.

»Eric spricht mit euch über Caren?«, fragte Kian irritiert. »Er erzählt euch, dass ...«

»Rob hat ihn gefragt. Du weißt ja, wie er ist.«

»Ja, das weiß ich. Eines Tages schlag ich ihm auf sein vorlautes Maul! Ich habe es satt ...«

»Warum seid Caren und du auseinander?«, unterbrach Danny ihn hastig. »Was war der Grund für eure Trennung?«

Kians finsterer Blick blieb eine Weile auf den Kastanienbaum vor seinem Fenster gerichtet, der vom abendlichen Westwind kräftig durchgeschüttelt wurde. Er stellte sich dabei genüsslich Rob in seinen Händen vor.

»Es gab viele Gründe«, antwortete er schließlich zögernd.

Seine Gedanken wanderten in die Vergangenheit und plötzlich erschien ein Lächeln auf seinem Gesicht. »Wir waren glücklich in unserer kleinen Wohnung. Sie war nichts besonderes, aber sie hatte Heizung und sogar ein Bad, und sie war bezahlbar. Die Nachbarn waren laut, neugierig und sehr nett.«

Bei dem Gedanken an die bunte Mischung von Menschen verschiedener Nationalitäten, die regen Anteil an dem jungen Ehepaar genommen hatten, lachte Kian leise vor sich hin.

»Caren kam oft mit mir zu den Proben. Sie war dabei, wenn die Jungs und ich abends in Clubs und Discos spielten und sie kam an den Wochenenden, wenn wir Auftritte außerhalb von London hatten. Wenn ich zu Hause war, machten wir alles gemeinsam. Die Hausarbeit, kochen, einkaufen, du weißt schon, was so anfällt. Ich versuchte zwar, Caren so viel wie möglich abzunehmen, aber das wollte sie nicht. Ich glaube, sie liebte es, Hausfrau zu spielen. Hin und wieder überraschte sie mich mit irgendwelchen mysteriösen Gerichten, deren Rezepte sie von unseren afrikanischen oder asiatischen Nachbarn bekommen hatte. Um sie nicht zu enttäuschen, habe ich mutig alles gegessen, was sie mir vorsetzte. Manchmal hat das ziemlich viel Überwindung gekostet, das kannst du mir glauben. Denn wenn Caren etwas nicht konnte, dann war das Kochen. Mit dem wenigen Geld, das wir hatten, kamen wir gerade so zurecht, irgendwie ging es. Kurz bevor wir völlig pleite waren, kam immer irgendein neuer Auftritt. Wir konnten uns keine Flitterwochen leisten und kaum mal neue Klamotten. Aber wir waren glücklich. – Sie nannte mich ihren Helden, kannst du dir das vorstellen?«

»Ja, das kann ich mir gut vorstellen«, sagte Danny lächelnd.

»Wir waren glücklich. Sie war glücklich mit mir, das merkte ich ja. Aber nach und nach bekam ich Angst, dass dieses bescheidene Leben, das wir führten, Caren irgendwann zu viel sein würde. Ihre Eltern sind Lord und Lady Ashleigh und steinreich, weißt du das?«

Danny nickte. Eric hatte es erzählt. Und danach war Kevin, Rob und ihm klar gewesen, warum Carens Benehmen, ihre Umgangsformen und ihre Aussprache so kultiviert waren. Das war etwas, das man sich nirgendwo aneignen konnte, das bekam man mit in die Wiege gelegt. Nur dann wirkte es so natürlich wie bei ihr. Ihre Natürlichkeit machte es auch, dass man sich in ihrer Gegenwart so wohl fühlte. Sie hatte die Gabe, auf jeden einzelnen von ihnen einzugehen, jeden als eigenständige Persönlichkeit zu akzeptieren und zu mögen. Und für diese Gabe liebten sie Caren. Sie hatte innerhalb kürzester Zeit die Herzen der Freunde erobert.

»Caren versicherte mir immer, sie sei glücklich«, fuhr Kian fort. »Sie sagte, sie brauche nur mich.«

In Gedanken hörte er ihre Stimme, sah er ihr Gesicht vor sich, das ihn glücklich anlachte. Und sah sich plötzlich wieder in dem eindrucksvollen, auf ihn damals unglaublich einschüchternd wirkenden Haus im vornehmen Londoner Stadtteil Belgravia ihren Eltern gegenüberstehen ...

»Mom, Dad, darf ich euch Kian vorstellen? Kian Paul Francis Brentwood.«

Caren hatte ihre Schönheit von ihrer Mutter geerbt, davon konnte Kian sich jetzt überzeugen. Lady Ashleigh war auch mit Mitte Vierzig noch eine sehr aparte Erscheinung, eine Frau mit Stil und tadelloser Figur. Ihr hellblondes Haar trug sie im Nacken zu einem Knoten geschlungen, was ihre klassischen Gesichtszüge gut zur Geltung brachte. Kian war sehr angetan von ihrem Anblick. Und die Aussicht, dass Caren in reiferen Jahren einmal so aussehen würde, gefiel ihm.

Kian ergriff die ausgestreckte Hand, sah Lady Ashleigh mit einem Lächeln an und machte eine tadellose Verbeugung.

»Ich freue mich sehr, Sie kennen zu lernen«, sagte er artig. Er hoffte, dass sie das Zittern seiner Hände nicht bemerkte.

»Sind Sie verwandt mit den Brentwoods aus Sussex?«, wollte Lord Ashleigh bei der Begrüßung wissen. Er war ein großer, stattlicher Mann, mindestens zwanzig Jahre älter als seine Frau, der mit seiner ganzen gepflegten Erscheinung, den schneeweißen Haaren und seinem kultivierten Benehmen der Inbegriff eines englischen Aristokraten war. Er hinterließ bei Kian den respektvollen Eindruck, dass er das Times-Kreuzworträtsel mit dem Kugelschreiber ausfüllte und nicht mit dem Bleistift.

»Nein, Sir, das bin ich nicht. Meine Familie hat keine englischen Verwandten.«

Das Gesicht seiner Lordschaft schien etwas von seiner Freundlichkeit zu verlieren. »Sie sind kein Brite?«, fragte er mit gerunzelter Stirn.

»Ich bin Ire«, antwortete Kian und sah dem Lord fest in die Augen.

»Es waren Lord und Lady Brendon, bei denen wir letztes Jahr in Sussex zu Besuch waren, Thomas.«

»Bist du sicher, Liebes?«

»Ja, ganz sicher. – Kommt zu Tisch, bitte.«

Caren griff nach seiner Hand, während sie hinter ihren Eltern ins Esszimmer gingen. Kian war froh über diese Geste. Niemals hätte er gewagt, sie in diesem Haus anzufassen. Und da seine Stimme vor Nervosität nicht ganz fest war, mochte er sie auch nicht ansprechen. Lord und Lady Ashleigh machten ihn nervös. Das Haus mit seinem Edelmobiliar, distinguiertem Butler und den vielen Dienstboten schüchterte ihn ein. Aber es hatte einen Grund, weshalb er zum Dinner hier war. Einen sehr wichtigen Grund. Kians Herz klopfte heftig bei dem Gedanken, wie er seiner Lordschaft die alles entscheidende Frage stellte. Er sah wieder die hochgezogenen Augenbrauen vor sich. ›So, Sie sind Ire‹. Begeistert schien Carens Vater von dieser Tatsache nicht zu sein.

Der Druck ihrer schmalen, warmen Hand half ihm sehr. Er musste das Mädchen an seiner Seite nur ansehen und sofort hatte sich ihr Mut, ihre Entschlossenheit, ihre Liebe, die er in ihren strahlenden Augen sah, auf ihn übertragen. Er war ihr Held, das wusste er. Sie traute ihm zu, für sie gegen alle Drachen dieser Welt zu kämpfen, und zu siegen natürlich. Dieses Wissen machte ihn stark und stolz zugleich. Für Caren würde er alles und jeden besiegen. Auch ihren Vater.

Kians Mut drohte jedoch im Laufe der nächsten Stunden immer mehr zu schwinden. Lord Ashleigh machte es ihm nicht leicht, da er ununterbrochen redete und Kian ihn nicht unterbrechen konnte, ohne unhöflich zu sein. Wenn er nicht endlich die Gelegenheit bekam, den Mund aufzumachen, war dieses Essen vorüber, der Lord würde aufstehen, den Raum verlassen und die Einladung niemals wiederholen, das war klar. Als Lord Ashleigh ein weiteres Mal zu seinem Weinglas griff und einen genussvollen Schluck tat, nahm Kian seinen ganzen Mut zusammen.

»Lord Ashleigh, Caren und ich wollen heiraten. Ich ... Ich ... möchte Sie um die Hand Ihrer Tochter bitten«, brachte er stammelnd heraus.

Das waren zwar nicht die Worte, die er sich zurechtgelegt und auswendig gelernt hatte, die er in Gedanken Tausende Male gesprochen hatte, und die gut und sicher und männlich geklungen hatten. Aber, Gottlob, er hatte es gesagt.

Plötzlich herrschte Schweigen am Tisch, ein unangenehmes, unheilvolles Schweigen. Nervös sah Kian von Carens glücklichem Gesicht zu ihrer Mutter, zu ihrem Vater. Hatte der Lord ihn nicht verstanden? Hatte er zu schnell gesprochen? Zu leise?

»Lord Ashleigh – Sir?«

Dieser ließ sich Zeit mit einer Antwort. Seine Miene verhieß jedoch nichts Gutes. »So, Sie wollen also meine Tochter heiraten«, sagte der Lord endlich, mit einem Gesicht wie aus Stein.

»Ja.«

»Wie lange kennen Sie meine Tochter?«

»Seit drei Tagen.«

»Seit drei Jahren?«

»Nein, seit drei Tagen.«

»Seit drei Tagen, sieh an.«

»Das ist nicht lang, das gebe ich zu.«

»Da bin ich ganz Ihrer Meinung, junger Mann.«

»Manchmal braucht man nicht länger, um zu wissen, dass man sich liebt.«

»Ach, wirklich? Und Sie wissen, dass Sie meine Tochter lieben.«

»Ja, das weiß ich. Ich liebe Caren, wie ich noch nie zuvor jemanden geliebt habe.«

Das zu hören, beeindruckte den Lord überhaupt nicht. »Sie gebrauchen den Begriff ‚Liebe' für mein Verständnis etwas zu sorglos, junger Mann. In Ihrem Alter können Sie noch gar nicht wissen, was Liebe bedeutet und welche Verantwortung damit verbunden ist.«

»Sie können sicher sein, Sir, das Gefühl, das ich für Caren empfinde, ist Liebe.«

»Kann ich das?«

»Ich würde mir nicht wünschen, dass sie meine Frau wird, wenn es anders wäre.«

»Ich könnte Ihnen noch andere Gründe nennen.«

»Ich glaube nicht, Sir.«

Kians Stimme klang bei diesen Worten so fest und ruhig, dass dem Lord anscheinend die Lust verging, auf den Reichtum der Ashleighs hinzuweisen, auf Geld im allgemeinen, auf Erbschleicherei im Besonderen. Was man so sagt als reicher Vater, dessen Tochter im Begriff war, einen Bürgerlichen, noch dazu irischer Herkunft, zu heiraten. An diesem Punkt des Gespräches fing Kian zwar an, sich über den Lord zu ärgern, aber noch gelang es ihm, auf dessen Verhalten angemessen zu reagieren.

»Wie alt sind Sie, junger Mann?«

»Ich bin zwanzig.«

»Meine Tochter ist gerade achtzehn geworden. – Sie sind zwanzig, und Sie verdienen schon so gut, dass Sie heiraten und eine Familie gründen können? Respekt! Was sind Sie von Beruf?«

»Ich bin Musiker.«

»Was bedeutet das, Musiker? Gehen Sie auf ein Konservatorium? Studieren Sie Musik? Wollen Sie Pianist werden? Geiger?«

Kian wurde bei diesem Verhör, bei diesem Frage- und Antwortspiel, das Carens Vater in einem sehr unpersönlichen, oftmals sarkastischen Ton führte, immer nervöser. Er wusste, dass ihre Eltern ihn ablehnten. Ihr Vater vor allem. Seit er erzählte hatte, dass er Ire sei, seit feststand, dass er keine adelige Verwandtschaft hatte und es trotzdem wagte, Lady Caren Ashleigh heiraten zu wollen, war ihr Vater immer kühler, distanzierter und abweisender geworden. Kian wusste, er hatte keine Chance. Er würde niemals eine haben. Denn womit sollte er den Lord beeindrucken? Seine Liebe zu Caren hatte dieser gerade mit einer Handbewegung abgetan. Seinem Glauben an sich selbst und an eine baldige Karriere würde das gleiche Schicksal widerfahren. Und wenn er die Frage Lord Ashleighs wahrheitsgemäß beantwortete, würde der ihn vor die Tür setzen.

»Kian ist Rockmusiker, Dad«, antwortete Caren statt seiner.

»Rock ... musiker?!« Lady Ashleigh, die die Konversation bei Tisch bisher weitgehend ihrem Mann überlassen hatte, blickte jetzt fassungslos von ihrer Tochter auf ihren Mann.

»Ja, Rockmusiker. Er singt mit drei Freunden zusammen und ...«

Lord Ashleighs Gesicht verzog sich unheilverkündend finster. »Genug dieser Farce, Caren!«, unterbrach er seine Tochter ärgerlich. »Du erwartest nicht von mir, dass ich diesem Unsinn weiterhin meine Aufmerksamkeit schenke, nicht wahr?«

»Dad, Kian und ich wollen ...«

»Das Ganze ist dermaßen absurd, ich möchte nichts mehr davon hören.«

»Lord Ashleigh, Caren und ich möchten heiraten. Wir lieben uns. Und wir würden sehr gerne Ihre Zustimmung und Ihren Segen für unsere Ehe haben.«

»Sie werden weder meine Zustimmung noch meinen Segen bekommen, junger Mann.«

»Dad ...«

»Ich denke, ich habe meine Meinung klar zum Ausdruck gebracht. Ich habe dem nichts hinzuzufügen.«

»Dad, wir lieben uns. Wir ....«

»Das Thema ist für mich beendet, Caren!«

»Kian und ich wollen heiraten. Bitte ...«

»Hast du vollkommen den Verstand verloren?!« Der Lord schlug so hart mit der Faust auf den Tisch, dass die Gläser klirrten. Er war so aufgebracht, dass er den missbilligenden Blick, den seine Frau ihm zuwarf, einfach ignorierte. »Hast du vergessen, wer du bist?! Die Ashleighs sind mit den Windsors verwandt, muss ich dich wirklich daran erinnern? Du könntest einen der Prinzen heiraten! – Ich werde niemals meine Zustimmung zu diesem Schwachsinn geben!«

»Die Prinzen sind alle verheiratet. Oder geschieden. Ich will keinen geschiedenen Prinzen! Ich will Kian!«, sagte Caren trotzig.

»Meine Tochter wird keinen Rockmusiker heiraten! Allein der Gedanke daran ist absurd!«

»Kian verdient mit seiner Musik genug Geld, dass wir heiraten und uns eine Wohnung oder ein kleines Haus leisten können.«

»Wo soll dieses Haus stehen? In irgendeinem armseligen Vorort? Er wird nie genug Geld verdienen, um dir den Lebensstil bieten zu können, den du gewöhnt bist, mein Kind.«

»Ich brauche diesen Lebensstil nicht. Ich ...«

»Willst du in Zukunft irgendwelche billigen Fähnchen von Woolworth tragen? Denk mal darüber nach, wie dir das gefällt. Und was ist mit deinem Tennisclub, dem Segelclub? Glaubst du im Ernst, ich würde weiterhin deine Beiträge zahlen?«

»Ich brauche weder Modellkleider noch diese Clubs. Ich brauche nur Kian.«

Lord Ashleigh starrte seine Tochter voller Zorn an. »Was ist mit deiner Ausbildung?«, fragte er aufgebracht. »Brauchst du die auch nicht mehr?«

»Ich kann doch auch als verheiratete Frau Ballett tanzen.«

»Bist du sicher? Kennst du eine Ballerina, die Ehemann und Kinder hat?«

»Es gibt sicher welche.«

»Das mag sein. Aber die tanzen im Tingeltangel und nicht am Royal Opera House. Ich hatte bisher den Eindruck, dass dir der Tanz das Wichtigste auf der Welt ist. Nur deshalb war ich damit einverstanden, dass du diese Ballettausbildung machst.«

»Natürlich ist mir das Tanzen wichtig, Dad. Aber das hat doch nichts mit meiner Heirat zu tun«, erklärte Caren ihrem Vater.

»Ich nehme an, Sie sind katholisch.« Ohne den Einwand seiner Tochter zu beachten, richtete der Lord eine weitere Frage an Kian.

Seine Befragung sollte also weitergehen, obwohl seine Lordschaft keinen Zweifel daran gelassen hatte, dass er ihrer Heirat nicht zustimmen würde. Seine Absicht war, Caren sehr deutlich vor Augen zu führen, wie wenig standesgemäß ihre Wahl war, wie groß der Standesunterschied. Kian sah das ganz klar. Und er musste sich zusammenreißen, um nicht vor Ärger ausfallend zu werden.

»Ja, Sir. Über neunzig Prozent aller Iren sind katholisch. Ich gehöre dazu.«

»Danke für die Belehrung«, sagte seine Lordschaft trocken. »Meine Tochter gehört der anglikanischen Kirche an, wie die meisten Engländer.«

»Das stört mich nicht. Und meine Familie wird sich auch nicht daran stören.« Es bereitete Kian Genugtuung, das zu sagen.

»Wie wollt ihr eure Kinder erziehen? Protestantisch in einem katholischen Land? Doch wohl kaum. Und Sie werden Caren hoffentlich nicht zumuten, katholische Kinder zu erziehen, nicht wahr? Oder stellen Sie sich vor, dass sie konvertiert?«

»Wir haben aber noch keine Kinder, Dad. Wenn es soweit ist, werden Kian und ich das entscheiden.«

»Du wirst nicht katholisch! Du wirst keine katholischen Kinder bekommen! Du wirst einen Engländer heiraten, und das standesgemäß und in der anglikanischen Kirche! Und das ist mein letztes Wort!«

Jetzt konnte Kian sich nicht mehr zurückhalten. »Sie haben anscheinend immer noch nicht verwunden, dass Britannia nicht mehr die Meere beherrscht«, schleuderte er dem Lord wütend entgegen. »Die englische Gewaltherrschaft über die Republik Irland ist zum Glück auch vorbei. Wir haben Jahrhunderte unter euch Engländern, vor allem unter dem Adel, gelitten. Ihr habt feudal gelebt in euren Herrenhäusern, auf unsere Kosten, und wir haben gehungert. Wir durften nicht einmal mehr unsere eigene Sprache sprechen. Ihr habt Tausende verhungerter Männer, Frauen und Kinder auf dem Gewissen. Das ist der englische Adel! Sind Sie stolz darauf? Ist das standesgemäß? Wenn ich solch einen Scheiß höre, dann kommt der alte Hass auf euch Engländer wieder hoch, das können Sie mir glauben!«

Kians Stimme wurde immer lauter, die letzten Worte schrie er beinahe. Und er hatte ganz bewusst diese Kraftausdrücke gewählt, diesen Straßenjargon, den der Lord ihm ja doch nur zutraute, dieser bornierte Lackaffe mit seinen hochgezogenen Augenbrauen und seinem unverschämten Sarkasmus.

»Das reicht.« Mit mühsam unterdrückter Wut erhob sich Lord Ashleigh von seinem Stuhl und zeigte zur Tür. »Verlassen Sie mein Haus.«

»Nur zu gerne. Eines will ich Ihnen aber noch sagen. Mein Vater ist ein einfacher Landwirt, der seine Kinder dazu erzogen hat, keine Vorurteile zu haben, jeden Menschen anzunehmen wie er ist und nicht nach dem zu fragen, was er hat. Das ist etwas, was bei Ihrer Erziehung anscheinend vergessen worden ist.«

»Hinaus! Verlassen Sie augenblicklich mein Haus!«, schrie der Lord Kian unbeherrscht an. »Und wenn du jetzt mit ihm gehst, mein Kind, dann will ich dich nicht wieder sehen. Nie wieder, hast du verstanden?!«

Trotz der Drohung ihres Vaters stand Caren zusammen mit Kian vom Tisch auf. »Ja, Dad, ich habe verstanden.«

Sobald sie draußen auf der Straße waren, schlang Caren die Arme um Kians Hals. »Bitte, vergiss, was mein Vater gesagt hat«, bat sie bebend vor Empörung. »Ich will nicht, dass er dich traurig macht.«

Mit zitternden Händen drückte Kian sie an sich. »Ich war frech und unverschämt zu ihm. Ich hätte das nicht sagen dürfen.«

»Aber er hat dich provoziert.«

»Trotzdem hätte ich mich zurückhalten müssen. Da ist mein Temperament mal wieder mit mir durchgegangen. Mein Vater wird mich ohrfeigen, wenn er je erfährt, wie ich mich aufgeführt habe. – Da rede ich von Vorurteilen und habe selber welche. Dein Vater ist … Er …«

»Er hätte nicht so mit dir reden dürfen. Es ist eine Schande, wie er mit dir gesprochen hat. Ich schäme mich für ihn.«

»Wie behandelt er deinen anderen Verehrer? Ist er immer so? Oder sind sie alle standesgemäß und finden daher Gnade vor seinen Augen?«

»Du bist der erste, den ich zum Dinner mit nach Hause bringe. Deshalb hat mein Vater wohl sofort gewusst, dass es etwas Ernstes ist. Ich hätte aber niemals gedacht, dass er dich so schändlich behandeln würde. Ich habe ihn noch nie so erlebt.«

»Ist es dir immer noch ernst? Trotz allem, was er gesagt hat?«

»Wie heißt ,Ich liebe dich' in deiner Heimat?«

»Taim ingra leat.«

»Taim ingra leat, Kian. Ich möchte nichts auf der Welt so sehr als deine Frau zu werden. Und ich möchte einmal viele Kinder mit dir haben.«

»Ich habe alles kaputtgemacht. Aber ich konnte nicht schweigen.«

»Ich bin so stolz auf dich. Du warst einfach großartig.«

»Oh Caren«, sagte er darauf nur und küsste sie lange. Er war froh, dass er sie hatte. Er war glücklich, dass sie ihn liebte. Trotz allem, was ihr Vater gesagt hatte. Aber etwas machte ihm doch Sorgen.

»Was ist aber wirklich mit deinen Cerutti-Kleidern und Gucci-Schuhen und dem High Society-Segelclub? Ich weiß nicht, wann wir endlich den Durchbruch schaffen und entdeckt werden. Wann dieses Herumzigeunern und in Discos und bei Volksfesten zu spielen vorbei sein wird und ich wirklich Geld verdiene, Caren. Jetzt kann ich dir keine Modellkleider kaufen.«

»Ich brauche keine Modellkleider. Ich brauche nur dich.«

»Ist das wirklich so, Caren?«

»Ja, das ist so. Außerdem verdiene ich bald auch. In acht Monaten ist meine Ausbildung beendet und ich werde ein Superangebot von Covent Garden bekommen, du wirst sehen.«

»Meine kleine Ballerina. Du bist wunderbar. Taim ingra leat, Caren.«

»Taim ingra leat, Kian.«

»Tut dir der Streit mit deinem Vater wirklich nicht leid?«

»Ich liebe dich, Kian. Ich wünsche mir nichts so sehr, als deine Frau zu sein. Wenn mein Vater das nicht versteht, kann ich es nicht ändern. Ich will keinen standesgemäßen Engländer. Ich will dich. Und da du nicht vor der Hochzeitsnacht mit mir schlafen willst, müssen wir sofort heiraten. Ich will nicht warten, bis mein Vater seine Meinung ändert. Ich will nicht warten, hörst du?!«

»Wir werden heiraten, meine kleine Prinzessin. So schnell, wie möglich«, sagte Kian zärtlich und drückte Caren ganz fest an sich. Seine tiefe Liebe zu ihr spürte er fast wie einen körperlichen Schmerz. »Wenn du mich heiratest, Caren, wird es für immer sein. Bist du dir darüber im Klaren?« Es war ihm ernst, bitterernst. Und das sollte, das musste sie wissen.

»Natürlich. Ich will dich doch auch für immer.«

»In Irland sagen wir ‚Le gra go deo‘. Das bedeutet: In Liebe für immer. Unsere Liebe, unsere Ehe wird für immer sein, Caren. Wenn du dir nicht sicher bist, dass du das willst, dann sag es jetzt. Denn wenn du Ja sagst, ist es für immer.«

»Ich will dich für immer, Kian. Für immer und ewig.«

»Schwöre.«

»Ich schwöre es.«

Auf der Veranda eines italienischen Restaurants machte Kian etwas später formvollendet seinen Antrag. Er holte den Ring, den er am Morgen gekauft und für den er einen Großteil seiner Ersparnisse ausgegeben hatte, aus seiner Hosentasche, und sank trotz des guten Anzugs vor Caren auf die Knie.

»Willst du mich heiraten, Prinzessin?«

Mit einem glücklichen Lächeln beugte sich Caren zu ihm, legte eine Hand in seinen Nacken und sagte dicht vor seinem Mund »Ja, ich will.«

Dann küssten sie sich. Die anwesenden Gäste applaudierten, riefen Glückwünsche und prosteten ihnen zu, als ein Ober kam und ihnen zwei Gläser Champagner brachte.

Das war ihre Verlobung gewesen, an einem wunderschönen, lauen Juniabend in London ...

»Mensch, Kian, das ist eine so schöne Liebesgeschichte. Warum hast du zugelassen, dass sie kaputtging?«, fragte Danny mit bewegter Stimme.

»Weil ich ein verdammter Idiot war. Dämlich und unsicher und voller Zweifel. Und auf der anderen Seite wieder so sehr von mir eingenommen, dass es zum Kotzen war.«

»Und ihr habt tatsächlich erst in eurer Hochzeitsnacht miteinander geschlafen?« Dannys Stimme klang fast ungläubig. Schließlich kannte er seinen Freund.

»Ja.« Kian nickte lächelnd.

»Das ist kaum zu glauben. Wenn ich an den Wettstreit zwischen Rob und dir denke. Wer bekommt ein Mädchen schneller ins Bett. – Ich glaube, im Moment steht es unentschieden, oder?«

»Bei Caren war alles anders. Sex war plötzlich Nebensache, nur sie war wichtig. Und nicht, wie schnell ich sie ins Bett bekam. Es ist mir nicht leicht gefallen, das kannst du mir glauben. Deshalb haben wir so schnell geheiratet. Wir konnten beide nicht länger warten.«

»Ich glaube dir nicht, dass das der Grund war.«

»Stimmt. Wir haben geheiratet, weil wir uns liebten, weil wir ein Leben lang zusammenbleiben wollten, weil wir gemeinsam alt werden wollten. – Stell es dir vor, Danny. Kian Brentwood, der Sohn eines Landwirtes aus Sligo in Irland, ein wenig erfolgreicher Rockmusiker. Und in diesen Kian Brentwood verliebt sich die schöne Lady Caren Ashleigh, die in irgendeiner Form mit dem britischen Königshaus verwandt ist und einen der Prinzen heiraten könnte. Aber sie will keinen Prinzen. Sie will mich. Ist das nicht unglaublich?«

»Na, das kannst du laut sagen.«

»Caren sagte immer, ich sei ihr Prinz. Ihr irischer Prinz.«

»Eure Geschichte klingt wie ein Märchen. Einschließlich bösem Schwiegervater. Ich nehme an, er hat seine Meinung über dich nicht geändert?«

»Seine Lordschaft geruhen bis heute, unsere Ehe nicht anzuerkennen. Lady Ashleigh ist zumindest zu unserer standesamtlichen Trauung gekommen. Sie schien sich in Sligo sogar ganz wohl zu fühlen, und sie verstand sich prima mit meinen Eltern. Mit Dad vor allem, diesem Charmeur. - Ich hätte dich gerne bei der Hochzeit dabei gehabt, Danny, dich und die anderen. Aber es ging alles so schnell. Es blieb keine Zeit rumzuhören, wo ihr alle seid.«

»Ich hätte gar nicht kommen können. Ich hatte damals diesen elenden Job auf der Isle of Man. Sieben Tage in der Woche für lärmende Touristen spielen, und der Boss war ein richtiger Idiot.«

»Weißt du, es klingt schizophren, aber das einzig Gute an unserer Trennung war, dass ich England nicht mehr ertragen konnte und zurück nach Hause bin. Dass du auch gerade zurückgekommen bist ...«

»Und wir die Band gründeten.«

»Und Erfolg haben.«

»Und Geld verdienen.«

»Und immer reicher werden.«

Sie lachten sich an.

»Heute könntest du Lord Ashleighs Worte widerlegen, dass du niemals so viel Geld verdienen würdest, um Caren den gewohnten Lebensstil zu bieten. Jetzt könntest du es.«

»Ja, jetzt könnte ich es«, sagte Kian versonnen.

»Zurück in die Vergangenheit«, bat Danny nach einem Blick auf seinen Freund betont munter. »Ihr seid verheiratet, lebt in einer bescheidenen Wohnung in London, habt kein Geld, seid aber sehr glücklich. Erzähl weiter.«

»Nur ungern. Denn jetzt kommen die unangenehmen Themen, bei denen ich gar nicht gut abschneide.«

»Trotzdem möchte ich es hören. Was ist mit Carens Ballettausbildung, zum Beispiel?«

»Als ich das erste Mal mitging zu ihrem Unterricht, stellte Caren mich ihrer Lehrerin vor. Die war überhaupt nicht glücklich darüber, dass Caren verheiratet war und sich, ihrer Meinung nach, nicht voll auf ihre Karriere konzentrierte. Sie war sogar nahe daran gewesen, sie nicht weiter zu unterrichten. Zum Glück ließ sie sich umstimmen. Schließlich war Caren ihre beste Schülerin. Dass ich dem Unterricht hin und wieder zusehen durfte, war ein Privileg, das ich mir durch mein Benehmen aber bald gründlich verscherzte. Ich verstehe nichts vom Ballett, aber ich fand meine Frau natürlich umwerfend. Sogar ich als Laie konnte sehen, wie außergewöhnlich talentiert sie war. Ich war so ungeheuer stolz auf sie. Solange Caren alleine tanzte, war auch alles in Ordnung. Als jedoch dieser Typ ankam und an ihr herumfummelte und sie überall dort anfasste, wo nur ich ein Recht hatte, hin zu fassen, da war es aus. Ich muss sagen, heute schäme ich mich für mein damaliges unmögliches Verhalten. Ich habe gebrüllt vor Wut und habe mit allem um mich geworfen, was mir in die Hände fiel. Ich habe gegen Wände und Türen getreten, bis sie es endlich geschafft hatten – ich glaube, es waren mindestens sechs Leute -, mich nach draußen zu befördern. Ich bin heute noch froh, dass sie nicht die Polizei gerufen haben. Als Caren dann kam, habe ich weiter getobt und ihr verboten, je wieder zu tanzen. Ich habe rot gesehen vor Eifersucht, und ich war eklig und ungerecht und sehr hässlich zu ihr.«

»Aber sie hat dir verziehen?«

»Ja. Diese Szene und noch viele weitere.«

»Warum warst du eifersüchtig? Doch nicht auf die Tänzer, die doch bekanntermaßen alle schwul sind. Was hat Caren getan?«

»Sie hat nichts getan, das ist ja das Schlimme. Das, was ich mir seitdem immer und immer wieder vorwerfe. Dass sie schön ist, dafür kann sie nichts. Ich liebe ja auch ihr Aussehen. Ich hatte Probleme damit, dass sie mit diesen Männern tanzte, dass sie von ihnen angefasst wurde. Dem ging ich aus dem Weg, indem ich nie wieder beim Unterricht zusah, sondern immer draußen auf der Straße auf Caren wartete. Ich hatte plötzlich Probleme damit, dass die Männer sie ansahen oder dass sie mit irgendwelchen Männern sprach. Mit dem Zeitungsjungen zum Beispiel, mit dem Kellner oder mit dem Hausmeister. Sobald ich sie mit einem Mann sah, spielte ich verrückt.«

»Mit deiner Band bist du tagelang fort gewesen und hast Caren allein gelassen. Du musst doch gestorben sein vor Eifersucht.«

»Das klingt jetzt verrückt, ich weiß. Aber wenn ich fort war, war ich nicht eifersüchtig. Ich wusste, Caren ist mir treu, sie würde mich niemals betrügen. Anders war es, wenn ich sie mit einem Mann zusammen sah. Das konnte ich nicht ertragen. - Ich brauchte damals Carens ganze Liebe, ich konnte nicht teilen. Und ich konnte nicht den Unterschied sehen zwischen ihrer Liebe zu mir und ihrer Sympathie für andere Menschen. Gott, was habe ich ihr Szenen gemacht.«

Wieder goss Kian sein Glas voll und nahm einen großen Schluck. Die Bilder, die jetzt vor seinem inneren Auge auftauchten, waren zu schlimm. Er konnte es kaum ertragen, sich zu sehen, wie er auf Caren einschrie, während er sie hart an den Armen packte. Und wieder ihre erschrockenen Augen vor sich zu sehen, die sich langsam mit Tränen füllten, war ebenso unerträglich. Er war rasend vor Eifersucht gewesen, weil sie sich glänzend mit den Bandmitgliedern unterhalten hatte, den ganzen Abend, bis er dem ein Ende gemacht und Caren aus dem Lokal gezogen hatte. Auf dem ganzen Heimweg hatten sie gestritten. Als er später im Schlafzimmer sah, wie sie im allabendlichen Ritual zu ihren Tabletten griff, hatte er plötzlich gewusst, was zu tun war.

»Ich will nicht, dass du dieses Zeug nimmst!«

»Ich will nicht schwanger werden.«

»Ich möchte ein Kind.«

»Kian, meine Ausbildung ist noch nicht beendet. Danach möchte ich einige Jahre tanzen. Das weißt du. Wir haben doch darüber gesprochen.« Das hatte Caren ganz ruhig gesagt, weil sie sich wohl nicht vorstellen konnte, was sich gleich abspielen würde.

»Ich habe meine Meinung geändert. Ich will, dass wir jetzt ein Kind haben.«

»Ich will es nicht, Kian.«

Er hatte diese Diskussion beendet, indem er Caren die Antibabypillen aus der Hand nahm, ins Badezimmer ging und sie fortspülte.

Weinend war Caren ihm gefolgt und hatte versucht, ihm die Tabletten fortzunehmen. Sie hatte natürlich keine Chance gegen ihn und diese Hilflosigkeit verstärkte ihr Weinen noch. »Ich will nicht schwanger werden Ich kann jetzt nicht schwanger werden.«

Kian hörte wieder Carens verzweifelte Stimme und sah wieder die Fassungslosigkeit über sein Handeln, über sein Benehmen in ihren Augen. Sie hatten damals nicht genug Geld gehabt, Caren konnte sich keine neuen Tabletten kaufen. Das hatte er genau gewusst. Aber damals wollte er, dass sie schwanger wurde. Er wollte nicht, dass sie tanzte. Er wollte sie für sich allein, mit einem Baby an ihn gebunden. So hatte er sich das damals vorgestellt. Idiotisch und egoistisch wie er war, hatte er nicht bedacht, dass sie sich ein Kind noch gar nicht leisten konnten. Und auch nicht, dass ein Baby eine beiderseitige Entscheidung war und nicht etwas, was er allein bestimmte. Aber Caren war nicht schwanger geworden. Und keiner von beiden erwähnte jemals wieder die schreckliche Szene, die Kian gemacht und für die er sich noch am gleichen Abend entschuldigt hatte.

Was hatte er Caren angetan! Was für ein mieser Typ war er doch gewesen! Die Gedanken an die Vergangenheit waren für Kian unerträglich. Er konnte nicht erwarten, dass Caren ihm verzieh. Er konnte sich sein Verhalten doch selber nicht verzeihen.

»War deine Eifersucht der Grund für eure Trennung?«, fragte Danny. Er musste diese Frage wiederholen, denn Kian schien in Gedanken so weit fort zu sein, dass er nicht reagierte.

Kian kehrte nur langsam aus der Vergangenheit zurück. Er nahm einen weiteren Schluck aus seinem Glas und stellte dabei fest, dass seine Hände zitterten. »Nein, meine Eifersucht war nicht der Grund.«

»Was war es dann?«

»Meine ... Meine Weibergeschichten.«

»Deine – was?«

»Du hast richtig gehört. Ich fing an, mir nach jedem Auftritt ein Mädchen ins Hotel mitzunehmen.«

»Warum, um Himmels willen?! Da hast du diese Wahnsinnsfrau zu Hause und du hurst mit anderen Weibern rum?!«

»Meine Gefühle damals sind schlecht zu beschreiben.«

Mit seinen Szenen, mit all diese Affären wollte Kian Caren dazu bringen, mit dem Tanzen aufzuhören, ihre Freunde nicht mehr zu sehen und ihrer adeligen Verwandtschaft, die ihn nicht akzeptierte, den Rücken zu kehren. Sie sollte nur für ihn da sein, mit ihm zu seinen Auftritten kommen, ihn anbeten, den Boden küssen, auf dem er ging! Damals war ihm das nicht so klar gewesen wie heute. Auch die Widersprüchlichkeit in seinem Tun hatte er damals nicht begriffen. Heute wusste er, was er getan hatte. Heute sah er den Wahnsinn, die Arroganz und Egozentrik in seinem Wunsch, Caren ganz für sich allein haben zu wollen. Unerträglich klar und deutlich sah er alle Fehler, die er gemacht hatte. Und der Kian von damals gefiel ihm überhaupt nicht! Was für ein mieses Schwein war er doch gewesen! Und er erwartete heute, dass Caren ihm verzieh? Dass sie ihm noch eine Chance gab? Das war absurd! Warum sollte sie das tun?

»Versuch es.«

Dannys Stimme holte Kian in die Gegenwart zurück. Wieder hatte die Vergangenheit ihn weit mit sich fort genommen. Seit Jahren bemühte er sich, nicht an die schlimmen Zeiten seiner Ehe zu denken. Denn diese Rückschau war so unerträglich, dass er jeden Gedanken daran sofort verscheuchte. Und bis zum heutigen Tag war er überzeugt davon gewesen, dass er niemals einem anderen Menschen davon erzählen würde, wie unmöglich er sich damals benommen hatte. Carens Anwesenheit in Grantham House zwang ihn jedoch, sich mit der Vergangenheit auseinander zu setzen, und heute schien wohl der Zeitpunkt gekommen zu sein, die ganze bittere Wahrheit auf den Tisch zu legen.

»Kian?«

»Ja?« Etwas verwirrt sah Kian seinen Freund an.

»Versuche, deine Gefühle zu beschreiben«, wiederholte Danny.

Kian musste sich erst einige Male räuspern, bevor er in der Lage war, zu sprechen.

»Weißt du, ich verstand mich ja selber nicht. Heute ist mir klar, dass ich mich einfach ungenügend fühlte, ihrer nicht würdig. Immer wenn Caren bei ihren Eltern gewesen war, fühlte ich so. Sie kam zurück aus der Belgravia-Glitzerwelt in den elenden Slum, den ich ihr nur bieten konnte. Sie kam aus einem Stadthaus mit zwanzig Zimmern und ich weiß nicht wie vielen Dienstboten zurück in unsere kleine Zweizimmerwohnung, wo sie kochen musste, und putzen, und die Treppe wischen. Ich konnte mir gut vorstellen, was sie sich zu Hause deshalb anhören musste. Lord Ashleighs Tochter immer noch mit diesem irischen Hungerleider zusammen, der nichts zustande brachte, um seinem Kind ein anständiges Leben zu bieten.«

»Du bist verrückt, Kian.«

»Stimmt. Aber damals dachte ich so.«

»Und Caren? Dachte sie auch so?«

»Nein. Sie sagte mir immer wieder, wie glücklich sie sei, meine Frau zu sein. Sie liebte mich. Sie liebte unsere Wohnung. Sie liebte sogar die Nachbarn. Zum Glück in dieser Reihenfolge. Caren kam mit jedem aus und jeder liebte sie.«

»Aber du fängst an zu zweifeln, nicht wahr?«

Kian nickte. »Das wurde noch schlimmer, als wir eines Tages mitten in London einige ihrer Freunde trafen. Die waren eigentlich ganz in Ordnung. Aber als Caren anfing, sich wieder mit ihnen zu treffen, wenn ich mit der Band fort war, war mein Selbstbewusstsein völlig dahin. Das dort war ihre Welt, nicht hier bei mir. Was konnte ich ihr schon bieten? Nichts, absolut nichts von dem, was sie gewohnt war. Wie lange würde sie brauchen, um das zu realisieren? Wann würde sie mich verlassen? Lange würde es nicht mehr dauern, da war ich mir sicher. - Es war nicht Carens Schuld, verstehe mich nicht falsch. Sie hat sich ohne zu klagen in meine Welt eingefügt. Aber ich bin mit ihrer Welt nicht zurechtgekommen. Die Angst, dass sie mich verlässt, dass sie eines Tages nicht mehr bei mir sein würde, hat mich total verändert. Heute sehe ich das ganz deutlich.«

»Caren sagte, sie habe dich verstanden und dir deshalb immer wieder verziehen.«

»Sie ist unglaublich, nicht wahr?«

»Das ist sie. Aber du hast es damals nicht kapiert, oder?«

»Nein. Ich wollte, dass sie ihre Welt verlässt und nur für mich da ist. Nur für mich, ohne Ausnahme. Warum bin ich nur so ein verdammter Egoist gewesen?«

»Sie hat dich aber immer noch geliebt?«

»Trotz meines Macho-Gehabes, inklusive Eifersucht und Szenen. Sie hatte wirklich eine Engelsgeduld mit mir, es ist kaum zu glauben. Bis ich diese Geduld überstrapazierte.«

»Was ist passiert?«

»Eines Morgens beim Frühstück im Hotel sagte mein damaliger Kumpel, er sei ziemlich sicher, dass Caren am Abend zuvor an meiner Tür gewesen sei. Ich war nicht allein im Zimmer, und die Tür war nicht abgeschlossen gewesen! Ich bin sofort ins Auto und wie ein Verrückter nach London gefahren. Zuerst nach Hause, aber da war Caren nicht. Und ich war so voller Panik, dass mir nicht auffiel, dass ihre Sachen nicht mehr da waren. Das merkte ich erst später. Und ich sah auch erst später, dass ihr Ehering und der Verlobungsring auf dem Tisch lagen. Mir fiel ein, dass sie im Opernhaus war, wo sie ihre Abschlussproben vor dem großen Abend hatte, dem Vortanzen. Das war ein sehr wichtiger Abend für Caren. Sämtliche Theateragenten des Landes würden da sein und die guten Tänzer sofort unter Vertrag nehmen. Und Caren war eine der Besten. Sie würde einen Vertrag bekommen. – Als ich sie endlich gefunden hatte, wollte sie nicht mit mir reden. Sie war eiskalt und hat mich nicht einmal angesehen. Es war das erste Mal in unseren acht Monaten Ehe, dass sie mich nicht anhörte, dass sie mir nicht die Chance gab, zu reden, zu erklären und mich zu entschuldigen. Sie war total anders als sonst. All meine Affären hatte sie mir verziehen. Sie wusste zum Glück nicht von allen. Aber an diesem Tag war sie ganz anders, so fremd und abweisend und kalt. So kalt, dass ich beinahe fror. Und da wusste ich es. Ich wusste, dass es aus war. Aus und vorbei, für immer vorbei. Und dass ich es nicht wollte. Und dass ich Angst davor hatte, ohne sie zu sein. Im Foyer, auf dieser großen Treppe, fingen wir dann an zu streiten. Ein Wort gab das andere. Dann wollte sie gehen. Ich hielt sie zurück. Und sie ... Sie riss sich los. Nach wenigen Schritten stolperte sie plötzlich, und dann fiel sie die Treppe hinunter.«

»Oh mein Gott«, sagte Danny leise.

»Es war schrecklich, wie sie da lag. Sie war ohnmächtig und ihr Gesicht schneeweiß. Ich habe geglaubt, sie ist tot. Dann fingen Leute an zu schreien und mir vorzuwerfen, ich hätte Caren die Treppe hinuntergestoßen. Eine Version, an der Lord Ashleigh bis heute festhält. Obwohl Carens Lehrerin der Polizei erzählte, sie habe gesehen, was passiert sei und dass es ein Unfall war.«

»Sie haben die Polizei geholt?«

Kian nickte. »Während ich vernommen wurde, wurde Caren mit dem Notarzt ins Krankenhaus gebracht. Ich erfuhr erst Stunden später, wo sie war. Da waren dann aber schon ihre Eltern da, und der Lord hatte den Befehl gegeben, mich nicht zu ihr zu lassen. Ich habe sie nie wieder gesehen. Obwohl ich ihr Mann war, ließen sie mich im Krankenhaus nicht zu ihr. Ich habe ein Mordstheater gemacht und wie ein Verrückter auf dem Flur herumgebrüllt, ihren Namen gerufen, die Schwestern angefleht, mich zu Caren zu lassen. Sie haben den Wachdienst gerufen, der mich vor die Tür setzte und mir Hausverbot gab. Nicht einmal meine Eltern durften Caren besuchen oder mit ihr telefonieren. Ihre Briefe kamen, genau wie meine, ungeöffnet wieder zurück.«

»Lord Ashleigh's Weisung?«

» Ja, Lord Ashleigh's Weisung.«

»War Caren schlimm verletzt?«

»Sie hatte eine Gehirnerschütterung und ein Arm war gebrochen. Das Schlimmste war jedoch der komplizierte Beinbruch. Der bedeutete das Aus für ihre Karriere. Sie konnte nicht mehr tanzen. – Das hat sie lange, lange Zeit später meinen Eltern geschrieben. Einige Monate nach ihrem Unfall schickte Caren, ich glaube, es war zu Dads Geburtstag, einen Brief aus Australien. Zu Moms Geburtstag, zu den Geburtstagen meiner Geschwister, meiner Großeltern, zu Weihnachten, Ostern und so weiter kam Post von ihr. Aber nie schrieb sie einen Absender. Und nie ein Wort oder ein Gruß an mich.«

»Mag sie deine Familie? Haben sie sich gut verstanden?«

»Sie alle lieben Caren und umgekehrt ist es genauso. Ich konnte es kaum glauben, dass sich dieses High Society-Mädchen auf unserer Farm so wohlgefühlt hat, dass sie gar nicht mehr fort wollte. Und ich hatte solches Herzklopfen gehabt bei dem Gedanken, ob es ihr bei uns gefallen würde. Aber Caren verstand sich sofort mit meinen Eltern. Die Mädchen waren begeistert von ihr, und die Jungen liebten sie sowieso auf den ersten Blick, Matty vor allem. Granny und Grandpa waren hingerissen von ihr. Wir sind nach der Hochzeit noch einige Tage dageblieben, das waren unsere Flitterwochen. Caren ist ein Einzelkind. Und sie liebte es, jetzt solch eine große Familie zu haben. Sie liebte jeden einzelnen. Aber mich zum Glück am meisten. Mit mir wollte sie übrigens sechs Kinder. Ich hätte nie gedacht, dass es ihr in Sligo gefallen würde, aber es war so. – Wir waren so glücklich, Danny. Wir hatten so viel Spaß miteinander, das kannst du dir nicht vorstellen. Vielleicht konnte das gar nicht gut gehen.«

»Glaubst du, sie gibt dir die Schuld an ihrem Unfall? Dass sie gefallen ist? Und dass sie jetzt nicht mehr tanzen kann?«

»Nein, das tut sie nicht. Das weiß ich ganz sicher. Caren hat bei ihrer Vernehmung durch die Polizei gesagt, dass sie über ihre Tasche gestolpert ist. Genau das hatte auch schon ihre Lehrerin ausgesagt, so dass die Anzeige gegen mich zurückgenommen wurde.«

»Du bist angezeigt worden?!« Danny sah Kian fassungslos an.

»Ich habe nichts anderes von meinem Schwiegervater erwartet. Aber damit habe ich leben können. Irgendwie hatte ich ja auch das Gefühl, ich sei schuld. Hätten wir uns nicht gestritten, hätte Caren niemals diesen Unfall gehabt.«

»Das ist doch Unsinn! Rede dir das nicht ein! Rede mit Caren.«

»Sie will nicht mit mir sprechen. Ich versuche es doch immer und immer wieder seit sie hier ist. Ich verstehe es nicht.« Mit einer verzweifelten Geste fuhr sich Kian durch sein Haar. »Sie hat mich immer angehört. Sie hat mir immer verziehen.«

»Es ist etwas anderes, von einer Affäre zu hören oder eine Affäre zu sehen. Wenn sie tatsächlich in deinem Hotel war und dich mit dieser Frau gesehen hat, dann ...«

»Caren hat mir immer geglaubt, dass all diese Mädchen nichts zu bedeuten hatten.«

»Das hat sie nicht, das hast du ja vorhin gehört. Caren sagte, deine Affären hätten eure Liebe zerstört. Überleg doch mal, wie hättest du dich gefühlt, sie zusammen mit einem Typen im Bett zu sehen?«

»Ich hätte beide umgebracht!«, sagte Kian in einem Ton, dass Danny ihm sofort glaubte.

»Caren ist nicht der Typ, jemanden umzubringen. Sie hat ihre Sachen gepackt und hat dich verlassen.«

»Du hast recht, Danny. Ich habe gewusst, dass ich Caren durch mein Verhalten verletzt habe. Aber ich war mir wohl nicht im Klaren darüber, wie sehr ich sie verletzt habe. - Was soll ich jetzt tun? Wie kann ich ihr die Gründe erklären, wenn sie mich nicht anhört? Wie soll ich ihr beweisen, dass ich mich geändert habe und dass ich sie noch immer liebe?« Mit einem hilflosen Blick sah Kian Danny an.

»Du musst eine Gelegenheit finden, mit ihr allein zu sein. Du musst ihr alles sagen, was sie wissen muss.«

»Sie gibt mir doch keine Chance, verdammt!«

»Dann werde ich mit ihr reden.«

»Das bringt doch nichts. Das einzige, was sie hören will ist, dass ich in die Scheidung einwillige, damit sie Eric heiraten kann. Aber das werde ich nie tun! Nie, das sage ich dir!«

Ein Blick in Kians Gesicht zeigte Danny, dass sein Freund meinte, was er sagte. Er würde sich nie scheiden lassen. Er liebte Caren immer noch. Und das wollte bei ihm etwas heißen. Er hielt es doch bei keinem Mädchen lange aus. Aber Caren war etwas ganz Besonderes für Kian, das spürte Danny während des Gespräches mit seinem Freund sehr intensiv. Er sprach von ihr mit so viel Liebe in der Stimme, mit so viel Zärtlichkeit in den Augen, wie Danny es noch nie zuvor bei ihm beobachtet hatte.

>Ich werde mit ihr reden<, hatte er versprochen. Das würde er bei der nächstbesten Gelegenheit tun. Wenn Caren ihm dann sagte, dass sie Kian nicht mehr liebe, dass es für sie endgültig aus sei, würde er versuchen, ihn davon zu überzeugen, sie freizugeben und ihrer Zukunft mit Eric nicht im Wege zu stehen. Denn mit der Scheidung würde Kian auch sich selber die Chance geben, sich neu zu verlieben, ein nettes Mädchen zu finden, das er heiraten und mit dem er eine Familie gründen konnte. Damit er endlich zur Ruhe kam.

6. Kapitel

Der Sommer, der sich in diesem Jahr noch nicht allzu häufig von seiner besten Seite gezeigt hatte, überlegte es sich über Nacht anders und vergaß dabei auch die Westküste Irlands nicht. Nachdem es tagelang sehr kalt gewesen war und der Himmel regenverhangen, schien plötzlich die Sonne von einem dunkelblauen, fast wolkenlosen Himmel.

>Ein Wetter wie geschaffen für Verliebte<, dachte Eric vergnügt, als er aus seinem Schlafzimmerfenster auf diesen strahlenden Sommermorgen sah. >Der Tag ist viel zu schön zum Arbeiten<.

Er erinnerte sich, dass er Caren an ihrem Ankunftstag vom Fenster seines Apartments Omey Island gezeigt hatte, eine kleine Insel, die wenige Meilen von der Küste entfernt meistens im Dunst verborgen lag, und die man bei Ebbe zu Fuß oder mit dem Auto über einen durch Hinweisschilder markierten Weg erreichen konnte. Von Clifden aus ging man zu Fuß ungefähr zwei Stunden dorthin. Man durfte jedoch nicht vergessen, die Zeit für den Rückweg mit einzuplanen. Denn kam die Flut, musste man viele Stunden lang auf der unbewohnten Insel auf die nächste Ebbe warten, um wieder zurück zum Festland zu gelangen. Eric hatte Caren versprochen, einmal mit ihr zur Insel zu gehen, um ihr die Überreste der Torfhütten zu zeigen, deren Bewohner im Jahre 1845 bei der großen Hungersnot entweder gestorben waren oder wegen des Elends die Heimat verlassen hatten und nach Amerika ausgewandert waren. Seitdem war die Insel nie wieder bewohnt gewesen. Weitere Sehenswürdigkeiten waren die

Ruine der 1500 Jahre alten Kirche des heiligen Feichin, der einst das Christentum nach Connemara gebracht hatte, sowie die heilige Quelle, deren Wasser angeblich Krankheiten heilen konnte. Caren hatte ihm aufmerksam zugehört und dann erklärt, all das wolle sie unbedingt sehen.

>Wenn vormittags Ebbe ist, wäre heute ein idealer Tag für einen Gang zur Insel<, überlegte Eric. >Nur wir beide, Caren und ich<.

Er beschloss, beim Frühstück seinen Freunden einen freien Tag vorzuschlagen. Vorher wollte er in der Bibliothek einen Blick in den Tidekalender werfen, und dann würde er Caren mit einem Ausflug nach Omey-Island überraschen.

»Was haltet ihr davon, diesen Tag am Strand zu verbringen?«, fragte Rob, kaum dass sich die Freunde mit ihrem Hausgast zum Frühstück auf der Veranda versammelt hatten, wo Mrs. Duff in Anbetracht des herrlichen Wetters den Tisch gedeckt hatte.

»Gute Idee«, sagten Kevin und Danny unisono.

»Das ist eine sehr gute Idee«, lobte Caren und schenkte Rob ein strahlendes Lachen. »Aber glaubst du nicht, es ist zu kalt zum Schwimmen?«

»Wenn dir kalt wird, wärme ich dich.«

»Das ist nett von dir.«

»Bin ich doch immer, oder?«

Eric, der gerade im Begriff gewesen war, den Mund aufzumachen, um seine eigenen Wünsche anzumelden, verfluchte Rob insgeheim. Als er sah, wie Caren Rob anlachte und wie dieser darauf reagierte, konnte er plötzlich nichts mehr sagen. Er presste die Lippen fest aufeinander und schwieg verdrossen. Der Tag kam ihm plötzlich nicht mehr so sonnig vor.

»Außerdem habe ich nur gute Ideen«, fügte Rob erklärend hinzu.

»Das will ich jetzt mal unkommentiert lassen«, mischte sich Kevin grinsend ein. »Ich könnte da Beispiele nennen ...«

»Um Himmels willen, tu das bloß nicht«, bat Rob mit gespieltem Entsetzen.

»Möchtest du Beispiele hören, Caren?«

»Ich bin versucht, Ja zu sagen.«

»Bitte nicht, honey«, bat Rob.

»Schon überredet«, lachte Caren ihn an.

Mit wachsendem Ärger beobachtete Eric, wie Rob über den Tisch nach Carens Hand griff, sie umdrehte und einen Kuss auf ihren Puls drückte. Es kostete ihn fast übermenschliche Anstrengung, nichts dazu zu sagen. Nur zu gerne würde er ihn darauf hinweisen, dass Caren seine Freundin war und er die Finger von ihr lassen solle. Immer wenn er die beiden zusammen sah, wusste er, wie Kian sich fühlte. Aber im Gegensatz zu ihm konnte Eric sich beherrschen. Es gelang ihm, sowohl Caren als auch seinen Freunden seine Eifersucht nicht zu zeigen. Er wusste, es war besser, zu schweigen. Er ahnte, dass dies ein Thema war, auf das Caren empfindlich reagieren würde.

»Ich sage Mrs. Duff Bescheid, dass wir picknicken wollen«, erbot sich Danny und schob seinen Stuhl zurück.

»Sag ihr, sie soll große Portionen einpacken. Frische Luft macht mich immer hungrig.«

»Du bist auch ohne frische Luft immer hungrig, Kevin«, erinnerte ihn Rob.

»Ja, das stimmt«, gab dieser seufzend zu.

Seit frühester Kindheit hatte Kevin Gewichtsprobleme. Er aß einfach zu gerne. Zum Glück hatte es während seiner Schulzeit deshalb keine nennenswerten Schwierigkeiten gegeben. Wegen seines sonnigen Gemütes, seiner stets guten Laune, seiner Streiche und Späße war er bei seinen Mitschülern immer sehr beliebt gewesen. Seit einigen Jahren stand er jedoch im unbarmherzigen Scheinwerferlicht, das rücksichtslos jedes Pfund zu viel zeigte. Immer wieder gab es deswegen hässliche Schlagzeilen, vorwiegend in der englischen Presse, die den jungen Mann zu Anfang ihrer Karriere sehr verletzt hatten. Mit zunehmendem Erfolg und dadurch bedingtem zunehmendem Selbstbewusstsein sowie seinen unübersehbaren und unüberhörbaren Chancen bei ihren weiblichen Fans konnte Kevin heute mit seinen Pfunden besser umgehen. Er war zwar täglich mit seinen Freunden im Fitnessraum, den sie sich im Untergeschoss ihres Hauses eingerichtet hatten, und absolvierte auch das gleiche Training wie sie. Aber danach war er immer so hungrig, dass er zu Mrs. Duff in die Küche ging. Und die liebte nichts mehr, als ihn mit nahrhaften, aber auch sehr kalorienreichen Köstlichkeiten zu verwöhnen. Diesen Leckerbissen konnte er nie widerstehen. Es schmeckte ihm. Außerdem mochte Molly ihn so, wie er war. Auch Caren scherte sich nicht um seine Figur. Damit tröstete Kevin sich sofort, wenn die Waage ihm wieder einmal erbarmungslos anzeigte, dass er schon wieder zugenommen hatte.

Zwei Stunden nach dem Frühstück waren die jungen Leute mit Picknickkorb, Handtüchern, Luftmatratzen, Sonnenöl und diversen Strandspielen auf dem Weg hinunter zum Wasser.

Kian war nicht dabei. Er hatte gestern das Haus verlassen und war bisher nicht zurückgekommen. Caren hatte zufällig von ihrem Zimmerfenster aus gesehen, wie er in seinen schwarzen Porsche stieg, den Motor startete und davonfuhr. Sie wusste nicht wohin er fuhr, sie wollte es auch gar nicht wissen. Sie stellte nur mit Erleichterung fest, dass er weder zum Lunch noch zum Dinner kam, und dass er auch am Morgen nicht beim Frühstück war. Sie fühlte sich wie befreit und dieses Gefühl machte ihr deutlich, wie sehr es sie belastete, Kian jeden Tag zu sehen. Wenn sie ihn sah, musste sie sich mit ihm auseinandersetzen. Das geschah ganz automatisch, ohne dass sie

Einfluss darauf nehmen konnte. Sie war sich im Klaren darüber, wie viel Energie sie das kostete. Die Lösung wäre, fortzugehen. Aber sie musste bleiben. Sie musste Kian täglich zeigen, dass er ihr nichts mehr bedeutete. Nur so und nicht anders würde sie eines Tages die Scheidung erreichen. Ein weiterer wichtiger Grund, warum sie nicht gehen konnte, war Eric. Sie musste einen Weg finden, ihm wieder näher zu kommen, in diesem Haus, mit Kian unter einem Dach. Dass sie hin und wieder so abweisend auf ihn reagierte, belastete sie sehr. Caren verstand ihr Verhalten manchmal selber nicht. Dass es gerade Eric war, der darunter leiden musste, tat ihr weh. Er hatte diese Behandlung nicht verdient. Eric beschwerte sich nie. Aber sein enttäuschtes Gesicht zu sehen, machte ihr ein schlechtes Gewissen. Sie wollte ihn nicht enttäuschen, sie wollte, dass er glücklich war. War er wirklich so glücklich mit ihr, wie er immer behauptete? Konnte sie ihn so glücklich machen, wie er es verdiente? Wie sollte sie diese Fragen beantworten, ohne gründlich darüber nachzudenken? Sie wollte aber nicht nachdenken. Über Eric nicht. Über Kian nicht. Sie wollte heute einen schönen Tag am Strand verbringen und sich durch keine störenden Gedanken die Freude daran verderben lassen.

Die jungen Männer dachten ähnlich. Auch sie wollten heute weder über ihre Auftritte in Skandinavien noch über die große Tournee, die sie Anfang des nächsten Jahres zehn Wochen lang durch Asien, Australien und Neuseeland führen würde, nachdenken. In Asien hatten sie sehr viele Fans, es würde Spaß machen, wieder dort zu sein. Neuseeland und Australien waren eine Herausforderung. In diesen Ländern waren sie noch nie gewesen, und sie freuten sich sehr darauf, Land und Leute kennen zu lernen und mit ihrer Musik zu erobern. Sie hatten dafür gesorgt, dass ihre Freizeit nicht zu kurz kam. Eltern, Freunde und vor allem Freundinnen würden sie in Australien besuchen und eine Weile bleiben. Die Freunde konnten es kaum erwarten, bis es endlich soweit war. Kurz vor Weihnachten würden sie für die Aufnahmen für ihr neues Album eine Weile in Dublin sein. Für dieses Album mussten sie noch etliche Songs schreiben und die Musik dazu komponieren. Sie freuten sich sehr auf die beiden Tourneen, die vor ihnen lagen, sie liebten es, ihre Songs aufzunehmen. Aber alles zu seiner Zeit. Heute wollten sie einen ruhigen, faulen Tag am Strand verbringen und nicht an morgen denken.

Mit Bedauern sahen die jungen Männer, dass Caren einen Badeanzug trug, nachdem sie ihre weiße Jeans und das rosa T-Shirt ausgezogen hatte. Jeder von ihnen hatte seine eigenen Phantasien gehabt über knappe winzige Bikinis, die sie tragen würde. Aber auch in diesem weißen Badeanzug, der gut zu ihrer leicht gebräunten Haut passte, sah sie zum Anbeißen aus, obwohl er für den Geschmack der Freunde zu züchtig war. Er zeigte fast keinen Busenansatz, hatte keinen hohen Beinausschnitt und gewährte nirgendwo unerwartete Einblicke.

Kevin wurde mit seiner Enttäuschung als erster fertig. Während seine Freunde noch damit beschäftigt waren, an einem windgeschützten Platz hinter einigen Felsen Handtücher und Strandmatten zurechtzulegen, bat er Caren, mit ihm schwimmen zu gehen. Zu seinem großen Verdruss ließen die anderen alles stehen und liegen und schlossen sich ihnen an. Kevin hatte zum wiederholten Male das Gefühl, der einzige zu sein, dem es nicht gelang, einmal mit Caren allein zu sein.

Das Wasser war viel zu kalt zum Schwimmen, deshalb tobten die jungen Leute nur herum, spritzten sich gegenseitig nass und machten viel Lärm dabei. Um sich aufzuwärmen, schlug Rob danach eine Partie Strandtennis vor. Als ihr Spiel beendet war, stand schon Danny bereit, der von Eric abgelöst wurde. Der letzte Gegner war Kevin.

»Ich kann nicht mehr«, erklärte Caren schließlich lachend und ließ sich erschöpft in den Sand fallen.

»Absolut keine Kondition«, stichelte Rob.

»Dagegen musst du aber unbedingt was tun«, sagte Kevin besorgt.

»Wie wäre es mit einem kleinen Dauerlauf den Strand entlang«, schlug Eric vor. Seine Enttäuschung vom Morgen hatte sich längst gelegt. Er scherzte und lachte mit Caren wie immer, und sie belohnte ihn mit zärtlichen Blicken und Berührungen.

»Danach eine Stunde in den Fitnessraum«, war Dannys Rat.

»Ihr habt gut spotten, ihr gemeinen Kerle. Ich spiele gegen jeden von euch Tennis, während ihr nur dabei steht und meinen jeweiligen Gegner anfeuert. Das allein war schon unfair. Ich werde es mir merken, da könnt ihr sicher sein. Jetzt über meine, übrigens tadellose, Kondition zu lästern, ist eine Unverschämtheit!«

»Wir machen uns eben Sorgen um dich«, behauptete Rob.

»Ach, wie rührend.«

»Ehrlich und ungelogen, honey.«

»Rede nicht, Robby. Gib mir lieber etwas zu trinken. Ich verdurste.«

Mit keinem der Freunde verstand Caren sich so gut wie mit Rob. Die beiden hatten sehr schnell festgestellt, dass sie die gleiche Wellenlänge hatten. Sie hatten die gleiche Art von Humor, sie interessierten sich für die gleichen Dinge, und sie hatten immer irgendwas zu reden. Es kam oft vor, dass sie sich ansahen und anfingen zu lachen. Einfach so. Niemand wusste, weshalb sie lachten. Diese gegenseitige Sympathie gefiel Eric überhaupt nicht. Es gefiel ihm auch nicht, dass Caren auf Robs Flirterei einging. Es sei nichts dabei, hatte sie ihm vor ein paar Tagen noch versichert. Es mache einfach nur Spaß. >Um Himmels willen, nimm das doch nicht ernst. Rob tut es nicht, und ich auch nicht<, hatte sie ausgerufen, und dann lachend sein Gesicht mit Küssen bedeckt. Eric war sich nicht so sicher, ob Rob das wirklich nicht ernst nahm. Er war noch nie in seinem Leben eifersüchtig gewesen, aber jetzt fiel es ihm häufig schwer, sich nicht anmerken zu lassen, dass ihm das alles nicht gefiel. Und schließlich war da auch noch Kian, sein größtes Problem, das ihm Sorgen machte und schlaflose Nächte bereitete.

Eric breitete Carens Strandmatte dicht neben seiner aus. Ihr als Kuss in die Luft gehauchter Dank und ihr zärtliches Lächeln bewirkten, dass er seine finsteren Gedanken beiseiteschieben konnte und sich sofort wieder glücklich fühlte. Sogar die Tatsache, dass Rob seine Matte wie selbstverständlich auf der gegenüberliegenden Seite ausrollte, änderte kaum etwas an seiner gehobenen Stimmung.

Die jungen Leute genossen die Sonnenwärme; eine ganze Weile sprach keiner ein Wort. Caren hatte Erics Hand ergriffen. Auch diese Geste machte ihn glücklich, zärtlich erwiderte er den Druck ihrer Hand.

Kians Ankunft zerstörte kurze Zeit später Erics Glück. Er kam den schmalen Fußweg herunter, der von ihrem Grundstück zum Strand führte, in Bermudas, mit nacktem Oberkörper, ein Badetuch in der Hand.

Eric verfluchte ihn im Stillen. Warum, zum Teufel, kam er heute schon zurück?

»Hi, Caren. Hi, guys.«

Beim Klang seiner Stimme zuckte Caren, die mit geschlossenen Augen auf ihrer Badematte zwischen Rob und Eric lag, zusammen.

»Hi«, sagte sie, während seine Freunde den Gruß nur mit einem Grunzen erwiderten.

Die Freude an diesem schönen Tag, an den freundschaftlichen Kabbeleien mit den vier jungen Männern, an den Spaß, den sie gehabt hatte, wäre verdorben, wenn sie jetzt ihren Gefühlen nachgeben würde, das wusste Caren. Sie wollte sich diesen Tag aber nicht verderben lassen. Von niemandem. Und das Herzklopfen, das ihr allein

130

Kians Stimme verursachte, wollte sie auch nicht. Wie sie sich bei dem kurzen Blick auf seinen nackten Oberkörper fühlte, war einfach nicht normal. Da half nur, die Augen schnell wieder zu schließen.

Natürlich hatte Kian diesen Blick gesehen. Er machte ihn so froh, dass er ein Lächeln nicht unterdrücken konnte.

»Hi Kian. Warum bist du schon zurück?«, fragte Kevin während er sich aufrichtete.

»Wie war es in Dublin?« wollte Danny wissen.

»Was hat Steve gesagt?« fragte Rob.

Kian hob lachend die Hände. »Es ist alles gut. Alles ist in Ordnung. Ich erzähle es euch nachher ausführlich«, versprach er.

Neben seinem Badetuch hielt er eine Zeitung in der Hand, ein englisches Boulevardblatt, das er am Flughafen gekauft hatte, weil ihm die Titelseite sofort ins Auge gesprungen war. Die erste Seite zierte ein großes Foto, das Eric mit einem Mädchen beim Verlassen eines Pubs zeigte. Sie trug einen Hut, den sie weit ins Gesicht gezogen hatte, den unteren Teil ihres Gesichtes verbarg der aufgestellte Mantelkragen, so dass sie nicht zu erkennen war. Und so lautete denn auch die reißerische Überschrift: Eric Keane und die schöne Unbekannte! Wer ist SIE?

Im Gegensatz zum Reporter hatte Kian sofort gewusst, wer SIE war. Auch seine Freunde, die sich neugierig über die Zeitung beugten, identifizierten Erics Begleitung ohne Mühe.

»Es wäre mir lieb, wenn du in Zukunft nicht mehr mit meiner Frau in aller Öffentlichkeit herumspazieren würdest«, sagte Kian mit einem ärgerlichen Blick auf Eric. Das Lachen war jetzt aus seinem Gesicht verschwunden.

»Caren und ich werden ja wohl mal ausgehen dürfen. Und wenn wir das tun, geht es dich nichts an«, fuhr Eric hoch. Es war ihm klar, dass Kian ganz bewusst ‚Meine Frau' gesagt hatte, und er hasste ihn dafür.

»Das sehe ich etwas anders. - Verdammt, du kannst mit Caren nicht in Galway ausgehen!«

»Ihr wart in Galway? Alleine?«, fragte Rob und sah Eric entgeistert an. »Bist du verrückt geworden?!«

»Da hättest du auch gleich nach Dublin fahren können«, knurrte Kevin.

»Claddaghduff ist okay. Clifden auch noch. Aber dann wird es kritisch. Ab dann ordern wir Bodyguards. Vor allem, wenn wir mit unseren Mädchen ausgehen. Das weißt du, Eric. Das haben wir so abgemacht. Warum hältst du dich nicht daran?« Rob warf Eric einen verständnislosen Blick zu.

»Mischt euch nicht ein! Wo Caren und ich ausgehen, geht euch überhaupt nichts an! Keinen von euch!«, entgegnete dieser heftig.

»Mich geht es sehr viel an«, stellte Kian wütend klar. »Caren und ich sind verheiratet. Das ist Tatsache, auch wenn du das immer wieder gerne vergisst.«

»Dann lass dich endlich scheiden!«, rief Eric mit sich überschlagender Stimme.

»Ich weiß, dass du das gern hättest. Aber den Gefallen werde ich dir nicht tun«, gab Kian ebenso aufgebracht zurück.

»Hört auf, ihr beiden«, unterbrach Caren die Streitenden ärgerlich. »Es war mein Wunsch, ich wollte ausgehen«, fügte sie an Kian gewandt hinzu. »Außerdem bin ich Erics Meinung, es geht dich nichts an.«

»Es muss mich wohl etwas angehen, wenn ich einige Tage später in der Zeitung davon lese. Und nicht nur ich lese es.«

»Wen kümmert es, wenn ...«

»Die Mädchen! Unsere Fans! Was meinst du, wie die auf so was reagieren? Du bist meine Frau und gehst mit Eric aus. Sie werden sich fragen, was das soll. Die Presse wird das Ganze in ihrem Sinne ausschlachten und in den Schmutz ziehen, da kannst du sicher sein.«

»Deshalb wolltest du unbedingt, dass deine Ehe auf unsere Website kommt!«, rief Eric wütend. »Damit ich keine Chance mehr habe! Glaubst du, ich weiß das nicht?!«

Kian beachtete ihn gar nicht. »Die Mädchen werden außer sich sein vor Eifersucht und unberechenbar.«

»Kian hat recht«, mischte sich Rob mit besorgtem Gesicht ein. »Daran hättest du denken müssen, Eric. Du kannst Caren dem nicht aussetzen!«

»Zum Glück ist sie nicht zu erkennen«, sagte Danny erleichtert.

»Zum Glück hat euch sonst keiner erkannt«, fügte Kevin hinzu. »Die Zeitung schreibt, dass der Wirt, der nicht einmal Eric erkannt hat, von der außergewöhnlichen Schönheit seiner Begleiterin schwärmte. – Gut, dass du beim Verlassen des Pubs diesen albernen Hut getragen hast, Caren.«

Sie lachte. »Es hat so schrecklich geregnet, deshalb habe ich ihn aufgesetzt.«

»Irgendjemand hat euch aber erkannt und sofort die Presse informiert«, vermutete Danny.

»Ihr könnt nicht miteinander ausgehen! Und schon gar nicht ohne Security! Verdammt, das weißt du doch! Es hätte wer weiß was passieren können!«

»Die Presseheinis werden jetzt nicht eher Ruhe geben, bis sie herausgefunden haben, wer das Mädchen an Erics Seite ist«, prophezeite Rob.

»Da hast du verdammt recht. Genau das durfte nicht geschehen!« Kian warf Eric einen bitterbösen Blick zu.

Zu Anfang der Auseinandersetzung zwischen den beiden hatte Caren noch gedacht, Kian befürchte, die Sympathien seiner vielen weiblichen Fans zu verlieren. Fassungslos hörte sie jedoch die Sorge in seiner Stimme. Dass er Angst um sie hatte, dass er die Reaktion der Fans auf sie fürchtete, sorgte in ihrem Inneren wieder einmal für heftige Gefühlsausbrüche.

»Du hast Angst um mich?!« fragte sie ihn ungläubig.

»Natürlich habe ich Angst um dich.« Er sah sie an. Lange hielt er den Blick in ihre Augen jedoch nicht aus. »Glaubst du, es ist mir egal, was mit ...« Er konnte nicht weitersprechen. Mitten im Satz sprang er auf die Füße und lief zum Wasser hinunter.

Als Kian die Schlagzeile gelesen hatte, war seine erste Befürchtung gewesen, Claire habe mit der Presse gesprochen. Beim Weiterlesen war ihm klar geworden, dass er sich irrte und sie nichts damit zu tun hatte. Er hatte sich längst bei ihr für sein Benehmen entschuldigt. Er hatte sie in Dublin getroffen, sie zu einem exklusiven Dinner eingeladen und ihr alles erklärt. Zum ersten Mal in ihrer Beziehung war er vollkommen ehrlich gewesen. Er hatte ihr von seiner Liebe zu Caren, zu seiner Frau, erzählt und dabei das Gefühl gehabt, dass Claire seine Ehrlichkeit schätzte. Wie tief diese verletzt war und unglücklich darüber, dass er ihre Beziehung beendet hatte, merkte er nicht. Er ahnte auch nicht, dass hinter ihrem Lächeln und ihrem Verständnis ein Plan steckte. Claire hatte nicht die Absicht, sich so einfach beiseiteschieben zu lassen. Sie hatte es ehrlich mit Kian gemeint. Sie hatte sich in den Mann und nicht in erster Linie in den Star verliebt und hatte sich sehnlichst gewünscht, eines Tages seine Frau zu werden. Mit Susans Hilfe würde dieser Wunsch trotz allem vielleicht doch noch in Erfüllung gehen. Sie hatten besprochen, dass diese sie immer auf dem Laufenden halten würde, was in Claddaghduff geschah. Und wenn Eric und Caren endlich Kians Haus verlassen würden, wäre ihre, Claires, Chance gekommen und sie würde tröstend zu Kian eilen. Sie würde schon dafür sorgen, dass er diese Engländerin schnell vergaß.

Als Kian so plötzlich aufsprang und davon lief, sah Caren ihm verwirrt nach. Die jungen Männer sahen diesen Blick und jeder machte sich seine eigenen Gedanken darüber. Eine Weile schwiegen sie alle. Nicht einmal Kevin, der sonst fast ununterbrochen redete, sagte ein Wort. Eric ärgerte sich zum wiederholten Male, dass er am Morgen nicht den Mund aufgemacht hatte. Dann wäre er jetzt allein mit Caren auf Omey Island und alles wäre gut. Er hätte sich das alles hier ersparen können.

Nach kurzer Zeit kam Kian durch den Sand zurück zum Lagerplatz gestapft. »Habt ihr schon gegessen?«, fragte er munter. »Ich habe einen Mordshunger.« Er ließ sich neben Danny auf seinem Handtuch nieder und schloss einen Moment wohlig die Augen, als die heiße Sonne seinen vom Wind ausgekühlten Körper traf.

»Wir haben auch noch nicht gegessen. Und Hunger hätte ich auch.«

»Das ist nichts Neues bei dir, Kevin«, spottete Rob.

»Ich bin großgewachsen. Ich muss viel essen.«

»Prima Ausrede.« Rob hob anerkennend den Daumen und grinste Kevin an.

»Wir sind noch gar nicht zum Essen gekommen. Wir waren zu sehr damit beschäftigt, Caren über den Strand zu hetzen«, erzählte Danny lachend.

»Mit dem Ergebnis, dass nicht nur sie, sondern auch wir völlig kaputt sind«, stöhnte Kevin theatralisch.

»Das tut euch gut«, lachte Kian.

Voller Freude sah er den verwunderten Blick, den Caren ihm zuwarf. Heute überraschte er sie, das war nicht zu übersehen. Wie vorhin schon, hatte sie auch jetzt eine eifersüchtige Reaktion, eine böse Bemerkung von ihm erwartet. Aber er hatte sich fest vorgenommen, sich zusammenzunehmen und ihr beides nie wieder zu bieten.

»Lasst mal sehen, was die gute Mrs. Duff uns eingepackt hat.«

Gemeinsam packten sie den Korb aus, schraubten Deckel von Gläsern, die köstliche Salate enthielten, und öffneten Frischhalteboxen, in denen appetitliche Sandwiches lagen. Jeder war beschäftigt, alle lachten und redeten durcheinander.

Auch Eric, der seit dem Wortwechsel zwischen Caren und Kian mit mürrischem Gesicht schweigend dagesessen hatte, entspannte sich. Carens Hand auf seinem Arm, ein zärtlicher Blick aus ihren Augen genügte, und er fühlte sich etwas besser.

Caren übernahm es, die Salate auf sechs Teller zu verteilen. Dabei wurde sie von Kevin scharf beobachtet, damit es auch wirklich gerecht zuging. Mit einem Lächeln gab sie eine Extraportion auf seinen Teller. Er dankte ihr mit einem Augenzwinkern. Seine Freunde bemerkten diese Sonderbehandlung zum Glück nicht. Die wäre sonst nicht unkommentiert geblieben. Kian sah sie. Er sagte jedoch nichts dazu, sondern schaute Caren nur lächelnd zu.

Kevin sah mit Interesse auf die beiden. Für sie schien die Welt nicht mehr zu existieren, und das Picknick am Ufer des Atlantiks auch nicht. Caren hielt plötzlich in ihrer Beschäftigung inne, in einer Hand den Löffel, in der anderen die Salatschüssel, während sie völlig selbstvergessen Kian ansah. Der hielt einige Sandwiches in der Hand, die er zu den anderen auf den Teller vor sich legen wollte. Stattdessen sah er Caren an.

>Sie liebt ihn noch<, dachte Kevin, während er die beiden beobachtete. >So wie sie Kian jetzt ansieht, liebt sie ihn immer noch. Gut, dass Eric es nicht sieht. Oder wäre es besser, er sieht es? Ich weiß es nicht. Manchmal weiß ich auch nicht, ob Rob recht damit hat, wir sollten uns da raushalten. Er meint, das sei eine Sache zwischen Eric, Kian und Caren, die sie unter sich klären müssten, ohne unsere Einmischung. Ich bin mir manchmal nicht sicher, ob sie das überhaupt klären können. Sie haben eine dermaßen komplizierte Geschichte.<

Das unsichtbare Band zwischen den beiden, das Kevin so deutlich spürte, zerriss augenblicklich, als Eric vom Wasser her rief: »Caren, möchtest du ein Guinness probieren?«

Der Zauber verflog in Sekundenschnelle. Caren legte sofort Besteck und Geschirr beiseite, sprang auf und lief zu Rob, Eric und Danny, die am Wasser die dort zwecks Kühlung im nassen Sand eingegrabenen Bierflaschen herausbuddelten.

»Ich möchte zum Essen ein Glas, bitte.«

»Ein Glas lohnt doch das Öffnen der Flasche nicht«, sagte Rob.

»Bekomme ich trotzdem eins?«

»Von mir bekommst du alles, honey.«

Die alte Wut, die Eifersucht erschien in Kians Gesicht und machte der Enttäuschung von gerade Platz. Es war nicht einfach, zu sehen, wie seine Freunde um Caren herumschwirrten, und nicht ärgerlich zu werden. Oder zu beobachten, wie ihr Verhalten selbst Eric wütend machte, weil der sich einbildete, ein Anrecht auf Caren zu haben und daher auch das Recht, eifersüchtig zu sein. Rob hätte auch gerne ein Anrecht auf Caren. Und sie selber machte es ihm auch nicht leicht. War es da ein Wunder, dass er nahe daran war, all seine guten Vorsätze zu vergessen? Kian verspürte den starken Wunsch in sich, auf Eric und Rob einzuschlagen, so lange bis sie schworen, Caren endlich zufrieden zu lassen.

»Lass es sie nicht merken«, riet Kevin nach einem Blick in Kians finsteres Gesicht. Er sagte es leise und hastig, denn seine Freunde und Caren kamen mit den Getränken vom Wasser zurück. »Ich glaube, liebevoll gefällst du ihr viel besser.«

Kian atmete einige Male tief ein, um ruhig zu werden. Dann lächelte er Kevin an. Er wusste, dass dieser die Wahrheit sprach. Er hatte es doch vorhin an Carens Blick gesehen. Es gefiel ihm, wenn sie ihn so ansah.

Die jungen Männer tranken während des Essens reichlich von dem Bier, und sie tranken es aus der Flasche. Caren merkte, dass sie es gewohnt waren, zu trinken, denn ihr Verhalten änderte sich nicht. Sie wurden nicht unangenehm in ihrem Betragen, nicht ausfallend in ihren Worten. Sie waren wie immer, heiter und ausgelassen. Sie waren auch am Ende des Tages die gleichen sympathischen jungen Männer mit den tadellosen Manieren, als die sie sie kennen gelernt hatte. >Alle Iren trinken, honey<, hörte sie wieder Robs Stimme. Sie hatte in den acht Monaten ihrer Ehe nie gesehen, dass Kian getrunken hatte, jedenfalls nicht übermäßig. Vielleicht hatte er es getan, wenn sie nicht dabei gewesen war. Hatte er an jenem Abend in Sligo getrunken? War es deshalb zu diesem Vorfall gekommen, an den sie bis heute mit Unbehagen dachte, obwohl seitdem Jahre vergangen waren? ...

»Seit drei Tagen teile ich dich nun mit meiner ganzen Familie. Es reicht«, sagte Kian. »Lass uns in die Stadt fahren.«

Sie liehen sich von seinem Bruder Sean den Wagen und fuhren nach Sligo. Auf einem Parkplatz in der Innenstadt ließen sie das Auto stehen, bummelten Hand in Hand den Garavogue entlang und sahen sich dann einen wundervoll romantischen Liebesfilm im Kino an. Danach wollte Caren unbedingt in einen Pub. Sie liebte die Atmosphäre der irischen Pubs, den urigen Charakter der alten Häuser mit ihren niedrigen Decken und den kleinen Fenstern, den Geruch von Torffeuern, die in den offenen Kaminen brannten. Und man konnte ziemlich sicher sein, dass im Laufe des Abends irgendjemand zu Akkordeon oder Gitarre griff und dazu sang. In diesem Pub traf Kian einige ehemalige Schulfreunde, die ihn mit großem Hallo begrüßten und sie einluden, sich zu ihnen zu setzen. Eine Weile unterhielten sie sich alle sehr angeregt. Es dauerte jedoch nicht sehr lange, bis Kians Eifersucht hochkam. Er warf Caren vor, sie spreche ausschließlich mit Seamus, obwohl sie sich mit dessen Freundin unterhielt und Seamus diesem Gespräch zuhörte und sich nur hin und wieder mit einer Bemerkung einmischte. Aber Kian gefiel es nicht. Ihm gefielen auch die Blicke nicht, mit denen seine Freunde Caren ansahen. Caren fühlte den Ärger nahen. Sie wusste sich nicht anders zu helfen, also ging sie zum Händewaschen, in der Hoffnung, dass er sich beruhigt haben würde, wenn sie zurückkam. Als sie den Schankraum wieder betrat, wurde sie von einem jungen Gitarrenspieler angesprochen. Er fragte sie auf eine so nette Art, ob sie einen Wunsch habe, was er für sie spielen solle, dass sie einen Moment stehen blieb und sich mit ihm unterhielt. Einen kurzen Moment nur, denn schon kam Kian durch den Raum auf sie zugeschossen. Mit wutverzerrtem Gesicht und ohne ein Wort zu sagen packte er ihr Handgelenk und zerrte sie zur Tür. Sie war so überrumpelt, dass sie erst draußen bemerkte, dass sie ihre Jacke nicht hatte. Es regnete in Strömen. Es war Dezember und der Regen eiskalt. In Sekundenschnelle war ihr Pullover durchnässt und klebte ihr unangenehm auf der Haut. Der stürmische, eisige Wind fuhr durch ihr Haar, sie war völlig durchgefroren und klatschnass bis Kian endlich das Auto aufgeschlossen hatte und sie auf den Beifahrersitz stieß.

»Ich hasse deine Eifersucht!«, fuhr Caren ihn an, als er sich hinter das Lenkrad setzte. »Ich hasse dein rüpelhaftes Benehmen!«

»Und ich hasse es, wenn du mit anderen Typen zusammenstehst. Das weißt du!«

»Du hast sogar etwas dagegen, dass ich mich mit deinen Brüdern unterhalte. Ein Wunder, dass ich mit deinem Vater sprechen darf. Seit wir hier sind, benimmst du dich einfach unmöglich! Ich hasse es, wie du Matty behandelt hast! Ich ...«

»Er hat sein eigenes Bett!«, schrie Kian sie an. »Er musste nicht bei uns liegen!«

»Mein Gott, es ist diese eine Nacht gewesen! Eine einzige Nacht, die ihm solche Freude gemacht hat! Er wollte so gerne bei uns sein.«

»Weißt du, wie ich mir vorgekommen bin?! Total überflüssig!«

»Du bist verrückt, Kian! Ich liebe Matty. Er ist dein Bruder und er ist ein liebenswerter kleiner Kerl. Aber meine Liebe zu ihm ist doch etwas ganz anderes, als meine Liebe zu dir.«

»Was ist mit Sean?! Oder Graham? Was hast du mit denen zu lachen?«

»Kian ...«

»Was ist mit meinen Freunden?! Was ist mit diesem Kerl?! Was ist so toll an ihm, dass du bei ihm stehen bleibst?«

»Er ...«

»Bleibst du bei jedem Typen stehen, der dich blöd anquatscht?!«

»Natürlich nicht. Er ...«

»Warum bist du bei ihm stehen geblieben, wenn du es sonst nicht tust? Warum? Sag's mir!«

Es war zwecklos, Kian jetzt irgendetwas erklären zu wollen. Wenn er eifersüchtig war, war mit ihm nicht vernünftig zu reden, das wusste Caren bereits aus Erfahrung.

»Das reicht, Kian! Ich habe genug!«, fuhr sie ihn ärgerlich an. Sie riss die Autotür auf und wollte aussteigen. Seine Hand um ihren Arm hielt sie jedoch zurück.

»Was meinst du damit?!«

»Genau das, was ich sagte. Ich habe genug.«

»Von mir?«

»Von dir, von deiner Eifersucht, von allem!«

»Du willst mich verlassen, nicht wahr? Um dann einen deiner reichen englischen Freunde zu nehmen!«

Kian war betrunken, anders konnte es nicht sein. Obwohl er keinen Alkohol brauchte, um solch einen Unsinn zu reden.

»Das ist mir zu dumm. Ich habe keine Lust, mich über dich zu ärgern. Ich fahre nicht mit dir nach Hause. Ich nehme mir ein Taxi.«

Bevor Kian reagieren konnte, war sie ausgestiegen und durch den Regen zurück zum Pub gelaufen. Dort wollte sie ihre Jacke holen und den Wirt bitten, ihr ein Taxi zu rufen, das sie nach Hause zum Hof ihrer Schwiegereltern brachte.

Caren zog gerade ihre Jacke an als die Tür aufgerissen wurde und Kian wie ein Racheengel in den Pub stürzte. Sein Blick fand sie sofort. Er sah den verhassten Gitarrenspieler, der ihr in die Jacke half. Und wer in sein Gesicht sah, wusste, was jetzt unausweichlich geschehen würde.

Die Geistesgegenwart des Wirtes, dem einige Gäste sofort zur Seite standen, verhinderte jedoch, dass die Situation eskalierte. Denn sowohl Kians Schulfreunde als auch die Freunde des Musikers machten sich bereit, um handfest Partei zu ergreifen.

Caren stand wie betäubt mitten im Raum. Sie sah das wutverzerrte Gesicht ihres Mannes, die streitlustigen Mienen der anderen Männer, die Drohgebärden, die geballten Fäuste. Alle schrien durcheinander, der Lärm war ohrenbetäubend. Die Feindseligkeit, die in der Luft lag, verursachte Caren Übelkeit. Noch nie war sie einer solchen Situation ausgesetzt gewesen. Lord Ashleighs Tochter der Mittelpunkt einer Wirtshausschlägerei! Das war zu viel für sie. Sie verlor völlig die Nerven und brach in ein hysterisches Schluchzen aus.

Ein paar kräftige Arme, die sich plötzlich um sie legten, waren der Schutz, den Caren herbeigesehnt hatte. Kians Brüder Sean und Graham waren in den Pub gekommen. Sie brauchten keine Erklärung der umherstehenden Gäste, sie erfassten die Situation sofort. Mit einem festen Griff packte Sean Kian an der Jacke und zerrte ihn unter wüsten Beschimpfungen aus dem Lokal. Ohne viele Worte legte Graham seinen Arm um Caren und brachte sie nach draußen zu seinem Wagen. Dort strich er ihr einmal tröstend über das Haar, drückte ihr sanft sein Taschentuch in die Hand, startete den Motor und fuhr los. Er war kein Mann großer Worte. Aber Caren und er mochten sich auch ohne viele Worte. Nur kurze Zeit nach ihnen kamen Sean und Kian auf den Hof gefahren, beide mit wütenden Gesichtern und böse schweigend.

Als Kian nach einer Stunde immer noch nicht in ihrem Schlafzimmer war, ging Caren hinunter, um nach ihm zu sehen. Sie fand ihn im Wohnzimmer mit einem Glas Whiskey in der Hand, den er aber nicht trank. Er sah bei ihrem Eintreten nur ganz kurz hoch und senkte sofort wieder seinen Blick.

»Verzeih mir, Caren. Es tut mir leid. Ich schäme mich entsetzlich«, murmelte er leise.

»Komm ins Bett«, sagte sie und hielt ihm ihre Hand entgegen.

Kian ergriff die Hand, sagte aber kein weiteres Wort. Es schien fast, als könne er nicht glauben, dass dies als Versöhnungsgeste gedacht war. Schweigend ging er mit Caren nach oben, schweigend lag er eine Weile später neben ihr im Bett.

Trotz allem wollte Caren nicht, dass Kian so traurig und bedrückt war. Sie beugte sich über ihn - und dann verführte sie ihn. Und danach er sie. Es wurde eine wunderschöne Liebesnacht ...

»Erde an Carry! – Hallo, wo bist du?!«

Robs Stimme riss Caren aus ihren Gedanken. Einen Moment lang wusste sie nicht, wo sie war. Als sie sich wieder in der Gegenwart befand, lachte sie den jungen Mann an.

»Entschuldige, Robby. Was sagtest du?«

»Ich rede schon eine ganze Weile mit dir, bis ich merkte, du träumst mit offenen Augen.«

»Das muss ein schöner Traum gewesen sein«, sagte Kevin. »Du warst weit fort.«

»Ich gäbe mein ganzes Vermögen, wenn ich wüsste, an was du gedacht hast.«

»Das wird mein Geheimnis bleiben, Robby«, lachte Caren.

»Bist du sicher, dass du es nicht mit mir teilen möchtest?«

»Ja, ganz sicher.«

»Ich habe ein ziemlich großes Vermögen.«

»Trotzdem.«

»Schade.«

»Könnt ihr eigentlich Geheimnisse haben?« Wie viel Kraft dieser Themenwechsel kostete! Sie musste fort von der Gänsehaut, von den Schauern, die ihr durch den Körper rannen bei den Gedanken an Kian und an märchenhafte Nächte mit ihm. Sie musste aufhören, auf seinen Oberkörper zu starren!

»Ich meine, ihr lebt zu fünft in einem Haus zusammen. Könnt ihr trotzdem eine Privatsphäre für euch schaffen?«

»Doch, das können wir. Das Haus ist zum Glück groß genug«, sagte Danny.

»Das ist ein weiterer Pluspunkt unseres Zusammenlebens. Wenn man allein sein möchte, kann man allein sein. Will man Gesellschaft, hat man Gesellschaft«, ergänzte Eric. »Es ist immer einer da, wenn man jemanden zum Reden braucht.«

»Ihr versteht euch sehr gut, das erlebe ich ja, seit ich bei euch im Haus zu Gast bin. Gibt es niemals Streit zwischen euch?«

»Jede Menge«, sagte Rob.

»Nur«, behauptete Danny.

»Wir streiten immer, wenn du nicht dabei bist«, gestand Kevin.

»Seid mal ernst«, bat Caren lachend.

»Meistens streiten wir wegen Kleinigkeiten«, sagte Kevin. »Bei den wichtigen Dingen sind wir zum Glück einer Meinung.«

»Ich hatte zum Beispiel einmal Krach mit Kian, weil er mir unterstellte, ich wolle seine Frisur kopieren und ich ihm nicht klarmachen konnte, dass er spinnt«, erzählte Rob.

»Das war absolut kindisch«, gab Kian zu. »Die Woche Streit zwischen uns tut mir jetzt noch leid.«

»Nett, dass du es mir heute sagst.«

»Keine Ursache.«

Wieder sah Caren überrascht auf Kian. Dieser Kian gefiel ihr wesentlich besser als der wütende, sarkastische oder ironische, den sie, seit sie hier war, so oft erlebt hatte.

Kian sah mit Herzklopfen und voller Freude die Überraschung und – er täuschte sich bestimmt nicht – die Sympathie in Carens Augen. Noch keine Liebe, leider. Aber ein großer Fortschritt zu der Kälte und Gleichgültigkeit, mit der sie ihn sonst immer ansah.

»Jeder von uns hat seine Schwachpunkte«, verriet Danny mit einem kleinen Lächeln. »Wenn die getroffen werden, gibt es Streit.«

»Wir alle kennen uns so gut, dass es kein Problem ist, beim anderen den Knopf zu finden, der ihn hochgehen lässt«, bekannte Rob. »Und diese Knöpfe werden gedrückt, das kannst du mir glauben.«

Ein Blick in sein Gesicht, in seine lachenden Augen genügte und Caren glaubte ihm sofort.

»Kian ist ein absoluter Morgenmuffel. Wenn man ihn vor dem Frühstück trifft, übersieht man ihn besser, sonst gibt's Ärger«, erzählte Kevin.

»Kian doch nicht«, sagte Caren ohne nachzudenken. Sie dachte an den Kian, den sie kannte, der sie morgens direkt beim Aufwachen mit seinen schönen blauen Augen anstrahlte, sie zärtlich in die Arme nahm und küsste, bevor sie miteinander schliefen.

»Kennst du ihn tatsächlich anders?«, fragte Kevin verwundert.

»Gleich auf hundertachtzig, wenn der Tee nicht heiß genug ist.«

»Oder nicht stark genug.«

»Der Toast zu labberig.«

»Die Butter zu weich.«

»Die Butter zu hart.«

»Keine Orangenmarmelade auf dem Tisch.«

»Das falsche Müsli.«

»Es wurde nicht vernünftig ,Guten Morgen‘ gesagt.«

»Es zieht.«

»Es ist schlecht gelüftet.«

Kian fiel in das allgemeine Lachen ein. »Bin ich wirklich so schlimm?«, fragte er und blickte unschuldig in die Runde.

»Noch viel schlimmer«, behauptete Rob.

»Kann gar nicht sein. Ihr habt gehört, was Caren gesagt hat.«

»Sie hat gelogen«, meinte Danny.

»Sie ist zu gut erzogen, um die Wahrheit zu sagen«, vermutete Kevin.

»Also, wenn ich mit Caren an meiner Seite aufwachen würde, wäre ich auch bester Laune«, behauptete Rob vorwitzig.

Eric beteiligte sich nicht an diesem freundschaftlichen Geplänkel. Seine gute Laune war endgültig dahin. Er unterdrückte nur mit größter Mühe den Wunsch, Rob den Hals umzudrehen. Danach wäre Kian dran, dann die anderen beiden. Diesen Wunsch hatte er, seit sie hier am Strand waren. Und den Blick zu sehen, mit dem Caren Kian ansah, machte ihn auch nicht glücklich. Ganz im Gegenteil. Warum machte sie diese Bemerkung? Warum nahm sie ihn in Schutz? Es war schon das zweite Mal, dass sie es tat. Was sollte das?

»Rob ist morgens auch nur mit äußerster Vorsicht zu genießen«, verriet Danny. Und fügte hinzu: »Ich übrigens auch.«

»Das kann ich mir nicht vorstellen«, sagte Caren überrascht. »Ich bin jetzt schon eine Weile bei euch. Und bisher seid ihr immer lieb und nett und die perfekten Gentlemen gewesen.«

»Alles nur Tarnung.«

»Du ahnst ja nicht, wie schwer es uns fällt, dir diese Rolle vorzuspielen.«

»Du bringst eben nur das Beste in uns zum Vorschein.«

So wollten sie vor Caren dastehen, als perfekte Gentlemen, nett und liebenswert, die all ihre Sympathien hatten. Deshalb brachten sie Kevin sofort zum Schweigen als sie merkten, er wollte wahrheitsgemäß auf Carens Frage antworten.

»Was macht ihr eigentlich bei den langen Fahrten im Tourbus«, wollte sie wissen.

»Wir zeigen uns von unserer schlechtesten Seite. Wir pfeifen zum Beispiel hinter jedem Mädchen her und kommentieren ihr Aussehen. Dabei sind wir wahrlich nicht zimperlich. Wir haben den Wettstreit, wer am lau...«

»Kurz, wir benehmen uns wie die Schweine«, unterbrach Rob ihn hastig.

»Wir lassen so richtig die Sau raus«, fiel Danny ein. Auch er schien etwas nervös zu sein.

»Du willst nicht wissen, was wir tun«, sagte Kian. »Fünf Männer zusammen, da kannst du dir vorstellen, was los ist.«

»Du hast recht. Ich will es nicht wissen«, gab Caren nach einem kurzen Zögern zu.

Und dabei sah sie ihn an! Beim Blick in ihre dunkelblauen Augen begann Kians Herz wie verrückt zu klopfen. Er fühlte sich glücklich wie schon lange nicht mehr. Daran änderte auch nichts, dass sie sein Lächeln nicht erwiderte, sondern ihren Blick abwandte. Sein Verhalten gefiel ihr, das wusste er. Sein Körper gefiel ihr auch immer noch. Das hatte sie nicht verbergen können. Jedenfalls nicht vor ihm. Es war keine Einbildung, dass sie ihn immer wieder angesehen hatte. Öfter jedenfalls als Eric oder Rob. Davon ließ er sich nicht abbringen. Er war auf dem richtigen Weg. Er würde gewinnen. Er würde Caren zurückbekommen. Davon war Kian an diesem Nachmittag felsenfest überzeugt.

7. Kapitel

Gedankenverloren sah Caren in ihr blasses Gesicht, das ihr aus dem Spiegel entgegenblickte. Den unbeschwerten Stunden gestern am Strand war schnell die Ernüchterung gefolgt, gepaart mit der Erkenntnis, dass sie nicht so auf Kian reagieren durfte, wie sie es gestern getan hatte. Sie durfte sich weder von seinem Lächeln, von seiner sanften Stimme noch von liebevollen Worten blenden lassen. Sie durfte niemals vergessen, dass Kian für sie Tränen, Trauer und zu viele Lügen bedeutete. Caren wusste, sie musste schnellstens einen Weg finden, die Scheidung von ihm zu erreichen, um dann mit Eric fortgehen zu können. Sie musste fort von hier. Denn sie wusste nicht, wie lange sie Kian noch die Kühle, die Unbeteiligte vorspielen konnte. Noch gelang es ihr sehr gut, das sah sie an der Enttäuschung in seinem Gesicht. Wie lange würde sie es aber noch aushalten können, diese Enttäuschung zu sehen, ohne ihn tröstend in die Arme zu nehmen? Wenn sie das tat, hatte er gewonnen, und alles würde von vorne beginnen: Seine Eifersucht, seine Szenen, seine Lügen und seine Mädchengeschichten ... Um Himmels willen, was waren das nur für Gedanken?! Sie liebte Eric. Für Kian war in ihrem Leben schon lange kein Platz mehr.

Dass ihr solch ein Unsinn überhaupt in den Sinn kam, machte Caren wütend. Ärgerlich darüber, dass sie ihr Leben wieder einmal nicht im Griff zu haben schien und dass alles so verworren war, verließ sie ihr Zimmer. Sie lief die Treppe hinunter, schnappte an der Garderobe nach ihrem Regenmantel, riss die Haustür auf und atmete in tiefen Zügen die frische, kühle Luft ein während sie in den Mantel schlüpfte und sich die Kapuze über den Kopf zog. Es regnete Bindfäden, trotzdem musste sie raus. Sie wollte einen langen Spaziergang am Strand machen. Nach der unruhigen Nacht, die sie hinter sich hatte, machte sich jetzt der fehlende Schlaf bemerkbar. Sie fühlte sich müde, gereizt und unausgeglichen. Der Gedanke an den Traum in der Nacht bereitete ihr Unbehagen. Sie hasste ihn. Sie wollte diesen Traum nicht mehr, der sie in den zurückliegenden Jahren immer wieder gequält hatte und in dem sie auf der Suche nach Kian durch einen dichten Nebel irrt. Sie ruft nach ihm, sie versucht mit Händen das undurchdringliche Grau zu teilen und streckt weinend die Arme nach ihm aus, doch sie findet ihn nicht. Dann kommt die Angst, und sie fängt an zu wimmern, mit den Armen zu schlagen und laut seinen Namen zu rufen. Angefangen hatte dieser schreckliche Traum in den letzten Wochen ihrer Ehe, als Kian sich so verändert hatte, dass Caren immer häufiger die Angst verspürte, ihn zu verlieren. Aus der Angst dieses Traumes hatte er sie jedes Mal erlöst, indem er sie weckte, sie fest in seinen Armen hielt und ihr versprach, er würde immer bei ihr sein.

Lügen, nichts als Lügen. Nur wenige Wochen später lag ihre ganze Welt in Trümmern und sie war wieder allein. Irgendwann jedoch hatte der Schmerz nachgelassen und auch dieser schreckliche Traum kam nicht wieder. Bis zur vergangenen Nacht. Ihre eigene Stimme, die immer wieder Kians Namen rief, hatte sie geweckt. Sie lag in der Dunkelheit, allein mit ihren Tränen und ihrer Angst und versuchte, zu sich zu kommen. Erst in den frühen Morgenstunden war sie wieder eingeschlafen.

Caren wollte nicht, dass Konfusion und Unordnung wieder Einzug in ihr Leben hielten. Sie wollte dieses Durcheinander nicht, das im Moment darin herrschte. Aber was konnte sie dagegen tun? Auf diese Frage hatte sie bisher noch keine Antwort gefunden.

Es war Zufall, dass Kian gerade jetzt aus dem Tonstudio kam, um aus seinem Apartment die Notizen zu einem neuen Song zu holen, der ihm gestern Abend in den Sinn gekommen war. Ein neues Lied, ein weiteres Lied für Caren. Seine Gefühle niederzuschreiben, einen Song daraus zu machen, hatte ihm in der Vergangenheit immer sehr geholfen, wenn die Gedanken an Caren ihm keine Ruhe ließen, wenn der Schmerz kam, wenn das Bewusstsein, ohne sie leben zu müssen, so weh tat, dass er sich tagsüber auf nichts anderes konzentrieren konnte und sich nachts schlaflos im Bett hin und her wälzte. Seit seine Frau ihn verlassen hatte, hatte Kian sehr viele Songs geschrieben. Und jeder von ihnen war ein Hit geworden. Er war stolz auf die Auszeichnungen, die er dafür bekam. Er war stolz auf seinen Erfolg. Und das viele Geld, das er damit verdiente, ermöglichte es ihm, sich alle seine Wünsche zu erfüllen. Seine materiellen Wünsche. Denn was er sich wirklich wünschte, konnte er mit all seinem Geld nicht kaufen. Er wollte, dass Caren seine Lieder hörte, dass sie erfuhr, dass er diese Songs für sie geschrieben hatte. Sie sollte stolz auf ihn sein. Sie sollte zu ihm zurückkommen. Aber er wusste, dass sich diese Wünsche nicht erfüllen würden. Caren lebte in Australien und ahnte nicht, dass er es tatsächlich geschafft hatte, Karriere zu machen. Sie fragte in ihren Briefen und bei den wenigen Telefonaten mit seiner Familie nie nach ihm und sie erzählten ihr nichts. Es war wie ein stillschweigendes Übereinkommen zwischen ihnen, das jeder einhielt. Für Kian war der Gedanke, dass er sie nicht mehr interessierte, jedoch so unerträglich, dass er irgendwann aufhörte, nach Caren zu fragen und darum bat, in seiner Gegenwart nicht mehr von ihr zu sprechen. Daher erfuhr er auch nicht, dass sie wieder in England war. Seine Familie hielt sich an seine Bitte, niemand erzählte ihm von Carens Anruf in Sligo. Und Kian erzählte ihnen nicht, dass sie seit

Wochen in seinem Haus lebte. Dass sie mit seinem Freund Eric zusammen war und ihn heiraten wollte, ging zu Hause niemanden etwas an. Er brauchte keine klugen Ratschläge von Eltern, Großeltern oder Brüdern. Er löste seine Probleme selber.

Den Kopf voller Gedanken an die Vergangenheit lief Kian die Treppe hinauf und warf dabei, wie er es immer tat, einen Blick aus dem Fenster im Flur. Als er Caren sah, die gerade in den Weg einbog, der hinunter zum Strand führte, wusste er, dass es das Schicksal wieder einmal gut mit ihm meinte. Er handelte ohne zu überlegen. Er kehrte um, griff an der Garderobe zu Regenjacke und Baseballkappe, riss genau wie Caren vor wenigen Minuten die Haustür auf, atmete einige Male tief ein, um seine plötzliche Nervosität zu bekämpfen, und eilte dann mit großen Schritten durch den Garten in Richtung Meer.

Kian war seinem Ziel, der Versöhnung mit seiner Frau, nicht einen Schritt näher gekommen. Eine Aussprache zwischen ihnen beiden war bisher unmöglich gewesen. Caren wich ihm aus. Seit jenem Morgen hatte er sie nie wieder allein angetroffen. Eric war ständig bei ihr. Einfach in ihr Zimmer zu gehen und sie um ein Gespräch zu bitten, war unmöglich. Täte er es, würde sie sofort das Haus verlassen und er sähe sie nie wieder, das wusste er. So verging ein Tag nach dem anderen, ohne dass er die Chance bekam, mit Caren zu reden. Seit Jahren wartete Kian auf diese Chance. Er wollte mit ihr über alles sprechen was geschehen war. Er wollte ihre Vergebung, er wollte ihre Versöhnung. Er wollte seine Frau zurück haben. Noch nie hatte er jemanden so sehr geliebt wie sie. Und war noch nie so sehr geliebt worden wie von ihr. Das wusste er heute. Dass er es jetzt wusste, würde er ihr gerne sagen. Wie dumm seine Eifersucht, sein Fremdgehen, sein ganzes Verhalten gewesen war und wie sehr er sich heute dessen schämte, würde er ihr auch gerne sagen. Er wollte ihr sein Handeln erklären. Sie musste wissen, dass er ihr niemals wehtun wollte und wie leid es ihm tat, dass er es immer wieder getan hatte. Es gab so viel, was er ihr sagen wollte. Er wollte ihre Liebe zurück haben. Er brauchte ihre Liebe. An jedem einzelnen Tag der endlosen Jahre ohne Caren war ihm das schmerzlich bewusst gewesen. Nicht einmal von seinen Eltern war er so geliebt worden wie von Caren. Auch nicht von Granny, und die liebte ihn sehr. Kian wusste, er hatte es ihnen allen nicht gerade leicht gemacht, ihn zu lieben.

Er war immer ein Rebell gewesen, er war es auch heute noch. Im Gegensatz zu früher hatte er jedoch gelernt, diese Eigenschaft auf vernünftige und sinnvolle Weise zu nutzen. Als Jugendlicher hatte er das natürlich nicht gekonnt. Er musste immer mit dem Kopf durch die Wand, er ging nie den Weg des geringsten Widerstandes. Kian hatte sich gegen alles aufgelehnt, gegen seine Eltern, seine Geschwister, seine Lehrer, gegen die ganze Welt. Es hatte oft harte Worte von seinem Vater gegeben, aber niemals Schläge. Er hatte sich mit seinen Brüdern geprügelt, die älter und stärker waren als er. Dass er nur eine sehr geringe Chance gegen sie hatte, kümmerte ihn nicht. Die Erziehungsmethoden seiner Lehrer waren Strafarbeiten und Nachsitzen, aber auch das kümmerte ihn nicht. Zum Glück war er heil durch diese schlimme Zeit gekommen. Er war eine Weile auf dem schmalen Grat zwischen Gut und Böse balanciert und zur guten Seite hinabgesprungen. Lange Zeit war er der Überzeugung gewesen, es hätte auch anders kommen können. Heute wusste er, dass das nicht stimmte. Er hatte immer ein gesundes Empfinden für Richtig und Falsch gehabt. Niemand hätte ihn zum Beispiel dazu überreden können, Drogen zu nehmen. Niemand hätte ihn zu illegalem oder kriminellem Handeln überreden können. Er kam aus einem intakten Elternhaus und bekam Liebe, Fürsorge und eine gute Erziehung mit auf seinen Weg. Auch das wusste er heute. Bis zu Mattys Geburt war Kian das Nesthäkchen der Familie gewesen und er hatte sich unter seinen wesentlich älteren Geschwistern immer benachteiligt, unbeachtet und ungeliebt gefühlt. Das war lange Zeit der Grund für sein aufsässiges Verhalten. Heute lachte er darüber, weil er wusste, es entsprach nicht der Wahrheit. Aber damals war es ein sehr schmerzliches Gefühl gewesen. Es hatte jedoch bewirkt, dass er ein Kämpfer wurde, der niemals aufgab. Schon gar nicht sich selbst. Denn an Selbstbewusstsein mangelte es ihm nicht. Er hatte immer gewusst, was er wollte, er hatte immer an sich geglaubt. Schmerzlich war für ihn nur gewesen, dass seine Familie diesen Glauben nicht immer teilte.

Mit dem Wechsel von der Highschool zum College bekam Kian einen Musiklehrer, der sein Talent in einem Ausmaß förderte, das seinen Eltern nie gelungen war. Plötzlich lernte er mit Begeisterung Klavierspielen, Gitarrespielen und Notenlesen. Sein erstes Klavier, das heute noch zu Hause stand, hatten sich seine Mutter und Granny vom Mund abgespart. Sein schönstes Weihnachtsgeschenk überhaupt. Plötzlich sah die Welt ganz anders aus. Sein Leben drehte sich nur noch um die Musik. Seine Werte veränderten sich und mit ihnen sein ganzes Verhalten. Jetzt hatte er keine Zeit und auch keine Lust mehr, mit dubiosen Freunden durch die Straßen zu ziehen. Nach dem Unterricht, an den Wochenenden, in den Ferien jobbte er, sparte jeden Penny, den er verdiente und kaufte schließlich seine erste Gitarre. Die hing heute im Tonstudio an der Wand. Mit vierzehn gründete er eine Band zusammen mit seinen vier besten Freunden. Das gemeinsame Musizieren, das gemeinsame Auf-der-Bühne-stehen machte so viel Spaß, dass für Kian schnell feststand, nach dem Schulabschluss würde er nicht studieren. Er wollte ein Star werden, ein weltberühmter Rockmusiker. Seine Eltern waren wenig begeistert, seine Geschwister lachten ihn aus, einzig Granny glaubte an ihn. Mit achtzehn war er volljährig, hatte seinen eigenen Kopf und wollte raus aus Sligo, raus aus der Provinz. Wegen Mädchengeschichten und damit verbundener Streitereien und Eifersüchteleien, an denen er einen ziemlich großen Anteil hatte, fiel die Band auseinander. Nach den gemeinsamen Jahren schienen die fünf Freunde genug voneinander zu haben, und sie trennten sich.

Kian hatte seine Chance nicht in Irland, sondern in England gesehen, dem Land der Beatles und der Rolling Stones, die seine Idole waren. In den ersten Monaten in Liverpool war es ihm mehr schlecht als recht ergangen. Er schlug sich als Straßenmusiker durch und spielte abends Klavier in Hotelhallen und Bars. Irgendwann hatte er genug. Er beschloss, nach London zu gehen, traf dort drei Jungen, die genauso erfolglos waren wie er, und tat sich mit ihnen zusammen. Durch Zufall gerieten sie an einen Agenten, und mit dessen Hilfe war es langsam aufwärts gegangen. Jedenfalls soweit, dass sie sich nach achtzehn Monaten zusammen in einem Apartment nun jeder eine kleine Wohnung leisten und ohne Angst vor der nächsten Rechnung ihre Musik machen konnten. Er verdiente nicht viel, aber er kam zurecht. Und nie verlor er den Glauben an sich. Er wusste, eines Tages würde er Karriere machen. Er war glücklich, dass er das tat, was er immer tun wollte, und nicht in irgendeinem Hörsaal saß.

Sein Glück wurde komplett, als er Caren traf. Er verliebte sich auf den ersten Blick in das schöne Mädchen mit dem Engelsgesicht, und sie sich in ihn. Allein das war kaum zu glauben. Er war nichts und er hatte nichts. Aber sie liebte ihn genauso sehr, wie er sie liebte. Trotz der Schwierigkeiten mit ihrer Familie waren sie innerhalb einer Woche verheiratet. ‚Meine kleine englische Prinzessin‘ nannte er sie. ‚Mein irischer Prinz‘ sagte sie zu ihm. Seine Freunde lachten sich halbtot über ihr verliebtes Geturtel. Und gaben gleichzeitig zu, dass sie ihn glühend um seine Frau beneideten. Sie beide waren so glücklich gewesen. Aber leider hatte er dieses Glück zerstört. Er war wohl zu jung gewesen, zu dumm und zu unreif, um es halten zu können.

Jetzt war er fünfundzwanzig, und der Rebell in ihm war noch lange nicht zur Ruhe gekommen. Er würde alles tun, um Caren zurück zu bekommen. Jetzt wusste er, warum er in der Vergangenheit diese Fehler gemacht hatte. Ihre Ehe würde heute ganz anders aussehen. Er würde nie wieder so übermäßig eifersüchtig sein. Ein klein wenig sicher, dazu liebte er Caren zu sehr. Aber er war erwachsen geworden, er hatte seine Gefühle jetzt besser im Griff. Sein Selbstbewusstsein war heute ein ganz anderes als damals. Heute musste er nicht mehr den Helden spielen, sondern konnte seine Schwächen zugeben. Heute würde er mit Caren über seine Probleme sprechen und sie nicht durch Eifersuchtsszenen, Wutausbrüche und Fremdgehen zu manipulieren versuchen. Er würde ihr gerne beweisen, dass er sich geändert hatte, wenn sie ihm nur die Chance dazu gab. Diese Chance wollte er haben. Er liebte Caren. Er liebte sie so sehr, dass allein der Gedanke an sie wehtat. Eine Zukunft ohne sie war für ihn unvorstellbar. Die letzten Jahre waren schlimm gewesen. Den Rest seines Lebens ohne Caren verbringen zu müssen, war ein unerträglicher Gedanke für Kian.

Caren war schon ein ziemliches Stück weit gegangen. Durch den Regen und den Dunstschleier, der Meer und Strand zu einem fast undurchdringlichen Grau miteinander verschmolz, waren die bunten Farben ihres Regenmantels nur sehr schwach in der Ferne zu erkennen. Kian begann zu laufen, dicht am Wasser, wo der Sand fest war und nicht sofort unter den Füßen nachgab, und hatte sie nach kurzer Zeit erreicht.

Caren bemerkte sein Kommen nicht. Der Regen trommelte so heftig auf ihren Mantel, der heulende Sturm trieb das Meer mit donnerndem Tosen an den Strand, dass sie keine anderen Geräusche wahrnahm. Erst als

Kian ihren Arm fasste, blieb sie stehen und wandte sich um. Sie sagte nichts. Sie tat nichts. Sie stand vor ihm, ihr Haar nass und zerzaust vom Wind, und sah ihn an. Es dauerte eine Weile bis Kian bemerkte, dass sie weinte. Sie weinte so sehr, dass die Tränen in Strömen aus ihren Augen schossen und sich mit dem Regen in ihrem Gesicht vermischten.

»Caren!« rief er erschrocken aus.

Im ersten Moment war er völlig hilflos. Er hatte nicht damit gerechnet, sie weinen zu sehen. Dann handelte er ganz instinktiv. Er machte nicht den Fehler, Fragen zu stellen. Mit einer zärtlichen Geste schob er ihr die nassen Haare aus dem Gesicht, während seine andere Hand nach der Kapuze ihres Regenmantels griff und diese über ihren Kopf zog. Ohne ein Wort zu sagen, nahm er sie in seine Arme. Er hielt sie fest an sich gedrückt, wobei er mit einer Hand die Kapuze festhielt, die der Wind immer wieder fortreißen wollte. An seinen Fingern spürte er die Kälte ihrer Wange.

Caren wehrte sich nicht. Nicht gegen Kian. Nicht gegen seine fürsorglichen Gesten. Nicht gegen diese Berührung. Sie ließ es einfach geschehen. Sie wusste nicht warum, aber in seinen Armen verstärkte sich ihr Weinen für eine Weile. Und sie empfand es als tröstlich, dass Kian, als er es bemerkte, sie noch etwas enger an sich zog und sie fest in seinem Arm hielt. Sie war froh, dass er nichts sagte. Sie war froh, dass er da war.

Lange standen sie so. Sie spürten den Regen nicht, der auf sie niederprasselte. Sie fühlten die Kälte nicht, die der Wind mit sich brachte. Die Welt schien still zu stehen. Es gab nur noch sie beide auf diesem Planeten … und Eric. Er tauchte plötzlich aus dem Nichts auf, zerstörte diese Illusion und holte Caren und Kian in die Gegenwart zurück.

»Caren!« Mehr als diesen voller Panik hervorgestoßenen Namen brachte Eric nicht heraus.

Er sah fassungslos auf die Szene vor sich. Dass Caren in Kians Armen war, hatte er schon von weitem geahnt. Der aufziehende Nebel erschwerte eine klare Sicht. Trotzdem konnte Eric erkennen, wie nah die beiden beieinander standen. Ein Irrtum war ausgeschlossen, obwohl er ein Vermögen dafür gegeben hätte, wenn es sich als Täuschung herausstellen würde. Seine Schritte wurden immer langsamer, die Gedanken in seinem Kopf überschlugen sich und malten sich das Schlimmste aus. Caren und Kian hatten sich versöhnt! Angst lähmte ihn und hinderte ihn daran, klar zu denken. Was sollte er tun? Umkehren und die beiden alleine lassen? So tun, als habe er nichts gesehen und darauf warten, dass Caren zu ihm kam, um ihm zu sagen, dass es aus sei? Warum bloß hatte er sie hierher gebracht? Warum war er nicht sofort mit ihr in ein Hotel gegangen, als sie ihn an ihrem Ankunftstag darum gebeten hatte? Warum hatte er sie angefleht, zu bleiben, als sie in die Stadt ziehen wollte? So viele Fragen. Und jetzt sah es so aus, als sei es zu spät für eine Antwort.

Klarheit und ein wenig Hoffnung gab es für Eric erst, als er sah, dass Kian zwar seine Arme um Caren gelegt hatte, ihre Hände jedoch in den Taschen ihres Regenmantels vergraben waren. Dass sie die Umarmung nicht erwiderte, gab ihm den Mut, näher zu kommen.

»Lass sofort Caren los!«

Kian sah Eric nicht einmal an. Es störte ihn auch nicht, dass er gekommen war. Caren war bei ihm. Sie war dort, wo sie hingehörte. Bei ihm, in seinen Armen. Was konnte Eric ihm anhaben? Caren gehörte zu ihm. Und das wollte er Eric jetzt ein für allemal klarmachen!

Kian nahm seine Hand von Carens Rücken, fasste sie sanft an beiden Oberarmen und schob sie ein Stück von sich. Sofort riss ihr der Wind die Kapuze vom Kopf und wehte eine nasse Haarsträhne in ihr Gesicht. Durch das Haar hindurch blickte Kian in ihre Augen. Caren war völlig durcheinander, das sah er. Trotzdem wollte er ihre Entscheidung. Jetzt. Sofort. Ohne ihr lange Zeit zum Nachdenken zu geben.

Etwas zwang Caren, hoch zu schauen in Kians Gesicht. In seinen Augen las sie deutlich die Botschaft, die er ihr schweigend übermittelte: >Jetzt musst du dich entscheiden, Caren. Eric oder ich? Du triffst die Wahl.<

Die Antwort auf all ihre Fragen konnte sie in diesem Moment in seinen Augen lesen. Wenn sie sich fallen lassen und in dieses Blau versinken würde, würde sie bei ihm sein. Für ... Für wie lange dieses Mal? Wieder acht Monate Wut, Eifersucht, Lügen, und Mädchen, viele, viele Mädchen? – Nein! Das war vorbei. Das wollte sie nicht mehr! Nie wieder!

Caren schlug die Augen nieder und trat einen Schritt zurück. Kian ließ sie sofort los. Sie wandte sich ab und flüchtete zu Eric, der sie in seine ausgestreckten Arme nahm. Er drückte sie einen kurzen Augenblick fest an sich und zog sie dann mit sich fort. Fort von Kian. Fort von dieser ganzen beängstigenden Situation.

Caren sah nicht mehr, dass Kian mit schnellen Schritten davon ging. Sie hörte auch nicht, dass er irgendwann stehen blieb und seine ganze Enttäuschung weit aufs Meer hinaus schrie.

Enttäuschung darüber, dass Caren sich gegen ihn entschieden hatte. Enttäuschung darüber, dass er ihr Verhalten völlig falsch interpretiert hatte. Er war so fest davon überzeugt gewesen, sie würde bei ihm bleiben, dass es ihn jetzt fast umbrachte, dass sie zu Eric gegangen war. Seine stumme Nachricht war bei ihr angekommen, das hatte er gespürt. >Er oder ich<. Kian konnte es nicht fassen, dass Caren Eric gewählt hatte.

Warum gab sie ihm keine Chance? Warum gab sie ihm keine Gelegenheit, sie um Verzeihung zu bitten? Warum quälte sie ihn? Wollte sie es so? Wollte sie sich für sein Verhalten rächen? Das passte doch gar nicht zu ihr. Sie war sein sanftes Engelchen, seine kleine Prinzessin. Er wollte sie nicht als Racheengel. Er wollte seine Caren von damals wiederhaben. Er wollte, dass sie ihn wieder liebte.

Aber die Realität sah anders aus. Es interessierte sie nicht mehr, was er wollte. Es war ihr egal, wie unglücklich sie ihn machte. Es kümmerte sie nicht, dass es ihm weh-tat, sie in Erics Armen zu sehen. Es tat so weh, dass ihm fast schlecht wurde. Dass er meinte, nicht mehr weiter zu können. Dass er nicht mehr leben wollte. Aber wie er sich fühlte, war ihr gleichgültig. - Es konnte ihr nicht gleich-gültig sein! Sie konnte nicht einfach acht Monate voller Liebe und Zärtlichkeit wegwischen! Eine Liebe wie die ihre konnte man nicht beenden! Aber genau das hatte Caren gerade getan. Sie ging mit Eric davon und ließ ihn hier allein zurück.

8. Kapitel

Caren konnte sich kaum mehr an die endlosen Wochen in der Klinik erinnern. Nach ihrem Unfall, nach den zahlreichen Operationen, die dessen Folge waren, war sie die meiste Zeit so vollgepumpt mit Schmerz- und Beruhigungsmitteln gewesen, dass dieser Abschnitt ihres Lebens immer noch ziemlich im Dunkeln lag. Und dort sollte er auch bleiben. Sie wollte nicht mehr an diese Zeit erinnert werden. All ihre Wünsche und Träume waren damals zerstört worden, ihre ganze Welt lag in Trümmern und sie hatte nicht gewusst, wofür sie weiterleben sollte. Widerspruchslos hatte Caren es geschehen lassen, dass ihr Vater sie zu Freunden nach Australien brachte, gleich nachdem sie die Klinik verlassen durfte. Der Lord hörte nicht auf die Ärzte, die ihm dringend davon abrieten. Er war der Meinung gewesen, nur ein radikaler Ortswechsel würde seiner Tochter helfen, nach den körperlichen Wunden auch ihre seelischen Verletzungen zu heilen. Unbeirrt von Expertenmeinungen, Warnungen und Bedenken setzte er seinen Willen gegen seine Frau und die Ärzte durch.

Drei Jahre lebte Caren in Alice Springs bei Judith und Norman Albright, den Studienfreunden ihres Vaters. Caren dachte stets mit zärtlichen Gefühlen an die beiden und telefonierte regelmäßig mit ihnen. Sie waren so liebevoll, so verständnisvoll gewesen, und rührend um sie besorgt, dass Caren sich schnell bei ihnen heimisch fühlte. Irgendwie war es den Albrights gelungen, ihr über ihren Schmerz hinwegzuhelfen und ihr den Mut zu geben, neu anzufangen. Es hatte lange gedauert, sehr lange, bis sie die ersten Schritte hinaus ins Leben wagte. >Nie wieder Tränen<, hatte Caren sich eines Morgens beim Aufwachen geschworen. >Es reicht! Ich habe genug geweint!< Das war der erste wichtige Schritt in Richtung Genesung, ein erster noch zaghafter Schritt in die Zukunft gewesen. Auch die vielen Gespräche mit einer Psychologin halfen ihr dabei, wieder gesund zu werden. Ganz allmählich kam die Lebensfreude zurück. Plötzlich hatte Caren Lust, mit Judith einkaufen zu gehen. Sie bekam wieder Spaß daran, auszugehen. Mit Freude führten Judith und Norman sie zum Essen aus, gingen mit ihr ins Theater, in die Oper und in Konzerte. Wenig später fing Caren an, mit dem Auto von Alice Springs aus Touren in das Outback zu machen, anfangs noch in die Einsamkeit, weit fort von den Menschen. Als sie Monate später den Wunsch äußerte, sich Perth ansehen zu wollen, und Adelaide, und das Great Barrier Reef, und Sydney, waren Judith und Norman glücklich. So glücklich, dass sie diese Rundreise durch das Land gemeinsam mit ihr machten, froh über die neue Caren, die mit großen Augen über Naturschönheiten staunte, sich wie ein Kind über alles freute, die lachte und immer fröhlicher wurde.

Australien hatte Caren gut getan, es war die Therapie gewesen, die sie gebraucht hatte. Sie hatte ihr Leben wieder im Griff und blickte voller Neugier und Optimismus in die Zukunft. Sie war begierig herauszufinden, was sie ihr bringen würde.

Zunächst fand sie einen interessanten Job. Und dann eine neue Liebe. Caren war kaum vier Wochen zurück in London, als sie sich verliebte. Es war einfach geschehen, ohne dass sie es gewollt hatte. Ihre Befürchtungen, sie würde sich nie wieder verlieben können, sie würde nie mehr einem Mann vertrauen können, erwiesen sich zum Glück als völlig unbegründet. Sie fuhr mit diesem Mann in seine Heimat, nach Irland ... Und traf hier Kian. Mit dem sie immer noch verheiratet war. Der nicht daran dachte, sich scheiden zu lassen. Kian, den sie einmal so sehr geliebt hatte, dass die Trennung von ihm sie fast umgebracht hatte. Aber Caren wollte keine Tränen mehr wegen ihm. Sie wollte auch die Erinnerung an die Vergangenheit nicht mehr. Sie war nicht mehr das hilflose kleine Mädchen von damals, sondern heute eine erwachsene, selbstbewusste junge Frau, die genau wusste, was sie wollte. Und das war eine Zukunft mit Eric.

Seit Caren am Strand aus seinen Armen zu Eric geflüchtet war, war Kians Benehmen wieder unerträglich geworden. Er war wie zu Anfang, als sie in dieses Haus gekommen war, unverschämt, ironisch, sarkastisch. Sie mochte dieses Verhalten nicht, es passte nicht zu ihm. Kian war nie so gewesen, und sie wollte nicht, dass er jetzt so war. Sie hasste seine Unverschämtheiten, versuchte jedoch, diese einfach zu ignorieren. Meistens gelang ihr das. Beim Frühstück heute hatte sie es jedoch nicht geschafft, auf Kians boshafte Bemerkungen und ironischen Anspielungen angemessen zu reagieren. Ein Wort hatte das andere gegeben, bis es ihr zu viel geworden war. Sie war aufgesprungen und aus dem Zimmer gelaufen bevor sie einen Schreikrampf bekam, so sehr hatte sie sich über ihn geärgert. Sie hasste diese Szenen, die er ihr vor seinen Freunden machte. Sie hasste Auseinandersetzungen in der Öffentlichkeit, das wusste er. Dass er sie trotzdem immer wieder herausforderte, machte sie wütend. Seit Tagen ärgerte sie sich über ihn. Sie hatte genug von seinen Unverschämtheiten, über die sie meist schweigend hinwegging, obwohl er sie bis an die Schmerzgrenze reizte. Heute Abend jedoch hatte sie vor, den Spieß umzudrehen. Heute würde sie Kian provozieren. Er sollte auch mal spüren, wie man sich dabei fühlte.

Caren sah auf den Pullover, der vor ihr auf dem Bett lag, und ein zufriedenes Lächeln erschien auf ihrem Gesicht. Sie hatte ihn bei ihrem letzten Aufenthalt in Mailand gekauft. Ein sündhaft teures Modell, das jeden Penny wert sein würde, das wusste sie. Der Pullover war tiefschwarz und auf der Vorderseite mit unzähligen glitzernden silbernen Sternchen bestickt. Der großzügige Ausschnitt war so raffiniert geschnitten, dass sich nicht verhindern ließ, dass der Pullover weit über eine Schulter rutschte und dabei sehr viel nackte Haut zeigte. Die Frau, die dieses Modell trug, durfte nicht prüde sein. Im Gegenteil. Sie würde die Aufmerksamkeit bekommen, die sie wollte, indem sie alle Blicke auf sich zog.

Caren wusste genau, dass dieser Pullover Kian gar nicht gefallen würde. Sie kannte ihn gut genug um zu wissen, dass sie ihn damit wahnsinnig machen würde. Und heute Abend hatte sie Lust herauszufinden, wie sehr sie ihn reizen konnte.

Als Eric an ihre Tür klopfte, um sie zum Dinner abzuholen, warf Caren noch einen letzten Blick in den Spiegel. Sie sah eine schöne junge Frau in einer silbernen, weitgeschnittenen Hose und einem sehr edlen, schwarzen Pullover, der ihre ganze linke Schulter und den Oberarm frei ließ und sehr viel Busen zeigte. In dem Bewusstsein, dass es ein sehr erfolgreicher Abend werden würde, lächelte sie ihrem Spiegelbild zu.

Alle Gespräche verstummten, als Eric und Caren das Kaminzimmer betraten. Die Anwesenden starrten sie an, Kevin mit offenem Mund. Kian verschluckte sich an seinem Drink und fing an zu husten. Danny klopfte ihm fürsorglich auf den Rücken. Mit Genugtuung nahm Caren die Reaktionen der jungen Männer zur Kenntnis.

Rob fasste sich als erster. Anerkennend pfiff er durch die Zähne. »Wow, Carry«, sagte er bewundernd. »Du siehst phantastisch aus.«

Mit einem Lächeln dankte sie ihm für das Kompliment, während ihre Augen Kian suchten. Der hatte seinen Hustenanfall überwunden und starrte sie wortlos an. Mit Freude bemerkte sie, dass er seine freie Hand zur

Faust geballt hatte. Im Gegensatz zu seinen Freunden war er über ihren Anblick nicht erfreut. Caren sah ihren Erfolg und sie genoss ihn. Aber es war ihr längst nicht genug. Sie wollte mehr. Um Kian noch mehr zu provozieren, um ihn richtig wütend zu machen, genügte ein Flirt mit Rob. Diese Tatsache hatte sich schnell herauskristallisiert.

Obwohl sich Caren mit Danny und Kevin sehr gut verstand, war Kian auf diese beiden nicht eifersüchtig. Seine negativen Gefühle für Eric waren jedermann verständlich. Seine Eifersucht auf Rob weniger. Die Harmonie, die Freundschaft und das Zusammengehörigkeitsgefühl unter den fünf jungen Männern, das für ihre Karriere so wichtig und unerlässlich war, litt immer häufiger unter den lautstarken Auseinandersetzungen zwischen Kian und Rob. Es war einige Male vorgekommen, dass die beiden mit den Fäusten aufeinander los wollten. Seitdem trauten sich die anderen kaum mehr, die beiden alleine zu lassen aus Sorge, sie würden übereinander herfallen und niemand wäre da, um schlichtend einzugreifen. Diese Sorge war jedoch unbegründet. Kian beendete diese für sie alle unerträgliche Situation, indem er Rob kaum mehr beachtete und nur noch das Nötigste mit ihm sprach. Was wiederum bedeutete, dass er mit Rob mehr sprach als mit Eric, denn den ignorierte er völlig.

Caren wusste nichts von den heftigen Auseinandersetzungen zwischen Rob und Kian. Sie bemerkte natürlich das schlechte Verhältnis zwischen ihm und seinen beiden Freunden. Sie war ja nicht blind. Sie machte sich auch nichts vor. Sie wusste, dass sie der Auslöser dieser Unstimmigkeiten war. Heute Abend kam ihr Kians Eifersucht gegenüber Rob jedoch sehr gelegen. Die lästigen Bedenken, die gegen ihren Plan sprachen, und die sich immer wieder warnend in den Vordergrund schoben, wischte sie einfach beiseite. Sie hatte genug von seinem Benehmen. Sie wollte ihre Rache. Sie ließ sich nicht länger von Kian in dieser unverschämten Art und Weise provozieren.

Eric stand schweigend und mit unglücklichem Gesicht neben ihr. Er fasste weder nach ihrer Hand, noch legte er den Arm um sie, wie er es sonst zu tun pflegte. Caren wusste, dass er eifersüchtig war und dass ihm diese Situation nicht gefiel, und sie empfand es als angenehm, dass er es nicht äußerte. An ihrer linken Seite war Rob. Mit blitzenden Augen und einem strahlenden Lachen zog er sämtliche Register seines Charmes. Und davon besaß er eine ganze Menge. Ohne dass sie ihn darum bitten musste, spielte er die Rolle, die sie ihm zugedacht hatte. Kevin, der neben ihm stand, sah sie nur an, er konnte nichts sagen. Die jungen Männer reagierten genauso, wie sie es gehofft hatte. Der Pullover rutschte immer wieder dorthin, wo sie ihn haben wollte. Die ganze Situation war so, wie sie sie haben wollte.

Kian, der mit Danny am Kamin stand und Caren nicht aus den Augen ließ, wurde mit jedem Wort und mit jedem Lachen zwischen Rob und Caren blasser. Jeder provokante Blick, den sie in seine Richtung warf, schürte seine Eifersucht. Sie trieb es auf die Spitze und er war nicht in der Lage, auf ihr Verhalten lässig zu reagieren. Er wusste, dass diese Szene, die sie da spielte, nur für ihn war. Er hätte darüber lachen und ihr zu ihrer Schauspielkunst gratulieren sollen. Aber das konnte er nicht.

»Kian!«

Dannys Stimme kam wie aus weiter Ferne. Unwirsch schüttelte Kian die Hand seines Freundes von seinem Arm, drückte ihm sein Glas in die Hand und war mit wenigen Schritten bei Caren.

»Hör auf damit, Caren! Bist du verrückt geworden?!«, fuhr er sie an. Sein Gesicht war blass vor Ärger. »Zieh diesen verdammten Pullover aus!«

»Warum?«, fragte Caren betont arglos und sah in seine Augen, die ganz dunkel vor Zorn waren. Sie schob mit einer lässigen Geste den heruntergerutschten Ärmel hoch, was zur Folge hatte, dass jetzt noch mehr Busen zu sehen war. »Gefällt er dir nicht?«

»Zieh den Pullover aus! Zieh diesen gottverdammten Pullover aus!«, verlangte Kian mit mühsam unterdrückter Wut.

Caren ließ Kian nicht aus den Augen. »Ganz wie du möchtest«, sagte sie und lächelte ihn freundlich an.

Ihre Reaktion hätte ihn stutzig machen müssen, hinterher wusste Kian das. Aber da war es zu spät. Die nächsten Sekunden spielten sich wie in Zeitlupe ab. Er sah ihren Bauchnabel, ein Stück leicht gebräunte Haut, den Busenansatz, dann ihren hübschen, festen Busen ... Mit nacktem Oberkörper stand sie da und sah provozierend in sein Gesicht. Fassungslos starrte Kian sie an. Auch seine Freunde starrten sie an.

Es war reiner Reflex, von ihm niemals beabsichtigt und kaum wahrgenommen. Er hob die Hand und schlug ihr ins Gesicht.

Während Caren sich umwandte und mit ruhigen Schritten aus dem Zimmer ging, den Pullover in der Hand, stürzte sich Rob mit einem wilden Schrei auf Kian.

Nach den Ereignissen der letzten Stunden hatte Caren nur noch den Wunsch, ins Bett zu gehen und die Decke über sich zu ziehen. Sie wollte, dass der Schlaf schnell kam und die Gedanken an diesen Abend aus ihrem Kopf verscheuchte. Was geschehen war, hatte sie durch ihr Verhalten provoziert. Das war die unbequeme Wahrheit. Sie hatte zwar ihre Rache bekommen. Aber war sie nun zufrieden? Fühlte sie sich jetzt besser? Ihre Tränen zeugten vom Gegenteil.

Es war tröstend gewesen, dass Eric gekommen war, ihre Tränen fortwischte und sie in seine Arme nahm. Aber sein Kuss war anders gewesen als sonst, irgendwie fordernder, und rücksichtslos gegen ihre schmerzende Lippe. Sie wollte nicht so von ihm geküsst werden. Sie wollte auch nicht seine Hände überall auf ihrem Körper. Ärgerlich hatte sie ihn zurückgestoßen. Und plötzlich waren sie dabei, sich gegenseitig Vorwürfe zu machen. Eric hatte es gewagt, ihr zu unterstellen, sie liebe Kian immer noch. Sie hatte ihm vorgeworfen, ein Egoist zu sein, der nur an sich dachte. Ein Wort gab das andere, ein Vorwurf folgte auf den anderen. Es war eine unerfreuliche Szene gewesen.

Eric hatte sich zwar sofort entschuldigt und kleinlaut ihr Zimmer verlassen. Aber Carens Ärger auf beide Männer blieb und wuchs noch. Wie ihr Wunsch, fort zu sein aus diesem Haus, fort von den Problemen, die sie belasteten. Aber wohin sollte sie? Zu wem konnte sie gehen, mit wem konnte sie reden? Sie war jahrelang fort gewesen und hatte, seit sie wieder in London war, ihre Freunde von damals noch nicht angerufen. Konnte sie das überhaupt, nachdem sie vor Jahren einfach fort gegangen war, ohne sich von ihnen zu verabschieden, ohne zu schreiben oder anzurufen? Nein, ihre damaligen Freunde kamen nicht in Frage. Sie hatte auch keine große Lust, diese zu sehen. Was sie mit diesen jungen Männern und Frauen verbunden hatte, war die Freude am Tennisspielen, Golfen oder Segeln gewesen, mehr nicht.

Ein sehr wichtiger Mensch in Carens Leben war einmal ihre Ballettlehrerin Milena Marenkova gewesen. Einst eine weltberühmte Primaballerina, ein gefeierter Star am Bolschoi-Theater in Moskau, war sie nach ihrer Flucht in den Westen viele Jahre lang die umjubelte Diva am Royal Opera House in London gewesen. Nach Beendigung ihrer Karriere wurde sie Lehrerin an der dem Opernhaus angeschlossenen Ballettakademie und arbeitete dort seitdem mit großem Erfolg. Caren liebte und bewunderte ihre Lehrerin sehr. Madame war damals fassungslos gewesen bei der Nachricht, dass ihre Lieblingsschülerin nie wieder würde tanzen können. Dass sie mit ihr nichts mehr gemein hatte, dass sie nur die Liebe zum Ballett geteilt hatten und nichts darüber hinaus, hatte Caren bei ihrem Besuch im Theater festgestellt. Gleich als sie aus Australien zurückgekommen war, hatte sie Madame Marenkova besucht. Und musste mit Bedauern feststellen, dass sie sich fremd geworden waren. Carens Freundinnen aus den Internatsjahren in Lausanne lebten in Frankreich, Italien und Argentinien. Sie waren alle mittlerweile verheiratet, mit ihrem eigenen Leben beschäftigt und auch zu weit fort, um einen engen Kontakt aufrechtzuerhalten. Aber Caren wollte gar nicht mit ihrer ehemaligen Lehrerin oder mit ihren Schulfreundinnen sprechen. Es zog sie mit Macht anderswo hin.

In Gedanken sah Caren sie vor sich, die große Familie Brentwood. Drei Generationen lebten zusammen unter dem Dach des alten gemütlichen Farmhauses einige Meilen nördlich von Sligo. Wie schön wäre es, mit Mummy wieder in der großen, heimeligen Küche mit den schönen alten Holzmöbeln zu sitzen, mit Daddy über Viehzucht und Ackerbau zu reden und sich von Granny und Grandpa von früher erzählen zu lassen. Als die beiden jung gewesen waren, war Irland noch kein freies Land, und ihre Geschichten waren spannend und aufregend gewesen. Sie würde Graham und Sean wiedersehen, Kians ältere Brüder, und vielleicht würde sich sogar die Gelegenheit ergeben, seine Schwestern Maureen, Megan und Sheena zu treffen, die mit ihren Familien in Sligo und Umgebung wohnten. Ob der kleine Matty sie noch erkennen würde? Bei Carens letztem Besuch war er drei Jahre alt gewesen und ein so zauberhafter kleiner Bursche, dass sie Kian gesagt hatte, sie wolle auch solch einen Jungen, genau so einen. Und er hatte versprochen, sein Möglichstes zu tun. Sie würden aber viel üben müssen, hatte er mit einem lausbubenhaften Grinsen hinzugefügt. Nicht daran denken! Nicht an Kian. Nicht an Matty, der mit seinem Märchenbuch gekommen war, die Seite mit Dornröschen aufschlug, mit seinem kleinen Zeigefinger auf das blonde

Mädchen deutete, das schlafend in einem hohen Lehnstuhl lag, und verschämt >Caren< sagte. Und quietschend vor Freude hatte er es zugelassen, dass sie ihn packte, hochhob und ‚wachküsste'. – Sie hatte Kian nicht mehr. Und auch keinen kleinen Jungen. Es tat weh. Es tat immer noch weh.

Caren sah die ganze Familie so deutlich vor sich und die Sehnsucht packte sie so heftig, dass sie erneut in Tränen ausbrach. Ohne lange zu überlegen warf sie die Bettdecke von sich, ging auf bloßen Füßen zum Schreibtisch und griff zum Telefon.

»Daddy? Hier ist Caren. Ich möchte euch alle so gerne sehen. Darf ich kommen?«, fragte sie, als sich ihr Schwiegervater meldete.

Keith Brentwood war ein ruhiger, besonnener Mann, der mit Herz und ganzer Seele Landwirt war. Wie viele schöne Gespräche hatten sie beide geführt. Wie sehr liebte sie diesen erdverbundenen Mann, der sein blondes Haar und seine schönen blauen Augen an seinen zweitjüngsten Sohn vererbt hatte.

»Wir warten schon auf dich, Kind«, sagte er nur.

Einen Moment lang konnte Caren vor Tränen nicht sprechen. »Das ist schön zu hören«, brachte sie dann heraus. »Darf ich schon morgen kommen?«

»Ja, natürlich. Soll dich jemand vom Flughafen abholen?«

Kian hatte also nicht erzählt, dass sie in seinem Haus zu Gast war. Auch nicht, dass sie mit seinem Freund gekommen war. Dann würde sie es auch nicht erwähnen, weil es im Moment das Einfachste war.

»Nein, ich... ich miete mir ein Auto.«

»Dann fahre schön vorsichtig, Kind. Wir freuen uns auf dich, sweetheart.«

»Bis morgen, Daddy. Ich freue mich riesig auf euch alle.«

9. Kapitel

Auf der Fahrt zu der Autovermietung in Clifden, bei der Caren am Abend zuvor einen Leihwagen bestellt hatte, saß Eric schweigend am Steuer seines Wagens. Caren hatte es so eilig fort zu kommen, dass sie beide nicht einmal gefrühstückt hatten. Mit ihrer gepackten Reisetasche war sie in sein Apartment gekommen, hatte ihm erzählt, was sie vorhatte und ihn gebeten, sie in die Stadt zu fahren.

Dass Caren nach Sligo wollte, zu Kians Eltern, traf Eric unvorbereitet, und er war wenig begeistert von dieser Idee. Wenn sie den Wunsch gehabt hätte, seine Eltern zu besuchen, die sie ja schließlich auch mal kennen lernen musste, hätte das für ihn einen Sinn ergeben. Immerhin wollten sie beide heiraten. Was um alles in der Welt wollte sie bei den Brentwoods? Sie lebte seit etlichen Jahren von Kian getrennt, sie wollte die Scheidung von ihm. Welchen Grund hatte sie also, zu seinen Eltern zu fahren? Eric verstand Caren zum wiederholten Male nicht. Wenn Kian erfuhr, dass sie bei seiner Familie war! Und ihr sofort nachfuhr! Und sich mit ihr versöhnte! Wenn er vor Tagen nicht zufällig gesehen hätte, wie Kian zum Strand hinunterging, bei diesem Regen, und nicht sofort geahnt hätte, dass er Caren nachging. Und wenn er nicht sofort hinterhergelaufen wäre, dann ... Eric mochte gar nicht darüber nachdenken, was hätte geschehen können.

»Warum willst du zu seinen Eltern?«, brach Eric irgendwann unterwegs das Schweigen, das seit der Abfahrt zwischen ihnen herrschte. »Ich verstehe nicht, was das soll.«

»Das hat nichts mit Kian zu tun«, versicherte Caren sofort. »Ich möchte sie alle nach der langen Zeit endlich wiedersehen.«

»Wir könnten zu meinen Eltern fahren.«

»Ich möchte meine Schwiegereltern besuchen, Eric.«

»Weiß Kian, dass du hinfährst?«

»Nein. Ich will auch nicht, dass er es erfährt.«

»Die Brentwoods werden es ihm sagen.«

»Nein, das werden sie nicht.«

»Weißt du das so sicher?«

»Ja, ganz sicher.«

Erics Gesicht sah weiterhin angespannt aus. »Ich will dich nicht verlieren, Caren«, sagte er stockend. Seine Stimme klang bedrückt. »Aber ich habe das Gefühl, ich verliere dich. Weil ich einen Fehler nach dem anderen mache. Weil ich mich so hilflos fühle und oftmals nicht weiß, was ich tun oder besser nicht tun soll. Das ist ein Scheißgefühl! Entschuldige bitte diesen Ausdruck. Aber genauso geht es mir im Moment.«

»Eric ...«

»Nein, sag jetzt nichts«, unterbrach er sie. »Wenn du zurückkommst, habe ich eine Lösung für uns gefunden. Das verspreche ich dir. Ich miete uns irgendwo ein Haus, ein Apartment, irgendetwas. Das hätte ich schon vor Wochen tun sollen. Verzeih mir, dass ich so egoistisch war und nur an meine Bequemlichkeit gedacht habe. Und nicht daran, wie du dich fühlst. Ich möchte, dass du wieder glücklich bist. Dass du mit mir glücklich bist. Ich liebe dich, Caren.«

»Ich liebe dich auch, Eric.«

»Versprich mir, dass du wiederkommst.«

»Natürlich komme ich zurück. Ich möchte einfach nur für ein paar Tage nach Sligo. Und danach werde ich froh sein, wieder bei dir zu sein.«

»Versprichst du mir das?«

»Ja, das verspreche ich dir.«

Jetzt lachte er endlich, sein umwerfendes, attraktives Lachen, und alles war wieder gut. Als Eric Caren zum Abschied küsste, tat er es sehr vorsichtig.

»Ich hasse ihn«, sagte er als er merkte, dass sie leicht zusammenzuckte.

»Tu es nicht, bitte. Ich habe das provoziert.«

»Ich weiß. Aber ich verstehe es nicht. Warum, Caren? Warum hast du es getan?«

»Er hat es verdient.«

»Was kümmert er dich noch?!«

Erics beim Abschied auf dem Hof der Autovermietung heftig hervorgestoßene Frage klang Caren während der Fahrt die Küste entlang in Richtung Norden noch lange im Ohr. Sie hatte ihm nicht darauf geantwortet. Es gab keine Antwort. In Gedanken spürte sie Erics Kuss auf ihrem Mund, lieb und sanft und zärtlich, und im Gegensatz dazu Kians Kuss, wild und leidenschaftlich und so vertraut. Obwohl Caren sich sehr bemühte, gelang es ihr nicht, die beiden Männer aus ihrem Kopf zu bekommen. Weder das Dunkelblau des Atlantiks noch das satte Grün der Weiden, auf denen der Tau in der Morgensonne glitzerte, nicht die sanften Hügel oder die zahlreichen Lochs, die sie passierte, konnten sie ablenken. Heute hatte sie keinen Blick für die Naturschönheiten Irlands.

Caren zwang sich, ihre Gedanken geradeaus zu richten. Sie wusste, alles würde gut sein, wenn sie ihr Ziel erreicht hatte. Wenn sie bei den Menschen angekommen war, bei denen sie sich zu Hause fühlte, geliebt, sicher und geborgen. Denn genau diese Gefühle brauchte sie im Moment: Liebe, Sicherheit, Geborgenheit. Etwas, das Bestand hatte. Nicht dieses Hin und Her der Emotionen, das sie seit Wochen erlebte, und das sie nicht mehr aushielt. Ihre unklaren Gefühle für Kian, über die sie nicht nachdenken wollte. Ihre ebenso unklaren Gefühle für Eric, über die sie genauso wenig nachdenken wollte. Die ganze Situation wuchs ihr über den Kopf. Kian jeden Tag zu sehen, war belastend und kaum auszuhalten. Erics Anwesenheit hätte ihr ein Gefühl von Sicherheit geben müssen. Er tat wirklich alles was er konnte. Er hatte keine Schuld daran, dass sie sich so zerrissen fühlte. Sie brauchte wieder Ordnung in ihren Gedanken und in ihren Gefühlen. Deshalb musste sie fort. Auch wenn es Eric nicht gefiel.

Als der Ben Bulben, der 500 m hohe Tafelberg, zu dessen bewaldeten Füßen Sligo lag, immer näher kam, wuchs Carens Ungeduld. Sie konnte es kaum erwarten, endlich den Turm der St. Paul's Cathedral vor sich auftauchen zu sehen, der ihr anzeigen würde, dass sie ihr Ziel fast erreicht hatte. Dann musste sie nur noch durch die Stadt hindurch fahren, den Garavogue-River überqueren, ihren Wagen in Richtung Hafen lenken, wo sie sich durch das Gewühl von Einheimischen und Touristen kämpfen musste, und einige wenige Meilen außerhalb der Stadt würde das vertraute alte Haus auftauchen … und sie würde nach Jahren endlich wieder daheim sein.

Sligo, eine hübsche Kleinstadt, die eingebettet in eine wald- und seenreiche Landschaft von Bergen und sanften Hügeln umgeben am Atlantik lag, wirkte immer noch so, wie Caren sie kennen gelernt hatte. Nichts zerstörte den Eindruck, den sie vor fünf Jahren gewonnen hatte. Sie hatte sich damals sofort in die Stadt, in die Landschaft, in das Meer verliebt. Auch die zahlreichen Geschichten über seine Heimat, die Kian ihr erzählt hatte, hatten sie begeistert. Keine dieser Geschichten hatte sie vergessen. Nicht die zauberhaften Märchen von Feen, Elfen und Kobolden, die es nur in Irland und dort nur in der Grafschaft Sligo gab. Nicht die Geschichten von Sagenköniginnen und heldenhaften Königen. Auch nicht, dass William Butler Yeats, der große irische Dichter und Nobelpreisträger, in Sligo aufgewachsen war. Mit Überraschung und Freude hatten Kian und Caren entdeckt, dass sie beide Yeats verehrten. An einem verregneten Tag besuchten sie das Yeats Memorial Building und standen später Hand in

Hand vor seinem Grab in Drumcliff, wo er schließlich seine letzte Ruhestätte gefunden hatte. Zu Hause im Bücherschrank fanden sie einen Band seiner Gedichte und eng aneinandergekuschelt auf dem Sofa liegend hatten sie gemeinsam darin geblättert und sich gegenseitig daraus vorgelesen. Caren sah die Szene so deutlich vor sich, als wäre es erst gestern gewesen, dass sie in Kians Armen lag.

Carens Gedanken blieben eine Weile bei der angenehmen Erinnerung, als sie vor fünf Jahren das erste Mal nach Sligo gekommen war und Kians Familie kennen gelernt hatte. Wie glücklich sie damals gewesen war. Sie hatte sich auf den ersten Blick verliebt, in seine Eltern, in seine Großeltern, in seine drei Brüder und drei Schwestern. Sie wurde von ihnen so herzlich aufgenommen, dass sie sich sofort wie zu Hause gefühlt hatte und nur sehr ungern nach London zurückgekehrt war. Am liebsten wäre sie mit Kian in Irland geblieben. Aber er verdiente in England sein Geld, sie mussten zurück. Schweren Herzens sah Caren das ein. Erst zu Weihnachten waren sie wiedergekommen, nur für wenige Tage, da Kian mit seiner Band etliche Auftritte im Großraum London hatte und nicht länger fortbleiben konnte. Da waren sie beide ein halbes Jahr verheiratet gewesen und er hatte sich verändert. Wenn Caren an all seine Eifersuchtsszenen dachte, wurde ihr heute noch schlecht. Auf seine Brüder Sean und Graham war er eifersüchtig gewesen, auf seinen kleinen dreijährigen Bruder, auf seine ehemaligen Schulfreunde, er war eifersüchtig auf jeden Mann, mit dem sie sprach. So gab es auch in Sligo die Erinnerung an einige heftige Szenen. Aber auch an Nächte voller Liebe und Leidenschaft und die Gedanken an Sex auf einer einsamen Wiese in einer Waldlichtung am Lough Gill in ihren Flitterwochen. Das war an einem schwül-warmen Tag im Juni gewesen, bei einem heftigen Sommerregen, der auf ihre heiße Haut prasselte und sich mit dem Schweiß ihrer Körper vermischte. Es war schön gewesen, einfach nur schön. Das waren die Erinnerungen, die letztlich blieben. Nicht die Gedanken an wütende lautstarke Szenen, sondern an Liebe, Zärtlichkeit und Leidenschaft. Es wäre besser, wenn es umgekehrt wäre, darüber war Caren sich im Klaren. Dann würde es ihr sicher leichter fallen, Kian endgültig zu vergessen.

Wenn sie ihn vergessen wollte, warum fuhr sie dann ausgerechnet nach Sligo, in seine Heimat, zu seiner Familie? Auch Eric verstand es nicht. Er verstand nicht, dass sie fahren musste, weil ihre Sehnsucht über die Vernunft siegte. Nach all den Jahren, in denen sie nur geschrieben oder angerufen hatte, war ihre Sehnsucht jetzt so groß, dass sie es nicht länger aushielt. Sie musste die Brentwoods wiedersehen. Caren war achtzehn gewesen als sie mit Kian das erste Mal nach Sligo gekommen war, und alles was sie damals brauchte, war Liebe, Wärme und Geborgenheit. Und das hatte sie in Irland bei Kians Familie gefunden. Sofort als sie das Haus betreten hatte, als sie die ganze große Familie kennen lernte, wusste sie, dass sie nach Hause gekommen war. Es war ein schönes Gefühl, sie hatte sich so lange danach gesehnt. Die Liebe, die sie von den Brentwoods bekam, gab Caren aus vollem Herzen zurück. Sie liebte diese Menschen, sie waren ihre Familie. Daran würde sich niemals etwas ändern. Auch wenn ihr Verhältnis zu ihren eigenen Eltern heute ein besseres war.

Die große Kastanie stand immer noch rechts neben der Hofeinfahrt. Der Garten mit den knorrigen alten Obstbäumen, den blauen und rosa Hortensienbüschen und den vielen Blumenbeeten, die Rosenstöcke vor dem Haus, die Hühner, die auf dem Hof in der Erde scharrten, die offenstehenden Fenster mit den im Wind sanft wehenden schneeweißen Gardinen, die offene Haustür, alles war vertraut. Nichts hatte sich in all den Jahren verändert. Auch ihre Schwiegermutter, die sofort in der

Haustür erschien, als Caren mit ihrem Wagen in die Hofeinfahrt bog, hatte sich nicht verändert. Sie sah immer noch so hübsch und rosig aus, ihre Figur ein wenig üppig, in den kastanienbraunen Haaren immer noch kein Grau, das Gesicht immer noch pfirsichglatt. Die Fältchen um ihre Augen verrieten, dass sie gerne lachte. Die ganze Familie lachte gerne.

»Mummy!«

»Caren! Mein Liebling!«

Sie fielen sich um den Hals, lachten und weinten gleichzeitig und sahen sich immer wieder an.

»Ich bin wieder zu Hause«, sagte Caren glücklich.

»Schön, dass du da bist. Ich bin so froh, dass du endlich wieder bei uns bist.«

»Es wurde höchste Zeit, dass du kommst«, sagte eine Stimme im Hintergrund. »Du warst viel zu lange fort.«

Und wieder gab es Umarmungen und Tränen, als Caren Granny begrüßte.

»Du bist ja noch schöner geworden, mein Engelchen«, sagte die alte Frau zärtlich.

»Danke für das Kompliment, Granny.« Lachend nahm Caren sie noch einmal in den Arm und drückte sie herzlich.

»Es geht dir gut, sweetheart, nicht wahr? Du hast es nicht nur so geschrieben, damit wir uns keine Sorgen machen.« Die alte Frau hielt sie ein Stück von sich ab und sah ihr prüfend ins Gesicht.

»Nein, Granny, es geht mir wirklich gut. Es ist alles in Ordnung.«

Es schien, als wolle Rose Brentwood spontan auf Carens letzte Worte antworten. Sie fing jedoch den warnenden Blick ihrer Schwiegertochter auf und machte den Mund wieder zu. Vorerst würde sie also schweigen. Aber sie ließ sich von niemandem den Mund verbieten!

Erleichtert legte Liz ihre Arme um Caren und Granny. »Kommt ins Haus, ihr beiden«, sagte sie herzlich. »Jetzt gibt es erst einmal eine Tasse Tee. Und dabei erzählst du uns alles.«

Als Caren durch die dunkelgrüne, schwere Holztür mit dem dicken Bronzeknauf, der von den Händen zahlreicher Brentwood-Generationen ganz blank gerieben war und dessen Berührung laut Familienchronik Glück bringen sollte, das Haus betrat, atmete sie tief ein. Es roch genauso wie damals, ein Gemisch aus frischgebackenem Kuchen, Landbrot mit selbstgemachter Butter, Äpfeln, Zwiebeln und einem Hauch von Knoblauch, und sie empfand bei diesen Gerüchen das tiefe Gefühl des Nachhausegekommenseins. Sogar die getrockneten Strohblumen und Kräuterbündel, die genau wie damals überall in der langgestreckten Diele von den Holzbalken herunterhingen, fehlten nicht.

»Ich bin zu Hause«, sagte Caren noch einmal und lachte glücklich. »Ich kann noch gar nicht glauben, dass ich wirklich hier bin.«

»Versprich, dass du uns nie wieder so lange warten lässt«, verlangte Granny.

»Oh ja, das verspreche ich. Ich habe euch alle so schrecklich vermisst.«

»Wir dich auch, Kind«, sagte Liz. »Aber nun komm. Jetzt gibt es Tee und ein Stück Apfelkuchen. Den hat Granny heute Morgen extra für dich gebacken.«

Liz schob Schwiegermutter und Schwiegertochter in die gute Stube, die für gewöhnlich nur am Sonntag und sonstigen hohen Feiertagen von der Familie genutzt wurde, in der sie aber heute ausnahmsweise den Teetisch gedeckt hatte.

Als sie kurze Zeit später mit der Teekanne in der Hand den Raum betrat, sah sie Caren und Granny an dem alten Sekretär stehen, auf dem die Fotos aller Familienmitglieder in hübschen, sorgfältig ausgewählten Rahmen standen. Hatte Caren vergessen, dass sie beide vor Jahren auch dort gestanden und die Kinderbilder von

Kian und seinen Geschwistern angesehen hatten? Sie musste doch wissen, dass nach ihrer Heirat auch das Hochzeitsfoto von ihnen beiden dort seinen Platz gefunden hatte. Aber anscheinend war sie ahnungslos mit Granny mitgegangen. Und diese hatte die Situation natürlich sofort ausgenutzt.

Granny hielt einen Bilderrahmen in der Hand, in dem ein großes Foto steckte, das Kian und Caren nach dem Verlassen der Kirche zeigte. Sie standen auf der alten, moosbewachsenen Steintreppe, Caren in ihrem hübschen Brautkleid, auf ihrem Haar der Blütenkranz, den Kians Schwestern für sie geflochten hatten, Kian neben ihr in seinem feierlichen dunklen Anzug. Beide so gutaussehend und so unbeschreiblich glücklich. Sie hielten sich an den Händen, jetzt Mann und Frau, und sahen sich an. Es war ein wunderschönes Bild. Das Kleid, das Liz vor Jahrzehnten bei ihrer eigenen Hochzeit getragen und das Granny und sie für Caren umgearbeitet hatten, war so hübsch geworden, dass die junge Braut den beiden überglücklich um den Hals gefallen war.

Für ein Mädchen ihres Alters und ihrer Herkunft war Carens Verhalten in jeder Beziehung erstaunlich gewesen, erinnerte sich Liz. Ihre Eltern waren gegen die Heirat, ihr Vater vor allem. Er hatte sie enterbt, sie war völlig mittellos. Trotzdem war sie nicht böse auf ihn. Sie war nicht einmal traurig, dass sie kein Brautkleid haben würde, sondern überlegte mit ihren Schwägerinnen, welches ihrer hübschen Sommerkleider sie zur kirchlichen Trauung anziehen solle. Sie war Liz glücklich um den Hals gefallen, als diese ihr anbot, sie könne ihr ehemaliges Brautkleid haben. Caren war überhaupt anders als die meisten Mädchen ihres Alters. Liz hatte sich immer Sorgen darüber gemacht, was für ein Mädchen Kian einmal heiraten würde. Das war bei seinen häufig wechselnden Freundinnen eine sehr berechtigte Frage. Keines der Mädchen, die er mit nach Hause brachte, hatte ihr gefallen. Bei

Caren war das anders. Die liebte Liz auf den ersten Blick, der ganzen Familie ging es so. Kian hatte Glück, dass er sie gefunden hatte. Liz machte sich um ihren Jungen keine Sorgen mehr. Sein Gesicht leuchtete vor Liebe, seine Augen strahlten vor Glück. Und Caren sah genauso aus. Sie war überhaupt einfach nur glücklich gewesen und hatte die gesamte Familie mit ihrer Glückseligkeit angesteckt. Wie sehr sie Kian liebte, sah man ihr an. Und er liebte dieses schöne Mädchen genauso sehr. Der ganze große Brentwood-Clan samt Freunden und Bekannten freute sich mit den beiden und feierte ausgiebig drei Tage lang die Hochzeit.

Carens Mutter war am Abend vor der standesamtlichen Trauung in Irland eingetroffen. Liz erinnerte sich noch heute an das heftige Herzklopfen, das sie vor dem gemeinsamen Dinner gehabt hatte, zu dem Lady Ashleigh eingeladen hatte.

»Wir sind, wie wir sind«, hatte Keith auf seine ruhige, unerschütterliche Art gesagt. »Wenn sie damit nicht klar kommt, ist das ihre Sache.«

Zusammen mit Kian und Caren waren sie nach Rosses Point gefahren, zum dortigen Golf Club, in dem Carens Mutter für eine Nacht eine der Luxussuiten bewohnte. Beim Dinner hatte Liz mit Erleichterung festgestellt, dass keine ihrer Befürchtungen eintraf. Lady Ashleigh war eine sehr schöne Frau, die Stil und Klasse und eine natürliche Eleganz hatte, und dabei völlig ohne Allüren war. Sie schaffte es mit Charme und Feingefühl, beim Aperitif ihre Gründe darzulegen, warum ihr Mann und sie gegen die geplante Heirat waren, ohne die Gefühle der Brentwoods zu verletzen.

»Ich verstehe Sie«, hatte Keith geantwortet. »Unsere Kinder sind zwar noch sehr jung. Aber wir sollten ihnen keine Steine in den Weg legen. Sie lieben sich.«

Kian und Caren hatten nichts dazu gesagt. Für sie gab es nichts mehr zu sagen. Sie saßen nebeneinander, hielten sich an den Händen und sahen sich immer nur an. Jeder, der einen Blick auf das junge Paar warf, konnte sehen, dass Keith Recht hatte.

Es war ein angenehmer Abend gewesen, an dem sich alle glänzend unterhielten. Es wurde über alles Mögliche gesprochen, aber nicht mehr über die beabsichtigte Eheschließung. Auch nicht darüber, dass Lady Ashleigh nicht zur kirchlichen Trauung blieb. Sie hatte das Übereinkommen mit ihrem Mann geschlossen, dass sie an der standesamtlichen Trauung teilnehmen würde, nicht jedoch an der kirchlichen. Diesem Kompromiss hatte der Lord mit unbeweglicher Miene zugestimmt.

Lord Ashleigh hatte seiner Frau eine Forderung an Caren mit auf den Weg gegeben, die sie mit viel Taktgefühl übermittelte. Trotzdem konnte Kian nur mit Mühe eine unfeine Bemerkung unterdrücken. Sein Vater hatte lange auf ihn eingeredet und schließlich hatte er zugestimmt, dass Caren nicht sofort mit der Eheschließung ihre englische Staatsbürgerschaft aufgeben, sondern ein Jahr damit warten würde. Kian hatte genau gewusst, welche Beweggründe des Lords dahinter steckten, und er war sehr wütend gewesen. Lady Ashleigh übermittelte die Drohung ihres Gatten, die monatlichen Zahlungen für Carens Ballettausbildung sofort einzustellen, wenn sie seinem Wunsch nicht entsprechen würde.

»Es ist doch nur für ein Jahr«, hatte Caren völlig arglos zu Kian gesagt.

Liz sah ihrem Sohn an, dass er genau wusste, dass sein Schwiegervater davon überzeugt war, dass ihre Ehe kein Jahr halten würde. Und Caren würde keine Irin, sondern immer noch Engländerin sein ... nach der Scheidung. Ohnmächtige Wut, Hass und Zorn spiegelten sich deutlich in seinem Gesicht. Sie war voller Mitleid mit ihrem Jungen. Und zum ersten Mal tauchte die bange Frage in ihr auf, ob Kian das Richtige tat. Caren liebte ihn, daran bestand kein Zweifel. Aber ihre Familie würde ihn niemals akzeptieren. Er war noch so jung, und er war sehr verletzlich, obwohl er das nie zugeben würde. Konnte er wirklich über diese Ablehnung so einfach hinweggehen, wie er im Gespräch mit seinem Vater behauptet hatte? Die leise Angst, die Liz plötzlich empfand, verließ sie lange Zeit nicht.

Keith hatte in seiner ruhigen, sachlichen Art diese heikle Situation sofort entschärft. »Caren hat recht. Es ist nur für ein Jahr. Sie muss ihre Ausbildung beenden. Außerdem lebt ihr in England. Da ist es sicher nicht verkehrt, wenn einer von euch die englische Staatsbürgerschaft hat«, hatte er zu Kian gesagt.

Nach einer leise geführten, hitzigen Diskussion zwischen Vater und Sohn hatte Kian schließlich zugestimmt. Er hatte Carens Hand genommen, einen Kuss darauf gedrückt und gefragt: »Ist es für dich wirklich in Ordnung?«

»Ja. Und für dich?«

»Wenn du nach diesem Jahr Irin wirst, ist es okay für mich.«

»Das werde ich.«

»Schwöre.«

»Ich schwöre es.«

Liz sah diese Szene deutlich vor sich. Die beiden hatten sich mit so viel Liebe in den Augen angesehen, dass ihr ganz warm ums Herz geworden war. Ob Lady Ashleigh auch so empfand, ließ sie sich nicht anmerken.

Sowohl auf dem Standesamt als auch in der Kirche waren Megan, Kians älteste Schwester, und Rory, Kians Freund aus Kindertagen, die Trauzeugen. Ein Fotograf machte unzählige Bilder, vom Brautpaar, von der Hochzeitsgesellschaft, bei der Trauungszeremonie, beim Essen, beim Tanzen. Es waren sehr schöne Fotos, die sich die Familie immer wieder gerne ansah. Seit einigen Jahren jedoch mit großem Bedauern, dass diese Ehe nicht gehalten hatte.

Es gab nur Vermutungen darüber, warum Caren Kian verlassen hatte. Er sprach nicht darüber. In all den zurückliegenden Jahren hatte er nie ein Wort darüber gesagt. Und irgendwann hörten sie auf, ihn zu fragen. Liz hatte das ungute Gefühl, dass all diese Fragen Kian dazu bewogen hatten, sich dieses Haus zu kaufen, das so schrecklich weit von Sligo entfernt war. Zum Glück lebte er nicht allein dort, sondern mit seinen vier Freunden zusammen. Er rief oft an und er kam, wann immer sein vollgepackter Terminkalender ihm die Zeit dazu ließ. Aber nie sprach er von Caren. Nicht mit ihr, nicht mit seinen Geschwistern, nicht einmal mit Granny, die ihm doch so nahe stand. Es sah so aus, als habe er Caren vergessen. Seit Liz jedoch einmal beobachtet hatte, wie er vor dem Sekretär stand und gedankenverloren auf das Hochzeitsbild schaute, und sie sein bleiches, verzweifeltes Gesicht gesehen hatte, kannte sie die Wahrheit. Obwohl die Zeitungen voll waren mit Geschichten und Fotos von ewig wechselnden Freundinnen, liebte Kian Caren immer noch. Es bereitete Liz großen Kummer, dass sie nicht wusste, wie sie ihrem Sohn helfen konnte. Aber jetzt war Caren da. Wie diese heute zu Kian stand, hoffte Liz in den nächsten Tagen herauszufinden.

Liz' Gedanken kehrten in die Gegenwart zurück. Sie sah ihre Schwiegermutter mit dem Hochzeitsbild in der Hand, das sie Caren entgegenhielt, damit diese es auch gut sehen konnte. Caren sah eine Weile schweigend auf das Bild, dann schlug sie die Hände vor das Gesicht und weinte.

»Kian reagiert auch immer so«, hörte Liz ihre Schwiegermutter sagen. »Du liebst ihn also auch noch. Warum seid ihr dann nicht zusammen?«

Bei jedem Wort, das die alte Frau sprach, schien Caren nur noch mehr zu weinen. Liz war voller Mitleid für das Mädchen.

»Mutter, bitte!«

»Sie sagt, es ist alles in Ordnung. Wie kann alles in Ordnung sein, wenn sie ohne den Jungen hierher kommt?«, schimpfte Granny. »Warum tust du so, als sei es das Selbstverständlichste auf der Welt? Warum ...«

»Halte dich bitte an unsere Abmachung«, fiel ihr Liz ärgerlich ins Wort.

»Wenn sich hier jeder an irgendwelche Abmachungen hält, kommen die beiden nie wieder zusammen«, brummelte die alte Frau.

Die Stimmung war verdorben. Caren weinte so sehr, dass sie nicht zu beruhigen war. Liz brachte sie schließlich hinauf ins Gästezimmer, steckte sie ins Bett und saß lange Zeit bei ihr, ohne ein Wort zu sagen. Sie streichelte nur tröstend über das lange blonde Haar. Erst als das Weinen nachließ und Caren einschlief, verließ Liz das Zimmer.

Es war beinahe Zeit fürs Abendessen als Caren erwachte. Ein Blick auf ihre Armbanduhr zeigte ihr, dass sie fast zwei Stunden geschlafen hatte. Sie räkelte sich wohlig unter ihrer leichten Decke und fühlte sich erfrischt und ausgeruht. Sie sah sich um und erkannte an dem schönen alten Bauernschrank, der Kommode und dem Schreibtisch am Fenster, dass sie sich in Sheenas früherem Mädchenzimmer befand, das nun als Gästezimmer diente. Der Sessel vor dem Schreibtisch, die Leselampe und das französische Bett waren neu. Die rosa Blümchen waren ersetzt worden durch eine weiße Tapete mit feinem hellblauem Blattmuster. Hellblau war auch der Bezug des Sessels, die Farbe der Übergardinen und des Bettüberwurfes. Es war ein behaglicher, gemütlicher Raum, so wie alle Zimmer des Hauses eine gediegene Gemütlichkeit ausstrahlten, in der man sich sofort wohlfühlte.

Caren kuschelte sich noch einmal in ihre Decke, um diesen Augenblick des vollkommenen Glücks noch einen Moment festzuhalten. Ihr Magen signalisierte ein starkes Hungergefühl, das ihr klarmachte, dass sie den ganzen

Tag noch nichts gegessen hatte. Nicht einmal von Grannys Apfelkuchen hatte sie probiert, weil ... Auch als jetzt die Szene am Sekretär in ihre Erinnerung trat, fühlte sie sich vollkommen ruhig. Hatte sie denn wirklich geglaubt, sie könne nach Sligo fahren, ohne dass die Gedanken an Kian sie begleiteten? Die Wahrheit war, sie hatte nicht darüber nachgedacht. Sie war einfach losgefahren ohne zu bedenken, dass die Erinnerungen an ihn hier auf sie einstürmen würden. Dazu hatte es gar nicht Grannys Unterstützung bedurft.

Caren dachte an ihre Hochzeit zurück, an die schlichte Zeremonie auf dem Standesamt und zwei Tage später den sehr feierlichen, auf sie jedoch fremd und beinahe einschüchternd wirkenden katholischen Gottesdienst in der Kirche. Kian, der genau wusste, wie sie sich fühlte, hatte ihre Hand kaum losgelassen. Das Haus und der Garten waren voll mit ausgelassen und fröhlich feiernden Menschen gewesen. Mit Hilfe von Sean und Graham waren sie ihnen nach Mitternacht schließlich entwischt, um nach Rosses Point in die Flitterwochen zu fahren. Ihr dreitägiger Aufenthalt in einer hübschen Suite des Golf Clubs war das Hochzeitsgeschenk ihrer Mutter gewesen, das einzige, das Kian von den Ashleighs angenommen hatte. Sie waren sich beide einig darin, dass dies das nützlichste Geschenk von allen war, denn es ermöglichte ihnen, ihre ersten gemeinsamen Nächte völlig ungestört zu verbringen. Trotz all seiner Erfahrung war Kian genauso nervös gewesen wie sie. Sehr einfühlsam, sehr liebevoll und unendlich zärtlich hatte er sie zur Frau gemacht.

Das waren die schönen Erinnerungen, Tage voller Glück und Lachen und Sonnenschein. Aber es gab auch die andere Seite ihrer Ehe. Dunkle Zeiten, an die Caren nicht gerne zurückdachte. Hatte ihre Liebe zu Kian sie so blind gemacht, dass sie seine Veränderung nicht sofort bemerkte? Welche Fehler hatte sie gemacht? Hatte sie ihn zu sehr umsorgt? War sie ihm zu unerfahren gewesen? Warum brauchte Kian plötzlich all diese Mädchen? Warum genügte sie ihm nicht mehr? Und gleichzeitig war da seine Eifersucht, die sie nie verstanden hatte, die er ihr hinterher auch nie begründen konnte. >Ich bin ein Idiot, Prinzessin. Bitte, verzeih mir<, hatte er immer nur gesagt. Und Caren war zu froh gewesen, dass er nicht mehr so wütend und so fremd war, dass sie sich damit begnügte und nicht weiter fragte. Bis zur nächsten Szene, die bald folgte. Bis zur nächsten Affäre, die genauso bald folgte. Bis es eines Tages keine Ausreden mehr für sie gab. Da musste sie den Tatsachen ins Auge sehen. Da musste sie zugeben, dass ihre Ehe gescheitert war. Kian liebte sie nicht mehr. Alles sprach dafür. Sie hatte es nur nicht sehen wollen. Aber als sie ihn und das Mädchen in dem Hotel sah, wusste sie, dass es vorbei war. Da gab es keine Ausflüchte mehr. Nur noch Schmerz. Nur noch Erinnerungen. Erinnerungen an Sommertage im Park, Barfußlaufen im Gras, Schaukeln auf dem Kinderspielplatz in der Nacht, händchenhaltend im Kino, Wange an Wange auf der Straße tanzend, während das Autoradio ‚Moon River' spielte, Billardspielen mit seinen Freunden in dieser furchtbar verräucherten Kneipe in Kings Cross, endlose Debatten über Filme, die sie gesehen, über Bücher, die sie gelesen hatten. Sie waren nicht immer einer Meinung gewesen und die Diskussionen über alles Mögliche hatten ihnen großen Spaß gemacht.

Hätte sie öfter mit ihm fahren sollen, wenn er auswärts Auftritte hatte? Caren hatte Kian nicht so oft begleiten können, wie sie gerne wollte und wie Kian es sich wünschte. Kurz vor dem Abschluss ihrer Ballettausbildung wurde ihr tägliches Training immer härter, immer intensiver und schloss irgendwann auch die Wochenenden mit ein. Sie konnte nicht fort aus London. Warum hatte sie Kian das nicht verständlich machen können? Streit und Szenen, Entschuldigungen und Versöhnung, so sah irgendwann ihr Zusammenleben aus. Dieses Auf und Ab der Gefühle belastete Caren sehr. Ihre Ehe war plötzlich kein Ort mehr, an dem sie sicher sein konnte, von Kian geliebt zu werden und niemals ohne ihn zu sein. Wie schön war es gewesen, wenn er nach tagelanger Abwesenheit nach Hause kam. Wie die Wilden waren sie übereinander hergefallen und oftmals tagelang nicht aus dem Bett gekommen. Kian war alles, was sie brauchte, was sie wollte und was sie liebte. Die Vorstellung, einmal ohne ihn zu sein, machte ihr Angst. >Ich werde immer bei dir sein<, versprach er. Und sie glaubte ihm.

Die Erinnerung an einen Abend im August in London kam. Kian und sie waren gerade acht Wochen verheiratet, glücklich wie am ersten Tag - nein, viel, viel glücklicher - und in ihrer Romantik wohl von niemandem zu übertreffen. Der Sommertag in der Stadt war stickig gewesen, der Himmel, grau vom Smog, sah auch am Abend noch schmutzig aus.

»Man sieht keinen Stern am Himmel«, hatte Caren enttäuscht gesagt. »Ich wollte dir so gerne einen Stern zeigen, den ich dir schenke, wenn wir einmal reich sind.«

»Diesen Stern möchte ich unbedingt sehen«, hatte Kian geantwortet.

»Schließ die Augen und stelle ihn dir vor.«

»Nein, ich will, dass du ihn mir zeigst. – Komm, wir gehen ihn suchen.«

Sie waren in den alten VW-Bus gestiegen und durch die Nacht gefahren, bis sie kurz nach Mitternacht die Kanalküste erreichten. Und dort waren die Sterne, und sie hatten im Sand gelegen, eng umschlungen, und zum Himmel hinaufgesehen.

»Der dort, der ist es«, hatte sie gesagt und ihm einen schönen leuchtenden Stern gezeigt.

»Er gefällt mir«, hatte Kian geantwortet, bevor er sie küsste. Und dann hatten sie sich geliebt. Und dann war nur noch Kian da gewesen, keine Sterne mehr, kein Rauschen der Wellen, kein Wind. Nur er.

Mit Kian zusammen zu sein, war wie die Fahrt auf einem Karussell, das sich immer schneller drehte. Es war ein Leben voller Liebe und Leidenschaft, voller Freude, Lachen und Aktivität. Er steckte sie an mit seiner überschäumenden Lebenslust und machte sie zu einem ganz anderen Menschen. Kian war ein Sonnyboy. Mit ihm zusammen machte alles Spaß, das ganze Leben. Sein herzliches, unbekümmertes Lachen war ansteckend. Caren liebte dieses Lachen, sie liebte diesen Mann. Nach all dem Abschiednehmen von geliebten Menschen, nach all den Neuanfängen und der erneuten Suche nach Wärme und Geborgenheit, die ihre Kindheit geprägt hatten, fühlte Caren sich zum ersten Mal in ihrem Leben vollkommen sicher. Sie wusste, sie wurde geliebt, sie würde nie wieder allein sein. Aber das war eine Illusion. Sie hatten einen wundervollen gemeinsamen Sommer, aber als der Winter kam, war es vorbei. Nach acht Monaten Ehe stand Caren vor den Scherben ihrer großen Liebe, und sie war wieder allein und einsamer als je zuvor.

Das alles war jedoch Vergangenheit und längst bedeutungslos geworden. Heute brauchte sie Kian nicht mehr. Ihr Weinen vorhin lag nur an der Erschöpfung der letzten Tage und natürlich auch ein wenig an den sentimentalen Erinnerungen an schöne Zeiten. Aber es hatte nicht den Hintergrund, den Granny jetzt darin sehen mochte. Caren bedauerte, dass diese sich nun Hoffnungen machen würde, die sie nicht erfüllen konnte.

Durch das weit offen stehende Fenster mit Blick in die prächtige Krone der alten Kastanie hörte Caren das Lachen der Brentwood-Männer, die von der Feldarbeit nach Hause kamen. Von unten aus der Küche klangen viele muntere Stimmen und Kindergeschrei zu ihr herauf. Megan, Maureen und Sheena waren mit Ehemännern und Kindern gekommen, um sie zu begrüßen. Carens Herz klopfte vor Freude, sie alle in wenigen Minuten wieder zu sehen. Sie sprang aus dem Bett, fuhr sich im Bad nur kurz über Gesicht und Haar und lief dann so schnell sie konnte die alte, knarrende Holztreppe hinunter in Richtung Küche, zu ihrer Familie.

10. Kapitel

Als Caren und Matty auf den Hof gefahren kamen, stand Liz bereits wartend in der Haustür und lachte ihnen entgegen.

»Na, ihr beiden. Da seid ihr ja«, sagte sie, während sie ihren Sohn und ihre Schwiegertochter gleichzeitig in den Arm nahm und an sich drückte.

»Wir waren Eis essen am Hafen«, erzählte Matty aufgeregt, nachdem er sich aus der mütterlichen Umarmung befreit hatte. »Caren hat mich von der Schule abgeholt. Das war eine Überraschung, ich wusste nicht, dass sie kommt. Und dann sind wir zum Hafen gefahren. Und alle meine Schulfreunde haben mich gesehen und ich wette, sie waren alle ganz neidisch.« Während er eifrig erzählte, ließ er Carens Hand nicht los.

Diese sah zärtlich auf ihn hinab. »Wir hatten viel Spaß, Mummy. Ich habe noch nie so gutes Eis gegessen. Und ich habe mich noch nie so gut mit einem jungen Mann unterhalten wie heute. Vielen Dank für diesen schönen Nachmittag, Matty.«

»Ich danke dir für deine Einladung, Caren«, sagte der kleine Junge strahlend.

Lächelnd ging Caren in die Hocke, nahm Matty in den Arm und drückte ihn an sich.

»Ja, ihr beiden versteht euch, das sehe ich. – Nun aber schnell ins Haus, Matty. Schuluniform ausziehen, bei Granny Kakao und Kekse abholen und dann geht es an die Übungslektionen.«

»Och, Mummy. Können wir nicht mal eine Ausnahme machen, weil Caren da ist?«

»Seit wann werden bei Brentwoods Ausnahmen gemacht? Und Caren ist auch noch da, wenn du mit deinen Aufgaben fertig bist.«

»Liest du mir nachher was vor, Caren?«

»Aber ja. Das habe ich doch versprochen.«

»Bis nachher, Caren.«

»Bis nachher, mein Schatz.«

Liz und Caren sahen Matty nach wie er im Haus verschwand. Liz wusste um seine große Liebe zu Caren, die ganze Familie wusste es. Aber keiner zog ihn damit auf.

»Ich bin so froh, dass wir uns in den zurückliegenden Jahren nicht fremdgeworden sind«, bekannte Caren.

»Matty hat immer wieder von dir gesprochen. Jetzt ist er natürlich überglücklich, dass du endlich gekommen bist. Wie wir anderen auch.«

»Ich auch, Mummy. Ich weiß gar nicht, wie ich es all die Jahre ohne euch ausgehalten habe. Ich hab es ja gar nicht ausgehalten …«

Liz sah die Tränen in Carens Augen, und sie fühlte ihre eigenen feucht werden. Bevor es anfing, zu rührselig zu werden, sagte sie entschieden: »Bitte, fahre raus aufs Feld zu Keith und bringe ihm seinen Nachmittagstee. Dann kann ich mit Granny in den Garten zum Beerenpflücken. Sie hat sich in den Kopf gesetzt, zum Nachtisch heute Stachelbeerkuchen zu backen und morgen will sie mit dem Marmeladekochen anfangen.«

»Ich fahre sehr gerne zu Daddy«, sagte Caren mit leuchtenden Augen.

Liz schickte Caren nicht ohne Hintergedanken zu ihrem Mann aufs Feld. Sie hatte extra auf Carens Rückkehr gewartet und war nicht schon vorher selber gefahren. Sie wollte den beiden Gelegenheit zu einem Gespräch geben. Sie hoffte, Caren würde sich Keith öffnen und mit ihm darüber sprechen, was die ganze Familie wissen wollte: wie sah ihre Beziehung zu Kian aus? Sean und Graham hatten gestern Abend versucht, etwas zu erfahren, als sie mit Caren beim Bier in einem Pub in Sligo waren. Wo sie gescheitert waren, war Granny am Morgen bei der gemeinsamen Gartenarbeit deutlicher geworden. Caren war jedoch den versteckten Andeutungen ihrer Schwager sowie den offenen Fragen von Granny geschickt ausgewichen.

Mit Liz' Landrover brauchte Caren nur wenige Minuten, bis sie die Weide erreichte, auf der Keith Brentwood Zäune reparierte. Als er das Motorengeräusch hörte, blickte er von seiner Arbeit hoch und winkte Caren zu. Sie stellte den Wagen am Feldrand ab, nahm den Korb von der Rückbank und ging ihrem Schwiegervater entgegen.

»Teepause, Daddy«, rief sie ihm zu.

»Schön, dass du kommst. Mein Appetit auf eine Tasse Tee begann sich gerade zu regen«, gestand Keith. Er holte ein Taschentuch hervor und wischte sich den Schweiß vom Gesicht. »Ich hoffe, du hast eine Tasse für dich mitgebracht und leistest mir Gesellschaft.«

»Oh ja, das habe ich. Ich freue mich schon sehr auf das Picknick mit dir, Daddy.«

»Das ist schön, sweetheart.« Keith nahm ihr Decke und Henkelkorb ab, breitete die Decke aus und ließ sich zufrieden darauf nieder. Zärtlich betrachtete er seine Schwiegertochter, die neben ihm eifrig den Korb auspackte und ihm schließlich einen Becher Tee reichte und mit Rosinenkuchen und Gurken-Käse-Sandwiches gefüllte Teller vor sie beide hinstellte.

»Lass es dir schmecken, Daddy.«

In stillem Einvernehmen saßen sie im Schatten eines Baumes auf ihrer Decke und genossen schweigend die gemeinsame Teestunde. Und obwohl Keith merkte, dass Caren, die gedankenverloren an einem Stück Kuchen knabberte, etwas auf dem Herzen hatte, drängte er sie nicht. Früher oder später würde sie ihm sagen, was sie bedrückte, das wusste er.

»Daddy«, begann Caren eine ganze Weile später. Die Teepause war eigentlich längst vorüber, aber keiner von beiden machte Anstalten, sich zu erheben.

»Daddy, ich muss dir etwas sagen.«

»Was hast du auf dem Herzen, Kind?«

»Ich muss dir etwas sagen. Aber … Ich habe ziemliche Angst, dir … Ich habe Angst, dass du mich dann nicht mehr lieb hast. Aber ich möchte … ich möchte keine Unehrlichkeit zwischen uns.«

Keith ahnte plötzlich, was kommen würde. Er atmete einmal tief ein um sich gegen alles zu wappnen, dann griff er nach der Hand seiner Schwiegertochter und drückte sie. »Du musst keine Angst haben, sweetheart. Ich werde dich immer lieben. Und Liz ebenso. Und Granny und die anderen auch. Ich dachte, das wüsstest du.«

»Ja, das weiß ich. Aber … aber … wenn ich dir jetzt erzähle, dass ich …«

»Was möchtest du mir erzählen, Kind? Sag es einfach frei heraus.«

»Als ich dich angerufen habe, hast du gedacht, ich bin in London, nicht wahr?«

»Ja, das habe ich. Warst du nicht dort?«

»Nein. Ich … Ich habe aus Irland angerufen. Ich war … Ich bin in Claddaghduff …«

»Bei Kian?!« fragte Keith sofort. Seine Stimme klang freudig erregt.

»In Kians Haus«, bekannte Caren. Sie sah Keith nicht an während sie sprach, sondern blickte über die Weide zum Ben Bulben hinüber, der in der Ferne aufragte.

»So«, sagte Keith abwartend.

»Weißt du, ich … Ich habe mich in London in einen jungen Mann verliebt und bin mit ihm nach Irland gekommen. Nach Claddaghduff, wo er zu Hause ist. Und dort stellte sich heraus, dass er einer von Kians Freunden ist.«

»Ja, um Himmels willen!«

»Das habe ich mir auch gedacht.« Caren erwiderte schwach Keith' Lächeln.

»Der junge Mann, in den du dich verliebt hast, ist Eric, nicht wahr?«

»Ja«, nickte Caren. »Wie kannst du sofort wissen, dass es Eric ist?«, fragte sie überrascht.

Keith schmunzelte trotz seiner Enttäuschung. »Eric ist ein netter, sympathischer Bursche. Ich mag ihn sehr. Er hat einen guten Charakter. Ich kann verstehen, dass du dich in ihn verliebt hast.«

»Du bist nicht böse mit mir, Daddy?« Mit Tränen in den Augen sah Caren Keith an.

»Warum sollte ich dir böse sein, Kind? Ich bin enttäuscht, natürlich. Ich habe immer gehofft, Kian und du versöhnt euch wieder. Die ganze Familie hofft immer noch darauf. – Du wohnst also mit Eric zusammen in Kians Haus. Das muss hart für ihn sein. Wie nimmt er es auf?«

»Ich wohne nicht mit Eric zusammen, Daddy. Ich bewohne eines der Gästezimmer. Ich … Ich kann doch in Kians Haus nicht in einem Zimmer mit Eric übernachten. - Kian akzeptiert nicht, dass ich die Scheidung möchte.«

»Du willst dich wirklich scheiden lassen?«

»Ja, Daddy. Das wollte ich damals schon. Ich bin nach Australien gegangen in der Annahme, die Anwälte meines Vaters erledigen die Scheidung für mich.«

»Das ist ihnen aber nicht gelungen?«

»Nein, es ist ihnen nicht gelungen. Kian sagte mir, mein Vater habe ihm sehr viel Geld geboten für seine Einwilligung in eine Scheidung.«

Keith lachte auf. »Dein Vater kennt meinen Sohn nicht.«

»Mein Vater ist es gewöhnt, alles mit Geld zu regeln. Ich glaube nicht, dass er jemals auf Widerstand gestoßen ist. Ich kann mir daher gut vorstellen, wie er damals auf Kians Ablehnung reagiert hat.«

»Habe ich das jetzt richtig verstanden, dass du erst jetzt von Kian erfahren hast, dass ihr beide immer noch verheiratet seid?«

Caren nickte. »Zuerst war es ein Schock für mich. Dann hat es mich wütend gemacht, dass Kian damals nicht in die Scheidung eingewilligt hat, und dass er es auch heute nicht tun will. «

»Dir ist es also ernst? Du willst dich scheiden lassen?«

»Ja, Daddy, das will ich.«

»Wir haben uns damals alle gefragt, was zwischen euch vorgefallen ist. Kian hat nie darüber gesprochen. Was ist passiert?«

»Ich … Ich habe seine Eifersucht nicht mehr ausgehalten.« Caren konnte ihre Tränen nicht länger zurückhalten. Sie weinte.

»Hat er … hat er dich geschlagen?« Mit heftigem Herzklopfen stellte Keith diese Frage.

»Um Himmels willen nein, Daddy.«

»Das hatte ich auch nicht wirklich angenommen. Aber …«

»Nein, es waren seine Eifersuchtsszenen, die irgendwann unerträglich wurden. Kian war auf jeden Mann eifersüchtig. Auch auf Sean und Graham, auf dich, und sogar auf Matty. Irgendwann konnte ich es nicht mehr aushalten.«

»Dieser dumme Bengel«, fluchte Keith. »Sean hat einmal so etwas angedeutet, er wollte aber nichts weiter sagen. – Seit eurer Trennung sind etliche Jahre vergangen. Kian ist älter geworden und er ist reifer geworden. Der Erfolg hat ihm ein ganz anderes Selbstbewusstsein gegeben. Du bist auch viel selbstbewusster als damals. Glaubst du nicht, dass ihr beide heute eine ganz andere Basis hättet?«

Caren schüttelte den Kopf. »Nein, das glaube ich nicht.«

»Was macht dich so sicher?«

»Ich habe mich nicht wegen seiner Eifersucht von Kian getrennt. Damit wäre ich vielleicht fertig geworden.«

»Sondern?«

»Kian konnte … Er konnte die Finger nicht von anderen Frauen lassen. Das war für mich der Beweis, dass er irgendwann aufgehört hat, mich zu lieben.«

»Was sagte Kian dazu?«

»Er hat mir immer wieder versprochen, keine Affären mehr zu haben. Er hat diese Versprechen aber nie gehalten. Weißt du, ich habe mich lange dagegen gewehrt, aber irgendwann musste ich doch einsehen, dass Kian mich nicht mehr liebt.«

»Männer gehen schon mal fremd. Das sollte eine Frau nicht so schrecklich ernst nehmen.«

»Wenn Kian einmal fremdgegangen wäre, auch zweimal, vielleicht sogar dreimal, damit hätte ich sicher leben können. Aber es ist dauernd passiert, Daddy. Und das konnte ich irgendwann nicht mehr ertragen. Ich habe auch nicht verstanden, warum er es getan hat. Wenn er mich wirklich geliebt hat, warum brauchte er dann all diese anderen Frauen?«

»Hast du ihn danach gefragt?«

»Ja, das habe ich. Aber er hat mir nie eine Antwort gegeben.«

»Kian liebt dich, das weiß ich ganz sicher. Er hat nie aufgehört, dich zu lieben.«

»Nein, Daddy, er liebt mich nicht. Kian behauptet es zwar. Auch, dass er sich geändert habe. Aber ich glaube ihm nicht. Ich kann ihm nicht mehr glauben. Er hat mich zu oft belogen. Ich möchte die Scheidung.«

»Und dann wirst du Eric heiraten?«

»Ja, Daddy. Das ist es, was ich dir sagen wollte. Ich werde nachher zu Hause auch mit Mummy und Granny sprechen. Ich habe große Angst davor, dass ihr mich nicht mehr liebt, wenn ihr es jetzt wisst. Aber ich wollte euch nicht länger im Unklaren lassen.«

»Weißt du, sweetheart, der größte Wunsch von uns allen hier ist es, dass ihr beiden wieder zusammen kommt. Aber wenn du sagst, dass das für dich unmöglich ist, dann werden wir das akzeptieren. - Ich würde Kian gerne übers Knie legen für all das, was er in eurer Ehe angestellt hat. Aber ich befürchte, er ist zu groß dafür.«

Trotz der Tränen musste Caren lachen. »Als ob du jemanden schlagen könntest, Daddy. Bitte versprich mir, dass du nicht böse mit Kian bist. Er ist nicht allein schuld, dass unsere Ehe nicht gehalten hat. Ich habe auch Fehler gemacht.«

»Möchtest du, dass ich mit ihm rede?«

»Nein, bitte nicht, Daddy. Das würde nichts an meiner Entscheidung ändern. Ich möchte die Scheidung. Es geht nicht anders, glaube mir.«

»Das tut mir leid für euch beide, Kind. Und es macht mich sehr traurig.«

»Ich weiß, Daddy. – Bitte, behalte mich lieb. Auch wenn ich eines Tages von Kian geschieden bin.«

»Meine Liebe wirst du immer haben, das verspreche ich dir.«

»Oh Daddy. Ich bin so froh, dass du das sagst.« Weinend warf sich Caren in Keith' Arme. »Ich hatte solche Angst vor dem Gespräch mit dir.«

»Dummes Kind«, sagte Keith zärtlich und wischte ihr mit seiner Serviette die Tränen von den Wangen.

»Du hast ja recht«, lächelte Caren mit feuchten Augen. »Und jetzt fahre ich nach Hause und beichte Mummy und Granny alles.«

11. Kapitel

Nach dem Frühstück am nächsten Morgen fand sich der größte Teil der Brentwood-Familie auf dem Hof ein, um von Caren Abschied zu nehmen. Von Keith, Grandpa, Sean und Graham wurde sie in den Arm genommen und mit Küsschen auf beide Wangen verabschiedet.

Matty wollte Caren nicht gehen lassen. Mit seinen kleinen Händen klammerte er sich an sie und schluchzte immer wieder: »Geh nicht weg, Caren. Bitte, bitte, geh nicht weg.«

Wie gerne wäre sie hiergeblieben, am liebsten für immer. Aber die Angst, Kian könnte jeden Moment hier auftauchen, ließ Caren nicht los. Irgendetwas an Grannys Verhalten ließ sie ahnen, dass diese ihn trotz der Abmachung, es nicht zu tun, angerufen hatte. Und Kian würde alles stehen und liegen lassen und kommen, auch das wusste sie. Sie wollte nicht, dass er hierher kam, wo sie ihm nicht ausweichen konnte und wo alle nur darauf hofften, dass sie beide sich wieder versöhnten. Deshalb musste sie fort, zurück zu Eric, zurück in die Sicherheit seiner Arme.

Caren weinte genauso sehr wie Matty, als sie sich vor ihm niederkniete, ihn in ihre Arme nahm und zärtlich an sich drückte. »Ich komme wieder, mein Schatz. Nicht weinen. Ich komme bald wieder.«

»Versprichst du das?«

In das tränenüberströmte Gesicht des kleinen Jungen zu sehen, war schlimm. Sie liebte dieses Kind, das sie so sehr an Kian erinnerte. Caren drückte Matty noch einmal fest an sich. »Ja, das verspreche ich«, brachte sie mit tränenerstickter Stimme heraus.

Seit Carens Beichte am vergangenen Abend war Granny böse mit ihr und erwiderte ihre Umarmung kaum. »Als Frau muss man nachgeben können«, brummelte sie.

Einzig Liz sagte nichts. Sie nahm Caren fest in ihre Arme und hielt sie lange dort. Nach einem Kuss auf die Stirn ließ Liz ihre Schwiegertochter schließlich gehen.

Sie alle standen draußen auf dem Hof und winkten Caren nach als sie davonfuhr. Vor lauter Tränen konnte sie niemanden mehr erkennen. Wie sehr liebte sie die Brentwoods und wie sehr wurde sie von ihnen geliebt. Diese Liebe würde nicht vergehen, auch wenn sie eines Tages von Kian geschieden war, das hatten Liz und Keith ihr versichert. Caren war unbeschreiblich glücklich darüber, dass sie diese Menschen nicht verlieren würde.

Das laute Hupen eines überholenden Autos riss Caren aus ihren Gedanken an die Brentwoods. Der Fahrer des Wagens blieb eine Weile auf gleicher Höhe mit ihr und schaute immer wieder zu ihr herüber. Er versuchte ganz offensichtlich, mit ihr zu flirten. Als sie nicht reagierte, gab er auf. Er drückte noch einmal auf die Hupe und fuhr davon. Er hatte es jedoch geschafft, Caren in die Gegenwart zurückzuholen, ins Hier und Jetzt. Ihre Tränen versiegten. Mit Zuneigung dachte sie an die Menschen, die sie zurückgelassen hatte und an diejenigen, die sie in einigen Stunden wiedersehen würde. Sie hatte keine Angst mehr vor der Zukunft, alles würde gut werden. In der Ruhe der letzten Tage hatte Caren den Entschluss gefasst, nicht mehr an Früher zu denken und über Verlorenes zu weinen. Die Vergangenheit war vorbei. Sie hatte doch längst gelernt, ohne Kian zu leben.

Noch fünfzig Meilen bis Clifden, verkündete ein halbverwittertes Hinweisschild in gälischer Sprache, aber glücklicherweise mit englischer Übersetzung unter diesen unaussprechlichen, unverständlichen Ortsnamen. Jetzt dauerte es nicht mehr lange, bis Eric sie in seine Arme nehmen würde. Caren sah sein Gesicht vor sich, seine sanften braunen Augen, seinen Mund, sein Lachen. Sie liebte sein Lachen. Sie liebte Eric. Sie konnte es kaum erwarten, ihn wieder zu sehen. Sie beide hatten eine gemeinsame Zukunft, davon war Caren in diesem Moment felsenfest überzeugt.

Am liebsten würde sie nicht zurückkehren in das Haus am Atlantik, sondern irgendwo in der Nähe mit Eric zusammen wohnen, wie er das bei ihrer Abfahrt vor einigen Tagen vorgeschlagen hatte. Aber Caren wusste, dass Kian das niemals zulassen würde. Er würde sie nicht wegen Ehebruchs anzeigen, das wusste sie. Eric war der Meinung, das Gesetz, von dem Kian an ihrem Ankunftstag gesprochen hatte, demonstriere heute nur noch die Macht, welche die katholische Kirche bis vor wenigen Jahren in Irland ausgeübt hatte. Es sei dermaßen mittelalterlich, dass er sich nicht vorstellen könne, dass es heute noch Gültigkeit habe. Kians Drohung war eine Warnung gewesen. Ginge sie mit Eric fort, würde er dafür sorgen, dass es einen schrecklichen Skandal gäbe, der über Irlands Grenzen hinaus bis nach England reichen würde. Er musste nur die Medien darüber informieren, dass seine Frau ihn mit seinem besten Freund betrog. Wie die Hyänen würde sich gerade die englische Klatschpresse über diese Geschichte hermachen und Erics und ihre Liebe in den Schmutz ziehen. Das konnte sie nicht zulassen. Ihr Vater hatte sich bis heute nicht mit ihrer unstandesgemäßen Heirat abgefunden. Er würde es nicht überleben, den traditionsreichen Namen Ashleigh in Zusammenhang mit einem plebejischen Skandal gebracht zu sehen, der für Aufsehen in sämtlichen Medien sorgen und das Tagesgespräch in der Londoner Gesellschaft sein würde. Caren würde es niemals soweit kommen lassen, das wusste Kian genau. Er hatte sie in der Hand. Bisher hatte sie noch keinen Ausweg aus diesem Dilemma gefunden. Sie musste eine Lösung finden, denn irgendwann in nächster Zukunft würde sie ganz bestimmt mit Eric schlafen wollen. Das war doch ein ganz natürlicher Wunsch. Aber wenn das geschah, würde sie das tun, was sie Kian seit Jahren vorwarf: Ehebruch begehen. Sie war mit ihm verheiratet, das war die Realität. Dass sie schon lange getrennt von ihm lebte, dass sie sich längst nicht mehr als seine Ehefrau empfand, interessierte niemanden. Was sollte werden, wenn Kian sich nie scheiden ließ? Wie würde ihr Leben dann aussehe? Darüber mochte Caren gar nicht nachdenken.

Gegen Mittag machte Caren eine kurze Pause. Nach einer Kleinigkeit zu essen, einer Tasse Tee und einem Telefonat mit Eric setzte sie ihre Fahrt fort. Sie freute sich auf den Moment, wo sie bei Clifden die N59 verlassen und bald darauf in die Landstraße einbiegen konnte, die zu ihm führte. Sie freute sich auf ihn. Sie beide hatten eine Zukunft. Eines Tages würde sie seine Frau sein. Daran musste sie ganz fest glauben, dann würde alles gut werden.

Ein Sportwagen überholte sie, ein schwarzer Porsche, kaum dass sie in den sehr versteckt liegenden Weg eingebogen war, der ungefähr drei Meilen an weidenden Kühen und Schafen vorbei zu dem Landsitz führte, der ihr Ziel war. Es war ein riskantes Manöver, denn die schmale Straße bot kaum ausreichend Platz für zwei Autos. Riskant war auch das plötzliche Bremsen. Caren sah die roten Lichter vor sich aufleuchten, sah, wie sich der Porsche querstellte und trat so heftig auf die Bremse, dass ihr Mietwagen leicht ins Schlingern geriet. Wenige Meter vor dem Sportwagen kam sie zum Stehen. Mit klopfendem Herzen und leicht zitternden Händen löste sie ihren Gurt, öffnete die Tür und stieg aus. Kian kam ihr bereits entgegen.

»Was fällt dir ein?! Bist du verrückt geworden?!«, rief sie ihm ärgerlich zu.

»Sorry«, sagte er und lächelte sie unbekümmert an. »Habe ich dich erschreckt? Das wollte ich nicht.«

Mit einer für ihn so typischen lässigen Geste nahm er die Sonnenbrille ab und steckte sie in die Brusttasche seines Hemdes.

Caren sah ihn auf sich zukommen und ihr Ärger verflog fast augenblicklich. Er trug ein schwarzes Hemd zu einer hellen Jeans, und er sah unverschämt gut aus. Kian hatte auch bei ihrem Kennenlernen vor fünf Jahren sehr gut ausgesehen. Heute war das Jungenhafte in seinem Gesicht fort, die Konturen nicht mehr weich, sondern kantiger. Er sah männlicher aus, erwachsener. Die Lachfalten um seine Augen, die Grübchen, die sich in seinen Wangen bildeten, wenn er lachte, hatten sich ein wenig vertieft. Sein hellblondes Haar trug er nicht mehr so lang wie damals, sondern modisch kurz geschnitten und durchgestylt. Es gefiel ihr. Auch sein Körper war nicht mehr der eines Zwanzigjährigen, sondern der eines attraktiven, sportlichen jungen Mannes. Auch das gefiel ihr. Aber das gefiel auch Tausenden anderer Mädchen, das war immer schon so gewesen. Und Kian genoss diesen Erfolg, auch das war immer schon so gewesen. Das würde sich auch nicht ändern. Der Schmerz, den Caren bei diesen Gedanken empfand, traf sie unvorbereitet und sie ärgerte sich darüber. Kian konnte tun und lassen, was er wollte. Es interessierte sie nicht mehr.

Kian sah die Emotionen in Carens Gesicht. Er sah den Wechsel von Ärger zu Traurigkeit zu ... Er konnte es nicht einordnen. Liebe würde er gerne sehen. Aber war es wirklich so? Oder war es nur Einbildung, nur Wunschdenken? Er wusste es nicht. Er wusste nur, dass er dieses Mädchen dort so sehr liebte, dass es wehtat, sie anzusehen. Er liebte ihre großen dunkelblauen Augen, in denen er immer all ihre Gefühle gesehen hatte. Ihre Liebe zu ihm. Aber auch die Traurigkeit über sein Verhalten. Er liebte ihr Haar, ihren Körper, ihre Beine, jeden Zeh, jeden einzelnen Finger, er liebte einfach alles an ihr. Das war schon immer so gewesen. Das würde sich auch niemals ändern.

»Ich habe ...« Kian stockte plötzlich und sah noch einmal genauer auf Caren. Sein Gesicht wurde plötzlich sehr blass. »Was ... Was hat du mit deinem Haar gemacht?!«, fragte er atemlos. »Was ist mit deinem Haar?!«

Als seine Hände auf sie zukamen, wich Caren zurück. Im ersten Moment dachte sie, er wolle sie schlagen. In der nächsten Sekunde tat sie diesen Gedanken jedoch als Unsinn ab. Kian hatte sie noch nie geschlagen. Hätte sie ihn nicht provoziert, hätte er es auch an jenem Abend nicht getan. Sie fühlte seine bebenden Hände in ihrem Nacken, die in ihr Haar fassten.

»Kian, lass das! Lass mich los.«

Gleich darauf hörte sie seinen erleichterten Seufzer als er die Haarklammern ertastete, mit denen sie am Morgen ihr Haar hochgesteckt hatte.

»Oh, mein Gott«, sagte Kian kaum hörbar. »Mach doch so etwas nicht mit mir.« Er atmete tief aus.

Kian zog jede einzelne Klammer aus den blonden Locken und ließ sie einfach zu Boden fallen. Innerhalb kurzer Zeit war Carens Haar wieder so, wie er es liebte. Er ließ seine Hände darin vergraben, ganz sanft, und legte seinen Kopf an ihren. Er hatte Mühe, sich zu beruhigen. Die Panik, die ihn bei Carens Anblick überfallen hatte, überraschte ihn. Natürlich liebte er ihr Haar, es gehörte schließlich zu ihr. Aber es machte nicht ihre Persönlichkeit aus. Deshalb sollte es ihm doch gleichgültig sein, ob sie langes oder kurzes Haar hatte. Gleichgültigkeit in diesem Punkt fiel ihm jedoch schwer. Er hatte Caren mit langem Haar kennen gelernt. Diese Erinnerung wollte er für immer wach halten, er wollte nicht, dass sie es abschnitt. Und Caren hatte ihm geschworen, das niemals zu tun. Würde sie es heute tun, wäre das für ihn der Beweis, dass sie ihn nicht mehr liebte.

Was empfand Caren für ihn? Wie waren ihre Gefühle für ihn? Er wusste es nicht zu sagen. Liebte sie ihn wirklich nicht mehr? Hatten ihre Blicke die Bedeutung, die er ihnen gab oder machte er sich etwas vor? Carens Verhalten ließ Kian immer wieder zwischen Hoffnung und Enttäuschung schwanken. Er ertrug diesen unsäglichen Zustand nicht länger. Granny hatte ihm bei ihrem Anruf erzählt, dass Caren beim Anblick ihres Hochzeitsfotos schrecklich geweint habe. >Sie liebt dich, Junge. Finde heraus, warum sie es dir nicht sagt.< Das wollte Kian tun. Deshalb war er hier. Deshalb wartete er seit Stunden auf Caren.

Mit jeder Klammer, die Kian aus ihrem Haar zog, wurde Caren immer klarer, warum er sich so aufgeregt hatte. Seine Geste, die Angst in seiner Stimme bewirkten, dass in ihrem Inneren wieder einmal Traurigkeit und Wut miteinander kämpften. Trauer bei der Erinnerung an seine Liebe. Wut, wenn sie an all seine Versprechen, Schwüre und Lügen dachte. Dieses Mal siegte die Wut. Mit einer heftigen Bewegung machte sie sich frei aus seinen Armen.

Kian ließ sie los, hinderte sie jedoch mit einem leichten Griff um ihre Oberarme daran, davonzugehen. Obwohl er gewusst hatte, dass sie es ihm nicht leicht machen würde, war die Enttäuschung, die er fühlte, kaum zu ertragen. Auch seine plötzliche Sprachlosigkeit war unerträglich und nicht zu begreifen. Wenn er nicht endlich den Mund aufmachte, würde Caren gehen, ohne dass sie ein Wort miteinander gesprochen hatten. Und er wollte mit ihr reden. Deshalb war er doch hier. Sein Zeigefinger berührte mit einer kurzen, hilflosen Geste ihre Lippe. Den kleinen verkrusteten Riss in der Nähe ihres Mundwinkels hatte sie ihm zu verdanken. Ein schwer zu ertragender Gedanke.

»Das tut mir leid. Das habe ich nicht gewollt.«

Nicht einmal jetzt sah Caren ihn an. Mit blassem Gesicht stand sie vor ihm, den Blick nach unten auf den Boden gerichtet, und sagte kein Wort. Kian spürte Verzweiflung in sich hochsteigen. Sie nahm seine Entschuldigung nicht an. Sie würde auch nicht mit ihm reden. Zu Hause bestand absolut keine Chance, mit ihr allein zu sein. Caren musste ihn jetzt anhören. Sie musste jetzt mit ihm sprechen. Er hielt ihr Schweigen, ihre Eiseskälte und ihre Gleichgültigkeit nicht länger aus. Und dann wieder sah sie ihn an, mit so viel Liebe und Zuneigung im Blick. Das bildete er sich doch nicht ein, Danny und Kevin empfanden es doch auch so. Dieses Hin und Her der Gefühle machte ihn kaputt. Er konnte es nicht mehr ertragen. Er wollte jetzt mit Caren reden. Sie musste ihm jetzt die Chance dazu geben. Bevor er völlig den Verstand verlor.

Kian atmete tief ein. »Caren, bitte lass uns reden«, stieß er dann hervor.

Ihre Versuche, von ihm fort zu kommen, wurden jetzt so heftig, dass seine Hände kräftiger um ihre Arme fassten. Er wollte ihr nicht wehtun, er konnte sie aber auch nicht gehen lassen.

»Lass mich los!«, fuhr Caren Kian wütend an. »Lass mich sofort los!«

»Wir müssen miteinander reden.«

»Lass mich los!«

»Caren, bitte. Lass uns reden.«

»Ich wüsste nicht, worüber wir miteinander reden sollten.«

»Über uns, zum Beispiel.« Ihr kurzes Auflachen tat ihm weh. »Ich hatte nie die Gelegenheit, mit dir ...«

»Möchtest du mit mir über alle deine Frauen sprechen? Speziell über die, mit der ich das Vergnügen hatte, dich im Bett zu sehen? Ehrlich gesagt, sie interessieren mich nicht. Vielleicht ...«

»Caren, hör auf! Diese Geschichte tut mir leid. Das ...«

»Wenn du jetzt wieder sagst, das hatte nichts zu bedeuten, schreie ich!«

»Das wollte ich nicht sagen. Obwohl es wirklich...« Ein Blick in Carens Gesicht genügte und Kian beendet den Satz nicht. »Auch das möchte ich dir gerne erklären. Wenn du ...«

»Ich will es gar nicht mehr wissen. Damals hätte es mich interessiert, aber ...«

»Da wusste ich es nicht.«

»... jetzt ist es mir gleichgültig.«

»Lass uns in Ruhe und vernünftig über alles reden, bitte.«

»Ich will nicht reden! Was soll das bringen?«

»Gib mir eine Chance, Caren, bitte. Ich möchte mich für mein damaliges Verhalten entschuldigen. Ich möchte dir so vieles sagen. Ich möchte dir erklären ...«

»Ich habe dir gerade schon gesagt, dass ich auf Erklärungen heute keinen Wert mehr lege.«

»Sei doch nicht so, Caren. Hör mich doch an, bitte.«

»Was soll ich mir heute anhören, was sich nicht schon damals als Lüge herausgestellt hat? Was? Sag es mir!«

»Ich weiß, ich habe viele Fehler gemacht. Zu viele. Ich war damals einfach zu unreif, um ...«

»Wir waren beide zu jung damals. Unsere Liebe hatte keine Chance.«

»Das ist nicht wahr, Caren! Ich liebe dich immer noch. Daran ...«

»Und schon wieder eine Lüge.«

»Warum sagst du das? Glaube mir, es ist so. Ich liebe dich. Ich habe nie damit aufgehört. Du kannst mir vertrauen.«

»Nein, Kian, das kann ich nicht. Ich will dir auch gar nicht mehr vertrauen. Ich will, dass du mich zufrieden lässt! Ich will die Scheidung!«

»Die bekommst du nie! Niemals!«

Bei dem Wort ‚Scheidung‘ war es mit Kians Ruhe endgültig vorbei. Sein Optimismus war verflogen. Mit Caren zu reden war zwecklos.

»Ich werde einen Weg finden!«, verkündete Caren forsch.

»Viel Erfolg!«

»Danke!«

»Keine Ursache!«

»An deiner Ichbezogenheit hat sich nicht ein bisschen geändert! Du bist ein widerlicher, ekelhafter Egoist!«

»Der war ich immer. Du hast mich trotzdem geliebt.«

»Heute ist mir schleierhaft, wie mir das passieren konnte.«

»Dann denk mal darüber nach. Vielleicht siehst du dann den Unterschied zwischen der Caren von damals und der von heute. – Du hast dich dermaßen zu deinem Nachteil verändert, dass es zum Kotzen ist.«

»Das freut mich. Ein schöneres Kompliment konntest du mir gar nicht machen. Und jetzt mach bitte den Weg frei, ich möchte weiterfahren. Eric wartet auf mich.«

»Das ist auch etwas, was du gelernt hast, nicht wahr? Den Finger in eine schmerzende Wunde zu legen.«

»Oh ja. Und darauf bin ich sehr stolz.«

»Wenn du so sprichst, bist du nicht die Caren, die ich liebe.«

»Noch ein Fortschritt, auf den ich stolz sein kann.«

»Verdammt, Caren, hör auf damit! Lass uns nicht streiten.«

Sie sagte nichts mehr, an ihm vorbei schaute sie in die Ferne. Obwohl er ihre Arme längst losgelassen hatte, ging sie nicht davon. Kian machte einen letzten Versuch.

»Paul Francis lässt dich grüßen.«

Carens Gesicht wurde ganz weich, in ihre Augen trat ein zärtlicher Ausdruck, als Kian den Namen ihres über alles geliebten Teddybären aussprach. Wie oft in den letzten Jahren hatte sie bereut, ihn zurück gelassen zu haben. Aber als sie damals ging hatte sie das Gefühl gehabt, Kian brauche Paul Francis mehr als sie. >Pass gut auf ihn auf<, hatte sie den Bären damals unter Tränen gebeten, ihn immer wieder an sich gedrückt und ihn dann schweren Herzens zurück gelassen.

»Wie geht es ihm?«, fragte Caren mit leicht zitternder Stimme.

»Nicht gut. Er vermisst dich genauso sehr wie ich«, behauptete Kian.

Gerade noch rechtzeitig bevor sie die Kontrolle über sich verlieren und ihren Emotionen freien Lauf lassen würde, kam Caren zu sich. Und jetzt war sie nicht mehr traurig, sondern nur noch wütend. Sehr wütend sogar.

»Du versuchst es mit allen miesen Tricks, nicht wahr?!«, fuhr sie Kian an.

»Caren ...«

»Du bist ein Mistkerl! Das warst du damals, das bist du auch heute noch!«

»Caren, bitte ...«

»Du hast dich nicht geändert!«

»Verdammt! Hör mich an!«

»Ich will deine Lügen nicht mehr hören! Ich will, dass du gehst!«

»Hör auf zu schreien, verdammt noch mal!«

»Verschwinde! Lass mich zufrieden!«

»Caren...«

»Geh endlich! Mach den Weg frei! Ich will zu Eric. Ich möchte ihn nicht noch länger warten lassen.«

Jetzt hatte auch Kian genug. »Verdammt, geh doch zum Teufel, du verwöhnte englische Adelszicke!«, stieß er wütend hervor.

Mit wenigen Schritten war er bei seinem Auto, stieg ein und fuhr mit aufheulendem Motor und durchdrehenden Reifen davon.

Caren sah dem Wagen nach, bis er in einer dicken Staubwolke ihren Blicken entschwand. Sie atmete tief ein. Und zum ersten Mal an diesem Tag fühlte sie sich richtig gut.

Kian war nirgendwo zu sehen, als Caren kurze Zeit später auf dem Vorplatz des Hauses ihren Mietwagen neben seinem Porsche abstellte. Sie holte gerade ihre Tasche aus dem Kofferraum als Eric in der Haustür erschien. Mit einem breiten Lachen stürmte er die Treppenstufen hinunter und eilte mit großen Schritten auf sie zu. Caren fühlte sich sofort geborgen, als er seine Arme um sie legte, sie an sich zog und ihren Mund küsste.

»Schön, dass du wieder da bist«, sagte Eric leise. »Ich habe dich jede einzelne Sekunde der letzten Tage vermisst.«

»Das höre ich gerne. Ich habe dich auch vermisst, Eric. Und ich habe alles geklärt. Jetzt wird alles gut, glaube mir.«

Bei ihren Worten leuchteten seine Augen glücklich auf. »Ich bin froh, dass du das sagst. Und jetzt bin ich auch froh, dass du gefahren bist. Entschuldige, dass ich so ... so ...«

»Nicht, Eric.« Mit einer zärtlichen Geste legte sie ihre Hand auf seinen Mund. »Ich liebe dich.«

»Ich liebe dich, Caren.«

Als Caren eine Stunde später an Erics Seite das Kaminzimmer betrat, war sie ganz ruhig. Es war das erste Mal seit sie hier in diesem Haus war, dass sie ohne Herzklopfen zum Dinner ging.

Die Hausbewohner waren komplett versammelt. Mit den Gläsern in der Hand standen sie beisammen und unterhielten sich angeregt. Nur Kian saß mit seinem Drink auf der Fensterbank und sah schweigend hinaus in den Garten. Er drehte sich nicht um, er erwiderte auch nicht ihren Gruß.

»Da bist du ja wieder«, stellte Kevin fest, als Caren zur Tür hereinkam.

»Was ist das für eine Begrüßung, wenn ich nach einigen Tagen Abwesenheit wiederkomme«, wollte sie entrüstet wissen.

»Was erwartest du? Du warst einfach fort und wir wussten nicht, wo du bist. Eric hat nichts gesagt«, beschwerte Kevin sich.

»Das klingt, als hättet ihr mich vermisst«, sagte sie gerührt.

»Natürlich haben wir dich vermisst. Was denkst du denn?«

»Mädchen, du siehst wieder zum Verlieben aus«, mischte sich Rob ein. Und fügte tadelnd hinzu: »Einfach so zu verschwinden! Tu das nie wieder!«

»Das verspreche ich«, gelobte Caren lachend.

Kians Hand umkrampfte das Whiskeyglas. Er war immer noch sehr aufgewühlt von dem Gespräch mit Caren auf dem Feldweg. Ihre Stimme, ihr Lachen zu hören, tat weh. Ihre Flirterei mit Rob tat weh. Sie neben Eric zu sehen, tat weh. Unbarmherzig stach der Schmerz zu. Mein Gott, merkte sie denn nicht, was sie ihm antat? Wusste sie nicht, wie elend er sich fühlte? Interessierte es sie wirklich nicht mehr? Sie musste damit aufhören, ihn so total zu ignorieren, ihn so kalt und gefühllos zu behandeln. Und mit seinen Freunden lachte und scherzte sie! Kian wusste nicht, wie er sich schützen konnte, gegen den Schmerz, gegen die Trauer, die er empfand, wenn sie ihn so eiskalt und verächtlich ansah. Es war, als würde sie ihm ein Messer ins Herz stoßen.

Das war eine neue, unbekannte Situation für Kian. Ihm wurde wehgetan. Ihm, der für unzählige gebrochene Mädchenherzen verantwortlich war. Jetzt bekam er anscheinend die Quittung dafür. Die Trennung von Caren damals war schlimm gewesen. Aber Kian hatte immer die Hoffnung auf eine Versöhnung gehabt. Diese Hoffnung hatte Caren ihm heute genommen. Ihre Reaktion am Strand, als sie mit Eric davongegangen war, war eigentlich schon ziemlich eindeutig gewesen. Aber er hatte anscheinend einen weiteren Beweis gebraucht. Den hatte er vorhin bekommen. Caren wollte ihn nicht mehr. Ihn, dem die Mädchen in aller Welt zu Füßen lagen, die ihn anbeteten, die ihre Seele verkaufen würden für einen Kuss von ihm. Und für eine Nacht mit ihm würden sie alles tun. Er konnte sie alle haben, nur nicht die Frau, die er mehr als alles andere auf der Welt wollte. Kian stand plötzlich vor einer Situation, die ihn völlig hilflos machte. Caren wollte ihn nicht mehr. Es war schwer für ihn, das zu begreifen. Und es war unmöglich, es zu akzeptieren. Es konnte nicht sein, dass sie nichts mehr für ihn empfand! Immer wieder rief er sich das Zusammentreffen auf dem Feldweg ins Gedächtnis. Seitdem klammerte er sich an den letzten, den allerletzten Strohhalm, der ihm geblieben war. Caren hatte nicht gesagt >Ich liebe dich nicht mehr<. Sie sagte >Ich will die Scheidung< oder >Verschwinde aus meinem Leben<, aber nicht >Ich liebe dich nicht mehr<. Und solange sie ihm diese fünf Worte nicht sagte und ihm dabei in die Augen sah, klammerte Kian sich an seinen Glauben an eine Versöhnung, weil alles andere für ihn unvorstellbar war.

Granny bestärkte Kian in diesem Glauben. Natürlich hatte sie sich über sämtliche Abmachungen hinweggesetzt und ihn angerufen. Geliebte Granny. Sein Pech war, dass er nicht sofort nach Sligo kommen konnte. Dort hätten Caren und er miteinander reden können. Dort hätte sie ihm nicht so leicht ausweichen können, wie hier in diesem Haus. Seine Freunde und er hatten in Dublin einige wichtige Gespräche mit Management und Produzenten über die bevorstehende Tournee gehabt, abends einen Auftritt in einem exklusiven Club mit anschließender Autogrammstunde, tags darauf weitere Absprachen mit dem Produzenten, die bis in die späten Abendstunden gedauert hatten. Diese Termine standen seit langem fest. Undenkbar, dass er nicht dabei war. Kian wollte am Morgen gerade einen Privatflug nach Sligo buchen, da kam Grannys nächster Anruf. Caren war bereits auf dem Rückweg, und eine weitere Chance für ihn war vertan.

Als Caren und Eric in das Kaminzimmer kamen, schoss heftige Eifersucht in Kian hoch und vermischte sich mit der Enttäuschung, die seit dem Zusammentreffen auf dem Feldweg in ihm nagte. Angestrengt starrte er aus dem Fenster, verzweifelt bemüht, sein Gefühlschaos unter Kontrolle zu bringen. Er wollte weder Rob noch Eric den Triumph gönnen, ihn mit zitternden Händen am Tisch sitzen zu sehen. Die beiden machten es ihm jedoch nicht leicht. Vor allem Rob war wieder einmal dabei, ihn zur Weißglut zu bringen. Konnte er sich nicht mal woanders hinstellen? Musste er immer so nahe bei Caren sein? Musste sie immer mit ihm lachen? Was fiel ihr ein, solch ein Kleid zu tragen? Der schwarze Elastikstoff umschloss ihren Körper wie eine zweite Haut, und es war unerhört kurz. Ausnahmsweise war es nicht dekolletiert, sondern hochgeschlossen. Kian hasste diese tief ausgeschnittenen Kleider oder Bodys, die sie so oft trug. Das Kleid wirkte so sexy, dass einem die Luft wegblieb. ›Rob vergisst bei diesem Anblick sogar seinen Drink, und das will was heißen‹, dachte Kian wütend.

»Musst du dich eigentlich immer wie ein Flittchen anziehen?«

Als sie so unerwartet Kians Stimme hörte, zuckte Caren so heftig zusammen, dass die Flüssigkeit aus ihrem Glas schwappte und über ihre Finger lief. Sie hatte sich zwar vorgenommen, nie wieder schweigend über seine Unverschämtheiten hinwegzugehen. Aber heute Abend war sie irgendwie nicht in der Lage, zu reagieren. Von dem Moment an, als sie in das Zimmer gekommen war und ihn auf der Fensterbank sitzen sah, war ihr Optimismus, ihre gute Stimmung wie weggeblasen gewesen. Obwohl er angestrengt hinaus in den Garten starrte und ihr Eintreten ignorierte, hatte sie seine Traurigkeit so deutlich gespürt, dass es ihr einen Stich ins Herz gegeben hatte. Und das Verlangen, ihre Hand in seinen Nacken zu legen und sein weiches Haar zu berühren, war so stark gewesen, dass es beinahe schmerzte. Es tat immer noch weh. Daran konnte auch das Scherzen mit seinen Freunden nichts ändern.

Rob griff in seine Hosentasche, zog ein blütenweißes Taschentuch heraus und reichte es Caren. Der dankbare Blick, den sie ihm zuwarf, ihr schwaches Lächeln sowie ihr tapferes Bemühen, Kian zu ignorieren, machte ihn wütend.

»Hör auf, Kian«, sagte er ärgerlich. »Hör auf, Caren zu beleidigen. Wenn du Streit willst, versuch es doch einfach bei mir.« Provokant blickte er zum Fenster.

»Misch dich nicht in Dinge, die dich nichts angehen, O'Leary!« Mit steigender Wut sah Kian die beschützende Geste, mit der Rob sich vor Caren stellte. Er schwang seine Beine von der Fensterbank und kam mit finsterem Gesicht näher. »Ich verbiete dir, noch einmal in solch einem Aufzug hier herumzulaufen und meine Freunde anzumachen«, fuhr er Caren an.

Der Kloß in ihrem Hals wurde immer größer. Caren biss die Zähne fest aufeinander und schloss die Augen, weil sie Kians finsteren Blick nicht ertragen konnte. Und plötzlich befand sie sich in London, in dem kleinen Lokal in Kings Cross, in dem sie häufig mit den Bandmitgliedern zum Billardspielen verabredet gewesen waren. Sie mochte die drei jungen Männer. Sie mochte ihre Unbekümmertheit, ihre Späße und ihren typischen englischen Humor. Diese Sympathie war gegenseitig, und anfangs war Kian auch ganz zufrieden damit gewesen. Es schmeichelte seinem Ego, dass seine Freunde ihn um seine Frau beneideten. Wie alle Männer liebte auch er es, wenn Caren Miniröcke oder kurze Kleider trug und dazu hochhackige Schuhe. Er war so groß, dass sie ihm barfuß gerade bis zum Kinn reichte. Sie waren ein schönes Paar, jeder sagte das. Wenn sie durch die Stadt gingen, sah jedermann ihnen nach. Kian hatte sich immer über das Aufsehen gefreut, das sie erregten. Aber von einem Tag auf den anderen hatte sich das geändert. Caren war schrecklich enttäuscht gewesen über Kians Verhalten, das sie nicht verstand, das sie mutlos machte und verletzte. Sie machte sich doch für ihn schön, nicht für andere Männer. Warum glaubte er ihr das plötzlich nicht mehr? Nach der lautstarken Szene, die er ihr in aller Öffentlichkeit in dieser Bar machte, war sie weinend davongerannt und stundenlang durchs nächtliche London gelaufen. Kian war halbtot vor Angst gewesen, als sie weit nach Mitternacht endlich nach Hause gekommen war. Er konnte sich nur schwer beruhigen, entschuldigte sich immer wieder für sein Verhalten und hielt sie dabei so fest in seinen Armen, als wolle er sie nie wieder loslassen. Sie hatten sich zwar nach jedem Streit schnell wieder versöhnt, aber ein bitterer Nachgeschmack war geblieben. Dieser Kian war ihr fremd gewesen. Er hatte sie verunsichert, vor allem jedoch hatte er ihr Angst gemacht. Sie hatte sich oft so hilflos gefühlt und hatte nicht gewusst, wie sie sich gegen ihn wehren konnte. – Heute jedoch war das anders. Sie hatte sich verändert. Sie war längst nicht mehr das kleine Mädchen von damals, das vielen Situationen nicht gewachsen gewesen und deshalb entweder hilflos dagestanden oder weinend davongelaufen war.

»Du kannst mir nichts verbieten«, stellte Caren mit fester Stimme klar. »Wir sind nicht mehr ...« Mitten im Satz brach sie ab.

»Oh doch, sweetheart, wir sind! Wir sind immer noch verheiratet!«

»Hör auf, mich ‚sweetheart‘ zu nennen! Und hör auf, an mir herumzumäkeln und herumzukritisieren! Du hast kein Recht dazu!«

Kevin, der merkte, dass Kian es auf einen Streit mit Caren anlegte, in den Rob sich sofort einmischen würde, stellte sein Glas auf den Tisch. »Ich habe Hunger, Kinder«, sagte er betont laut und munter. »Lasst uns zum Essen gehen.«

Er hatte tatsächlich den erhofften Erfolg. Eine weitere hässliche Auseinandersetzung war im Keim erstickt. Erleichtert stellten alle ihre Gläser fort und folgten Kevin ins Esszimmer.

Nach dieser Szene vermied Caren es bei Tisch krampfhaft, in Kians Richtung zu sehen. Das war schwierig, weil Rob neben ihm saß, mit dem sie sich oft und gerne unterhielt. Aus irgendeinem unerklärlichen Grund hatte sie heute Angst davor, Kian anzusehen.

Als er während des Essens, das er kaum anrührte, plötzlich ohne ein Wort der Entschuldigung aufstand und das Zimmer verließ, schauten sich die vier Freunde gegenseitig an. Als er nach wenigen Minuten zurück kam und sie das Modemagazin in seiner Hand sahen, ahnten sie, was kommen würde.

Molly hatte vorgestern Abend die Freunde nach ihrem Treffen mit dem Management in ihrem Hotel in Dublin besucht und die Zeitschrift mitgebracht. Kevin war es gewesen, der die Fotos von Caren darin entdeckt hatte. Es waren sehr schöne Aufnahmen, die in exotischer Kulisse ein traumhaft schönes Mädchen zeigten, das mal Badeanzüge, mal knappe Bikinis trug, die keinen Zweifel daran ließen, dass ihre Figur makellos und ihre Maße ideal waren. Sie alle waren über das Magazin gebeugt, als Kian hereingekommen war.

Diese Fotos hatten Kian wie ein Schlag ins Gesicht getroffen. Hatte Caren nicht behauptet, ihr Gesicht würde für eine Kosmetikserie vermarktet? Das gefiel ihm zwar nicht, aber damit konnte er sich abfinden. Niemals jedoch würde er akzeptieren, dass sie für Bademoden posierte oder sich auf dem Catwalk von sämtlichen schmierigen Kerlen anstarren ließ. Kian hatte genug Affären mit Models gehabt um zu wissen, wie es in deren Leben zuging. Wenn sie an die Spitze wollten, durften sie nicht prüde oder wählerisch sein. Und Karriere machen wollten sie doch alle. Caren in dem Modejournal zu sehen, als eben solch ein Model, bekleidet mit winzig kleinen Bikinis, lachend, verführerisch und schön, war unerträglich. Kian hatte es kaum aushalten können, diese Fotos anzusehen. Seine Freunde hatten ihm angesehen, wie er sich fühlte. Ein Blick in sein bleiches Gesicht genügte, um zu wissen, dass er ihre Begeisterung nicht teilte. Eric hingegen war nicht anzumerken gewesen, was er dachte oder fühlte. Mit unbewegtem Gesicht hatte er sich die Kommentare angehört. >Sie ist so schön<, hatte Molly neidlos gesagt. >Tolle Figur<, war Kevins Meinung gewesen. Und bei Robs >Wow!< war Kian dann hinausgelaufen. Was gut war, denn wie er auf Robs anschließende Bemerkung reagiert hätte, wussten sie alle. >Was für eine Frau<, hatte der bewundernd gesagt. >Das Muttermal auf ihrem Busen macht mich echt an!<.

Dass Kian diese Fotos nicht kommentarlos hinnehmen würde, war klar. Das wussten seine Freunde. Trotzdem reagierten sie jetzt zu spät.

»Kian!« sagte Danny noch warnend. Dann ging alles rasend schnell.

Neben Carens Stuhl blieb Kian stehen und schleuderte voller Zorn das Heft vor ihr auf den Tisch. Mit einem lauten, hässlichen Klatschen fiel es auf Carens Teller, streifte dabei ihre Hände und riss das Besteck aus ihren Fingern. Die Wucht des Aufpralls stieß zuerst das Rotweinglas, dann die daneben stehende Karaffe um und ließ den Kerzenleuchter gefährlich schwanken. Das weiße Dammasttuch, auf das Kartoffeln und Gemüse gespritzt waren und hässliche Flecken darauf hinterließen, färbte sich in Sekundenschnelle blutrot.

Völlig entgeistert und zu Tode erschrocken saß Caren da. Sie starrte auf die rote Pfütze, die immer größer wurde, sich immer mehr ausbreitete, und von dort auf die Zeitschrift, die aufgeblättert und verschmutzt vor ihr auf dem Tisch lag. Im ersten Moment wusste sie nicht, was passiert war.

Neben ihr fluchte Kevin »So eine Schweinerei!«, während er versuchte, Saucenflecken von seinem Armani-Anzug zu wischen. »Verdammte Sauerei«, wiederholte er wütend.

Caren hörte es kaum. Auch Kians Stimme schien aus weiter Ferne zu kommen, obwohl er sie außer sich vor Wut anschrie.

»Bist du wahnsinnig, solche Fotos zu machen? Dich fast nackt vor diesen Typen herumzuräkeln und sie aufzugeilen?! Mit wie vielen hast du hinterher gevögelt?! Das ist in der Branche doch üblich. Mit diesen Typen rumzuhuren, mit jedem zu bumsen!«

Wie betäubt saß Caren da. Sie hörte zwar die gehässigen Worte, aber sie konnte nichts sagen. Tränen schnürten ihr die Kehle zu.

»Was glaubst du eigentlich, wie viele Scheißtypen auf diese Fotos starren und sich dabei einen runterholen!«

Was Kian beinahe tobsüchtig werden ließ, war Robs Hand, die ungeachtet des Chaos und des verschütteten Rotweins über den Tisch langte und nach Carens Fingern griff.

»Kian gefällt sich heute als Prolet«, sagte Rob. »Hör gar nicht hin, Carry.«

»Entschuldige, ich habe vergessen, dass du eine ganz besondere Kinderstube genossen hast«, höhnte Kian. »Du bist ja ...«

»Mein Vater ist ein einfacher Werftarbeiter«, unterbrach ihn Rob mit ruhiger Stimme. »Aber er hat mir und meinen Brüdern beigebracht, wie man sich in Gegenwart eines Mädchens benimmt. Als diese Lektion bei Brentwoods anstand, bist du wohl gerade nicht zu Hause gewesen.«

»Halt die Klappe! Habe ich dich um deine Meinung gebeten?!«

»Hör auf, Kian! Tu uns allen den Gefallen und halt einfach nur deinen Mund.«

Aber das konnte Kian nicht. Er war so außer sich vor Wut, dass er sich nicht beherrschen konnte. »Was meinst du, was Männer tun, wenn sie dich so sehen?!«, schrie er Caren an. »Sie holen ihre verwichsten Schwänze raus und ...«

»Kian, das reicht!«, rief Rob scharf. »Hör auf!«

»Hör sofort auf damit, du verdammter Idiot!« Auch Kevin konnte sich nicht länger beherrschen. »Du hast genug angerichtet! Das reicht jetzt wirklich!«

Eric saß wie gelähmt neben Caren. Mit dem Besteck in der Hand besah er sich sprachlos das Chaos vor ihm. Über den Tisch hinweg sah Danny mitleidig von Caren auf Kian.

»Verdammt, ich habe dir immer wieder gesagt ...«

Ganz langsam schob Caren ihren Stuhl zurück und stand auf. Tränen standen in ihren Augen, ihre Stimme zitterte, als sie Kian ansah und sagte: »Warum tust du das? Warum ziehst du in den Schmutz, was mir wichtig ist? Ich habe doch schon alles verloren. Unser Baby. Unsere Liebe. Meine Karriere ... Alles ... alles. Warum machst du immer alles kaputt?«

Kian erstarrte förmlich. Er stand da und sah Caren fassungslos an. »Was ... Was sagst du da?«, fragte er mit heiserer Stimme. Sein Gesicht war leichenblass. »Unser ... Baby?«

»Ja, unser Baby!«, rief Caren weinend. »Ich war schwanger. Als ich die Treppe hinunterstürzte, habe ich das Baby verloren.«

»Du warst schwanger?« Kian tastete nach einer Stuhllehne, um sich daran festzuhalten. Er hatte das Gefühl, als würde ihm der Boden unter den Füßen fortgezogen.

Caren konnte ihn kaum mehr sehen. Die Tränen liefen ihr in Strömen aus den Augen, sie wischte sie nicht einmal fort. »An dem Tag, als ich zu dir ins Hotel kam, bin ich beim Arzt gewesen. Ich wollte es dir unbedingt persönlich sagen, nicht am Telefon. Deshalb bin ich zu dir gefahren. Und dann sah ich dich ... mit ... mit dieser Frau.«

»Oh, Caren ...«

»Da wusste ich, dass es aus ist. Dass ich deine Liebe nicht mehr habe. Alles was mir blieb, war dein Kind.«

»Caren ...«

»Und das ... Und das habe ich dann auch noch verloren.« Jetzt weinte sie bitterlich.

»Caren! Nein! Das ist nicht wahr! Bitte sag, dass das nicht wahr ist.«

Kian bemerkte nicht, dass die Tränen aus seinen Augen strömten und über sein Gesicht liefen. Er war völlig verzweifelt. Jetzt wusste er, warum Caren so unerwartet reagiert hatte damals, warum sie so eiskalt gewesen war und warum sie ihm nie mehr eine Chance gegeben hatte, mit ihr zu sprechen. Warum er nie wieder eine Chance bekommen würde. Er hatte ihre Ehe, ihre Liebe zerstört. Er war schuld daran, dass sie das Baby, sein Kind, verloren hatte. Dafür gab es keine Entschuldigung und kein Verzeihen. Dieses Wissen brachte ihn beinahe um.

»Caren, es tut mir leid«, sagte er noch einmal, leise, verzweifelt und hoffnungslos. »Es tut mir so leid.«

Caren hob ihr Gesicht und sah Kian an. Durch ihre Tränen hindurch sah sie ihn dort stehen. Sie sah die Verzweiflung in seinem tränennassen Gesicht, und grenzenloses Mitleid und grenzenlose Liebe durchströmte ihren Körper. Sie wollte auf Kian zugehen, ihn in ihre Arme nehmen und trösten.

Dann war Eric bei ihr. Er legte seinen Arm um sie und brachte sie aus dem Zimmer.

12. Kapitel

Carens Blick ruhte nachdenklich auf der CD, die sie bei ihrer Rückkehr aus Sligo in ihrem Zimmer neben der Stereoanlage vorgefunden hatte. Es war die CD, die Kian für sie aufgenommen hatte, mit Liedern, die er für sie geschrieben hatte. Die er, wie er behauptete, nur für sie sang. Sie las die Titel, die in seiner klaren Handschrift auf das Inhaltsschildchen geschrieben waren: My angel / You're everything to me / Once I've been your hero / I'm missing you. Du bist alles für mich. Ich war einmal dein Held. Ich vermisse dich. Schöne Titel. Schöne Worte. Davon konnte Caren sich überzeugen, als sie die CD nach einem langen Zögern einlegte und dann versuchte, Kians Stimme und die Musik auszublenden und nur auf die Texte zu hören. >Hör dir die Lieder an. Dann weißt du, dass ich immer nur dich geliebt habe<, hatte er gesagt. Worte, nichts als Worte. Und keines entsprach der Wahrheit! Denn die Lieder erzählten davon, wie sehr er sie liebte, wie sehr er sie vermisste und wie leid ihm alles tat. Es war alles gelogen.

Bittere Wahrheit waren all die Mädchen, mit denen sie ihn damals hatte teilen müssen. Für Kian hatte das Wort ‚Liebe' eine vollkommen andere Bedeutung als für sie, das hatte Caren während ihrer Ehe feststellen müssen. Mit seiner Definition konnte sie irgendwann nicht mehr leben. Deshalb hatte sie die Konsequenzen gezogen und ihn verlassen.

>Ich hasse ihn!<, dachte Caren plötzlich wütend. >Er ist wieder dabei, in mein Leben einzudringen. Er wird es noch einmal kaputtmachen. Das darf ich nicht zulassen.

Und das werde ich nicht zulassen!< Sie nahm die CD und warf sie in den Papierkorb. Danach ging es ihr besser.

Es klopfte an ihre Zimmertür, Danny steckte den Kopf herein. »Darf ich reinkommen, Caren?«, fragte er.

»Ja, natürlich.«

Er kam durch den Raum auf sie zu und setzte sich, weil sie einladend auf das Polster klopfte, neben sie auf das Sofa vor dem Fenster. Eine Weile saßen sie da und sahen schweigend hinaus in den Regen, der schon den ganzen Tag anhielt und irgendwie nicht aufhören wollte. Schließlich wandte sich Caren Danny zu und sah ihm ins Gesicht. Sie mochte den großen, dunkelhaarigen jungen Mann. Sie mochte seine ruhige, zuverlässige Art. Mit seinem ausgeglichenen Wesen schaffte er es immer wieder, Kian auf den Boden zurückzuholen, wenn sein heißblütiges Temperament wieder einmal mit ihm durchgehen wollte. Sie hatte es oft genug erlebt, seit sie hier im Haus war. Caren wusste mittlerweile, wie nahe auch Danny und Kian sich standen.

»Was sollst du mir sagen?«, fragte sie. Sie hatte sofort gemerkt, dass Danny etwas auf dem Herzen hatte, aber nicht wusste, wie er anfangen sollte.

Danny atmete einmal tief ein. »Du kannst die Scheidung haben«, sagte er dann. »Wenn du es wirklich willst, ist Kian einverstanden mit der Scheidung.«

Ein heftiger Schmerz fuhr Caren in den Magen. Sie presste die Lippen aufeinander und ballte die Hände zu Fäusten, um ihn abzuwehren. Eric und sie hatten es geschafft, Kian ließ sich scheiden. Warum freute sie sich jetzt nicht? Warum war ihr stattdessen zum Weinen?

»Willst du es wirklich, Caren?«

Sie konnte Danny nicht ansehen, sie konnte auch nichts sagen. Sie nickte nur mit dem Kopf.

»Er liebt dich so sehr, dass diese ganze Situation ihn fertig macht. Bitte, gib ihm doch noch eine Chance. Rede mit ihm. Hör dir an, was er dir sagen möchte.«

»Kian hat immer viel gesagt in unserer Ehe, Danny. Zum Beispiel, dass ihm all diese Mädchen nichts bedeuten. Und dann hatte er wieder eine neue, und noch eine, und noch eine. – Ich glaube ihm nichts mehr.«

»Ein Psychologe könnte dir genau den Zusammenhang erklären zwischen seinen Mädchengeschichten und seiner Angst, dich zu verlieren. Er hat alles getan, um seine Ängste Wirklichkeit werden zu lassen.«

»Ich weiß, Danny. Ich wusste es damals schon. Nicht so klar wie heute, dazu war ich zu jung. Ich habe ihm immer wieder geglaubt. Ich habe ihm immer wieder vertraut. Und er hat mich immer wieder ...« Mit tränenerstickter Stimme brach Caren ab.

Danny griff tröstend nach ihrer Hand und drückte sie leicht. »Wann hast du aufgehört, ihm zu vertrauen?«, fragte er vorsichtig, nachdem sie wieder eine Weile schweigend nebeneinander gesessen hatten.

Mit einer energischen Handbewegung wischte Caren ihre Tränen fort. »An dem Tag, als ich erfuhr, dass ich schwanger war«, sagte sie. Sie hatte ihre Gefühle wieder unter Kontrolle und sprach ganz ruhig weiter. »Ich war unbeschreiblich glücklich. Kian und ich würden ein Baby haben! Er spielte damals in Southampton. Von einem Freund habe ich das Auto geliehen. Ich wollte unbedingt zu Kian. Ich wollte sein Gesicht sehen, wenn ich es ihm sagte. Und dann die Nacht mit ihm verbringen, natürlich«, fügte sie mit einem Blick in Dannys Gesicht lächelnd hinzu. »Dass Kian so oft tagelang fort war, war nicht immer einfach. Für uns beide nicht. Aber ich habe nie einen anderen ... Ach, lassen wir das! – Ich weiß noch, es war eine schreckliche Fahrt. Es regnete in Strömen und ich geriet in einen Stau nach dem anderen. Es war sehr spät, als ich endlich das Hotel erreichte, in dem Kian und seine Freunde wohnten. Ich kannte seine Zimmernummer, ich rief ja oft genug bei ihm an. Der Portier war nicht da und so ging ich einfach hinauf, klopfte an und ...

Und da sah ich ihn ... und das Mädchen. Und sie ... sie waren so laut, dass sie mein Klopfen nicht hörten. – Ich bin sofort wieder weg, ins Auto und zurück nach London. Unterwegs musste ich einige Male anhalten, weil mir so übel war, dass ich mich immer wieder übergeben musste. Ich weiß nicht mehr, wie ich es geschafft habe, heil in London anzukommen. In unserer Wohnung habe ich meine Sachen gepackt und bin noch in der Nacht zurück zu meinen Eltern.«

»Und am nächsten Tag kam Kian zu dir in die Ballettschule«.

Caren nickte. »Er wollte mir wieder alles erklären und mir wieder seine alten Lügen erzählen. Ich war immer noch in diesem seltsamen Zustand, alles war so unwirklich. Ich sah auch Kian nicht wirklich. Ich hörte ihn zwar reden, aber ich verstand seine Worte nicht. Ich erinnere mich, dass wir plötzlich auf der Treppe waren. Und dann bin ich gefallen. Ab da weiß ich nichts mehr.«

»Kian war nicht schuld, dass du gestürzt bist, nicht wahr?«

»Nein, es war meine Schuld. Ich bin über meine Tasche gestolpert. – Als der Arzt mir sagte, dass ich wegen eines komplizierten Beinbruchs nie wieder Ballett tanzen könne, war ich fix und fertig. Als er mir dann sagte, dass ich mein … mein Baby verloren habe, da ... da brach meine Welt zusammen, da wollte ich nicht mehr leben.«

»Das tut mir wahnsinnig leid, Caren. – Kian auch, das weißt du sicher.«

»Ja, das weiß ich.«

»Du hast ihm immer wieder verziehen. Warum dieses Mal nicht?«

»Weil ich beim Anblick von Kian mit dieser Frau in seinem Hotelzimmer nicht mehr die Augen verschließen konnte, wie sonst immer. Weil ich jetzt die ganze Wahrheit sah ... und hörte.«

»Erkläre es mir genauer, bitte.«

»All die Mädchen, die Kian hatte, waren bis dahin immer weit fort für mich gewesen. Ich sah zwar ihren Lippenstift oder ihr Make-up auf seinem Hemd, ich roch ihr Parfum, aber sie blieben unsichtbar und ich strich sie einfach aus meinen Gedanken, weil die Wahrheit zu wehtat. Zu Anfang gelang mir das auch ganz gut. Ich glaubte Kian nur zu gerne, dass er nur mich liebt. Aber von Mal zu Mal fiel es mir schwerer, ihm zu glauben oder mir etwas vorzumachen. Ich stellte mir immer wieder dieselben Fragen: Was mache ich falsch? Was findet mein Mann bei diesen Frauen, was ich ihm nicht geben kann? Kian gab mir nie eine Antwort darauf. – Ihn dann mit diesem Mädchen zu sehen, versetzte mich schlagartig in die Realität. Ich hatte keine Chance mehr mir einzureden, dass es nicht wahr ist, dass ich mich irrte. Jetzt musste ich den Tatsachen ins Gesicht sehen ... vielmehr auf den Rücken. Sie saß auf ihm und stöhnte ... und ... auch Kian ... hatte großen Spaß ...«

»Caren, hör auf!«, rief Danny voller Mitgefühl. »Quäle dich doch nicht mit diesen alten Geschichten.«

Caren wischte sich die Tränen aus den Augen, räusperte sich und sah Danny dann tapfer lächelnd an. »Du hast recht, Danny, es sind alte Geschichten und längst Vergangenheit. Und es bringt absolut nichts, zurückzublicken und sich zu fragen, warum es geschehen ist. Ich habe längst eingesehen, dass ich für Kian nicht die richtige Frau war. Und er wohl für mich nicht der richtige Mann. – Eric ist ganz anders. Ich werde mit ihm neu anfangen.«

>Sie darf jetzt nicht von Eric sprechen<, dachte Danny beunruhigt. Denn dann bekam das Gespräch eine Richtung, die es nicht nehmen durfte: fort von Kian.

»Wo habt ihr euch eigentlich kennen gelernt, Kian und du?«, fragte er interessiert.

»In Cambridge. Beim Sommerfest auf dem Campus.«

»Was hat er getan? Womit hat er dich erobert?«

»Er hat mich mit seinen schönen blauen Augen angesehen. Mehr musste er nicht tun.«

»Erzähle es mir ausführlicher, bitte.«

»Willst du das wirklich hören, Danny?«

»Sehr gerne sogar. Es sei denn, es tut dir zu weh, darüber zu sprechen.«

»Keineswegs«, sagte Caren leichthin. »Ich war mit einer Freundin über das Wochenende bei ihren Eltern in Cambridge. Zu diesem Sommerfest hatten uns Cousins von ihr eingeladen, die dort studierten. Wir hatten Glück mit dem Wetter, es war ein wunderschöner warmer Sommertag, so dass sehr viele Menschen dort waren. Wir schlenderten herum, trafen andere Freunde, erzählten mit ihnen und tranken etwas. Überall spielte Musik, es wurde getanzt, das übliche also. Was man so tut auf solchen Veranstaltungen.«

»Wo war Kian?«

»Er stand am Büffet, füllte gerade seinen Teller und sprach mit seinen Freunden. Du kennst ihn ja, er kann sich auf beides voll konzentrieren. Plötzlich sah er mich an. Ich stand mit Alice in der Nähe und hatte ihn auch gerade entdeckt.«

»Weißt du noch, was er anhatte?«, unterbrach Danny sie. Dass manche Paare das auch noch nach vielen Ehejahren wussten, faszinierte ihn immer wieder.

»Ja, natürlich«, sagte Caren. »Er trug eine weiße Jeans und ein schwarzes Polohemd, an dem sämtliche Knöpfe geöffnet waren. Er sah einfach traumhaft aus.«

Das klang sehr gut, freute sich Danny. »Kian weiß auch noch, was du getragen hast.«

»Das bezweifle ich.«

»Ein weißes Kleid, knöchellang, sehr romantisch mit Rüschen und einem großen Ausschnitt. Es hatte einen rosa Gürtel und du trugst rosa Sandaletten dazu. Und du hast ausgesehen wie eine Prinzessin, sagt Kian.«

«Das stimmt«, bestätigte Caren. «Ich trug ein weißes Kleid. Und fühlte mich darin wie eine Prinzessin.« Und einen kurzen Moment lang gestattete sie sich den Gedanken: >Natürlich weiß Kian es noch. Auch, dass er an diesem Tag anfing, mich Prinzessin zu nennen.<

»Erzähle bitte, was weiter passiert ist.«

»Kian sah mich an und verschluckte sich beinahe. Er hustete und fing an zu lachen. Dann stellte er seinen Teller fort und kam zu mir. Später erzählte er mir, dass er extra seinen Freund Clark mitgebracht habe, für Alice, damit er sich alleine mit mir unterhalten konnte. Ich kann mich noch heute an unsere ersten Worte erinnern: >Ich bin Kian<, sagte er und streckte mir seine Hand entgegen. >Was ist das für ein schöner Name?< >Es ist ein irischer Name. Genauer gesagt, ein gälischer. Er bedeutet ‚Gott des Kunstschmiedehandwerks'.< >Hast du einen Bezug zum Kunstschmiedehandwerk?< >Überhaupt keinen. Irgendwelche keltischen Vorfahren von mir ganz sicher. - Verrätst du mir, wie du heißt?< >Ich heiße Caren.< >Das ist auch ein schöner Name, ein sehr schöner sogar. Er passt zu dir.<

Kian sagte mir später, dass er sich bei meiner Frage, ob er einen Bezug zum Kunstschmiedehandwerk habe, in mich verliebt hat. Hätte ich sie nicht gestellt, wäre er angeblich zu seinen Freunden zurückgegangen und hätte mich nicht mehr angesehen. Ich habe ihm natürlich nicht geglaubt.

Als ich seine Hand ergriff, die er mir entgegenstreckte, und in seine Augen sah, ist es passiert. Seine Augen, seine Stimme und sein Lachen, das war das erste, was mich an ihm faszinierte. Kian und seine Freunde spielten auf diesem Sommerfest. Ich bin absolut kein Fan von Rockmusik, aber es gefiel mir, wie er sang und dazu Gitarre spielte. Die ganze Art, wie er sich auf der Bühne bewegte, wie er mit dem Publikum umging, gefiel mir.«

»Das macht er heute noch. Unsere Fans lieben ihn dafür. Rob und Kevin können das auch sehr gut. Aber Kian hat wirklich das Talent dazu, die Fans zum Toben zu bringen. Mir fehlt das völlig.«

«Ich bin überzeugt, wenn du singst, toben sie genauso, Danny.«

»Vielen Dank. Mehr davon«, lachte der junge Mann.

»Das kannst du haben.«

»Nein, erzähle bitte weiter. Es gefiel dir, Kian zuzuhören.«

»Ja, sehr. Zum Glück flirtete Alice ein wenig mit Clark, so dass sie vollkommenes Verständnis für mich hatte. Um Mitternacht war Schluss für Kian und seine Band. Während seine Freunde mit dem alten, klapprigen VW-Bus, in dem sie ihre Instrumente transportierten, zurück nach London fuhren, sind wir den Rest der Nacht durch Cambridge gegangen, haben uns unterhalten und außer, dass wir uns an den Händen hielten, ist nichts passiert. Er war so lieb, so zurückhaltend. Das gefiel mir. Mit dem Frühzug sind wir zurück nach London gefahren. Und als Kian mich nach einem wundervollen Tag am Sonntagabend nach Hause brachte, haben wir uns zum ersten Mal geküsst. Weil er so zurückhaltend war, hielt ich ihn für schüchtern. Kannst du dir das vorstellen?«

»Schwer.«

»Natürlich habe ich schnell gemerkt, dass er alles andere als schüchtern ist. Er sagte, er habe unbedingt einen guten Eindruck machen wollen, deshalb sei er so zurückhaltend gewesen. - Wir haben den ganzen Sonntag miteinander verbracht, den ganzen Montag und den ganzen Dienstag.«

»Was habt ihr getan, drei Tage lang?«, wollte Danny wissen.

»Wir sind Hand in Hand durch London gebummelt und haben uns unterhalten. Wir haben im Hyde-Park im Gras gelegen und haben uns unterhalten. Wir haben auf wohl jeder Bank in der Stadt gesessen, uns angesehen und geredet, geredet, geredet. Es gab keine sieben Millionen Londoner für uns, wir waren ganz allein in der Stadt.«

»Gott, ist das schön«, sagte Danny schwärmerisch. »Ihr habt wirklich von Luft und Liebe gelebt, wie man so schön sagt?«

»Nicht wirklich«, lachte Caren. »Wenn wir Hunger bekamen, saßen wir in einem kleinen italienischen Restaurant, sahen uns an und ließen uns nur los, um einen Bissen zu essen. – Kian sprach am Sonntag schon davon, dass wir heiraten. Am Montagmorgen wusste ich, dass ich nie wieder ohne ihn sein wollte, und am Abend hatte er mich überzeugt. Wir waren uns sicher, unsere Liebe hält ewig. Nach dem Dinner mit meinen Eltern und einer schrecklichen Auseinandersetzung mit meinem Vater haben wir uns in diesem italienischen Restaurant verlobt. Am Mittwoch sind wir nach Irland geflogen und haben am Freitag standesamtlich und am Sonntag in der Kirche geheiratet.«

»Das war ja ein Tempo«, sagte Danny bewundernd.

»Ich weiß nicht, wie Kian es geschafft hat, dass wir tatsächlich am Freitag heiraten konnten.«

»Der Sohn unseres alten Mathelehrers ist der Standesbeamte in Sligo«, erklärte Danny. »Der hat wohl sämtliche Tricks angewandt, sonst wäre es wohl nicht so schnell gegangen. Kian hat es mir erzählt. Ich kenne mich nicht so genau aus, aber ich glaube, das ganze amtliche Verfahren dauert normalerweise Monate.«

»Darüber haben wir uns damals keine Gedanken gemacht. Wir wollten so schnell wie möglich heiraten und waren glücklich, dass es keine Probleme gab. Wir sind nach der Hochzeit noch einige Tage in Sligo bei Kians Familie geblieben, das waren unsere Flitterwochen. Am nächsten Wochenende hatte er einen Auftritt mit der Band, also sind wir am Freitagabend zurückgeflogen nach London.«

»Und damit war dann der honeymoon vorüber und der Ernst des Lebens begann, oder?«

»Bei uns gab es keinen Ernst«, widersprach Caren. »Das Leben mit Kian war ein einziges Abenteuer, aufregend und spannend, aber auch ruhig und romantisch. Wir haben viel gelacht, wir haben viel geredet, wir haben so viel gemeinsam unternommen. Ich habe sogar Billardspielen gelernt. Und Pokern. Unsere Ehe, unser Zusammenleben war schön. Zu Anfang. Aber irgendwann veränderte Kian sich. Seine Freunde kamen nicht mehr zu uns, wir trafen niemanden mehr, wir gingen kaum noch irgendwo hin. Ich besuchte meine Mutter und traf weiterhin meine Freunde, obwohl es Kian nicht recht war, das merkte ich. Aber er war so oft fort, ich brauchte diese sozialen Kontakte. Ich wollte nicht tagelang allein in unserer Wohnung sitzen und darauf warten, dass er nach Hause kommt. Es gab immer öfter Streit. Er machte mir Szenen, er fing an, mich anzuschreien. Und dann merkte ich, dass er andere Mädchen hatte.«

»Wie hast du es gemerkt?«

»Ich fand Lippenstiftspuren auf seinem Hemd, ein anderes Mal Make-up. Kian war anders, wenn er nach Hause kam. Anfangs dachte ich, er habe Sorgen, weil er so bedrückt war. Später wusste ich, es war sein schlechtes Gewissen.«

»Hat er seine Affären zugegeben?«

»Sicher nicht alle. Er hat versprochen, die Finger von den Mädchen zu lassen. Aber es gab wieder ein Mädchen und wieder eines, so ging es weiter und weiter und weiter. Und etwas versprechen und dann nicht halten, ist doch auch eine Lüge, nicht wahr? Er hat mich immer wieder angelogen.«

»Kian sagte mir, er sei überzeugt davon gewesen, dass du nicht glücklich warst in eurer kleinen Wohnung, mit dem wenigen Geld, das ihr hattet. Dass er Angst davor hatte, du würdest irgendwann Vergleiche anstellen zwischen dem Haus deiner Eltern, deinen Freunden und deren Lebensstil und so weiter.«

»Ich habe nie Vergleiche angestellt. Warum auch. Ich habe immer daran geglaubt, dass Kian eines Tages Karriere machen würde, dass ich Karriere machen würde. Und dass wir uns dann die Dinge leisten könnten, auf die wir bisher verzichten mussten. Obwohl ich nie das Gefühl hatte, auf etwas zu verzichten. Ich hatte alles, was ich brauchte.«

»Kian?«

Caren nickte. »Was hätte ich mir noch wünschen sollen? Ich hatte Kian, Mit ihm waren alle meine Wünsche erfüllt.«

»Das war eine sehr schöne Liebeserklärung, Caren.«

Caren schüttelte den Kopf. »Was nutzt eine Liebeserklärung, wenn sie nicht geglaubt wird.«

»Kian hat dieses Haus hier für dich gekauft.«

»Ich weiß. Er hat es mir gesagt.«

»Das war vor etwas mehr als einem Jahr. Er hat jeden Penny gespart, den er verdiente. Er wollte unbedingt ein Haus für dich. Nicht irgendeins, sondern das hier. Wir haben anfangs nicht verstanden, warum er unbedingt diesen Riesenkasten wollte. Später waren wir froh darüber und fanden es ganz hervorragend, weil es viel Platz für uns alle bietet.«

Caren wusste, warum Kian gerade dieses Haus gewählt hatte. Es entsprach ziemlich genau dem Haus ihrer Großeltern in Sussex, von dem sie ihm erzählt hatte. Nicht einmal der Wein und die Rosen fehlten.

»Kian hat die ganzen letzten Jahre auf dich gewartet. Ist das nicht eine schöne Liebeserklärung von seiner Seite?«

»Wie viele Mädchen hatte er in dieser Zeit?«

»Keine von ihnen hat eine Rolle in seinem Leben gespielt, Caren. Bei dir ist das anders. Kian liebt dich. – Er hat sich geändert. Er wird dich ...«

»Kian hat sich nicht geändert«, stellte Caren richtig. »Er wird sich auch nicht ändern. Ich habe einfach keine Lust mehr, meinen Mann mit anderen Frauen zu teilen. Bei Eric muss ich mir da keine Gedanken machen. Er wird mich nie betrügen.«

»Gib ihm noch eine Chance, Caren. Bitte.«

»Ich habe ihm so viele Chancen gegeben, Danny. Ich kann sie gar nicht mehr zählen.«

»Eine letzte, Caren. Eine allerletzte«, bat Danny inständig.

»Nein. Bitte sag Kian, dass ich die Scheidung möchte.«

In Carens Gesicht konnte Danny deutlich lesen, dass es ihr ernst war. Ihr ‚Nein' war endgültig. Es gab keine allerletzte Chance für Kian.

13. Kapitel

Noch nie war Caren Eric so attraktiv und begehrenswert erschienen wie heute. Lag es an dem
dunkelblauen Kostüm mit der eng anliegenden Jacke und
dem kurzen Rock, das ihre Figur und ihre gutgeformten
langen Beine gut zur Geltung brachte? Oder war es der
Gedanke, dass sie, wenn sie sich nachher auf der Rückfahrt befanden, endlich frei für ihn war? Diese Fragen
scherzend mit ihr zu erörtern, würde gerade heute unpassend und sicher auch zwecklos sein. Caren saß zusam-
mengekauert neben ihm auf dem Beifahrersitz, spielte
nervös mit ihrem Haar und signalisierte deutlich, dass sie
nicht reden wollte.

Erics Gedanken wanderten von Caren zu Kian. Vor
vier Wochen hatte dieser sich plötzlich und völlig unerwartet mit einer Scheidung einverstanden erklärt. Als
Caren in sein Apartment gekommen war, hatte Eric geahnt, dass etwas Außergewöhnliches geschehen war, denn
sie hatte seine Räume, mit Ausnahme der Besichtigungstour an ihrem Ankunftstag, nur am Morgen ihrer
Fahrt nach Sligo betreten. Als sie ihm von Kians Entscheidung erzählte, hatte er sie nur schweigend in seine
Arme genommen. Er hätte nicht sagen können, welches
Gefühl in diesem Moment in ihm überwog: das Mitleid
mit Kian oder die Erleichterung, dass er endlich am Ziel
war.

Eric war am Ziel. Über die Konsequenzen, die sich daraus ergaben, mochte er jedoch nicht nachdenken. Der
Gedanke, dass die Presse von seiner Liebe zur Ehefrau
seines Freundes Kian erfahren würde, bereitete Eric von

Anfang an große Sorgen. Die irische Presse würde sich mit etlichen negativen Schlagzeilen begnügen, die englischen Medien jedoch würden Dreckkübel über Caren und ihn ausgießen. Diese Story würde sich die Boulevardpresse nicht entgehen lassen, denn sie bot Stoff für unzählige gehässige Schlagzeilen und viele Unwahrheiten. Eric wusste, dass viele Fans schockiert sein und nicht in die Konzerte kommen oder das neue Album nicht kaufen würden. Er würde viele seiner Fans verlieren. Das alles würde passieren, wenn herauskam, dass Kian sich wegen ihm hatte scheiden lassen. Und die Presse würde es herausfinden, das war sicher. Unangenehme Zeiten lagen vor ihm, bedeuteten jedoch nicht den Weltuntergang. Schlimm war nur, dass mit ihm auch Caren in die Schlagzeilen geraten würde und er sie nicht davor schützen konnte.

Erics weitere Sorge war, wie es auf den bevorstehenden beiden Tourneen zwischen Kian und ihm sein würde. Wie würden sie im Hotel, auf der Bühne, in Fernsehstudios und bei Interviews miteinander umgehen? Würden sie wirklich in der Öffentlichkeit wochenlang so tun können, als wären sie immer noch die besten Freunde? Fünf Freunde, die zusammenhielten, die sich niemals stritten, die keine Probleme miteinander hatten, dieses Phantasiegebilde musste unter allen Umständen aufrechterhalten werden, das sagte ihnen ihr Manager immer wieder. Wenn nach außen drang, dass das saubere Bild von fünf jungen Männern, die ohne Skandale, Drogen und Alkohol lebten, auf der Bühne ihre Musik machten und nur ihre Fans liebten, gar nicht so sauber war, könnte ihnen das ziemlich schaden. Dieses Image, das Steve so sorgfältig aufgebaut hatte und das einen Teil ihres überwältigenden Erfolges ausmachte, es durfte durch nichts zerstört werden. Streit und Eifersucht unter ihnen passte nicht in diese Darstellung von heiler Welt. Hin und wieder einmal ein kleiner Flirt, eine Liebesnacht, die in die

Schlagzeilen geriet, das war völlig in Ordnung für die Fans. Solange es sich nicht um eine feste Freundin handelte, bestand kein Grund für Empörung, Eifersucht und Tränen. Ein Bandmitglied, das verheiratet war, war inakzeptabel. Das würden ihre weiblichen Fans niemals tolerieren. Das versuchte Steve ihnen immer wieder einzubläuen. Meist mit wenig Erfolg. Eric erinnerte sich noch gut an das Telefongespräch, das Kian vor einiger Zeit mit ihrem Manager geführt hatte.

»Ich denke nicht daran zu verschweigen, dass ich verheiratet bin«, hatte Kian ärgerlich gesagt. »Es ist meine Sache, warum ich nicht früher darüber gesprochen habe! - Was geht es mich an, dass irgendwelche Mädchen nicht damit leben können? – Das ist mir scheißegal, Steve! – Ich habe keine Lust, weiter darüber zu diskutieren. Der Hinweis auf meine Ehe mit Caren kommt auf die Website oder du lässt meinen Namen ganz raus! – Das Thema ist für mich erledigt! – Hör auf, Steve! – Verdammt!«

Durch die Wand der Bibliothek hatten die Freunde gehört, wie Kian im Arbeitszimmer wütend den Hörer auf das Telefon knallte und dann aus dem Zimmer stürmte, wobei er krachend die Tür hinter sich zuschlug. Keiner hatte etwas gesagt, sie hatten sich nur schweigend angesehen. Und jeder von ihnen war voller Bewunderung gewesen. Kian traute sich was! Aber er traute sich ja immer. Deshalb überließen sie ihm gerne alles Geschäftliche. Obwohl zahlreiche Anwälte und Investoren für sie arbeiteten, hatte Kian das letzte Wort, wenn es um Verträge, Geldanlagen und Investitionen ging. Genauso geschickt führte er die Verhandlungen mit ihrem Management und den Produzenten. Das lag ihm, er hatte Talent dazu. In der Vergangenheit hatte es sich immer wieder gezeigt, wie gut es war, dass er sich einmischte und den Leuten auf die Finger sah. Kian enttäuschte seine Freunde nicht. Er setzte ihre Wünsche und Forderungen durch, ihre Karriere ging steil nach oben und ihr Vermögen wuchs stetig.

Weil Steve damals solch ein Theater gemacht hatte, hatte Eric sich bisher nicht getraut, ihm zu sagen, dass er heiraten wolle, und dass seine Auserwählte Kians Ex-Frau war. Eric war nicht so mutig wie Kian. Er hasste Auseinandersetzungen. Er würde sich gegen Steve auch nicht durchsetzen können, wie Kian es tat. Dessen Ehe mit Caren wurde tatsächlich auf ihrer offiziellen Fanseite erwähnt, wobei persönliche Angaben fast völlig fehlten. Außer Vornamen, Alter und Staatsbürgerschaft erfuhren die Fans nichts. Es gab auch kein Foto von Caren. Dass Irlands Mädchenschwarm Nummer Eins verheiratet war, sorgte für unterschiedliche Reaktionen. Bei ihrer Plattenfirma gingen viele traurige E-Mails, aber auch hässliche Briefe, die Drohungen an Caren enthielten, und etliche Selbstmorddrohungen von jungen Mädchen ein, es gab aber auch Akzeptanz und freundliche Anteilnahme. Eine Gruppe Mädchen hatte zwei Tage lang vor dem Tor kampiert, von Duffy aufmerksam und misstrauisch beobachtet. Nach 48 Stunden Dauerregen waren sie jedoch verschwunden und es herrschte wieder Ruhe. Kians Scheidung würde Freudenschreie auslösen, das war sicher. Wie würden aber die Reaktionen darauf sein, dass Eric die ehemalige Frau seines besten Freundes heiraten wollte, kaum dass dieser geschieden war? Noch wusste niemand von seinen Plänen. Die Fans ahnten auch nicht, dass Kian und er völlig zerstritten waren und seit Wochen kein Wort miteinander sprachen.

Energisch schob Eric die Gedanken an die Fans und an Kian beiseite, während er seinen Wagen durch den Verkehr in der Innenstadt von Galway lenkte. Schließlich hatte er Probleme, die aktueller waren und die er bald klären musste. Er fürchtete zwar die Reaktion ihres Managers auf seine Heiratspläne, aber er würde sobald wie möglich mit ihm sprechen müssen. Denn Eric wollte im Dezember, bevor sie im kommenden Jahr auf die große Tournee nach Australien gingen, heiraten. Es durfte nichts dazwischen kommen. Caren musste bis dahin seine Frau sein. Diese Gewissheit musste er haben. Denn seine Angst, sie zu verlieren, wuchs von Tag zu Tag.

Auch während der Fahrt nach Galway spürte Eric diese Angst wieder sehr intensiv. Caren saß zwar neben ihm, aber sie war so weit fort, dass er fast befürchtete, er habe sie bereits verloren. War sie mit ihren Gedanken bei Kian? Und wenn ja, warum? Liebte sie ihn noch? Wollte sie überhaupt geschieden werden? Würde sie wirklich einmal seine Frau werden, wie sie versprochen hatte? Eric hatte so viele Fragen, die er Caren jedoch nie stellte. Aus Angst vor einer Antwort, die er nicht hören wollte.

»Soll ich wirklich nicht mitkommen?«, fragte Eric, als er seinen Wagen vor der breiten Steintreppe des im klassizistischen Stil errichteten Gerichtsgebäudes anhielt. Besorgt sah er in Carens bleiches Gesicht, während er ihre zitternden Hände nahm und sie fest in seinen hielt.

»Nein, bitte nicht. – Geh irgendwo in der Nähe einen Kaffee trinken«, bat sie. »Der Anwalt sagt, es ist nur eine Formsache. Wir müssen aber persönlich anwesend sein. In einigen Minuten ist es vorbei.« Auch ihre Stimme zitterte.

»Dann ist es vorbei, Darling«, sagte Eric zärtlich.

Caren lächelte ihn schwach an, löste sich aus seinen Armen und stieg aus dem Auto. Ohne noch einmal zurückzuschauen lief sie durch den Regen die Treppe hinauf und verschwand zwischen den Steinsäulen ins Innere des Gebäudes. Natürlich musste dieser Tag grau und regnerisch sein!

Das erste Stockwerk, das ihr Ziel war, war menschenleer. Der lange, blank gebohnerte Flur lag verlassen vor Caren. Es war so still, dass ihre Absätze fast unerträglich laut auf dem Linoleumboden klapperten und den tiefen Frieden des Gebäudes störten. Jeweils zu beiden Seiten der großen, dunklen Türen, hinter denen sich die Sitzungsräume befanden, standen vier orangefarbene

Plastikstühle. Verschiedene Grünpflanzen versuchten, die bedrückende Atmosphäre des Gebäudes etwas freundlicher zu gestalten. Ein vergebliches Bemühen.

Unruhig ging Caren auf und ab, setzte sich auf einen der Stühle, stand nach wenigen Sekunden wieder auf und ging wieder auf und ab. Sie fühlte sich elend. Hätte sie nicht doch Erics Angebot annehmen sollen, sie zu begleiten? Aber wie hätte er sie trösten können? Sie konnte von ihm nicht erwarten, Unmögliches möglich zu machen. Warum fühlte sie sich so schlecht? Warum hatte sie das Gefühl, Trost zu brauchen? Sie hatte die Scheidung von Kian gewollt. Heute bekam sie die Scheidung. Und nun musste sie sehen, wie sie mit diesem Gedanken zurechtkam.

Seit dem Tag, als Danny ihr mitgeteilt hatte, dass Kian mit der Scheidung einverstanden sei, hatte Caren ihn nicht mehr gesehen. Er hatte einen gemeinsamen Anwalt vorgeschlagen, was sie akzeptiert hatte. Der Anwalt, ein sympathischer Mann in den Vierzigern, der einen kompetenten Eindruck machte, war zweimal mit irgendwelchen Papieren, die sie unterschreiben musste, bei ihr gewesen. Weitere Gespräche waren nicht notwendig. Kian und sie waren sich in allem einig. Da sie auf ihre finanziellen Anrechte aus der Ehe verzichtete, würde die Scheidung schnell und komplikationslos ausgesprochen werden. Caren wusste nicht, wohin Kian gegangen war, ob er in Clifden in einem Hotel wohnte oder ob er bei Freunden oder Bekannten war. Sie fragte nicht und keiner sagte etwas. Eric und seine Freunde waren mit den Vorbereitungen für ihre Skandinavien-Tournee beschäftigt und auch kaum mehr zu Hause. Caren wusste, dass sie Kian trafen, sie musste sich keine Sorgen um ihn machen. Es wäre ihr jedoch lieber gewesen, sie hätte vorher gewusst, dass er gehen würde. Dann hätte sie ihm sagen können, dass sie das Haus verlassen würde. Schließlich war es sein Zuhause. Sie hatte kein Recht, dort zu sein.

Fußtritte auf der Treppe veranlassten Caren, ihr unruhiges Umherwandern zu unterbrechen und sich umzusehen. Kian kam mit schleppenden Schritten die Stufen herauf. Er hatte es offensichtlich nicht eilig, geschieden zu werden. Es tat weh, ihn zu sehen. Es hatte in den vergangenen Monaten wehgetan, es tat auch heute weh. Caren sah auf seinen gutsitzenden grauen Anzug mit dem blau-weiß gestreiften Hemd und der dunkelblauen Krawatte. Kian hatte einen guten, sicheren Geschmack. Den hatte er schon damals gehabt. Er hatte ihr vor fünf Jahren in Jeans und T-Shirt gefallen, heute gefiel ihr die lässige Selbstverständlichkeit, mit der er seine Designerkleidung trug. Sie freute sich über seinen Erfolg, der es ihm ermöglichte, sich alle seine Wünsche zu erfüllen ... Nein, niemand bekam alle seine Wünsche erfüllt! Das wusste sie doch am besten!

Caren sah in Kians bleiches Gesicht, in seine traurigen Augen. Und wusste nicht, dass sie genauso aussah.

»Hallo, Caren.«

»Hallo, Kian.« Als sie seine ausgestreckte Hand ergriff, merkte sie, dass diese genauso eiskalt war wie ihre.

Sie ließen sich sofort wieder los. Schweigend saßen sie nebeneinander auf den geschmacklosen Plastikstühlen, ohne sich anzusehen und darum bemüht, sich nicht zu berühren. Es schien, als hätten sie sich nichts mehr zu sagen. Aber der Schein trog. Es gab so viel, was sie sich gerne sagen würden. Sie brachten aber kein Wort heraus.

Gleichzeitig mit dem Erscheinen ihres Anwaltes, der mit wehender Robe eilig die Treppe heraufgestürmt kam, ertönte eine Stimme aus einem kleinen Lautsprecher neben der Tür: »In der Scheidungssache Brentwood, die Beteiligten bitte eintreten!« Ihre Liebe, ihre Ehe war zu einer ‚Sache‘ geworden.

Es ging wirklich sehr schnell. Sie mussten beide bestätigen, dass sie die Scheidung wollten. Und weder Kians noch Carens Stimme klang fest dabei. Ihre Trennungszeit von vier Jahren wurde vom Gericht als sehr positiv angesehen. Es gab ein kurzes Gespräch zwischen dem Richter und ihrem Anwalt, dann ein kurzes Diktat an die Protokollführerin. Alles war so unwirklich, so irreal. Caren konnte fast nicht glauben, dass sie tatsächlich hier saß, in diesem kalten, unpersönlichen großen Raum, mit Kian an ihrer Seite. Was taten sie beide hier? Seine zu Fäusten geballten Hände zu sehen, gab ihr einen Stich ins Herz. Wie gerne würde sie seine Hand nehmen, aufstehen und mit ihm ...

»Bitte erheben Sie sich«, bat der Richter. Seine tiefe Bassstimme tönte laut durch den großen Saal. »Im Namen des Volkes erkläre ich hiermit die Ehe zwischen Kian Paul Francis Brentwood, geboren am 3. Mai 1977 in Sligo, und Caren Elizabeth Caroline Sophie Brentwood, geborene Ashleigh, geboren am 5. April 1979 in London/England, die am 20. Juni 1997 im Standesamt Sligo geschlossen wurde, mit Wirkung des heutigen Tages für geschieden.«

Bei den Worten des Richters kämpfte Caren gegen die aufsteigenden Tränen an, die ihr in die Augen schießen wollten. Sie war geschieden. Das war es doch, was sie gewollt hatte. Warum war sie dann nicht glücklich?

Neben ihr stand Kian so abrupt auf, dass sein Stuhl ein lautes, scharrendes Geräusch auf dem Parkettboden machte. Ohne ein Wort zu sagen, ging er auf die Tür zu, riss sie auf und verließ mit schnellen Schritten den Saal.

Ihre Ehe war beendet, es hatte nicht einmal zehn Minuten gedauert. Während Caren mit wehem Herzen Kian nachschaute, fragte sie sich zum wiederholten Male, warum es so weit gekommen war. Warum waren sie beide gescheitert? Hatte es wirklich daran gelegen, dass Kian und sie aus verschiedenen Welten kamen oder dass sie verschiedenen Konfessionen angehörten, wie ihre Mutter vor ihrer Hochzeit eindringlich gewarnt hatte? Caren glaubte auch heute nicht daran, dass das der Grund war.

Aber was war schiefgelaufen? Was war geschehen? Wann war es geschehen? Fragen, auf die sie nie Antworten gefunden hatte. Und jetzt gab es keine Antworten mehr. Es war vorbei. Kian und sie waren geschieden.

14. Kapitel

Mrs. Duff war mit dem Einzug der fünf Freunde nach Grantham House gekommen. Als die jungen Leute ihre Eltern darüber informierten, dass Kian ein Haus gekauft hatte und sie gemeinsam mit ihm dort wohnen würden, hatten es Liz Brentwood und Miriam Keane übernommen, nach einer geeigneten Wirtschafterin zu suchen. Als sie Mrs. Duff zu einem Vorstellungsgespräch trafen, hatten beide sofort gewusst, dass sie die richtige Person gefunden hatten. Die gepflegte mollige Frau in den Fünfzigern gefiel beiden Müttern auf Anhieb. Ausschlaggebend war außerdem, dass das Ehepaar Duff viele Jahre lang bei einer sehr angesehenen Familie in England angestellt gewesen war und hervorragende Referenzen vorweisen konnte. Die Mütter erhofften sich durch Mrs. Duff etwas weltmännischen Schliff für die jungen Leute, und sie wurden nicht enttäuscht. Sie hätten wirklich keine bessere Haushälterin finden können. Darüber herrschte Einigkeit unter den fünf Freunden und deren Familien.

Mrs. Duff war voller Sympathie für die jungen Gentlemen. Sie verstand es aber, bei aller Sympathie die notwendige Distanz zu wahren. Wenn sie gebraucht wurde, war sie zur Stelle, mit einer Tasse Tee, einer heißen Brühe, oder, wenn sie darum gebeten wurde, mit einem guten Rat. Sie war weder neugierig noch aufdringlich, und Kommentare über den Charakter der jungen Herren oder deren ständig wechselnde Freundinnen tauschte sie nur mit ihrem Mann aus. Sie mochte die fünf Freunde von Herzen gern, was das gemeinsame Zusammenleben im

Haus sehr angenehm machte. Von Mr. Duff waren Liz und Miriam beim Bewerbungsgespräch mit dem Ehepaar wenig angetan gewesen. Er war äußerst wortkarg und lief meistens mit einer sehr grimmigen Miene herum. Es hatte sich jedoch schnell herausgestellt, dass ein butterweicher Kern in seiner harten Schale steckte. Mr. Duff, von den Jungen liebevoll Duffy genannt, teilte die Sympathie seiner Frau. Er mochte die jungen Burschen. Er war jedoch nicht der Mann, der seine Zuneigung offen zeigte. Bis Caren gekommen war. Duffy hatte von dem Moment an, als Eric ihm und seiner Frau seine neue Freundin vorstellte, sein Herz an Caren verloren, und er verbarg seine Zuneigung nicht.

Als Caren am Morgen nach der Scheidung nicht zum Frühstück erschien, bat Rob Mrs. Duff, nach oben ins Gästezimmer zu gehen, um nach ihr zu sehen. »Wir machen uns Sorgen. Sie ist gestern schon nicht zum Dinner gekommen.«

»Es geht Miss Caren nicht gut.« Mit dieser Nachricht kam die Haushälterin kurze Zeit später zurück ins Gartenzimmer. »Ich glaube, sie hat geweint. – Essen will sie auch nichts«, fügte Mrs. Duff mit besorgter Miene hinzu.

Bei den Worten der Haushälterin sahen Kevin und Rob sich an. Nur sie beide saßen am Tisch, denn auch Eric war bisher nicht zum Frühstück erschienen. Was hatte es zu bedeuten, dass Caren sich so vollkommen zurückzog? Und was war mit Eric?

»Also ich sage dir, das ist nicht normal«, sagte Kevin, nachdem Mrs. Duff die Tür hinter sich geschlossen hatte. »Caren wollte doch die Scheidung. Warum weint sie denn jetzt?«

»Und Kian liegt völlig betrunken in einem Hotel in Galway«, ergänzte Rob. »Gut, dass er sich gemeldet hat. Da konnte Danny hinfahren.«

»Dass er Caren liebt, wissen wir ja. Aber irgendwie werde ich das Gefühl nicht los, sie liebt ihn auch immer noch.«

Rob nickte schweigend. Zu diesem Thema hätte er eine Menge sagen können. Er wusste nur zu gut, dass Kevin Recht hatte. Er wusste es deshalb so genau, weil Caren es ihm gesagt hatte.

Seinen Freunden hatte er bis heute nichts von dem Ausflug mit Caren nach Clifden erzählt, und er würde es auch niemals tun. Das war an einem Tag gewesen, an dem Kian und Kevin bei Steve in Dublin und der Rest der Gruppe schon seit Tagen im Studio mit einem neuen Song beschäftigt war. Rob hatte sich für zwei Stunden bei Danny und Eric abgemeldet, weil er in Clifden etwas zu erledigen hatte. Zufällig hatte er Caren auf der Treppe getroffen und sie gefragt, ob sie Lust habe, mit ihm zu kommen. Zu seiner großen Freude hatte sie zugestimmt.

Clifden lag ungefähr eine Autostunde von Claddaghduff entfernt und war eine der hübschen kleinen Städte an der Atlantikküste, die längst von naturliebenden Touristen entdeckt worden war. Trotz der Menschenmassen, die sich in den engen Straßen, in Shops, Restaurants und Pubs drängten, war es Rob und Caren gelungen, unbehindert von Autogrammjägern durch die Stadt zu bummeln, um anschließend in einem Café am Hafen in aller Ruhe ein Eis zu essen und den Blick auf das bunte Treiben der Boote in der Clifden Bay zu genießen. Dabei unterhielten sie sich sehr angeregt und lachten miteinander, wie immer, wenn sie beisammen waren.

Rob gefiel es sehr, dass Caren nicht prüde war und dass sie sich nichts auf ihre Schönheit oder ihre Herkunft einbildete. Ihre erfrischende Natürlichkeit faszinierte ihn. Seit er Caren kannte wusste er, dass er genauso ein Mädchen auch haben wollte. Noch nie hatte er mit einer Frau so lachen können, wie mit ihr. Und er hatte sich noch nie mit einer so gut unterhalten wie mit ihr. Er hatte natürlich auch die Blicke der männlichen Einwohner Clifdens genossen. Wenn er mit seiner Freundin Susan ausging, sahen ihnen die Leute auch nach, das wusste er. Aber wie die Männer Caren angestarrt hatten, als er Hand in Hand mit ihr durch die Stadt ging, war ein Hochgenuss für ihn gewesen. Viele waren sogar stehen geblieben und hatten ihnen nachgesehen. Caren hatte ganz gelassen darauf reagiert und mit ihm gemeinsam darüber gelacht.

Beim Eisessen hatte Rob es wieder einmal nicht lassen können und angefangen, heftig mit Caren zu flirten. Dass sie mitspielte, hatte er dann aber wohl zu ernst genommen. Auf der Rückfahrt hatte er ohne lange zu überlegen den Wagen auf einem Feldweg geparkt, sich zu Caren gebeugt und sie sofort geküsst. Er erinnerte sich noch an ihr >Robby, nein<, dann hatte er seinen Verstand ausgeschaltet …

Rob fand endlich den richtigen Knopf, die Rückenlehne war unten und er lag halb auf Caren. Als sie den Kopf wegdrehte, küsste er ihren Hals. Rob hatte in seinem Leben Hunderte Mädchen geküsst. Seine Erfahrung war, dass es manche kalt ließ, wenn man ihren Hals küsste, manche wurden wild und waren nicht mehr zu halten. Caren gehörte zu letzteren. Plötzlich reagierte sie, sie wurde genauso wild wie er. Das zu merken, machte ihn wahnsinnig. Ihre Hände, die unter sein Hemd fuhren und dann seinen nackten Rücken hoch glitten. Ihre Hände in seinem Gesicht, in seinem Haar, dann wieder auf seinem Rücken, jede ihrer Berührungen machte ihn verrückt. Er hatte das Gefühl zu platzen. Noch nie hatte er es so erlebt.

Caren trug ein T-Shirt, das vorne wie ein Mieder mit Bändern geschnürt war. Rob hatte keine großen Probleme, die Bänder zu öffnen. Ihr Aufstöhnen, als er ihren Busen streichelte, ihre leisen Schreie, als er den Nippel in den Mund nahm und daran saugte, sanft zuerst, dann fester ... Es war Wahnsinn, noch nie da gewesener Wahnsinn! Verdammt, warum trug sie diesen langen Rock?! Caren wollte ihn, daran bestand kein Zweifel. So wie sie ihn küsste, wie ihm ihr ganzer Körper entgegenkam, wollte sie ihn genauso sehr wie er sie wollte. Rob kämpfte mit zitternden Händen gegen meterweise Stoff. Dann war er endlich dort, wo er hin wollte. Und er fühlte, wie sehr sie ihn wollte. Es war kaum zu glauben, fast zu schön, um wahr zu sein. Gleich war er am Ziel seiner Träume. Gleich würden sich all seine Wünsche erfüllen. Er sah runter in ihr Gesicht, in dieses wunderschöne Gesicht, während er an seinem Gürtel nestelte. Caren hatte die Augen geschlossen und gab sich ganz ihren Gefühlen hin.

»Kian«, sagte sie, ihre Stimme fast heiser vor Erregung. »Kian ...«

Das war es dann, das Ende seiner Träume. Rob hatte das Gefühl, als hätte ihn jemand mit eiskaltem Wasser übergossen. Es war schlagartig vorbei. Noch nie in seinem Leben war er von einhunderttausend Volt auf Null heruntergefahren worden. Jedenfalls nicht in diesem Höllentempo. Er bekam fast keine Luft mehr.

Noch einmal sagte sie »Kian?« Dann öffnete sie die Augen und sah ihn an. Sie war noch weit fort, kam aber schnell zu sich als er sich aufrichtete.

»Robby«, sagte Caren, jetzt ziemlich fassungslos.

»Carry, es tut mir leid.« Mehr konnte Rob nicht sagen. Er öffnete die Tür und stieg aus. Er brauchte frische Luft und wollte ihr Gelegenheit geben, zu sich zu kommen.

Sofort war sie neben ihm, ihr Haar zerzaust, ihr T-Shirt noch offen und von den Schultern gerutscht, wo er es hingeschoben hatte. Es war reiner Reflex, er konnte nicht anders. Er schob es über ihre Schultern, band das Mieder zu, wobei seine Hände dermaßen zitterten, dass er es kaum schaffte. Er versuchte, ihr zerstrubbeltes Haar zu ordnen und wischte mit seinem Taschentuch die zerlaufene Wimperntusche fort. Sie stand vor ihm wie ein kleines Mädchen und ließ es einfach geschehen.

»Entschuldige, Carry«, sagte Rob noch einmal.

Caren legte mit einer zärtlichen Geste ihre Hand auf seinen Mund. »Ich bin schuld. Ich muss dich um Verzeihung bitten.«

»Du liebst ihn, Caren. Du liebst ihn immer noch.«

Da fing sie an zu weinen. Sie weinte so sehr, dass Rob sie in den Arm nahm, sie festhielt und etwas hilflos ihren Rücken streichelte. Und sie klammerte sich so sehr an ihn, dass es beinahe wehtat.

»Meinst du nicht, dass er das wissen sollte?«

Caren hob den Kopf und sah Rob an. Tränen liefen aus ihren Augen, ihre Stimme zitterte als sie ausrief: »Er darf es nicht wissen! Versprich mir, dass du ihm nichts sagst! Niemals! Versprich es mir!«

»Carry ...«

»Versprich es, Robby! Bitte!«

»Ich werde ihm nichts sagen. Ich verspreche es.« ...

Kevins ärgerliche Stimme holte Rob unsanft aus seinen Erinnerungen in die Gegenwart zurück.

»Hörst du mir überhaupt zu?«, fragte sein Freund leicht gereizt.

»Doch, doch«, behauptete Rob hastig.

Er hatte große Probleme, die Gedanken an diesen Nachmittag mit Caren zu verscheuchen. Tagelang hatte er damals an nichts anderes denken können als an sie in seinen Armen liegend. Das hatte ihm nächtelang den Schlaf geraubt. Und lange Zeit hatte er zwischen Ärger über die nicht genutzte Chance und Erleichterung, dass er die Situation nicht ausgenutzt hatte, geschwankt. Er war sich auch heute nicht sicher, ob er wirklich die richtige Entscheidung getroffen hatte.

»Ich sagte, Molly ist auch dieser Meinung. Sie ist sich aber sicher, dass Caren nie zugeben wird, dass sie Kian noch liebt. Sie wird ihm keine zweite Chance geben. - Mit der Scheidung ist dieses Thema ja auch vom Tisch.«

»Irgendwie werde ich das Gefühl nicht los, dass er ihr verdammt wehgetan hat. Ihr ganzes Verhalten spricht dafür.«

Diesen Verdacht hatte Rob oft gehabt. Es blieb ein Verdacht, denn Caren sprach mit keinem von ihnen über ihre Ehe. Er hatte das Gefühl, sie wolle nichts Schlechtes über Kian sagen. Negatives gab es sicher mehr als genug zu erzählen. Die Freunde rechneten es ihr hoch an, dass sie es trotz allem, was Kian getan haben mochte, für sich behielt. Einiges hatte sie Danny erzählt. Aber der schwieg darüber. Wusste Eric, wie es in Carens Ehe ausgesehen hatte? Rob war überzeugt davon, dass sie auch ihm nichts erzählt hatte.

»Der Junge ist ein Idiot!«, stellte Kevin fest. »Da hatte er dieses Mädchen, von dem man nur träumen kann. Und er macht sich das selber kaputt.«

»Was passiert, wenn Eric und Caren heiraten?«, sinnierte Rob. »Jetzt ist sie geschieden. Sie können heiraten. Eric wird nicht lange warten wollen.«

»Dann sind wir erledigt, das steht fest. Kian hält es doch jetzt schon kaum aus, mit ihm im gleichen Raum zu sein. Wenn er Caren heiratet, wird Kian gehen. Oder Eric geht. Es kann auch sein, dass sie beide gehen. Ich weiß es nicht. Ich will auch gar nicht darüber nachdenken.«

»Ich bin sicher, Eric geht. Er wird nicht in Kians Haus bleiben. Abgesehen davon hat er sich durch seine blöde Eifersucht selber zum Außenseiter gemacht.«

»Wir haben einen Teil Schuld mit daran, seien wir ehrlich. Wir haben schließlich doch Partei ergriffen und ihm das Gefühl gegeben, wir sind alle auf Kians Seite. Außerdem hast du mit deiner dauernden Flirterei mit Caren beide provoziert, Eric und Kian.«

»Ich wollte niemanden provozieren«, erklärte Rob. »Jedenfalls nicht so, das kannst du mir glauben.«

»Na«, machte Kevin skeptisch. »Ich konnte nicht mehr unparteiisch sein, das muss ich zugeben. Kian hat mir so verdammt leidgetan.«

»Eric hat es uns ziemlich leicht gemacht, Partei zu ergreifen. Sein Benehmen wurde doch immer unerträglicher. Zum Schluss konnte man kein vernünftiges Wort mehr mit ihm reden.«

»Eric ist ein feiner Kerl, das wissen wir alle. Ich glaube, er hat sich keinen einzigen Tag sicher gefühlt. Kein Wunder, dass er so reagiert hat«, sagte Kevin. »Glaubst du, Caren wird ihn heiraten?«

»Hoffentlich nicht. Wenn sie es tut, macht sie drei Menschen unglücklich: sich selbst, Eric und Kian.«

»Nicht zu fassen, was eine einzelne Frau anrichten kann«, seufzte Kevin.

»Die Geschichtsbücher sind doch voll davon!«

»Wie soll das bloß enden?«

»Ich sehe für niemanden ein Happy End. Ich sehe eher das Ende für uns und für die Band.«

»Verdammter Mist! Wir haben noch nie so tolle Songs geschrieben wie für das neue Album. Es wird ein Riesenerfolg werden. In vier Wochen gehen wir nach Skandinavien. Die Karten für unsere Konzerte dort sind längst ausverkauft.«

»Das können wir alles abblasen, wenn Eric und Caren heiraten.«

»Und dann stehen wir wirklich auf der Straße und gehen mit dem Hut rum, wie Steve es uns immer prophezeit, wenn wir seine Anweisungen wieder einmal nicht befolgen und keine braven Jungen sind.«

»Himmel, hat der ein Theater gemacht!«

»Das kannst du laut sagen.«

»Weißt du, seine Moral geht mir manchmal ganz schön auf den Sack. Trinkt nicht so viel! Passt auf, dass die Presse euch nicht beim Vögeln erwischt! Tut dies nicht, tut das nicht. Bla, Bla, Bla.«

»Ja, das ist schon verdammt lästig. Aber versetz dich mal in seine Lage. Da setzt Kian durch, dass seine Ehe auf unserer Website bekannt gemacht wird. Und Steve lässt sich tatsächlich darauf ein, obwohl er genau wusste, was für ein Theater die Mädels machen würden. Er bügelt das irgendwie aus. Und dann lässt Kian sich scheiden. Dass Steve sich da veräppelt fühlte, kann ich ihm irgendwie nachfühlen. Er fand das nicht komisch.«

»Es ist nun wirklich nicht schwierig, die Komik in dieser Geschichte zu sehen.«

»Du siehst sie, ich sehe sie. Aber Steve sieht sie nicht.«

»Er ist absolut humorlos.«

»Er hat seine eigenen Vorstellungen von Humor. Und die decken sich leider nicht mit unseren.«

»Deshalb traut Eric sich auch nicht, ihm zu sagen, dass er Caren heiraten will.«

»Das kann ich ihm gut nachfühlen. - Ist das nicht eine verworrene Geschichte? In Hollywood würden sie einen Film daraus machen.«

»Und hier in Irland geht es um die Existenz von fünf netten Jungen, die bald wieder durch Pubs und Discos tingeln werden. - Und nie wieder Tausende von Mädchen, die sich die Seele aus dem Hals schreien, wenn sie uns sehen.«

»Sei still! Das will ich gar nicht hören. Gott, sind das trübe Aussichten.«

»Was machen wir? Was sollen wir tun?«

»Wir können nichts tun, gar nichts. Nur hoffen, dass Kian und Eric vernünftig sein werden.«

»Glaubst du, ich hätte mit Danny fahren sollen?«, fragte Rob zögernd.

»Nein, auf keinen Fall. Kian hätte dich nicht sehen wollen«, sagte Kevin sofort.

»Ja, da hast du wohl recht.«

»Das hast du dir selber eingebrockt. Ich habe dich gewarnt. Sag nicht, dass ich dich nicht gewarnt habe!«

»Sag ich ja gar nicht! Ich gebe zu, es hat mir Spaß gemacht, Kians Eifersucht herauszufordern. - Ich glaube, ich kann manchmal ein richtiger Idiot sein.«

»Das stimmt. Aber wir sind alle manchmal richtige Idioten.«

»Vielen Dank, mein Freund. - Ich gehe in die Kirche, eine Kerze für ihn anzünden«, sagte Rob und schob seinen Stuhl zurück. »Willst du auch eine für ihn? Für dich selber? Für sonst jemanden?«

»Am besten zündest du für uns alle eine Kerze an. Eine große! Wir können es gebrauchen, glaub mir.«

Genau wie seine Freunde war auch Rob ein sehr gläubiger Katholik. Im Gegensatz zu Eric machte es ihm jedoch keine Probleme, dass er eines Anderen Frau begehrte. Er war in Caren verliebt. Er hatte um sie geworben, weil er das völlig legitim fand, und hatte leider feststellen müssen, dass er chancenlos war. Sie wollte seine Freundschaft, aber mehr nicht. Schweren Herzens akzeptierte Rob das. Weitere Eroberungsversuche würde er nicht machen. – Als Caren ins Haus gekommen war, hatte Rob sich einen Spaß daraus gemacht, Eric ein wenig hochzunehmen und seine Eifersucht herauszufordern. Dass nicht nur Eric, sondern vor allem Kian eifersüchtig geworden war, und zwar so sehr, dass sie heute nicht mehr miteinander sprachen, hatte Rob völlig unerwartet getroffen. Alle Versuche, sich mit ihm auszusprechen, waren bisher vergeblich gewesen. Rob hatte Kian versichert, dass es nur Spaß war, dass er Caren nicht wolle, und sie ihn schon gar nicht, und dass sie nur Freunde seien. Er hatte sich sogar bei ihm entschuldigt. Aber egal, was er tat oder sagte, Kian hörte ihn nicht an. Er war so kalt und abweisend, wie Rob ihn noch nie erlebt hatte. Natürlich waren sie in der Vergangenheit böse aufeinander gewesen, sie stritten oft und heftig miteinander. Aber es dauerte nie lange, bis sie sich wieder versöhnten. Und dabei ging es ihnen um die Versöhnung, nicht um die Frage, wer den Streit angefangen hatte. Sie hatten auch schon mal eine Weile nicht miteinander gesprochen, wenn einer bei ihrem Wettstreit um die Mädchen eines bekam, das der andere unbedingt haben wollte. Aber das war ein Spiel, das sie beide nicht sonderlich ernst nahmen. Dabei ging es ihnen nur um Sieg oder Niederlage. Verständlich, dass dabei mit allen Mitteln gekämpft wurde, weil jeder von ihnen der Sieger sein wollte. Aber Caren gehörte nicht in dieses Spiel. Für Kian war sie bitterer Ernst. Das hätte er wissen müssen. Durch sein Verhalten hatte er seine Freundschaft mit Kian aufs Spiel gesetzt.

Sie würden sich wieder versöhnen, das wusste Rob. Es würde dieses Mal eine Weile dauern, vielleicht auch länger, bis sein Freund seine Entschuldigung annehmen und ihm verzeihen würde. Eine von Kians positiven Charaktereigenschaften war, dass er nicht nachtragend war. Er setzte sich durch, er sagte seine Meinung, und die konnte manchmal sehr unangenehm sein, aber er war nie verletzend. Auf der anderen Seite war er stets kompromissbereit und immer bestrebt, Streit unter seinen Freunden schnell zu schlichten. Wer ihn einmal wütend erlebt hatte, konnte sich kaum vorstellen, wie harmoniebedürftig er im Grunde war. Rob wusste es, er kannte ihn lange genug. Während er sich früher oft und gerne und mit jedermann geprügelt hatte, hatte Kian es immer zuerst mit Argumenten versucht, dann erst mit den Fäusten.

Rob war in Sligo als der größte Rabauke bekannt gewesen, der jemals im General Hospital geboren worden war. Unzählige zerbrochene Fensterscheiben gingen auf sein Konto. Wenn irgendwo in der Stadt Glas klirrte, wusste Ken O'Leary Bescheid. Gleich würde ein erboster Nachbar kommen und sich über seinen Sohn Robert beschweren. Er würde den Nachbarn beruhigen, einen Whiskey mit ihm trinken und Rob würde vier Wochen lang Zeitungen austragen, um den Schaden zu bezahlen. So lief es seit Jahren ab. Sein Zweitältester trug sehr oft Zeitungen aus. Rob liebte seinen Vater sehr. Er bewunderte die Art, wie dieser mit aufgebrachten Nachbarn, genervten Lehrern und sonstigen Problemen umging. Egal was Ray, Rob, Ricky und Ron anstellten, das Ehepaar O'Leary war stolz auf seine vier prächtigen Söhne. Sie erzogen sie mit Respekt und sehr viel Liebe und machten sie damit zu sehr selbstbewussten jungen Männern, die ihrerseits ihre Eltern über alles liebten. Rob bekam die Unterstützung der kompletten Familie als er beschloss, Musiker zu werden. Sie glaubten felsenfest an ihn und gaben ihm die nötige Energie, diesen Wunsch Realität werden zu lassen. Dabei hatte es jedoch die erste ernsthafte Auseinandersetzung mit seinem Vater gegeben, der von seiner Meinung nicht abzubringen gewesen war, es könne nicht schaden, einen guten Schulabschluss zu haben, während Rob davon träumte, in Dublin sein Glück zu machen. Sein Vater setzte sich durch und Rob gab nach. Vater und Sohn waren froh, dass ihr Streit beendet war. Die O'Leary's hielten zusammen. Genauso wie die Familien Keane, Moore, Evans und Brentwood. Es wunderte eigentlich niemanden, dass die Sprösslinge dieser Familien sich fanden und mit Eintritt ins College Freunde fürs Leben wurden. Seit ihrer ersten Stunde in Paul Sheridan's Musikklasse wussten die fünf, wie ihre Zukunft aussehen sollte. Seitdem gab es keine zerbrochenen Fensterscheiben mehr in der Stadt. Mit dem Geld, das ihm zahlreiche Jobs nach dem Unterricht und in den Ferien einbrachte, kaufte auch Rob seine erste Gitarre. Gerne verzichtete er dafür auf manche Party und auf manchen Kinobesuch. Nur auf Prügeleien verzichtete er nicht so leicht, dafür war er zu hitzig, zu temperamentvoll. Kevin beteiligte sich auch mit Wonne an jeder handfesten Auseinandersetzung. Darin unterschieden die beiden sich von ihren Freunden. Eric und Danny gingen Streit aus dem Weg. Kian liebte es, zu argumentieren und zu debattieren; er gebrauchte seine Fäuste erst, wenn es keinen anderen

Weg gab. Er wollte Frieden, unter seinen Freunden, unter allen Menschen. Kian stand zu diesem Wunsch, auch wenn sie ihn einen Utopisten nannten.

Weil er so war, wusste Rob jetzt ziemlich genau, wie elend sein Freund sich im Moment fühlte. Und er bedauerte es sehr, dass er nicht bei ihm sein konnte. Aber Kevin hatte recht, Kian hätte ihn nicht sehen wollen. Es war richtig, dass Danny allein nach Galway gefahren war, um Kian zu trösten.

15. Kapitel

Ausgerechnet in dem Moment, als Kian und Danny aus Galway zurückkehrten und durch die Haustür in die Diele traten, kam Caren die Treppe heruntergelaufen. Sie hielt einen Pullover in der Hand, den sie aus ihrem Zimmer geholt hatte, weil sie einen Spaziergang am Strand machen wollte. Sie sah die beiden Männer zu spät, ein Ausweichen war nicht mehr möglich. Kians Anblick, sein schleppender Gang, seine niedergeschlagene Haltung, vor allem aber sein übernächtigtes, unrasiertes Gesicht, traf sie mitten ins Herz. Im Vorbeigehen auf der Treppe hob er kurz den Kopf und sah sie an. Und ohne zu grüßen, ohne ein Wort zu sagen ging er weiter die Stufen hoch. Danny lächelte ihr nur müde zu und folgte Kian.

Schmerzhaft spürte Caren die Leere, die sich plötzlich in ihrem Körper ausbreitete. Sie unterdrückte mit Mühe den Wunsch, in ihr Zimmer zurückzugehen, sich ins Bett zu legen und die Decke über sich zu ziehen. Caren fragte sich zum wiederholten Male, warum sie so fühlte. Sie wollte doch von Kian geschieden werden. Deshalb lebte sie doch seit Wochen in diesem Haus, ertrug ihre Stimmungsschwankungen und bekämpfte ihr schlechtes Gewissen. Jeden einzelnen Tag hier hatte sie sich schlecht gefühlt. Und nun hatte sie ihr Ziel erreicht, sie war geschieden. Warum war sie dann nicht glücklich?

Seit Kian in die Scheidung eingewilligt hatte, befand sich Caren in diesem diffusen Zustand, der ihr eine Antwort auf die Frage >Was nun?< schwer machte. Aus der Sicherheit und Geborgenheit ihres wohlhabenden Elternhauses war sie in die Sicherheit und Geborgenheit der Ehe mit Kian gegangen. Danach war sie zu Judith und Norman nach Australien geflüchtet Und jetzt war sie im Begriff, Schutz in einer Ehe mit Eric zu suchen. Sie hatte nie längere Zeit auf eigenen Füßen gestanden, das wurde ihr zum ersten Mal bewusst.

Und noch etwas sah sie jetzt ganz klar. Ein Gedanke, der ihr in den letzten Wochen immer wieder in den Sinn gekommen war, den sie aber immer schnell verdrängt hatte: Sie konnte Eric nicht heiraten! Sie konnte es nicht tun wegen Kevin, Rob und Danny, nicht wegen Kian und vor allem wegen Eric nicht. Würden sie beide heiraten, bedeutete dies das Aus für die Band, für die Karriere und für die Freundschaft der fünf jungen Männer. Die Freundschaft zwischen Kian, Eric und Rob hatte sie bereits zerstört. Dass Erics Verhalten seinen Freunden gegenüber immer kühler und distanzierter geworden war, war Caren nicht verborgen geblieben. Auch in diesem Punkt duplizierten sich die Ereignisse in ihrem Leben. Eric war ebenso eifersüchtig wie Kian, und sie erkannte jetzt, dass sie durch ihr Verhalten diese Eifersucht provoziert hatte. Dass sie die Ursache für Zank und Streit, Eifersüchteleien und Unruhe im Haus war, wurde ihr jetzt ebenfalls bewusst. Auch die fünf Freunde wussten das und hatten doch nie etwas darüber gesagt. Sie hatten Caren aufgenommen in ihrer Mitte, hatten ihr ihre Freundschaft gegeben, obwohl sie genau wussten, welche Katastrophe sie auslösen konnte.

Ein zärtliches Lächeln trat in Carens Gesicht, als sie an die jungen Männer dachte: Kevin mit seinem sommersprossigen Lausbubengesicht, der Spaßvogel, der immer in Partylaune war. Wo Kevin war, gab es selten ernsthafte Gespräche, aber immer etwas zu lachen. Er brachte es fertig, einen Sieg beim Billard oder beim Pokern zum Anlass für eine ausgelassene Party zu nehmen. – Danny, der Ruhige, der Romantiker, anfangs sehr zurückhaltend, fast ablehnend ihr gegenüber, dann aber sehr aufgeschlossen, der ihr von seinen geheimen Wünschen und Träumen erzählt hatte, und der sich wohl nichts mehr wünschte, als dass sein Freund und sie wieder zusammen kamen. – Rob, gut aussehend und charmant, dessen kesse Art sie an ihrem Ankunftstag ziemlich irritiert hatte, der aber so liebenswert war, mit dem sie sich blind verstand und den sie wie einen Bruder liebte. - Eric, der Sanfte, der Sensible, der Attraktivste der fünf Freunde, mit seinem faszinierenden Lachen, intelligent und an allem interessiert, und so liebevoll und geduldig mit ihr. - Und Kian, ungeheuer selbstbewusst und selbstsicher, der genau wusste, wie gut er aussah, der seine Wirkung auf die Mädchen kannte, mit seinem blonden Haar und den schönen eisblauen Augen. Und auch er mit einem Lachen, das bewirkte, dass ihm sofort alle Herzen zuflogen.

In den Wochen, die Caren in Kians Haus zu Gast war, waren ihr die jungen Männer ans Herz gewachsen. Sie liebte diese Burschen, man musste sie einfach lieben. Sie liebte das Ehepaar Duff, sie liebte das Haus am Atlantik, sie liebte Irland. Aber sie musste fort von hier. Sie hatte in diesem Haus, in Kians Haus, nichts mehr zu suchen. Sie hätte von Anfang an nicht hier bleiben dürfen.

Als Caren von ihrem Spaziergang zurück kam, stand ihr Entschluss fest. Nach dem Dinner würde sie sich von jedem Einzelnen verabschieden und morgen früh das Haus verlassen. Auch wenn es ihr das Herz brach, wieder einmal von geliebten Menschen Abschied nehmen zu müssen. Aber sie musste gehen.

Als Caren und Eric am Abend das Kaminzimmer betraten, war nur Rob da. Er stand mit einem Glas in der Hand am Fenster und blickte so nachdenklich in die Dämmerung hinaus, dass er nur sehr zerstreut ihren Gruß erwiderte. Obwohl es erst Ende August war, war der Abend kühl. Duffy hatte rechtzeitig die Holzscheite im

Kamin angezündet. Das prasselnde Feuer warf einen rötlich-goldenen Schein auf das blankgebohnerte Holz des Parkettbodens und erwärmte angenehm den Raum. Aber trotz des Mohairpullovers, den sie zu ihrem langen Brokatrock trug, fror Caren.

»Ich habe vorhin in Galway beim Registrars Office angerufen«, sagte Eric hinter ihr.

Er hatte den ganzen Weg von ihrem Zimmer die Treppe hinunter mit ihr gesprochen, aber Caren hörte erst beim Eintreten in den Raum Erics Worte. Sie war mit ihren Gedanken bereits beim Abschied von Grantham House und seinen Bewohnern.

»Sie haben mir zwei Termine gegeben. Lass uns nachher darüber sprechen, welchen wir nehmen.«

Erics Stimme klang durch den ganzen Raum. Erst als er die Tür schloss, sah er, dass auch Kevin, Danny und Kian anwesend waren. Er sah genau in Kians Gesicht. Er sah das Entsetzen, das sich bei seinen Worten darin ausbreitete. Er sah in überdeutlicher, unerträglicher Großaufnahme, wie Kian Caren ansah. Mit einem Gesicht, das schneeweiß war. Und ohne sie anzusehen ahnte er, dass Caren Kians Blick genauso erwiderte. Und da wusste Eric, dass er verloren hatte.

Gleichzeitig wurde ihm klar, dass er schon lange wusste, dass Caren und Kian sich noch immer liebten. Er hatte es nur nicht wahrhaben wollen und hatte diesen unangenehmen Gedanken immer sofort weit weggeschoben. Aber er hatte zu oft gesehen, wie die beiden sich anschauten und dabei alles um sich herum vergaßen. So wie heute Abend. Vermutlich hatte er diesen letzten Beweis noch gebraucht. Er hatte keine Chance bei Caren. Von dem Moment an, als sie nach Irland gekommen war und Kian wiedergesehen hatte, hatte er keine Chance mehr gehabt und würde niemals eine haben.

Eric sah Caren aus dem Zimmer laufen. Er sah Danny, Rob und Kevin, die um Kian herumstanden, als wollten sie ihn beschützen. Das Gefühl, dass er nicht mehr zu dieser Gruppe gehörte, dazu das Wissen, dass er Caren verloren hatte, war kaum zu ertragen. Langsam, wie ein alter Mann, ging er hinaus, stieg die Treppe hinauf und erreichte irgendwie sein Apartment. Er fühlte sich völlig leer und gefühllos.

So ähnlich hatte er sich vor vielen Jahren gefühlt, als Kian ihm Andrea ausgespannt hatte, seine erste große Liebe. Sie waren beide siebzehn gewesen, besuchten den gleichen Französischkurs und auf einer Klassenfahrt nach Paris hatten sie sich ineinander verliebt. Einige Wochen schwebte Eric überglücklich auf rosa Wolken. Dann machte er den Fehler, Andrea zu einem Auftritt seiner Band mitzubringen und ihr seine Freunde vorzustellen. Kurze Zeit später veränderte sie sich, sie gebrauchte immer häufiger Ausflüchte, wenn er ein Treffen vorschlug. Und dann hatte er sie und Kian zufällig am Strand von Rosses Point gesehen, händchenhaltend und sich küssend. Eric hatte keine Szene gemacht, das lag ihm nicht. Er war am Abend zum Haus der Brentwoods gegangen und hatte Kian gesagt, was er von ihm hielt. Danach verließ Eric die Band und ging kurze Zeit später nach dem Collegeabschluss zum Studieren nach Dublin. Von Mädchen wollte er damals nichts mehr wissen. Natürlich hatte er sich wieder verliebt. Aber es war nie etwas Ernstes daraus geworden, irgendetwas hatte immer gefehlt. Bis er Caren getroffen hatte. Als er sie zum ersten Mal sah, hatte er sofort gewusst, dass sie die Frau war, auf die er all die Jahre gewartet hatte. Er liebte sie. Er wollte sie heiraten, Kinder mit ihr haben und mit ihr alt werden. Und beinahe wäre alles so gekommen. Sie hätten geheiratet und wären glücklich miteinander geworden. Wenn es Kian nicht gäbe. Wieder einmal war er es, der in Erics Leben eingriff und ihm die Frau wegnahm, die er liebte.

Eric dachte an die unbeschwerten Wochen mit Caren in London. Dort war alles einfach gewesen. Aber hier in

Irland hatten die Schwierigkeiten begonnen. Von dem Moment an, als Caren Kian wiedergesehen hatte, hatte sie sich verändert, und zwischen ihnen beiden hatte es die ersten Unstimmigkeiten gegeben. Es gab Tage, an denen sie ihn ziemlich halbherzig oder abwesend küsste, oder sie wollte gar nicht geküsst werden. Und sie hatte nie mit ihm schlafen wollen. Am Anfang hatte Eric das noch akzeptieren können, aber nach zwei Monaten verstand er es immer weniger. An dem Abend bevor Caren nach Sligo zu ihren Schwiegereltern gefahren war, hatte Eric es versucht. Es war der Abend gewesen, als sie Kian mit diesem Pullover provoziert hatte. Eric sah noch heute den Ausdruck in ihrem Gesicht, den Ausdruck in Kians Gesicht. Er konnte sich noch sehr gut an die Angst erinnern, die er dabei empfunden hatte. Er hatte deutlich gespürt, wenn Kian Caren einfach in den Arm genommen hätte, wäre alles gut gewesen. Und er hatte nur tatenlos dabei gestanden und sich vollkommen hilflos gefühlt. Ein Grund, warum Rob sich dann mit Kian geschlagen hatte und nicht er. Ein weiterer Grund war wohl, dass gerade er kein Recht hatte, sich mit Kian zu schlagen. Eric hatte Caren später an dem Abend eine Szene gemacht und ihr auf den Kopf zugesagt, dass sie Kian immer noch liebe. Wie froh war er gewesen, dass sie das energisch abstritt. Zu energisch, wenn er heute darüber nachdachte.

Er hatte sich viel zu lange etwas vorgemacht. Auch über seine eigenen Gefühle. Kam er wirklich damit zurecht, dass er die Frau seines Freundes liebte? Seine Ausrede, dass Caren bei ihrem Kennenlernen dachte, sie sei geschieden, hielt nicht lange stand. Denn seit ihrer Ankunft zu Hause in Irland wussten sie beide, dass Caren immer noch mit Kian verheiratet war. Die Gedanken daran, dass sie schwanger von Kian gewesen war, dass die beiden einmal glücklich miteinander gewesen waren, bereiteten Eric so viel Unbehagen, dass er sie immer schnell weit von sich schob. Er wusste, er handelte gegen seine innere Überzeugung, aber er wollte die Tatsachen nicht sehen. Er liebte Caren, sie liebte ihn. So war es und nicht anders. Und damit war seine Welt in bester Ordnung. – Aber das war sie nicht. An jedem einzelnen Tag der vergangenen Monate hatte Eric gegen sein schlechtes Gewissen angekämpft, hatte er seinen Charakter verbogen und versucht, seine Schuldgefühle Kian gegenüber zu unterdrücken. Diese Schuldgefühle waren wohl auch der Grund dafür, dass er nur halbherzig um Caren gekämpft hatte. Er hätte längst die Band verlassen und mit ihr fortgehen müssen, das wäre das einzig Richtige gewesen. Aber aus irgendeinem Grund hatte er nichts dergleichen getan. Als Caren und Kian geschieden waren, hätte er sich doch freuen müssen, er hätte doch jubeln müssen. Aber er tat es nicht. Und heute war er einfach zu traurig und noch lange nicht bereit, darüber nachzudenken, warum er so passiv gewesen war.

Eric wandte sich vom Fenster ab als er hörte, dass Caren sein Apartment betrat und sah ihr entgegen. Wie schön sie war. Wie sehr hatte er sich gewünscht, dass sie seine Frau wurde. Seit Monaten träumte er von nichts anderem. Das Wissen, dass dieser Traum sich nicht erfüllen würde, tat entsetzlich weh.

Als Caren in Erics blasses Gesicht und in seine traurigen Augen sah, fing sie an zu weinen. Sie hatte ihm nichts als Unglück gebracht. Und dabei war ihr größter Wunsch gewesen, ihn glücklich zu machen. Alles was sie wollte, als sie mit ihm nach Irland gekommen war, war bei ihm zu sein, ihn besser kennen zu lernen, seine Freunde und seine Eltern kennen zu lernen. Sie hatte sich in ihn verliebt. Nicht so himmelhochjauchzend wie damals bei Kian, sondern auf eine ruhige, zärtliche, bodenständige Art und Weise, die Bestand haben würde, dessen war sie sich so sicher gewesen. Caren hatte sich sehr gut vorstellen können, einmal Erics Frau zu sein, Kinder mit ihm zu haben, mit ihm zusammen ein glückliches Leben zu führen.

Eric hatte ihr ihre gemeinsame Zukunft stets in den schönsten Farben geschildert und beim Blick in sein strahlendes Gesicht hatte Caren sich nichts mehr gewünscht, als ihn glücklich zu machen. Stattdessen hatte sie Zank und Streit und Eifersucht in sein Leben gebracht. Eric war ein so liebenswerter Mensch, er verdiente es, glücklich zu sein. Aber mit ihr konnte er nicht glücklich werden, das wusste Caren heute. Hätte sie es vorher gewusst, hätte sie sich niemals auf eine Beziehung mit ihm eingelassen.

»Eric! Ich habe dir so wehgetan«, weinte Caren. »Bitte, verzeih mir. Ich wollte dir nie, nie wehtun. Niemals! – Es tut mir so leid. Es tut mir so entsetzlich leid.«

Mit wenigen Schritten war Eric bei Caren und nahm sie fest in seine Arme.

Sie schwiegen beide. Es gab nichts mehr zu sagen.

16. Kapitel

Auf dem Treppenabsatz vor der weit offen stehenden Haustür war am nächsten Morgen der überwiegende Teil der Hausgemeinschaft versammelt, um von Caren Abschied zu nehmen. Mrs. Duff, wie immer adrett gekleidet mit ihrer gestärkten weißen Schürze, beschäftigte sich, um etwas zu tun zu haben, mit den Blumenkästen, die auf der Brüstung standen, und zupfte einige verwelkte Fuchsienblüten von den Stielen. Rob, Danny und Kevin standen mit den Händen tief in den Hosentaschen vergraben in der Nähe und beobachteten sie dabei. Von Caren war noch nichts zu sehen. Die jungen Männer wussten, dass sie sich gerade von Eric verabschiedete, und sie fragten sich, ob Caren wohl auch in Kians Apartment gehen würde. Sie teilten ihre Überlegungen jedoch nicht miteinander. Im Gegenteil, die drei Freunde waren ungewöhnlich still. Das sonst übliche Lachen und Scherzen unter ihnen fehlte, jeder war mit seinen eigenen Gedanken beschäftigt. Erst als sie das Geräusch von Carens Absätzen auf der Treppe hörten, wandten sich ihre Blicke zur Tür.

Vor dem großen Spiegel in der Diele blieb Caren kurz stehen und kontrollierte ihr Augen-Make-up. Mit ihrem Taschentuch wischte sie sich hastig die Tränenspuren von den Wangen. Der Abschied von Eric war auf beiden Seiten sehr tränenreich gewesen. Caren atmete einmal tief ein, um sich Mut für die nächste Abschiedsszene zu machen. Sie setzte ein betont heiteres Lächeln auf bevor sie durch die Haustür trat und auf die Menschen zuging, die sich auf der Treppe eingefunden hatten, um ihr Lebewohl zu sagen. Der Gedanke, sie alle nie wiederzusehen, trieb ihr erneut die Tränen in die Augen. Auch Irland machte ihr den Abschied schwer. Statt des üblichen Regens empfahl sich die grüne Insel heute mit strahlendem Sonnenschein und dunkelblauem, fast wolkenlosem Himmel. Die Blüten der rosa und weißen Kletterrosen zu beiden Seiten der Treppe verströmten den vertrauten süßen Duft. Grantham House würde bald nur noch eine schöne Erinnerung sein. Dieser Gedanke ließ Caren erneut zum Taschentuch greifen.

Am Fuß der Treppe, auf dem weißen Kies des Vorplatzes wartete mit laufendem Motor das Taxi, das Caren zum Flughafen nach Galway bringen sollte. Das Angebot der Eheleute Duff und auch das der jungen Männer, sie zu fahren, hatte sie abgelehnt. Sie hasste Abschiede auf Bahnhöfen oder Flughäfen.

Während der Fahrer mit Duffys Unterstützung ihr zahlreiches Gepäck im Kofferraum verstaute, griff Caren nach Mrs. Duffs Hand.

»Vielen Dank für alles, Mrs. Duff. Ich habe mich hier im Haus sehr wohlgefühlt. Daran haben Sie und Ihr Mann einen sehr großen Anteil. Ich werde Sie und unsere gemütlichen Teestunden in der Küche sehr vermissen.«

»Alles Gute für Sie, Lady Caren. Passen Sie gut auf sich auf.«

Mehr konnte Mrs. Duff vor lauter Tränen nicht sagen. Sie hatte die junge englische Adelige, die so frisch und natürlich und völlig ohne Allüren war, von Herzen lieb gewonnen. Sie bedauerte sehr, dass sie das Haus verließ und vermutlich nie wiederkommen würde.

Caren nahm die Haushälterin herzlich in die Arme, während diese in ihre Schürze weinte. Duffy wurde ebenso fest umarmt, als er nach Verstauen der Koffer die Treppe heraufkam und neben seine Frau trat.

»Auch Ihnen herzlichen Dank für alles, Duffy. Ich werde Sie und Ihre Frau nie vergessen.«

Vor lauter Rührung war Duffy nicht in der Lage, auch nur ein Wort zu sagen. Er nahm all seinen Mut zusammen und erwiderte Carens Umarmung, wenn auch nur ganz kurz. Dann nahm er mit Tränen in den Augen seine weinende Frau in den Arm.

Erst nachdem Caren sich vom Ehepaar Duff verabschiedet hatte, wandte sie sich den drei jungen Männern zu.

»Danke für eure Freundschaft, ihr Lieben. Sie bedeutet mir sehr viel. Und danke dafür, dass ihr mich hier in diesem Haus aufgenommen und mir das Gefühl gegeben habt, ich gehöre hierher.«

»Du gehörst hierher, Caren«, stellte Kevin entschieden klar.

»Nein, jetzt nicht mehr. – Werden wir uns wohl jemals wiedersehen?«

»Na, da kannst du aber sicher sein«, beteuerte Rob.

»Ihr seid immer auf meiner Seite gewesen. Ihr habt mir immer das Gefühl gegeben, egal wie ich mich entscheide, ihr werdet es akzeptieren, ohne mir böse zu sein oder mich zu verachten. Auch dafür danke ich euch.«

»Rede doch keinen Unsinn!«, schimpfte Rob. »Wir alle lieben dich. Und jeder von uns will, dass du glücklich bist, honey.«

»Ich weiß, Robby. Ich liebe euch doch auch. Jeden einzelnen von euch.«

»Werde glücklich, Caren. Versprich uns das. – Und ruf an, hörst du? Damit wir wissen, wie es dir geht«, bat Kevin.

Caren konnte nur nicken. Blind vor Tränen ging sie vorsichtig einige Stufen hinunter, drehte sich dann jedoch noch einmal um. »Bitte, kümmert euch um Eric«, bat sie die jungen Männer.

»Und Kian?«, wagte Danny zu fragen.

»Er kommt schon zurecht. Aber Eric. Er ist so traurig. Bitte …«

»Mach dir keine Gedanken, Carry«, sagte Rob mit rauer Stimme. »Wir kümmern uns um ihn, versprochen.«

»Natürlich kümmern wir uns um ihn ... um beide«, versicherte Kevin.

Unter Tränen lächelnd nahm Caren noch einmal reihum jeden der jungen Männer in den Arm, und nachdem sie jedem einen leichten Kuss auf den Mund gegeben hatte, lief sie die Treppe hinunter auf das wartende Taxi zu. Erst als der Chauffeur die Tür zuschlug, sich auf den Fahrersitz setzte und anfuhr, wandte Caren ihr Gesicht der Gruppe vor dem Haus zu und winkte ein letztes Mal, obwohl sie vor Tränen niemanden mehr erkennen konnte.

Die Abschiednehmenden winkten dem Wagen nach, bis er außer Sicht war. Froh, dass sie diese tränenreiche Verabschiedung hinter sich hatten, liefen die jungen Männer die Treppe hinauf und betraten das Haus. Mrs. Duff, die ein letztes Mal ihre Augen mit der Schürze wischte, umarmte liebevoll ihren Mann und folgte ihnen. Duffy blieb allein auf der Treppe zurück. Nach einem kritischen Blick auf den Wein an der Hauswand stellte er fest, dass da noch nichts zu tun war und beschloss, im Garten nach seinen Rosen zu sehen, um ohne Zeugen mit seiner Rührung fertig zu werden.

»Zweites Frühstück oder Whiskey in der Bibliothek?«, fragte Rob in der Diele seine Freunde, wobei er seine Schritte bereits in Richtung Bibliothek lenkte.

»Letzteres«, kam es wie erwartet und unisono von Kevin und Danny.

Kevin übernahm es, am Barwagen die Gläser zu füllen und seinen beiden Freunden zu reichen, die es sich bereits vor dem Kamin in ihren Lieblingssesseln bequem gemacht hatten.

»Genau so haben wir damals auch gesessen, als Caren mit Eric gekommen ist«, erinnerte sich Danny wehmütig. »Mit einem Whiskey in der Hand.«

»Stimmt. Ich weiß noch, wie wir sie angestarrt haben«, lachte Rob.

»Wie eine Erscheinung. Als wäre ein Engel in den Raum gekommen«, sagte Danny versonnen.

»Genauso sieht sie aus, wie ein Engel«, schwärmte Kevin. »Was für eine Frau.«

»Deshalb hast du sie auch immer mit offenem Mund angestarrt, oder?« Rob lächelte süffisant in Kevins Richtung. »Das war schon fast peinlich.«

»Wenn hier jemand peinlich war, dann warst du das mit deinem Casanova-Gehabe«, gab Kevin bissig zurück. »Hast du schon vergessen, dass Caren dich anfangs gar nicht leiden konnte?«

»Das hat sich, wie du weißt, aber sehr schnell gegeben.« Rob warf Kevin einen triumphierenden Blick zu. »Schon am nächsten Abend hat sich das grundlegend geändert, daran kannst du dich doch sicher erinnern, oder?«

»Nicht wirklich«, behauptete Kevin.

Danny sah genervt auf seine Freunde. »Hört auf, Kinder«, bat er ungehalten. »Kaum ist Caren aus dem Haus, fangen wir an zu streiten. Das würde ihr gar nicht gefallen.«

»Du hast recht, Danny«, nickte Kevin. Er hatte auch gar keine Lust zu streiten. Vor wenigen Minuten hatte er sich mit einem dicken Kloß im Hals von einem zauberhaften Wesen verabschiedet und war von ihr geküsst und umarmt worden. Daran wollte er sich erinnern, davon wollte er noch ein wenig zehren und sich nicht mit Rob streiten.

»Und du hast auch recht, Rob. Ich habe sie angestarrt, ich gebe es zu. Ich konnte nicht anders«, fügte Kevin hinzu.

»Das ging uns doch allen so«, lenkte Rob sofort ein.

Dann schwiegen sie eine Weile, hingen ihren Gedanken nach und nippten abwesend an ihren Gläsern. Irgendwann seufzte Kevin tief auf.

»Schade, dass sie fort ist«, sagte er.

»Das kannst du laut sagen«, stimmte Rob zu. »Es wird still werden im Haus«, fügte er hinzu. »Ich werde ihr Lachen vermissen.«

»Es war schön, dass sie hier war«, sagte Danny. »Caren machte wirklich jeden Spaß mit.«

»Nein, eine Spielverderberin war sie nicht«, lobte Kevin anerkennend. »Sie war immer bereit, mit uns Billard zu spielen, obwohl sie gegen uns nie wirklich eine Chance hatte.«

»Wer wird uns jetzt zwingen, beim Pokern dieses alberne Monopoly-Spielgeld zu verwenden?«, überlegte Rob wehmütig.

»Da hast du dich nicht durchsetzen können, Rob«, fiel Danny lachend ein. »Caren wollte nicht mit richtigem Geld spielen.«

»Hoffentlich erfährt keiner unser Freunde davon«, grinste Rob. »Wenn bekannt wird, dass wir beim Pokern um bunte Papierfetzen gespielt haben, sind wir in der Szene unten durch.«

»Caren hatte ihre Prinzipien«, sagte Danny. »Vorurteile oder Standesdünkel gab es bei ihr auch nicht. Ich fand das einfach toll an ihr. Das auch«, fügte er leise hinzu und berührte dabei seinen Mund, auf dem er noch Carens leichten Kuss zu spüren meinte. Er würde sich nie wieder waschen, das stand fest.

»Ja, das fand ich auch toll«, gestand Kevin. »Beim Abschied gerade hat man es ja gesehen. Wie sie sich von den beiden Duffs verabschiedet hat, war einfach rührend. Dieser ganze Abschied war eine scheußlich rührende Angelegenheit.« Kevin schüttelte sich bei dem Gedanken an die Szene, die sich vor wenigen Minuten vor dem Haus abgespielt hatte. Ihm waren doch tatsächlich die Augen feucht geworden!

»Habt ihr gesehen, dass Duffy geweint hat?«, fragte Rob amüsiert.

Kevin und Danny nickten. Natürlich hatten sie das gesehen. Ausgerechnet Duffy, der doch immer so knurrig war, hatte Gefühle gezeigt. Aber dass das Gesicht, das er nach außen zeigte, nicht seinem wahren Charakter entsprach, wussten die jungen Männer längst. Sie kannten ihren Duffy und hatten ihn gern. War Mr. Duff zu den jungen Männern oft barsch und einsilbig, so machte er kein Geheimnis aus seinen Gefühlen für Caren. Er verehrte sie vom ersten Tag an und begegnete ihr mit Respekt und Hochachtung. Die Freunde hatten sich in der Vergangenheit einen großen Spaß daraus gemacht, ihn zu beobachten und hatten sich über ihn und seine Rosensträuße lustig gemacht. Duffy duldete niemanden in der Nähe seiner Rosen, nicht einmal seine Frau, und er gab nur äußerst ungern eine her. Aber Caren bekam jede Woche von ihm persönlich einen Strauß überreicht, wobei er stets seine Mütze abnahm und einen artigen Diener machte. Und er liebte nichts mehr, als mit ihr im Garten vor seinen Blumen zu stehen und ihr vom Einsetzen der Zwiebel bis zum Verblühen den ganzen Werdegang zu erzählen, wie Rob grinsend behauptete.

»Caren bildet sich wirklich nichts auf ihre Herkunft ein«, sagte Danny mit einem Lächeln bei der Erinnerung an Duffy und seine Rosen. »Wie ihr wisst, ruft mein Vater mich ja nie auf dem Handy an, weil ihm das zu teuer ist, sondern er wählt unsere Hausnummer hier. Einmal hat er eine Weile mit Caren gesprochen, bis ich endlich in der Halle am Telefon war. Noch heute schwärmt er mir vor, wie nett er sich mit ihr unterhalten habe. Als ich ihm erzählte, dass Caren mit den englischen Royals verwandt ist, hat er mir Prügel angedroht, weil er dachte, ich wolle ihn hochnehmen. Mittlerweile weiß sicher ganz Sligo von seinem Gespräch mit einem Mitglied des englischen Hochadels. Ich kenne doch meinen Dad.«

»Es wird still werden im Haus ohne Caren«, sagte Kevin bedauernd. »Ich werde sie vermissen. Sie hat hierher gepasst. Sie hat zu uns gepasst. Trotz aller Probleme, die sie mit sich brachte.«

Rob sah Kevin und Danny über den Rand seines Glases an. »Wir alle vermissen Caren. Aber es ist gut, dass sie gegangen ist. Es ging ganz einfach nicht mehr.«

»Lasst uns hoffen, dass es noch nicht zu spät ist und wir unsere Probleme in den Griff bekommen«, sagte Kevin. »Wir müssen wieder eine Einheit werden, zusammen mit Eric und Kian. In vier Wochen gehen wir auf Tournee nach Skandinavien. Da wäre es nicht verkehrt, wenn wir bis dahin unsere Schwierigkeiten ausgeräumt hätten.«

»Das müssen wir hinkriegen«, stimmte Danny zu. Er stellte sein Glas ab und sah seine Freunde an. »Lasst uns am besten gleich damit anfangen. Rob, gehst du zu Eric und redest mit ihm? Dann gehe ich zu Kian.«

»Gute Idee. Tut das. - Und was mache ich?«, wollte Kevin wissen.

»Du gehst zu Mrs. Duff und bestellst ein exquisites Dinner für heute Abend. Lasst uns hoffen, dass wir zu fünft am Tisch sitzen werden und dass es unser Versöhnungsessen wird.«

»Na, diesen Auftrag übernehme ich doch gerne«, sagte Kevin zufrieden und verschwand voller Vorfreude auf die Leckereien, die Mrs. Duff ihm vorsetzen würde, in Richtung Küche.

17. Kapitel

Die ersten Herbststürme dieses Jahres waren über Cornwall hinweg gefegt, ohne größere Schäden anzurichten. Der kräftige Wind trieb graue Regenwolken vom Atlantik landeinwärts, so dass die Sonne keine Chance hatte, ein paar wärmende Strahlen hinab zur Erde zu schicken.

Auch das kleine Cottage, das geduckt in den Dünen lag, hatte der stürmischen Nacht widerstanden. Vom reetgedeckten Dach tropfte unablässig das Regenwasser und bildete rund um das Haus große Pfützen. Der Sturm hatte die meisten der hübschen Geranientöpfe von den Fensterbänken geweht; Tonscherben und abgeknickte Blätter und Blüten sammelten sich in den Wasserlachen. In dem kleinen Bauerngarten waren die in allen Farben blühenden Dahlien und Astern kräftig durchgeschüttelt worden. Weiterer Schaden war zum Glück nicht entstanden.

Davon konnte sich Mrs. Haggerty überzeugen, als sie in die enge Hofeinfahrt einbog und das schmucke Häuschen vor sich sah. Das ehemalige Fischerhaus war nach dem Geschmack und den Bedürfnissen seiner Besitzer, einem reichen Londoner Ehepaar, zu einem behaglichen Feriendomizil umgebaut worden, das im Sommer gerne von Touristen aus aller Welt gemietet wurde. Im Erdgeschoss befanden sich Wohnzimmer und Küche, in der oberen Etage zwei Schlafzimmer und ein Bad. Mrs. Haggerty staunte jedes Mal, wenn sie durch die Haustür trat, wie der Architekt es geschafft hatte, dieses alte Haus so geschmackvoll herzurichten, ohne dessen Charakter zu zerstören.

Seit geraumer Zeit war das Haus für einige Stunden am Vormittag ihr Arbeitsplatz. Als Caren bei der Maklerin in Penzance angerufen hatte, um ein Ferienhaus zu mieten, hatte sie gleichzeitig um die Vermittlung einer Haushälterin gebeten. Bei ihrem Anruf saß Mrs. Haggerty auf der Suche nach einem Job zufällig vor dem Schreibtisch der Agenturchefin, und sie wurde vom Fleck weg engagiert.

Die schöne junge Frau mit dem langen blonden Haar und den traurigen Augen hatte zu Anfang für sehr viel Gesprächsstoff in Newlyn gesorgt. Die Saison war vorüber, die Touristen fort, da war man froh über jede Abwechslung. Die Einwohner der Kleinstadt nahmen regen Anteil an der jungen Frau. Zur großen Enttäuschung der Damen des Kirchenchors, des Seniorenturnvereins und diverser anderer Kränzchen konnte Mrs. Haggerty leider nichts über sie erzählen, denn es gab nichts zu erzählen. Es war nicht einfach, dies der Verkäuferin in der Bäckerei oder der Kassiererin im Supermarkt klar zu machen ohne ungläubige Blicke zu ernten. Dabei bedauerte niemand diese Unwissenheit mehr als Mrs. Haggerty selber. Aber ihre Hoffnung, die junge Frau würde sie ins Vertrauen ziehen und ihr Herz ausschütten, erfüllte sich nicht. Sie wusste absolut nichts über die Vergangenheit ihres Schützlings, und sie erfuhr auch nichts. Bei der Tasse Tee, die sie täglich nach der Hausarbeit gemeinsam tranken, sprachen sie nur über belanglose Dinge. Über das Wetter zum Beispiel oder über die Mitglieder des Königshauses, die Mrs. Haggerty sehr am Herzen lagen. Obwohl Carens Schicksal sie brennend interessierte, zügelte Mrs. Haggerty ihre Neugierde und stellte keine indiskreten Fragen. Da sie nie Neuigkeiten zu berichten hatte, ließ das Interesse der Dorfbewohner rasch nach. Man nahm die Anwesenheit der geheimnisvollen jungen Frau hin, nach drei Wochen sprach kaum noch jemand von ihr.

Gemeinsam mit ihren Freundinnen konnte Mrs. Haggerty jedoch beim Kaffeeklatsch stundenlang darüber spekulieren und diskutieren, warum Caren ganz allein in dieser Einsamkeit lebte. Es steckte eine unglückliche Liebe dahinter, darüber waren die Damen einer Meinung. Die Eltern duldeten diese Liebe nicht. Der Mann war nicht standesgemäß, deshalb durfte sie ihn nicht heiraten. War es nicht wie in einem Roman von Barbara Cartland, was sich hier in ihrer Stadt abspielte, fragten sich die Damen selig seufzend. Allerdings gab es in deren Romanen immer ein Happy End. Wie würde die Geschichte der jungen Frau enden? Würden ihre Eltern letzten Endes doch nachgeben und der Heirat zustimmen? Mrs. Haggerty versprach ihren Freundinnen, die Augen offen zu halten und sie über alles zu unterrichten, was geschah. Die Neugierde der Damen wurde jedoch auf eine harte Probe gestellt. Denn lange Zeit geschah nichts.

Caren ahnte nichts von dem regen Interesse an ihrer Person. Sie war viel zu sehr mit sich selbst beschäftigt, um überhaupt irgendetwas um sich herum wahrzunehmen. Sie wollte in Ruhe gelassen werden. Sie wollte ungestört nachdenken. Deshalb hatte sie dieses Haus gewählt, das einsam in den Dünen weit außerhalb der Stadt lag.

»Normalerweise sind Herbst und Winter mild hier bei uns in Cornwall. Das Wetter schlägt immer schnell wieder um. Morgen ist es wieder schön, Sie werden sehen«, hatte Mrs. Haggerty vor zwei Tagen gesagt. Seitdem regnete es ununterbrochen.

Das schlechte Wetter störte Caren nicht. Warm angezogen machte sie täglich lange Spaziergänge am Strand. Und wenn sie nach Stunden zu ihrem Haus zurückkam, brachte sie einen gesunden Appetit mit. Die frische Luft machte sie müde, nachts schlief sie tief und fest, der schreckliche Albtraum, der sie so oft gequält hatte, kam

nicht wieder. Nach vier Wochen in dieser Abgeschiedenheit merkte Caren, wie gut es ihr tat, von allem fort zu
sein. Fort von London, fort von Irland. Kein Tag verging,
an dem sie nicht an Kian dachte. Es tat aber von Tag zu
Tag weniger weh.

Sie brauchte eine Weile, bis sie in der Lage war, Kians
Brief zu lesen, den Danny ihr beim Abschiednehmen in
die Hand gedrückt hatte. Es war ein schöner, sehr ehrli-
cher Brief. Voller Liebe und Zärtlichkeit schrieb Kian
über seine Gefühle. Er beschönigte nichts, und Caren tat
es weh, seine Selbstvorwürfe zu lesen. Er war doch nicht
allein schuld, sie hatte auch Fehler gemacht. >Das alles
hätte ich dir gerne persönlich gesagt<, schrieb Kian zum
Schluss. >Aber ich kann verstehen, dass du mich nicht
mehr sehen willst. Ich habe es nicht anders verdient, das
weiß ich. Ich werde dich immer lieben, meine Prinzessin,
auch das weiß ich. – Käme doch bloß eine Fee zu mir!
Mein erster Wunsch wäre, dass du glücklich bist. Meinen
zweiten Wunsch kannst du dir sicher denken. Einen drit-
ten Wunsch hätte ich dann gar nicht mehr. Ich liebe dich.
Le gra go deo, Kian.<

Die letzten Worte konnte Caren schon nicht mehr lesen, da liefen ihr bereits die Tränen aus den Augen. Sie
griff Trost suchend nach Paul Francis und mit seinem
warmen, weichen Fell an ihrer Wange kuschelte sie sich
auf das Sofa und ließ ihren Tränen freien Lauf.

Er hatte auf ihrem Bett gesessen, als sie nach dem Besuch bei ihren Schwiegereltern zurück war in Kians Haus.
Caren war überglücklich gewesen, den Bären wieder zu
haben. Sie hatte ihn geherzt, geküsst und an sich gedrückt
und ihm versprochen, ihn nie wieder herzugeben. Mrs.
Duff hatte ihr später erzählt, dass Kian sie am Vortag gebeten hatte, den Teddy in ihr Zimmer zu bringen. Völlig
überwältigt von dieser Geste waren ihr die Tränen in die
Augen geschossen und Mrs. Duff hatte sie spontan in den
Arm genommen. Caren sah die Szene so deutlich vor

sich, als wäre es gestern gewesen. Sie mochte Mrs. Duff und ihren Mann. Wie viele schöne Gespräche hatten sie bei einer Tasse Tee in der gemütlichen Küche geführt. Und irgendwann hatte sie den beiden alles erzählt. Von Kian. Von Eric. Mit so vielen Tränen, dass Mrs. Duff sie in ihre mütterlichen Arme gezogen und Duffy ihre Hand genommen und an seine Brust gedrückt hatte.

Plötzlich wurde Carens Sehnsucht nach dem Haus in Irland und seinen Bewohnern so stark, dass sie nicht länger dagegen ankämpfen konnte. Sie schluckte die Tränen hinunter, griff zum Telefon und wählte Robs Nummer.

»Carry! Verdammt, warum meldest du dich jetzt erst?! Kannst du dir vorstellen, dass wir uns Sorgen um dich gemacht haben«, sagte er statt einer Begrüßung.

»Das tut mir leid, Robby.«

»Das will ich auch hoffen.«

Rob war wie immer. Es war tröstend, seine angenehme raue Stimme zu hören.

»Wo bist du? Was machst du? Wie geht es dir?« Rob überfiel sie sofort mit etlichen Fragen, die Caren ihm geduldig beantwortete. Viel war es jedoch nicht, was sie aus ihrer Einsamkeit zu berichten hatte.

»Das gefällt mir nicht«, unterbrach er ihre Erzählungen immer wieder.

»Ich will es im Moment so. Es geht mir gut dabei.«

»Es kann dir nicht gut gehen so ganz allein in diesem Haus, weitab von allen Menschen.«

»Doch, Robby, es ist so. Ich merke jeden Tag, dass es ein Stück aufwärts geht.«

»Ist das wirklich so, honey?«, fragte er zweifelnd.

»Ja, das ist so.«

»Dann will ich das mal glauben.«

»Wie geht es euch allen? Wie geht es Eric?«

»Er ist immer noch ein wenig still. Genau wie Kian. Aber die beiden reden miteinander. Noch nicht so wie früher, aber immerhin. Wir alle reden wieder miteinander.

Das haben wir zum Glück geschafft. Wir sind auf dem besten Wege, unsere Freundschaft neu aufzubauen. Und jeder arbeitet mit.«

»Das freut mich sehr, Robby. Das sind gute Nachrichten.«

Bei einem der nächsten Telefonate mit Rob sprach sie mit ihm über Kians Brief. Rob war nicht der Typ, der seine Meinung zurückhielt, das wusste Caren. Deshalb wollte sie mit ihm über den Brief sprechen.

»Alle Achtung, er war ganz schön ehrlich, obwohl er nicht gut dabei wegkommt«, sagte Rob anerkennend, nachdem Caren ihm den Brief vorgelesen hatte. »Was willst du tun? Wie willst du darauf reagieren?«

»Ich weiß es nicht. Rate du mir.«

»Was möchtest du von mir hören? Dass du dich weiterhin vor ihm verstecken sollst? Dass du weiterhin alles tun sollst, um bloß keine Entscheidung treffen zu müssen?«

»Robby!«

»Er liebt dich, du liebst ihn. Willst du wirklich ohne ihn leben?«

»Ja. – Nein. – Ach, ich weiß es nicht.«

»Dann werde dir endlich klar darüber!«

»Sag mal, wie sprichst du mit mir?!«

»Wie ein Freund, Carry. Schönreden bringt überhaupt nichts. Keine Entscheidung treffen bringt auch nichts. Das ist Kian gegenüber auch nicht fair.«

»Was meinst du damit?«, zischte sie wütend.

»Du weißt, was ich meine«, behauptete Rob ungerührt. »Du hältst ihn hin, Carry. Indem du keine Entscheidung triffst, hältst du in ihm die Hoffnung wach, dass du dich eines Tages doch für ihn entscheidest. Ob gewollt oder ungewollt, weiß ich nicht.«

»Du hast sie nicht alle!«, fauchte Caren Rob an. Sie war außer sich vor Wut über diese Unterstellung. »Das Gespräch ist für mich beendet.«

»Sei nicht albern. Du weißt, dass ich Recht habe. Vielleicht willst du ihn damit strafen. Wenn das so ist, dann tu es meinetwegen noch eine Weile. Aber dann musst du mit ihm reden. Dann musst du ihm ganz klar sagen, was du wirklich willst. Damit er die Chance auf ein neues Leben bekommt. Und du auch. Denn die habt ihr jetzt beide nicht.«

»Robby, ich ...«

»Trau dich, Carry.«

»Das kann ich nicht!«

»Warum nicht?«

»Ich habe Angst, das alles noch einmal mitzumachen. Ich habe Angst, noch einmal enttäuscht zu werden.«

»Du wirst noch oft enttäuscht werden, honey. Das Leben läuft nicht immer so, wie wir es wollen.«

»Deine Lebensphilosophie ist genau das, was ich jetzt brauche.«

»Was hast du dir denn vorgestellt, sag es mir. Soll ich dich darin bestärken, dass es richtig ist, sich aus dem Leben zurückzuziehen, aus Angst vor Enttäuschungen? Wenn ich dir dazu raten würde, wäre ich ein schöner Freund.«

»Du hast ja Recht, Robby. Entschuldige, dass ich so gereizt bin.«

»Rede mit Kian. Erzähle ihm von deinen Ängsten. Er ist der einzige, der sie dir nehmen kann.«

»Das kann ich nicht.«

»Dann werde ich mit ihm reden.«

»Nein! Das wirst du nicht! Wenn du das tust, Robby, sind wir die längste Zeit Freunde gewesen!«

»Reg dich nicht auf. Wenn du es nicht willst, werde ich nichts tun.«

Sie redeten noch eine Weile, wobei sich ihr Gespräch immer am Rande eines Streites bewegte. Caren wollte nichts anderes, als in ihrem Kummer ein wenig getröstet zu werden. Aber dazu schien Rob nicht bereit zu sein.

Etwas enttäuscht von ihm legte sie eine Weile später auf. Warum verstand er sie nicht mehr? Warum war er nicht mehr auf ihrer Seite?

Als sie am Tag vor ihrer Abreise in seinem Apartment vor ihm gestanden hatte, um ihm ihre Entscheidung mitzuteilen, am nächsten Tag Grantham House zu verlassen, hatte Rob ihr erneut seine Liebe gestanden. Hatte er ihr doch übel genommen, dass sie nur seine Freundschaft wollte, obwohl er gesagt hatte, er akzeptiere das? >Ich liebe dich wie einen Bruder, Robby<, hatte sie ihm gesagt. >Mehr kann ich nicht. Sei mir nicht böse<. >Dann lass dich in den Arm nehmen, kleine Schwester<, hatte Rob geantwortet. Und obwohl Caren die Enttäuschung in seinem Gesicht gesehen hatte, hatte er sie lächelnd umarmt und fest an sich gedrückt. >Das ist verdammt hart. Aber ich glaube, ich werde es überleben<, hatte er leise an ihrem Ohr gesagt. >Sei mein Freund, Robby, bitte.< >Das werde ich immer sein.<

Natürlich war Rob ihr Freund. Wie konnte sie nur daran zweifeln? Ob er vielleicht recht hatte mit seinen Worten, darüber wollte Caren irgendwann in Ruhe nachdenken.

18. Kapitel

Als Kian damals in Caren Leben getreten war, war plötzlich nichts mehr so wie vorher. Der junge, gut aussehende Ire war der Mann, der blonde Prinz, von dem sie immer geträumt hatte. Kian gab ihr alles, wonach sie sich sehnte: Liebe, Sicherheit und Geborgenheit. Damals war Caren der glücklichste Mensch auf der Welt gewesen. Alle ihre Wünsche waren in Erfüllung gegangen. Sie wurde geliebt. Und sie würde nie wieder allein sein.

Kians ungeheures Selbstbewusstsein stärkte auch Carens Selbstwertgefühl. Doch als sie gerade anfing, sich sicher zu fühlen und festen Boden unter ihren Füßen zu spüren, zerstörte Kian dieses Gefühl. Die Eifersuchtsszenen, die er ihr nach wenigen Monaten Ehe machte, und die sie nie verstanden hatte, bewirkten, dass ihre alte Unsicherheit zurückkam. Und als sie merkte, dass er fremdging, kam zur Unsicherheit die Verlustangst hinzu. >Was braucht er, was ich ihm nicht geben kann? Was findet er bei diesen Frauen, was ich nicht habe?< Fragen, die sich Caren immer wieder stellte. Die sie schließlich auch ihm stellte. >Es ist nichts, sweetheart. Mach dir keine Gedanken<, gab er ihr zur Antwort. Er versprach, nie wieder fremdzugehen. Sie vertraute ihm, und wurde enttäuscht. Sie vertraute ihm wieder, und wurde wieder enttäuscht. Und so ging es weiter, bis sie eines Tages nicht mehr konnte. Weil sie ihn so sehr liebte, konnte sie ihn nicht teilen. Jede seiner Affären brach Caren das Herz. Es waren Bettgeschichten, flüchtige Affären. Aber dieses Wissen machte es Caren nicht leichter. Die Mädchen waren eine Nacht mit ihrem Mann zusammen und verschwanden wieder aus seinem Leben. Jedoch nicht aus ihrem. Die Gedanken an Hände, die über Kians Körper fuhren, an seine Hände, die eine andere Frau zärtlich berührten, konnte sie nicht ertragen. Lange wehrte Caren sich dagegen, die Entscheidung zu treffen, die für sie einzig in Frage kam. Sie wehrte sich gegen die Tatsache, dass Kian sie nicht mehr liebte, und dass ihr keine andere Wahl blieb als zu gehen. Als sie ihn dann in seinem Hotelzimmer mit dieser Frau sah, wachte Caren endgültig auf aus ihrem Dornröschenschlaf. Da sah sie die bittere Wahrheit, und ihre große Liebe lag in tausend Scherben zerbrochen vor ihr.

Das Schicksal, das sie so reich beschenkt hatte, forderte nun erbarmungslos seine Gaben zurück. Innerhalb von vierundzwanzig Stunden verlor Caren nicht nur Kian, sondern auch ihr Baby. Der Verlust seiner Liebe war schon unerträglich für sie gewesen, nur das Wissen um die Schwangerschaft hatte ihr ein klein wenig Trost gegeben. Wenigstens ein Teil von ihm würde ihr bleiben. Dass sie bei dem Unfall auf der Treppe das Baby verlor, war mehr als sie ertragen konnte. Da wollte sie nicht mehr leben. Wofür sollte sie noch leben? Nichts war ihr geblieben. Kian nicht, das Baby nicht. Und tanzen konnte sie auch nicht mehr.

Dabei war Caren zuerst erschrocken gewesen bei dem Verdacht auf eine Schwangerschaft. Sie war nur wenige Tage vom Abschluss ihrer Ausbildung entfernt. Wenn sie nicht völlig versagte – was ausgeschlossen war! -, würde sie den Vertrag mit dem Royal Opera House unterschreiben können, der von den Anwälten ihres Vaters bereits geprüft worden war und unter dem nur noch die Unterschriften fehlten. Als einzige Tänzerin der Abschlussklasse hatte sie einen Vorvertrag bekommen. Sie war überglücklich als sie erfuhr, dass das königliche Opernhaus sehr an ihrem Engagement interessiert war. Sie hatte Kian noch nichts von dem Vertrag erzählt. Wie er darauf reagieren würde, dass sie bald sehr viel mehr Geld verdiente als er, darüber wollte sie noch nicht nachdenken. Völlig unpassend kam der Verdacht, schwanger zu sein. Seit ihrer ersten Ballettstunde im Alter von drei Jahren träumte Caren davon, eine gefeierte, umjubelte Ballerina zu werden. Sie hatte hart dafür gearbeitet. Sie wollte nicht schwanger sein. In vier oder fünf Jahren gerne, aber nicht jetzt. In den nächsten Tagen ertappte Caren sich jedoch immer wieder dabei, dass sie in jeden Kinderwagen schaute und vor jedem Schaufenster mit Babykleidung stehen blieb. Mit der Bestätigung des Arztes, dass sie schwanger sei, kam die Freude. Ein Baby! Kian und sie würden ein Kind haben! Ihre Karriere würde dann eben erst im nächsten Jahr beginnen. Bis dahin hatte sie Zeit, alles Notwendige zu organisieren, um Mann, Baby und Karriere gerecht zu werden. Auch darüber würde sie noch nicht so bald mit Kian sprechen. Sie ahnte, welche Probleme da auf ihre Ehe zukamen. Obwohl sie nie wieder darüber sprachen, wusste Caren, dass Kian die Vorhaltungen ihres Vaters nicht vergessen hatte, er würde ihr niemals den gewohnten Lebensstil bieten können. Sein Stolz würde es niemals zulassen, ihre Gage dafür zu verwenden, ein Haus zu kaufen und vielleicht sogar ein Kindermädchen einzustellen. Dazu war er zu sehr Mann, zu sehr Ire. Caren blieb im Moment nur die Hoffnung, dass Kian bis zur Geburt des Kindes Karriere gemacht hatte. Bis dahin war aber noch viel Zeit, sie musste nicht heute darüber nachdenken. Sie wollte zu ihm fahren. Sie wollte ihm nicht am Telefon erzählen, dass sie schwanger war. Caren konnte es kaum erwarten, Kian zu sehen. Sie wollte ihm diese freudige Nachricht bringen, bei ihm bleiben, mit ihm schlafen und am nächsten Morgen in seinen Armen aufwachen. Das waren ihre Wünsche gewesen an diesem eiskalten regnerischen Abend im Februar, als sie sich auf den Weg zu ihm nach Southampton machte.

Trotz allem was damals geschehen war, liebte Caren Kian auch heute noch. Sie liebte ihn, aber sie brauchte ihn nicht mehr. Sie liebte ihn mit dem gleichen zärtlichen Gefühl wie vor fünf Jahren. Sie würde ihn wohl immer lieben. Das änderte jedoch nichts an der Tatsache, dass sie niemals zu ihm zurückgehen würde. Egal, was er sagte. Er hatte immer behauptet, er liebe sie. Er behauptete es auch heute noch. Er ließ keine Gelegenheit aus, es ihr zu sagen. Und war enttäuscht und verletzt, dass sie ihm nicht glaubte. Er konnte nicht verstehen, dass sie weder mit ihm reden noch ihm zuhören wollte. Was sollte sie sich heute anhören, das sich nicht bereits vor Jahren als Lüge herausgestellt hatte? Ihr kühles Verhalten kränkte ihn. Was, um Himmels willen, erwartete er denn von ihr?

>Verwöhnte Adelszicke<, hatte Kian sie auf dem Feldweg genannt. Das zeigte, wie sehr ihr Verhalten ihn verletzt hatte. Auch beim heftigsten Ehestreit hatte er ihr niemals ihre Herkunft vorgehalten. Er hatte ihr nie vorgeworfen, dass sie vom Haushalt keine Ahnung hatte, hatte sich nie über ihre mangelnden Kochkünste beschwert und es stillschweigend hingenommen, dass sie in den ersten Wochen ihrer Ehe Schulden machte.

Caren hatte sich nie Gedanken um Geld machen müssen. Sie war daran gewöhnt, dass ihr Vater jeden Monat einen recht ansehnlichen Betrag als Taschengeld auf ihr Konto überwies und ihre Kreditkartenrechnungen bezahlte. Es war für sie selbstverständlich, Designerkleider und -schuhe zu tragen und sich stets nach der Mode der jeweiligen Saison zu kleiden. Sie kannte es nicht anders, ihre Mutter tat es, ihre Freundinnen ebenso. Erstaunlicherweise hatte sie sich mit dem wenigen Geld, das ihr seit ihrer Heirat zur Verfügung stand, sehr schnell und sehr gut zurechtgefunden. Sie fühlte sich reich, sie entbehrte nichts. Sie hatte Kian. Er war alles, was sie brauchte. Er war alles, was sie wollte.

An dem Tag, als sie mit Kian zur Vorbereitung ihrer Hochzeit nach Irland flog, ließ Lord Ashleigh ihr Konto und ihre Kreditkarten sperren, es gab fortan keine Überweisungen mehr von ihm. Er zahlte weiterhin ihre Ausbildung, weil das zu seinen Pflichten gehörte, aber nichts darüber hinaus. Kian hätte niemals geduldet, dass Caren auch nur einen Penny von ihrem Vater annahm. Obwohl seine Gagen, die für ihn allein gerade ausreichend waren und ihm selten größere Ausgaben erlaubten, nun auch noch für Caren reichen mussten, war er voller Optimismus. >Wir kriegen das hin<, war damals seine Standardaussage gewesen. Ohne sie wäre es ihm finanziell besser gegangen. Das war ein Gedanke, der Caren überhaupt nicht gefallen hatte. Sie hatte sehr schnell gelernt, mit Geld umzugehen. Sie wollte, dass er stolz auf sie war. Sie wollte, dass er glücklich mit ihr war.

Kian war nicht allein schuld daran, dass ihre Ehe gescheitert war. Das war etwas, was Caren heute sehr deutlich sah. Ihr Verhalten hatte sein Verhalten erst möglich gemacht. Ihr übersteigertes Bedürfnis nach Liebe hatte viele Situationen hervorgerufen, die es sonst gar nicht gegeben hätte. Aus Angst, ihn zu verlieren, hatte sie Auseinandersetzungen meistens vermieden. Sie hatte nie den Versuch unternommen, sich gegen Kian durchzusetzen. Auf seine Eifersucht hatte sie stets hilflos und weinend reagiert. Sie hatte sich wie ein dummes kleines Mädchen benommen, nicht wie die Frau, die er gebraucht hätte: Eine selbstbewusste Frau, die wusste, was sie wollte.

Rob hatte es ihr einmal gesagt, als sie über das Verhältnis zwischen Mann und Frau diskutiert hatten. »Nur Schwächlinge möchten ein devotes kleines Frauchen ohne eigene Meinung und ohne eigenen Willen. Richtige Männer wollen eine Frau, die mit beiden Beinen auf dem Boden steht, die ihre Meinung sagt und sich nichts gefallen lässt.«

»Warum gerate ich immer an eifersüchtige Männer?«, hatte sie ihn bei diesem Gespräch gefragt. »Kian war eifersüchtig, Eric ist eifersüchtig. Was mache ich falsch? Wodurch provoziere ich diese Gefühle?«

»Vor fünf Jahren warst du einfach zu jung. Damals konntest du mit Kians Eifersucht nicht umgehen. Das ist Jahre her. Mittlerweile bist du erwachsen geworden, und du hast dazugelernt. Denn mit Eric hattest du doch keine Probleme, oder?«

Rob hatte Recht, sie hatte sich weiterentwickelt. Ihre Gespräche mit der Psychologin in Alice Springs hatten einen sehr großen Anteil an dieser Entwicklung. Und die vielen Gespräche mit Judith, der Frau des Studienkollegen ihres Vaters Norman Albright, bei denen Caren drei Jahre zu Gast gewesen war. Judith war eine erfahrene, sehr selbstbewusste Frau. Mit Bewunderung und Hochachtung hatte Caren stets beobachtet, wie sie sich gegen Norman durchsetzte.

»Ich habe ihm einen Teller Suppe in den Schoß gegossen, als ich erfuhr, dass er mich betrog«, erzählte Judith einmal lachend. »Zum Glück war sie nicht mehr sehr heiß. Er hat sich nur ein wenig wehgetan. Der umgekehrte Fall wäre mir in der damaligen Situation aber auch völlig egal gewesen. - Das war vor fünfzehn Jahren, und er ist nie wieder fremdgegangen.«

»Hattest du nie Angst, dass Norman dich verlässt?«

»Und wenn, was hätte ich verloren? Einen Mann, der mich betrügt. Darauf kann ich verzichten.«

»Aber du wärst wieder allein gewesen.«

»Da draußen gibt es Hunderttausende Männer, die auf dich warten, Kind. Du musst nicht bei einem bleiben, der dich nicht so behandelt, wie du es dir wünschst. Norman weiß, dass ich so denke, auch heute noch mit meinen fünfundfünfzig Jahren. Er will mich nicht verlieren, das ist mein Vorteil.«

Vielleicht hatte sie sich zu sehr an Kian geklammert und ihm aus Angst, seine Liebe zu verlieren, in ihrer Ehe keine Luft zum Atmen gelassen? Hatte er deshalb all diese Affären gehabt? Auf diese Fragen fand Caren auch heute keine Antworten. Und es gab niemanden, mit dem sie darüber sprechen konnte. Ihre Mutter war glücklich, dass sie geschieden war. Sie würde ihr zu nichts raten, das sie eventuell wieder mit Kian zusammenbrachte. Ihre Schwiegermutter war auch nicht unvoreingenommen. Sie wollte nichts so sehr, als dass Kian und sie wieder zusammenkamen. Granny und der Rest der Familie wollten dasselbe. Es gab tatsächlich in ihrem Leben kaum einen Menschen, der nicht wollte, dass sie und Kian sich wieder versöhnten.

Und was wollte sie? Diese Frage galt es, ehrlich zu beantworten. >Halte ihn nicht hin<, hatte Rob gesagt. Er hatte Recht. Genau das tat sie. Zum ersten Mal gab Caren es vor sich selber zu. Sie wollte gar keine Entscheidung treffen. Sie wollte diesen Zustand, diesen Status quo halten: Kian, der sie liebte und der keine andere Frau mehr ansah. Seit Claire damals das Haus verlassen hatte, war das so. Caren wusste es von seinen Freunden. Kian wartete darauf, dass sie ihm die Chance gab, mit ihr zu reden. Es war unfair, ihm ein Gespräch seit Monaten zu verweigern. Seine Eifersucht zu provozieren, war unfair. Ihr ganzes Verhalten ihm gegenüber war unfair gewesen, und war es auch heute noch. Warum tat sie das?

Diese Frage beschäftigte Caren lange Zeit. Als dann die Antwort kam, war sie sehr überrascht, wusste aber gleichzeitig, dass es die Wahrheit war. Sie hielt Kian hin, weil sie ihn nicht verlieren wollte. Sie hatte zwar Angst vor einer Versöhnung mit ihm, aber sie wollte ihn nicht verlieren. Und deshalb konnte sie ihm nicht sagen »Ich liebe dich zwar, aber ich werde niemals zu dir zurückkommen«. Denn wenn sie diese Worte aussprach, würde er gehen und sie hatte ihn für immer verloren.

Jetzt herrschte die Klarheit in Carens Gedanken, die sie so sehr herbeigesehnt hatte. Trotzdem fühlte sie sich nicht besser. Denn diese Klarheit machte sofort den sich überschlagenden Gedanken Platz: Was mache ich? Was soll ich tun? Habe ich den Mut, Kian doch noch eine Chance zu geben?

Die Erinnerungen an seine Eifersuchtsszenen, aber vor allem an seine Affären machten sie immer noch traurig. Mit Kians Eifersucht würde sie heute umgehen können, das wusste Caren. Aber nicht mit seinem Fremdgehen. Sie hatte in den letzten Monaten zu viel über ihn und seine ständig wechselnden Freundinnen gehört und gelesen, um zu wissen, dass er sich in diesem Punkt ganz sicher nicht geändert hatte. Und das würde er wohl auch nie tun. Weil das so war, gab es keine gemeinsame Zukunft für sie beide. Das durfte sie bei aller Sehnsucht nach Kian niemals vergessen.

19. Kapitel

Vor dem Hotel *Amaranten* in der Stockholmer Kungsholmsgatan hatte sich eine unüberschaubare Schar kreischender junger Schwedinnen versammelt, die durch Absperrgitter und Polizeipräsenz davon abgehalten wurden, das Gebäude zu stürmen. Seit vielen Stunden harrten sie in der Kälte aus in der Hoffnung, einen Blick auf die irische Popgruppe TOGETHER zu erhaschen. Dieser Wunsch erfüllte sich an diesem Abend jedoch nicht. Es war dem Hotelmanagement gelungen, die Unruhe, welche die Anwesenheit der fünf jungen Iren mit sich brachte, für alle Gäste in erträglichen Grenzen zu halten. Security sorgte dafür, dass den Fans der Zutritt ins Hotel unmöglich gemacht wurde. Die persönlichen Bodyguards der jungen Männer wachten darüber, dass diese ungestört von aufdringlichen Blicken, Fotoreportern und TV-Kameras einen netten Abend in einer Privat-Lounge neben der Hotelbar verbringen konnten.

Lässig, mit Jeans und T-Shirts bekleidet, räkelten sich Rob, Kevin, Danny und Kian in den bequemen Sesseln, die um einen mit Flaschen und Gläsern beladenen Tisch herumstanden. Sie zelebrierten zwei Dinge an diesem Abend: ihren großen Erfolg in Skandinavien und ihren ersten freien Tag seit Wochen. Beides war ein Grund zum Feiern und das taten sie, wie immer, ausgiebig.

»Die Mädchen hier sind nicht zu verachten«, schwärmte Rob und leckte sich die Lippen.

»Da stimme ich dir zu. Schüchtern sind sie auch nicht. Sie zeigen ziemlich ungeniert, dass sie uns anbeten«, lachte Kevin.

»Das machen sie doch überall auf der Welt. Ich hasse das, das kann ich euch sagen. Ich will keine, die so leicht zu haben ist, wie die da draußen«, sagte Danny ein wenig verächtlich.

»Wisst ihr, was das für ein Gefühl ist, mit einem Mädchen verheiratet zu sein, für das du ein Held bist?«, fragte Kian dazwischen.

Bis dahin hatte er still und in sich gekehrt am Tisch gesessen und sich an dem Gespräch kaum beteiligt. Er litt immer noch bei dem Gedanken, dass Caren sich bei ihrer Abreise von jedem seiner Freunde verabschiedet hatte, aber nicht von ihm. Nicht einmal einen Gruß war er ihr wert gewesen. Hatte er wirklich geglaubt, sie würde zum Abschied auch in sein Apartment kommen? Geglaubt wohl nicht, aber gehofft hatte er es. Er hatte gehofft, er bekäme noch eine letzte Chance, mit Caren zu reden. Er hätte ihr gern gesagt, wie schlimm die Jahre ohne sie für ihn gewesen waren. Sie sollte wissen, wie mies er sich fühlte bei dem Gedanken, dass er ihr so wehgetan hatte. Und dass er jetzt wusste, wie sehr sie unter seinen Eifersuchtsszenen, unter seinem Fremdgehen, unter seinem ganzen unmöglichen Benehmen gelitten hatte. Wenn er daran dachte, was er ihr angetan hatte, wurde ihm heute noch schlecht.

>Wie soll ich mit der Gewissheit leben, dass es keine Hoffnung auf eine Versöhnung gibt?<, fragte sich Kian immer wieder verzweifelt. >Ich will nicht ohne Caren leben. Aber genau das werde ich tun müssen. Ich werde mit dem Gedanken leben müssen, dass ich einmal mit der Liebe meines Lebens verheiratet war und dass ich, ich ganz allein, diese Ehe zerstört habe. In eine Scheidung einzuwilligen, war wohl das einzige, das ich noch für Caren tun konnte. Es war die schwerste Entscheidung, die ich bisher in meinem Leben getroffen habe, eine Entscheidung, die ich am liebsten rückgängig machen würde. Aber ich musste es tun. Für Caren. Damit sie mit Eric

glücklich werden kann. Dass sie ihn dann auch verlassen hat, hat mich überrascht. Aber das bringt mich nicht weiter. - Ich habe ihr so viel Unglück gebracht. Und ich wollte doch immer nur, dass sie glücklich ist.<

»Ich nehme an, das ist eine rhetorische Frage, denn außer dir ist hier keiner verheiratet«, stellte Rob fest.

Seine Stimme riss Kian aus seinen schwermütigen Gedanken. »Hm? Was habe ich gesagt? – Ach so, ja … Wisst ihr, Caren weckte all meine Beschützerinstinkte. Ich fühlte mich bei ihr wie ein Held, wie der Prinz aus dem Märchenbuch. - Ich komme bis heute nicht darüber weg, dass ich mir das kaputt gemacht habe«, sagte Kian, wütend auf sich selbst. »Das werde ich wohl nie verstehen.«

»Du hattest kein Vertrauen damals. Deshalb warst du eifersüchtig«, versuchte Danny zu trösten.

»Stimmt«, nickte Kian und goss sich eine großzügige Portion Whiskey in sein Glas. »Heute weiß ich das. Mangelndes Vertrauen deutet auf mangelndes Selbstbewusstsein hin, auch das ist mir heute klar. Mein Selbstbewusstsein reichte damals von Sligo bis an die Grenze von Belgravia, und nicht einen Schritt darüber hinaus.«

»Ich denke, der alte Lord hatte einen ziemlich großen Anteil an deinen Gefühlen. Der hat dein Selbstbewusstsein doch mächtig angekratzt, oder?«, fragte Rob.

»Es wäre zu einfach, ihm die Schuld an allem zu geben«, widersprach Kian sofort. »Was geschehen ist, habe ich zu verantworten, ich ganz allein. Ich habe unsere Ehe kaputtgemacht. Obwohl das ganz bestimmt das Letzte war, was ich wollte.«

Für Kian stand immer fest, wenn er einmal das Mädchen heiraten würde, das er wirklich liebte, würde es für immer sein. Eine Trennung, eine Scheidung kam für ihn nicht in Frage. Das hatte nichts damit zu tun, dass er mit dem Wissen aufgewachsen war, dass sich in Irland niemand scheiden ließ, weil man sich nicht scheiden lassen konnte. Es gab in seiner Jugend noch kein Scheidungsgesetz. Auch sein Glaube oder die ablehnende Haltung der katholischen Kirche zu diesem Thema war nicht der Grund. Es war seine Einstellung zur Ehe, verbunden mit seiner Vorstellung, seinem Traum von einem Mädchen, das ihn für immer liebte und das er für immer liebte. Er würde sich oft verlieben, das wusste Kian. Er würde Herzen brechen, seines würde gebrochen werden. Aber eines Tages würde er die Liebe seines Lebens treffen, und sie würde er heiraten. Als er Caren bei dem Sommerfest in Cambridge das erste Mal sah, wusste er sofort, dass sein Traum in Erfüllung gegangen war. Seine große Liebe stand vor ihm. Wie glücklich war er gewesen, dass sie genauso empfand, dass sie ihn genauso wollte wie er sie. Sie hatte ihn nicht ausgelacht, weil er ihr bereits nach vierundzwanzig Stunden einen Antrag machte, sondern hatte ihm einen Tag später gesagt, sie wolle ihn heiraten, sofort, weil sie sich nichts mehr wünschte, als seine Frau zu sein. >Le gra go deo<, hatte er ihr gesagt. Und sie hatte ihm geschworen, auch sie wolle ihn für immer. Es war seine Schuld, dass ihre Liebe nicht für alle Ewigkeit gehalten hatte. Ganz allein seine Schuld. Das war die bittere Wahrheit. Er hatte kein Recht, Caren Meineide vorzuwerfen.

»Du hast Fehler gemacht in der Vergangenheit, keine Frage. Ganz sicher hast du eure Ehe zerstört. Aber nicht Carens Liebe zu dir.«

Kevins Stimme riss Kian aus seinen unangenehmen, schmerzhaften Gedanken. Er sah seinen Freund an und schüttelte unwillig den Kopf. »Rede doch keinen Unsinn. Caren liebt mich nicht mehr. Keiner weiß das besser als ich.«

»Wie sie dich oft angesehen hat, spricht dafür, dass sie dich noch liebt.«

»Sie hat mich nie angesehen.«

»Und wie sie dich angesehen hat!«, rief Kevin entrüstet. »Beim Picknick zum Beispiel. Ich hatte schon Angst, sie lässt die Salatschüssel fallen und es gibt nichts zu essen. Und du hast sie genauso angesehen.«

»Das mag ja alles sein«, sagte Kian etwas ungeduldig. »Aber hat mich das weitergebracht? Nein. Sie hat nie mit mir gesprochen. Sie wollte nicht mit mir reden. Für Caren ist es vorbei.«

»Das ist es nicht«, beharrte Kevin.

»Für sie bin ich nur noch eine Erinnerung. Leider keine gute.«

»Du bist viel mehr, Kian.«

Kian sah Rob an, er lächelte leicht. »Es ist nett, dass du mich trösten willst. Dass ihr alle mich trösten wollt. Ihr seid meine Freunde. Ich bin froh, dass ich euch habe. Ich weiß nicht, ob ich euch das schon mal gesagt habe? Wir ...«

»Wie kommst du darauf, dass ich dich trösten will?«, unterbrach ihn Rob, bevor es anfing, rührselig zu werden. »Dazu besteht überhaupt kein Grund. - Caren liebt dich. Ich habe zwar versprochen, dir das niemals zu sagen. Aber ich denke, jetzt ist der Moment gekommen, dieses Ver...«

»Was sagst du da?«

»Ich sagte, jetzt ist der Moment gekommen ...«

»Davor!«

»Sagte ich, ich denke ...«

»O'Leary! Wiederhole, was du gesagt hast!«

»Okay«, gab Rob nach. »Caren liebt dich. Sie hat es mir gesagt.«

»Wann?!«

»Als wir zusammen in Clifden waren.«

»Du warst mit Caren in Clifden? Und sie hat von mir gesprochen?«

Rob sah in Kians fassungsloses Gesicht. Er nickte. »Zweimal Ja. Und fang jetzt bloß nicht an, Theater zu machen und den Othello zu spielen, nur weil ich mit Caren ausgegangen bin.«

»Das hatte ich gar nicht vor. - Aus heiterem Himmel hat Caren dir gesagt, dass sie mich liebt?«, hakte Kian zweifelnd nach.

»Nun, ganz so war es nicht. Ich habe es ihr auf den Kopf zugesagt. Und anstatt zu leugnen, sagte sie mir, du dürftest es nie erfahren. Ich musste versprechen, es dir niemals zu sagen.«

»Warum nicht, zum Teufel?!«

»Diese Frage kannst du doch wohl am besten beantworten, oder?«

»Was hat sie sonst noch gesagt?«

»Was weiß ich? Dies und das.«

»Was heißt ,dies und das'?! Ich will es genau wissen«, forderte Kian ungestüm.

»Ja, glaubst du etwa, ich weiß den genauen Wortlaut noch nach so langer Zeit?!«, fuhr Rob ihn ärgerlich an.

Natürlich erinnerte sich Rob an jedes Wort, dass damals auf dem Rückweg von Clifden zwischen Caren und ihm gesprochen worden war. Die Erinnerung an diesen Tag schmerzte immer noch. Genauso wie Carens Weigerung, mit ihm fortzugehen. Ja, er war bereit gewesen, die Band und sein ganzes jetziges Leben aufzugeben. Für Caren. Er wollte mit ihr fortgehen und mit ihr zusammen irgendwo neu anfangen. Bei diesem Plan war ihm Kian vollkommen egal gewesen. Und Eric auch. Für Rob zählten damals nur seine Gefühle für Caren. Er wusste, er konnte sie glücklich machen. Nicht Eric und nicht Kian, sondern nur er. Leider war Caren nicht dieser Meinung gewesen. Das hatte sie ihm am Abend vor ihrer Abreise aus Irland noch einmal sehr liebevoll und sehr behutsam klargemacht. Das war der schwärzeste Tag in Robs Leben gewesen und er würde mit niemandem jemals darüber sprechen. Obwohl Rob seit kurzer Zeit eine neue Freundin hatte, ein Mädchen, das Caren ziemlich ähnlich sah, und in das er sich Hals über Kopf verliebt hatte, fiel es ihm jetzt trotzdem schwer, Kian von Carens Worten zu erzählen. Rob verstand seine Reaktion nicht so richtig. Sally war ein süßes Mädchen und er himmelhochjauchzend verliebt in sie. Seit er sie kannte, trauerte er Caren fast gar nicht mehr nach. Warum reagierte er jetzt so gereizt auf Kian? Dazu bestand doch eigentlich gar kein Grund.

Kian dachte offenbar genauso. Er griff zu seinem Glas und hob es Rob entgegen. Und Rob erwiderte erleichtert die versöhnliche Geste.

»Ich bin sicher, dass Caren vor allem unter deinem Fremdgehen gelitten hat und nicht so sehr unter deinen Szenen«, vermutete Danny.

»Hat sie dir das gesagt? Hat sie mit dir darüber gesprochen?«, fragte Kian.

»Darüber gesprochen nicht«, sagte Danny. »Aber als sie mir eure Geschichte erzählte, habe ich raushören können, dass es so war. Einmal Fremdgehen hätte sie dir sicher verziehen, zwei- oder dreimal vielleicht auch. Aber dich mit dieser Frau im Bett zu sehen, hat ihr den Rest gegeben. Wie muss sie sich gefühlt haben. Sie kommt zu dir mit der freudigen Nachricht ihrer Schwangerschaft und sieht dich im Bett mit einer anderen.«

»In voller action natürlich. Stöhnend und schwitzend«, bemerkte Rob süffisant.

»Das war der Grund, warum sie dich verlassen hat«, fuhr Danny hastig fort. »Sie glaubte, du liebst sie nicht mehr. Am nächsten Tag verliert sie dann bei dem Unfall das Baby. Und ihre Karriere war durch den Beinbruch auch zerstört.«

»Ein bisschen arg viel auf einmal«, meinte Kevin.

»Ich bin in meiner Ehe ein mieses Schwein gewesen! Glaubt nicht, ich wüsste das nicht. Ich hätte so gerne mit Caren über mein Verhalten gesprochen. Vielleicht hätte sie mich verstanden. Oder sie hätte wenigstens meine Entschuldigung angenommen.« Kians Stimme wurde immer leiser.

»Sie liebt dich trotz allem, Kian«, behauptete Danny.

»Das kann nicht sein. Rob irrt sich bestimmt. Sicher hast du Caren missverstanden.«

»Ich höre ausgezeichnet«, stellte Rob klar. Er atmete einmal tief ein und schaffte es, erneut seinen inneren Schweinehund zu besiegen. »Caren liebt dich«, sagte er und sah Kian an. »Aber sie hat kein Vertrauen mehr zu dir. Sie hat mir gesagt, sie habe Angst, noch einmal von dir enttäuscht zu werden. Es wird nicht leicht sein, sie davon zu überzeugen, dass sie dir heute vertrauen kann, das kannst du mir glauben.«

»So ein Mist! Was soll ich denn tun? Wie kann ich ihr beweisen, dass ich mich geändert habe?«

»Reg dich nicht auf«, sagte Kevin. »Dazu besteht doch gar kein Grund, wie man hört. – Caren liebt dich immer noch, das ist die Nachricht des Abends! Darauf gebe ich eine Runde aus! Und dabei überlegen wir, was nun weiter zu tun ist.«

»Du weißt jetzt, dass sie dich liebt, Kian. Bitte sie um eine zweite Chance«, schlug Danny vor.

»Das geht mir alles zu schnell. Ich bin ganz wirr im Kopf. Wieso seid ihr euch so sicher? Ich hätte doch was merken müssen.«

»In Bezug auf sie kannst du gar nicht klar denken«, behauptete Kevin.

»Wenn Caren ihn nicht bald erhört, wird er völlig konfus werden«, stichelte Rob.

»Total neben den Schuhen und völlig ausgeflippt mit uns in Japan«, lachte Danny.

»Wenn sich das rumspricht, werden sie uns in Australien gar nicht erst reinlassen«, vermutete Kevin.

Um Kians Mundwinkel zuckte es, während er den wilden Spekulationen seiner Freunde lauschte. Dann lachte er. »Ich verspreche, mich soweit es geht zusammenzureißen.«

»Wie weit geht ,soweit es geht'?«, wollte Rob wissen.

»Ich werde euch nur dreiundzwanzig Stunden am Tag in den Ohren liegen, wie ich Caren zurückbekomme«, versprach Kian.

»Nur dreiundzwanzig Stunden? Das ist auszuhalten«, erklärte Danny erleichtert und fiel in das allgemeine Gelächter ein.

»Keine Angst, Jungs, wir kriegen das hin.« Kevin rieb sich unternehmungslustig die Hände. »Trinkt eure Gläser aus, da kommen die neuen Drinks. - Und jetzt überlegen wir, wie wir vorgehen wollen«.

»Das ist nett gemeint, Kevin«, unterbrach ihn Kian lächelnd. Und wer ihn ansah, wusste, dass er im Moment der glücklichste Mensch auf Erden war. »Aber die Überlegung, wie ich vorgehen soll, ist ganz allein meine Sache. Bis hierhin habt ihr mir geholfen, dafür danke ich euch. Den weiteren Weg gehe ich allein. – Zuallererst werde ich mit Eric sprechen. Wenn er nachher aus der Stadt zurückkommt, erzähle ich ihm, dass ich Caren zurückholen möchte. Ich hoffe, er kann es akzeptieren und mein Freund bleiben.«

»Das kann er bestimmt«, behauptete Danny optimistisch.

»Das glaube ich auch«, stimmte Kevin zu. »Eric ist zwar längst noch nicht der Alte, aber er hat akzeptiert, dass Caren und du zusammengehört. Das hat er mir vor ein paar Tagen noch gesagt.«

»Ich weiß«, bekannte Kian. »Er hat es mir auch gesagt. Trotzdem will ich sein Okay, dass ich zu Caren fahre. «

»Viel Glück«, sagte Rob, und er meinte es ehrlich. Er hob Kian sein Glas entgegen.

»Viel Glück«, stimmten Kevin und Danny ein und erhoben ebenfalls ihre Gläser.

Als Eric eine Weile später die Lounge betrat, sprang Kian sofort auf und ging ihm entgegen. Das blasse Gesicht seines Freundes zu sehen, tat ihm leid. Es zeugte davon, dass Eric die Trennung von Caren noch lange nicht verschmerzt hatte. Dass er gleich noch unglücklicher sein würde, bedauerte Kian ebenfalls sehr. Aber er wollte nie, nie wieder irgendetwas hinter Erics Rücken tun, das hatte er sich geschworen. Er musste Eric über seinen Plan informieren, zu Caren zu fahren und sie nach Hause nach Irland zu holen. Auch wenn es ihm schwer fiel, dabei in Erics trauriges Gesicht zu sehen.

Aber sein Freund machte es ihm leicht. »Natürlich holst du sie zurück«, sagte er.

Eric sah, wie erleichtert und glücklich Kian über seine Worte war. Er fühlte den stechenden Schmerz in seinem Herzen, der seit Wochen sein ständiger Begleiter war. Diesen Schmerz würde er noch lange spüren, das wusste Eric. Er wusste auch, dass er es nicht aushalten würde, mit Caren und Kian zusammen zu leben. Wenn Caren zurückkam, würde er das Haus am Atlantik verlassen. Er würde sich in Claddaghduff oder Clifden eine Wohnung nehmen und nur zu den Proben zurückkommen. Aber das waren Pläne, die er mit seinen Freunden nicht heute besprechen musste.

Eric sah Kian an. Er schaffte sogar ein Lächeln. »Hol sie zurück«, wiederholte er. »Ich wünsche dir Glück.«

»Danke, mein Freund.« Mehr konnte Kian vor lauter Rührung nicht sagen. Spontan nahm er Eric in den Arm und freute sich, dass dieser seine Umarmung erwiderte.

20. Kapitel

In Cornwall gab sich die Sonne jeden Morgen große Mühe, den Nebel, der in dieser Jahreszeit fast täglich über dem Land lag, zu vertreiben. Wenn ihr dieses Vorhaben gelang, schien sie von einem dunkelblauen Himmel, vertrieb ein wenig die feuchte Kälte, die das Meer mit sich brachte, und ließ die Blätter der Bäume in den schönsten Farben leuchten. Es war Herbst geworden. An manchen Tagen hatte man das Gefühl, bereits den nahenden Winter riechen zu können.

Trotz des unfreundlichen Wetters zog es Caren mit aller Macht hinaus. Sie machte zwar jeden Tag einen langen Spaziergang, aber noch nie hatte sie solch einen Drang verspürt, hinaus zu müssen. War es die Vorfreude auf das bunte Treiben, das sie am Hafen erwartete?

»Schauen Sie sich das Einlaufen der Boote an, Miss Caren. Am Hafen ist immer etwas los, wenn die Fischer zurückkommen. Es wird Ihnen Spaß machen, das zu beobachten«, hatte Mrs. Haggerty am Morgen gesagt.

Das wollte Caren sich nicht entgehen lassen. Kurzentschlossen setzte sie am Nachmittag die Mütze auf den Kopf, stellte den Kragen ihrer dicken Jacke auf, um sich vor dem kalten Wind zu schützen, und marschierte los.

Acht Wochen waren vergangen, seitdem Caren Abschied von Irland genommen hatte. Obwohl sie sehr zurückgezogen in ihrem Cottage lebte, fühlte sie sich wohl. Mrs. Haggerty kam täglich, und die Telefonate mit ihren Eltern und Schwiegereltern sowie die Anrufe von Rob, Kevin und Danny sorgten für Abwechslung in ihrem ruhigen Dasein. Eric meldete sich nie und Caren akzeptierte das. Sie beide waren noch weit entfernt von einem normalen Verhältnis, das auf Freundschaft beruhte; vielleicht würden sie es auch niemals erreichen.

In einigen Tagen hatte Caren ein Fotoshooting in Italien. Danach würde sie ihr Einsiedlerdasein beenden. Es wurde Zeit, ins Leben zurückzukehren. Sie hatte die Absicht, einige Tage in Mailand zu bleiben, sich die Stadt anzusehen und dann zu entscheiden, ob sie dort leben wollte. Wenn nicht, würde sie sich Rom ansehen, Florenz ... Es gab so viele schöne Städte auf der Welt. Die Frage >Und was ist mit Claddaghduff?<, bekam nie die Chance, von ihr beantwortet zu werden. Es tat weh, an das Haus in Irland zu denken. Es tat weh, an Kian zu denken.

Die ersten Boote tuckerten bereits in den Hafen, als Caren dort ankam. Es herrschte ein reges, geschäftiges Treiben an den einzelnen Anlegeplätzen. Leinen wurden geworfen, Kommandos gerufen, Boote festgezurrt, Angehörige und Nachbarn lautstark begrüßt. Zahlreiche Lastwagen standen wartend auf der Mole, bereit, den frischen Fisch in Empfang zu nehmen und zur Genossenschaft zu fahren, wo er sofort versteigert wurde, um dann in den Geschäften zum Verkauf angeboten zu werden.

Aus einem Pub ertönte Radiomusik durch ein geöffnetes Fenster. Als Caren daran vorbeiging, hörte sie eine bekannte Stimme ein ihr vertrautes Lied singen. Ein Lied, das der Mann, den sie liebte, einmal für sie geschrieben hatte. »In your arms, my angel«, sang Kian. Seine sanfte, zärtliche Stimme zu hören, trieb Caren die Tränen in die Augen. Und die Sehnsucht nach ihm empfand sie stärker als jemals zuvor.

Blind vor Tränen hastete Caren davon. Sie wollte fort von den Menschen, die hinter ihr her starrten und die ihren Kummer nicht verstanden. Sie lief in Richtung Strand, wo bei diesem Wetter keine Menschenseele sein würde. Sie wollte allein sein. Allein mit ihren Erinnerungen, mit ihren Sehnsüchten und ihrer Angst.

Gestern Abend hatte Caren alle Kerzen im Haus angezündet und die brasilianischen Geister um Hilfe gebeten.
Die hatten ihr damals Kian geschickt, den blonden Prinzen, um den sie als kleines Mädchen gebeten hatte. Sie
konnte sich nicht mehr genau an das Ritual erinnern, welches die Botschaftsköchin zusammen mit ihren Freundinnen vor etlichen Jahren in Brasilien zelebriert hatte.
Blumen und viele Kerzen hatten eine große Rolle gespielt. Das hatte Caren damals so sehr beeindruckt, dass
sie es nicht vergessen hatte. Am Morgen hatte sie einen
großen bunten Blumenstrauß im Dorf gekauft und als es
dunkel wurde alle Kerzen angezündet. Das bisschen Por-
tugiesisch, das sie als Kind sprechen konnte, hatte sie
längst vergessen. Im Vertrauen darauf, dass die Geister
sie schon verstehen würden, hatte sie auf Englisch um
Hilfe gebeten. >Sagt mir, was ich tun soll. Ich möchte zu
Kian zurück. Ich liebe ihn. Aber ich habe Angst davor,
dass es wieder nicht gut geht. Ich will nicht noch einmal
von ihm so sehr verletzt werden.< Dann waren die Tränen gekommen, die sie seit Wochen zurückhielt. Inmitten
des Lichtes und der Wärme der vielen Kerzen hatte sie
dagesessen und konnte nicht mehr aufhören zu weinen.

Die Flucht vor Kians Stimme aus dem Radio und den
Gedanken an die Vergangenheit brachte Caren ungefähr
eine halbe Meile weit, dann hatte sie Seitenstiche und
konnte nicht mehr weiter. Völlig außer Atem setzte sie
sich an einen windgeschützten Platz am Rand der Dünen
und sah hinaus auf das Wasser. Wie immer gab ihr der
Anblick des Meeres Ruhe und tiefen inneren Frieden.
Und die Erkenntnis, dass ihre Bitte um Hilfe erhört worden war. Am Morgen beim Aufwachen war das nur eine
schwache Ahnung gewesen, über die sie nicht weiter
nachgedacht hatte. Jetzt sah Caren plötzlich vollkommen
klar, dass sie mit Kian reden musste. Nur mit ihm konnte
sie über die Vergangenheit sprechen. Nur mit ihm gemeinsam konnte sie herausfinden, welche Fehler sie beide

gemacht hatten, die letztlich zum Scheitern ihrer Ehe geführt hatten. Und nur er konnte ihr die Angst davor nehmen, ihnen beiden eine zweite Chance zu geben. Denn das war es, was sie wirklich wollte. Sie wünschte sich eine gemeinsame Zukunft mit Kian. Sie war bereit, ihm zu vertrauen. Sollte er dieses Vertrauen jedoch erneut missbrauchen, würde sie ihn verlassen und niemals wieder zurückkommen. Sie war bereit, das Risiko einzugehen, dass ihre Ehe vielleicht auch dieses Mal nicht gut gehen würde. Eine erneute Trennung würde sehr schmerzhaft sein, würde sie aber nicht mehr aus der Bahn werfen. Sie liebte Kian zwar, aber sie brauchte ihn nicht, sie konnte ohne ihn leben. Diese Erkenntnis und dazu das Wissen, dass Kian und sie sich im Laufe der letzten Jahre verändert hatten, war eine gute Basis für einen Neuanfang.

>Wenn ich gleich nach Hause komme, rufe ich ihn an<, nahm Caren sich vor. >Ich werde schreckliches Herzklopfen haben. Meine Stimme wird vor Aufregung zittern. Aber das ist mir egal. Ich will mit Kian sprechen.<

Mit dem Kinn auf ihren hochgezogenen Knien saß sie da und schaute auf das Meer. Sie liebte das Meer. Stundenlang konnte sie hier sitzen, auf das Wasser sehen und alles um sich herum vergessen. Wie jetzt zum Beispiel. Sie merkte, wie die Angst ging und das Herzklopfen mit sich nahm. Auch ihre Gedanken an das Telefonat mit Kian, ihre Überlegungen, was sie sagen würde, was er sagen würde, verschwanden, und machten Ruhe und Frieden Platz. Alles würde gut werden, das wusste sie.

Wie lange sie schon so regungslos da saß wurde Caren erst bewusst, als sie merkte, wie kalt ihr war. Plötzlich fror sie erbärmlich. Jetzt bemerkte sie auch, dass die Sonne, die sich unerwartet am Nachmittag doch noch gezeigt hatte, im Begriff war, unterzugehen. Bis auf ein Paar, das in der Ferne Hand in Hand ging, war am Strand nur noch eine einzelne Person zu sehen, die aus Richtung des Dorfes kam. Ein später Spaziergänger.

Caren stand auf und klopfte den Sand von ihrer Jeans. Es war Zeit zu gehen. Ihr Haus lag in westlicher Richtung, dort, woher der Spaziergänger kam. Ein Mann war es, das sah sie jetzt. Und wunderte sich gleichzeitig, warum ihr Herz plötzlich so heftig klopfte. Sie sah das blonde Haar, auf das die letzten Sonnenstrahlen fielen, sie sah die Statur des Mannes, sein Gang war ihr irgendwie vertraut. Aber das war unmöglich. Außer Rob wusste niemand, wo sie war. Und der hatte versprochen, dieses Wissen für sich zu behalten.

Caren sah, dass der Mann jetzt zu laufen begann. Und irgendetwas zwang sie, ihm entgegen zu laufen.

»Caren!«

»Kian!«

Dann war sie bei ihm und fiel in seine ausgebreiteten Arme.

Eine Weile sprach keiner ein Wort. Engumschlungen standen sie da und klammerten sich aneinander fest, als wollten sie sich nie wieder loslassen.

»Ich bin gekommen, um dich nach Hause zu holen«, sagte Kian irgendwann mit bebender Stimme. Er trat einen Schritt zurück, damit er in Carens Gesicht blicken konnte, und fasste sie an beiden Händen. »Ich will nicht mehr ohne dich sein, Caren. Gib mir noch eine Chance, bitte. Ich flehe dich an, Caren, glaube mir, ich habe mich geändert. Gib mir die Chance, dir das zu beweisen.«

Caren sah hoch in sein Gesicht, in dieses geliebte Gesicht, und sie war einfach nur glücklich. »Ich will auch nicht mehr ohne dich sein, Kian«, sagte sie. »Ich hatte mir vorgenommen, dich heute anzurufen, um dir das zu sagen.«

»Ist das wahr, Caren?«

Das ungläubige Staunen in seinem Blick, das gleich darauf abgelöst wurde von einem Ausdruck unendlicher Erleichterung, trieb Caren vor Rührung fast die Tränen in die Augen.

»Ja, das ist wahr«, nickte sie.

Einen Moment lang drückte Kian sie fest an seinen Körper. Als er dann sprach, klang seine Stimme ernst. »Caren, ich schwöre dir, ich bin nicht mehr dieser blöde Idiot, der ich einmal …«

»Nicht, Kian.« Mit einer zärtlichen Geste legte Caren ihre Hand auf seinen Mund, um ihn am Weiterreden zu hindern. »Das bist du nie gewesen.«

»Oh doch, das war ich. Aber ich habe mich geändert. Alles wird anders sein, das verspreche ich dir. Und wenn da noch etwas an mir ist, das dir nicht gefällt, dann werde ich das sofort ändern. Ich werde alles tun, um dich glücklich zu machen. Bitte, Caren, komm zurück.«

»Ich komme zurück«, versprach Caren und sah in Kians Augen, in denen jetzt keine Verzweiflung mehr war, sondern nur noch grenzenlose Liebe und Zärtlichkeit. »Ich werde mich auch ändern.«

»Nein, tu das bloß nicht«, bat Kian sofort. »Es gefällt mir, wie du dich verändert hast. Du bist ganz schön selbstbewusst geworden. Das gefällt mir. Vergiss, was ich dir damals auf dem Feldweg gesagt habe.«

»Dann nimmst du die Adelszicke zurück?«, fragte Caren mit einem Augenzwinkern.

»Von ganzem Herzen«, lachte Kian.

»Ich bin so glücklich, dass du gekommen bist, Kian.«

»Ich lasse dich nie wieder gehen, Caren. Nie wieder! Und ich werde alles dafür tun, dass unsere Ehe dieses Mal bis in alle Ewigkeit hält.«

»Ich auch. Das verspreche ich dir. – Ich liebe dich, Kian.«

»Ich liebe dich, Caren. Ich kann dir gar nicht sagen, wie sehr. Ich habe immer nur dich geliebt. Auch wenn es manchmal nicht so aussah. Ich will …«

»Still. Sag nichts mehr.« Wieder verschloss Carens Hand Kians Mund. »Wir lieben uns. Alles andere ist nicht mehr wichtig. Taim ingra leat, Kian.«

»Taim ingra leat, Caren.«

Caren sah auf den großen, attraktiven blonden Mann, der mit glücklichem Gesicht vor ihr stand. Sie sah in seine Augen, in denen sie die Antwort auf all ihre Fragen fand, und sie wusste, Kian und sie hatten eine gemeinsame Zukunft. Alles würde gut werden.

Ebenfalls von Gisa Stoermer erschienen ist der Roman ,**Traumfrau**‘, eine Liebesgeschichte, die alles in sich vereint, was eine gute Lovestory braucht: Herzklopfen, große Gefühle, Sehnsucht, Eifersucht, und am Schluss natürlich ein Happy End:

Die Jurastudentin Vera von Hochstetten, klug, schön, aber etwas zu sehr angepasst, lebt in Düsseldorf ein ruhiges, zufriedenes Leben an der Seite ihres Jugendfreundes Roy. Sie ist viel zu vernünftig, um an Liebe auf den ersten Blick zu glauben. Das ist nur etwas für Träumer. So denkt sie bis zu dem Tag, an dem Roy seinen Freund Christopher mit nach Hause bringt. Ein Blick in zwei blaue Augen genügt und Veras geordnete Welt steht völlig auf dem Kopf. Sie wehrt sich vergeblich gegen ihre Gefühle für den fremden Mann. Aber es gibt kein Zurück mehr. Nicht zu Roy, nicht in ihr altes, vertrautes Leben mit ihm. Obwohl sie Herzklopfen vor einer ungewissen Zukunft hat, überwindet sie ihre Ängste, setzt sich über alle Hindernisse hinweg und folgt Christopher in seine Heimat Kanada. Noch niemals zuvor hat Vera sich so geliebt und geborgen gefühlt, wie bei diesem Mann. Er verkörpert alles, wonach sie sich immer gesehnt hat. Doch ihr Wunsch nach ewigem Glück in einer Märchenwelt geht nicht in Erfüllung. Nach nicht einmal zwei Ehejahren stürzt Vera von ihrer rosaroten Wolke hinab in die raue Wirklichkeit. Sie muss erkennen, dass ihr Traum von ewiger Liebe tatsächlich nur ein Traum gewesen ist. Obwohl sie Angst vor dem Alleinsein, vor einer ungewissen Zukunft in einem fremden Land hat, verlässt sie ihren Mann und wagt einen Neuanfang ohne ihn. Aber ist Veras Vermutung richtig? Liebt Christopher sie wirklich nicht mehr? Und was ist mit Roy? Welche Rolle spielt er noch in ihrem Leben?

Einige Bewertungen von Leserinnen der „**Traumfrau**":

Ich habe diese wunderschöne, anrührende Liebesgeschichte geliebt und mit den Protagonisten gelitten. Auch ein paar Tränen sind geflossen …

Ich habe diese Geschichte mit Begeisterung gelesen, einfach nur toll geschrieben. Bitte mehr von solchen Geschichten. Konnte das Buch nicht zur Seite legen, so hat es mich gefesselt. Musste wissen, wie die Geschichte ausgeht. Wirklich fesselnd, spannend und romantisch …

Ein richtig tolles Buch. Fesselnd und wunderschön zu lesen vom Anfang bis zum Schluss. Danke an die tolle Autorin. Hoffe auf noch weitere Romane von ihr.

Ein wunderschön geschriebener Roman um die ganz große Liebe. Taschentücher parat halten! Das Buch ist super gut geschrieben. Auf jeden Fall empfehlenswert.

Mir gefiel das Buch ausnehmend gut. Konnte gar nimmer aufhören zu lesen. Zum Entspannen, am Strand, im Urlaub. War mein erstes Buch von dieser Autorin, aber nicht mein letztes!

Der „Neue" von Gisa Stoermer heißt ,**Herzflimmern'**, eine amüsante Liebesgeschichte, die trotz mancher Irrungen und Wirrungen schließlich doch ihr glückliches Ende findet.

Christina, jung, schön und sehr verwöhnt, verliebt sich auf einem Inlandsflug in den Manager Henning. Als sie durch Zufall erfährt, dass er verheiratet ist, ist es zu spät. Da hat sie längst beschlossen, diesen Mann will sie haben. Sie vertraut seinen Worten. Sie glaubt ihm, dass er sich scheiden lassen wird. Aber sie merkt schnell, dass es nicht so einfach ist, einen verheirateten Mann zu lieben. Schon gar nicht, wenn dieser Mann einen Freund hat, der ihr das Leben schwer macht und der nichts unversucht lässt, sie dazu zu bewegen, die Finger von Henning zu lassen. Axel missbilligt das Tun seines Freundes. Er stellt sich auf die Seite der betrogenen Ehefrau und versucht mit allen Mitteln, eine Scheidung zu verhindern. Voller Zuversicht nimmt Christina den Kampf gegen ihn auf. Sie weiß, sie wird siegen, denn sie bekommt ja doch immer, was sie will.

,Herzflimmern' ist eine witzige Liebesgeschichte, leicht und amüsant, gut zu lesen und gerne mitzunehmen in den Urlaub. Gute Story, nette Dialoge und ein Happy End, das mir gut gefallen hat.

Your warning voice I would not hear
I only wanted to get near
To hold you right in loving arms
Surrender fully to your charms
Now you`re gone, I should have known
I'd play the final act alone

Aus "Country song"
Nightfall in Bavaria von N.C. William